KNAUR

SASKIA
SARGINSON

DER ZUFALL EINES SOMMERS

Roman

Aus dem Englischen von
Danielle Styron und Doris Styron

KNAUR

Die englische Originalausgabe erschien 2023
unter dem Titel »Seven Months of Summer« bei Piatkus,
einem Imprint von Little, Brown Book Group, London.

Besuchen Sie uns im Internet:
www.droemer-knaur.de

MIX
Papier | Fördert gute Waldnutzung
FSC® C083411

Deutsche Erstausgabe Juni 2024

Redaktion: Ulrike Brandt-Schwarze
Covergestaltung: SO YEAH DESIGN, Gabi Braun
Coverabbildung: Collage von Gabi Braun unter Verwendung
von Motiven von Getty Images und Shutterstock.com
Satz und Layout: Adobe InDesign im Verlag
Druck und Bindung: CPI books GmbH, Leck
ISBN 978-3-426-44747-5

2 4 5 3 1

Für Cassidy Jackson Jessiman,
der zur gleichen Zeit zur Welt kam
wie dieses Buch.

It is not time or opportunity that is to determine intimacy;
it is disposition alone. Seven years would be insufficient
to make some people acquainted with each other,
and seven days are more than enough for others.

Jane Austen, *Sense and Sensibility*

I sow'd the seeds of love

Folk song (1689)

PROLOG

Kerala, Indien, 15. Januar 1993

Kit schwankt auf seinem Fahrrad, kann gerade noch einem tiefen Schlagloch ausweichen, stützt sich mit einem Fuß ab und betrachtet die Straße, die vor ihm liegt. Es ist eine viel befahrene Schnellstraße voller Lastwagen und SUVs. Hupend braust ein Motorrad in einem schwungvollen Schlenker an ihm vorbei. Hinter dem Fahrer sitzen eng an eng zwei Kinder, und ein Stück roter Stoff flattert wie eine rote Fahne hinterher.

Er verzieht das Gesicht, weil er weiß, dass Summer sich den Weg zum nächsten Dorf wie eine ruhige Landstraße vorstellt, die sich am Meer entlangschlängelt, nicht wie diese von Stau, Abgasen, plärrendem Gehupe und dem Lärm aufheulender Motoren verstopfte Straße. Der Typ im Hotel, bei dem er das Rad gemietet hat, meinte, man würde für die Fahrt eine halbe Stunde brauchen. Reiß dich zusammen, sagt er sich. Das ist doch kaum schlimmer, als im Berufsverkehr um den Marble Arch in London herumzufahren. Er tritt in die Pedale, hält mit gesenktem Kopf Ausschau nach dem nächsten Schlagloch oder einem hochgeschleuderten Stein. Ein kunstvoll bemalter Lastwagen rast vorbei, die Räder kommen ihm so nah, dass er das Reifenprofil deutlich erkennt. Fest umklammert er den Lenker und flucht, als die Wucht des entstandenen Windstoßes ihn fast aus dem Gleichgewicht bringt. Immer weiter, ein Fuß, dann der andere, während seine schweißnassen Hände an den Griffen abrutschen.

Auf den Lippen schmeckt er Schweiß und Staub, dazu kommt der stechende Dieselgestank. Die Sonne ist ein pulsierender Ball aus reiner Energie. Seine Beine fühlen sich schwer an. Aber ihm wird klar, dass es nicht nur an der Hitze liegt. Sein ganzer Körper ist von dem bleiernen Gefühl wie gelähmt, gerade etwas falsch zu machen. Mit jedem Tritt in die Pedale entfernt er sich weiter von ihr. Noch einmal hält er an, stützt sich mit einem Fuß auf der Fahrbahn ab und schaut hinter sich in die Richtung, die zurück zu Summer führt. Bei ihr zu sein ist wichtiger, als für ein paar Skizzen bezahlt zu werden. Das alles ist ein Fehler. Er muss umkehren.

Es dauert eine Weile, bis er es auf die andere Seite der Straße geschafft hat. Sobald er eine Lücke zwischen zwei Lastwagen sieht, muss er die Gelegenheit nutzen. Während sie mit lautem Hupen auf ihn zuhalten, flitzt er hinüber. Zitternd auf dem Seitenstreifen angekommen, nimmt er eine Wasserflasche aus seiner Tasche und leert sie in einem Zug. Er wischt sich das Gesicht mit dem Arm ab und schmiert sich dabei Schweiß und Wasser in die brennenden Augen.

Dabei denkt er daran, wie entsetzt sie sein wird, wenn er ihr diese verrückte Straße beschreibt. Sie wird glücklich sein, dass er wohlbehalten zu ihr zurückgekehrt ist, und sich insgeheim freuen, dass er nicht zu dem Tanzfestival gegangen ist. Den Rest des Nachmittags können sie auf dem Bett zubringen, reden. Es gibt so vieles, was er über sie erfahren möchte. Es ist das erste Mal im Leben, dass er jemanden hat, für den er sorgen, dem er seine Gedanken mitteilen und von den Ereignissen des Tages erzählen will. Er muss alles verstehen, was ihr wichtig ist. Später werden sie vielleicht beim Sonnenuntergang auf dem Weg an den Klippen entlangwandern. In einem der Läden ist ihm eine hübsche Halskette aufgefallen, ein schmales Band aus gewundenen Silberfäden, an denen winzige grüne Steinchen hängen. Sie würde gut zu ihrer Augenfarbe und zu ihren Ohrringen passen.

Sie könnten in ihr Lieblingscafé gehen, an dem kleinen Tisch sitzen und aufs Meer hinausschauen. Und sie werden sich ein üppiges Abendessen bestellen. Andere Frauen, mit denen er früher ausgegangen ist, hatten in ihrem Salat gestochert und so getan, als hätten sie keinen Hunger, obwohl sie dabei die ganze Zeit sehnsüchtig auf sein Essen schielten. Summer wird sich fröhlich Happen von seinem Teller und von ihrem nehmen und ihm einladend zunicken, sich auch an ihrem Essen zu bedienen.

Er kann es kaum erwarten, den kühlen Raum mit den geschlossenen Läden zu betreten, sie schlafend auf dem Bett zu finden und mit einem Kuss zu wecken.

Als er unter dem Schatten der Bananenbäume entlangfährt, überholt ihn ein Motorroller. Während er an ihm vorbeizieht, nimmt er flüchtig den Fahrer wahr und sieht hinter ihm eine Frau im Damensitz mit wehendem Sari, die einen großen Korb auf ihrem Schoß hält. Er fragt sich, wie sie es schafft, so zu sitzen, ruhig und ohne das Gleichgewicht zu verlieren, während der Motorroller nach links und rechts schwenkt. Sie hält sich nicht einmal fest. Es macht ihn nervös, aber zugleich bewundert er sie. Ein Bus kommt schaukelnd um die Ecke auf sie zugefahren, und zugleich hört er von hinten das Knirschen eines Getriebes, erkennt das rumpelnde Geräusch eines Dieselmotors von einem Lastwagen dicht hinter ihm.

Er packt den Lenker fester und macht sich auf das Überholmanöver des Lastwagens gefasst. Der Motorroller ist direkt vor ihm. Der Sari der Frau ist blau. Lächelnd blickt sie über ihre Schulter zurück. Vorn bewegt sich etwas aus dem Schatten der Bananenplantage heraus, und sein Puls beschleunigt sich, als seine Gedanken mit der Wahrnehmung der Augen gleichziehen – es ist ein Hund, der geradewegs auf die Straße läuft.

Der Motorroller schert scharf aus, um das Tier nicht zu überfahren. Die Frau verliert den Halt, fällt wie in Zeitlupe nach hinten, der Korb entgleitet ihr, ihr Sari bläht sich wie ein Stück blauer Himmel.

Er versucht anzuhalten, seine Finger umklammern die Bremsgriffe.

Die Frau liegt ausgestreckt auf der Straße. Der Fahrer klammert sich noch an den Motorroller, schlittert aber auf der Seite liegend weiter, als würde er von einem riesenhaften Kleinkind mitgeschleift.

Der Motorroller mit dem Fahrer rutscht auf die andere Fahrbahn auf den entgegenkommenden Bus zu. Der begräbt sie unter sich, Fahrzeug und Mensch drehen sich unter seinen Rädern, der Bus schwenkt quer vor Kit über die Fahrbahn, steht plötzlich wie eine Wand vor ihm. Gesichter starren aus den Fenstern. Aufgerissene Augen. Offene Münder. Er hört nichts, nicht einmal, als der ihn überholende Lastwagen ungebremst in das entgegenkommende Metall und Glas rast. Er gerät mitten in einen staubigen, heißen Sog schwerer, herumfliegender Gegenstände. Seine Finger verkrampfen sich um die Bremse, das Hinterrad rutscht unter ihm weg. Er schlägt auf die Straße auf, schlittert über den Asphalt. Er sieht seine eigene Hand ins Leere greifen.

Eine weiße Stille umgibt ihn, hält ihn in ihrem Mittelpunkt fest.

Er denkt an Summer, an ihr schlafendes Gesicht.

Dann platzt die Blase, schrille Schreie von Lebendigem vermischen sich mit einem anderen Kreischen, dem des Aufpralls von Metall auf Metall und von Windschutzscheiben, die in tausend Stücke zerbersten.

Der Schmerz explodiert förmlich in ihm.

Er sieht etwas dunkel Schimmerndes, Flüssiges, und die Dunkelheit zieht ihn an sich wie ein Freund, der ihn aus dem Meer rettet.

* * *

Summer schaut auf die silberne Herrenuhr an ihrem Arm. Das Band ist ihr zu weit und rutscht ums Handgelenk herum. Sie dreht das Zifferblatt nach oben und schnauft ärgerlich. Er ist schon eine Ewigkeit weg. Da fällt ihr ein, dass er ihr gestanden hat, regelmäßig Termine und Fristen zu versäumen. Dabei hatte er selbstironisch die Augen verdreht. Sie fand seine Unfähigkeit, die Zeit im Auge zu behalten, liebenswert, sie gehörte zu seinem künstlerischen, unbekümmerten Wesen. Aber doch nicht ausgerechnet jetzt, wo sie ihn braucht!

Die kleine Hütte ganz oben auf der Klippe ist beklemmend eng, und als sie in das gleißende Licht hinaustritt, fühlt es sich an, als würde ihre Haut verbrennen. Unter dem Kunststoffrahmen ihrer Sonnenbrille hat sich auf ihren Wangenknochen eine Schweißspur gebildet. Schweißtröpfchen kribbeln auf ihrer Stirn. Sie sitzt auf einer Steinmauer neben einem ausgetrockneten Zierteich und versucht sich mit dem Ausschnitt ihrer Bluse Luft zuzufächeln, ihr Koffer steht neben ihr. Jedes Mal, wenn die Tür der Rezeption aufgeht, hebt sie erwartungsvoll den Blick. Aber nie ist er es.

Die Minuten verrinnen, und ihr Hals wird eng, als sie begreift, dass ihr nichts übrig bleibt, als abzureisen, ohne ihn noch einmal gesehen zu haben. Sie kann nicht noch länger warten. Wenn sie das Krankenhaus nicht erreicht, könnte sie sterben. In plötzlicher Panik packt sie den Griff des Koffers und springt auf. Sofort sieht sie Sterne vor den Augen, und die Welt scheint zurückzuweichen, sodass sie sich schnell wieder mit einem Plumps hinsetzt, um nicht zu stürzen. Eine Hand an die Stirn gelegt, wartet sie darauf, dass der Schwindel nachlässt.

In der klimatisierten Kühle der Rezeption bittet sie um Papier und einen Stift.

Es wird eine Weile dauern, alles zu klären, sie könnte dort Stunden festsitzen. Deshalb schreibt sie nur eine kurze Notiz:

Kit, ich kann nicht mehr warten. Ich muss los. Bitte komm zum Flughafen nach und triff mich dort. Ich werde versuchen, den erstmöglichen Flug nach Hause zu bekommen.

Sie schiebt dem Rezeptionisten das Blatt über den Tresen zu. »Könnten Sie das Kit Appleby geben? Und ich brauche ein Taxi, bitte. Es eilt.«

Der Fahrer ist ein junger Mann. Er steigt aus seinem Padmini, um ihr die Tür zu öffnen, und sie bemerkt, dass er barfuß ist. »Ich muss zum Cochin International, so schnell wie möglich«, erklärt sie ihm.

»Ah, es tut mir leid, aber wir werden kleine Nebenstraßen nehmen müssen«, sagt er. »Die große Straße ist gesperrt. Aber machen

Sie sich keine Sorgen«, fügt er schnell hinzu. »Sie werden in null Komma nichts dort sein. Ganz sicher. Ich bin der schnellste Fahrer in Varkala.«

Sie rutscht auf den Rücksitz, und der Wagen fährt los. Starr schaut sie aus dem Fenster und nimmt weder die bunt bemalten, vorbeirumpelnden Lastwagen noch die flitzenden Motorräder oder den Elefanten auf der Ladefläche eines Lkw wahr. Sie sieht die Türme von Cambridge vor sich, den kalten englischen Winter und ein Krankenhaus, in dem man auf sie wartet.

JANUAR

DER ERSTE MONAT

1

Sieben Tage zuvor …

SUMMER

Schon vor dem Frühstück zeigt das Hotelthermometer 28 Grad an. Aber es muss schon mehr zusammenkommen als nur Hitze, um Summer dazu zu bringen, dass sie sich in den klimatisierten Bus zum Rest der Trojan-Tours-Truppe setzt. Seit heute Morgen fühlt sie sich frei. Keine Liste von Sehenswürdigkeiten, die abgearbeitet werden muss, kein Zeitplan, den es einzuhalten gilt. Sie macht sich auf eigene Faust auf den Weg, geht eine der staubigen Straßen von Fort Kochi entlang, die Zöpfe hüpfen über ihre Schultern, die roten Flip-Flops klatschen auf den Asphalt, und sie sprudelt fast über vor lauter Freude in ihrer Brust. Genauso hatte sie sich das vorgestellt, als sie vor vielen Monaten den Umschlag öffnete, den ihr Vater ihr zu ihrem sechsundzwanzigsten Geburtstag überreicht hatte.

Es war eines dieser gewöhnlichen, beigefarbenen Kuverts gewesen, in denen normalerweise langweilige amtliche Briefe stecken. Als Erstes war ein Flugticket nach Madras herausgefallen. Dad lachte, voller Freude, weil sie ihn verwirrt ansah. »Das hast du dir verdient«, sagte er. »Ich weiß, wie schwer das alles war – wie viele Opfer du gebracht hast.«

Für Summer war ein Platz gebucht auf der Rundreise »Das majestätische Südindien« von Trojan-Tours. Auf dem Reiseplan stand auch der Besuch zweier Nationalparks, in denen es Elefanten, Bisons, Rothunde, Leoparden und Tiger gab. Sie stellte sich vor, wie sie, die Kamera am Auge, bei Sonnenuntergang eine Elefantenherde an einer Wasserstelle beobachten würde. Mit viel Glück würde sie vielleicht sogar einen einzelnen Tiger zu sehen bekommen.

Als sie in Madras aus der Ankunftshalle getreten war, empfing sie ein Geschrei und Getümmel von Menschen, die nach ihrem Gepäck grapschten und um ihre Aufmerksamkeit buhlten, das Hupen von Taxis, der Gestank von brennendem Müll. Über allem lag die Nacht wie samtige Tinte, tiefer und weiter als alles, was sie bisher gekannt hatte. »Ich bin da«, flüsterte sie, und ein Schwall staubiger Luft schoss ihr in die Lunge, während sie sich in die Haut an ihrem Handgelenk kniff.

Aber die Nationalparks waren eine Enttäuschung gewesen. Keine Tiger. Keine Leoparden. Nur ein flüchtiges Erhaschen eines Stoßzahns, der hinter grünen Palmwedeln hervorlugte. Tony, ihr Reiseleiter, hetzte sie an sämtlichen Sehenswürdigkeiten vorbei, als ginge es darum, dringend einen Zug zu erreichen. Alle in der Gruppe hatten Kameras dabei, und jedes Mal, wenn der Bus anhielt, ertönte das Klicken der Auslöser. Summer hatte das Gefühl, sie würden alle einen Film schauen, nicht etwas Reales erleben. Ihre eigenen Wege zu gehen, getrennt von Tony und Trojan-Tours, war die beste Entscheidung, die sie seit ihrer Ankunft getroffen hat.

Fort Kochi scheint eine entspannte Stadt zu sein, voller Cafés und Gruppen junger Europäer mit Gitarren auf dem Rücken. Die Häuser leuchten in Blau- und Gelbtönen; üppige Reben ranken an den Wänden in mehr Grüntönen, als sie je für möglich gehalten hätte. Unter einem weit ausladenden Banyanbaum bleibt sie stehen. Sie findet es faszinierend, dass es in einer einzigen Straße einen Hindutempel und eine Moschee geben kann. Und dass nur einen Herzschlag weiter eine katholische Kirche aus weißem Stein auftaucht und daneben ein Jain-Tempel, aus dem bei jedem Schlag der Gebetsglocken Tauben aufsteigen.

Sie geht auf dem staubigen Boden in die Hocke, um einen Languren am Straßenrand zu beobachten. Der Affe wendet ihr sein intelligentes Gesicht zu, betrachtet sie und zerpflückt mit eleganten Bewegungen eine verfaulte Mango.

Sie nimmt die Kamera hoch, hält den Atem an. Das Licht schimmert auf dem hellen grauen Fell des Tieres, als ihr Finger auf den Auslöser tippt.

Weiter unten an der Straße döst eine Ziege auf dem Trittbrett eines geparkten Motorrollers. Lächelnd nimmt sie ihre Kamera und löst zweimal aus. Tuk-Tuks holpern vorbei, Touristen eingezwängt auf den Rücksitzen.

Als sie kurz anhält, um einen Blick auf den Stadtplan zu werfen, stellt sie fest, dass sie auf dem Vasco da Gama Square gelandet ist. Sie schaut auf das Wasser und die berühmten chinesischen Fischernetze, es herrscht reges Treiben. An den Ständen werden frische Fische direkt aus dem Netz verkauft, die Menschen treffen sich hier zum Tauschhandel, magere Katzen, deren Augen gierig glänzen, schlängeln sich zwischen den Beinen hindurch. Summer atmet die von den verschiedenen Düften von Salzlake, Rauch und gebratenem Fisch gesättigte Luft ein, und ihr läuft das Wasser im Mund zusammen. Drei oder vier Kellner wetteifern in dem Versuch miteinander, sie an einen der Plätze der kleinen Außencafés zu lotsen. Sie lässt sich von dem am wenigsten aufdringlichen der jungen Männer zu einem freien Tisch führen. Augenblicke später stehen ein Teller mit fangfrischem Fisch, noch heiß vom Feuer, und ein Glas Limetten-Limonade vor ihr.

Sie nippt an ihrem Getränk und sieht sich auf dem belebten Platz um. Aus Gewohnheit tastet sie nach ihren Ohrringen. An ihren Ohrläppchen baumeln kleine, silberne Hasen. Sie nimmt drei Postkarten aus einer Papiertüte und schreibt eine davon an ihre beste Freundin Laura: *Wünschte mir, du wärst hier bei mir – wir hätten so viel Spaß!* Eine Karte geht nach Hause: *Kochi ist fantastisch, rosafarbener Staub, der Himmel brennt. Hier gibt es so viel zu fotografieren!* An ihrem Stift knabbernd, beginnt sie eine weitere Postkarte, an Adam. Nur fällt ihr nichts ein, was sie schreiben könnte. Er hat sie geliebt. Dann war es plötzlich aus, ohne jede Vorwarnung. Er war mit einer anderen Frau im Bett gewesen. »Es ist nun mal so – ich bin noch nicht bereit, mich für immer zu binden«, hat er gesagt, und es war, als hätte er ihrem Herzen einen

Fausthieb versetzt. »Du bedeutest mir noch immer viel, Summer, aber … wir sind einfach noch zu jung.« Sie waren fünf Jahre zusammen, und doch ist ihm der Abschied so leichtgefallen.

Zufällig ist sie ihm vor ihrer Abreise über den Weg gelaufen – das ist der Nachteil, wenn man in derselben Stadt lebte. Wenigstens war seine neue Freundin nicht dabei. »Schick mir eine Postkarte«, sagte er, als hätte er ihr nicht das Herz gebrochen. Sie willigte ein, einfach nur, um von ihm wegzukommen. Stirnrunzelnd klappert sie mit dem Stift auf dem Tisch. Adam und sie haben sich vor drei Jahren getrennt. Eigentlich müsste sie längst über ihn hinweg sein, und doch hatte es seitdem niemanden mehr gegeben, jedenfalls keinen, der ihr wichtig war.

Zwei streunende Hunde lungern herum und schauen sie hoffnungsvoll an. Einer von ihnen hat nur noch ein halbes Ohr. Summer muss an die Hunde in Cambridge denken mit ihren Designerhalsbändern und ihrem für viel Geld gepflegten Fell, und sie wünscht, sie könnte sich diese halb verwilderten Wesen schnappen, sie baden und mit einer anständigen Portion Fressen versorgen. Sie nähern sich und schnuppern vorsichtig. Sie lässt kleine Fischstücke auf den Boden fallen, und die Hunde stürzen sich darauf. Unter ihrem staubigen Fell kann sie die Rippen erkennen. Der, dem ein Ohr fehlt, kriecht geduckt und vorsichtig auf sie zu. Sie streckt ihm die Hand entgegen. »Na, komm schon, Kleiner«, murmelt sie, »nimm's ruhig. Du siehst aus, als ob du's nötiger hast als ich.«

Der Hund schnappt es ihr aus den Fingern. »Was ist mit deinem Ohr passiert?« Er legt den Kopf schief, als würde er sie verstehen. Sie streichelt ihm das sonnenwarme Fell. »Mach dir nichts draus«, sagt sie. »Du bist auch so noch ein hübsches Kerlchen.«

Sie macht ein paar Schnappschüsse von ihm, wie er mit seinen sanften und hoffnungsvollen Augen zu ihr hochschaut.

»Hey, du!«, blafft ein Engländer sie an, und sie schreckt hoch. Der Hund erstarrt. Sie schaut auf und sieht einen riesigen Mann im Hawaiihemd mit schweren Schritten auf sich zukommen, seine Wampe hängt über die ausgebeulten Shorts, und seine verspiegelte

Sonnenbrille glänzt. »Gib denen kein Futter!« Er fuchtelt mit den Armen. »Ab! Verpisst euch!« Der Hund duckt sich weg, kauert an ihrer Seite, die ausgefransten Ohren flach an den Kopf gelegt. Der Mann holt zum Tritt aus. Ein grauenhaftes Geräusch ist zu hören, als sein Fuß den Hund in die Rippen trifft.

»Halt!« Sie springt auf, das Kinn hoch in die Luft gereckt.

Der Hund verschwindet in der Menge, den Schwanz zwischen die Beine geklemmt.

»Was soll das?« Ihre Stimme bebt. »Was ist denn los mit Ihnen? Der hat doch keinem was getan.«

»Drecksköter. Die gehören alle erschossen.« Er schüttelt den Kopf. »Durch Leute wie dich wird's noch schlimmer mit denen ...«

»Leute wie mich?«, schnaubt sie, stellt sich auf die Zehenspitzen und strafft die Schultern.

»Wollen Sie mich jetzt etwa auch erschießen?«

Er zeigt ihr den Vogel mit einem seiner Wurstfinger und lacht kurz auf. »Reg dich ab, Süße.«

»Von jemandem wie Ihnen lasse ich mir sicher nicht sagen, dass ich mich abregen soll!« Sie ballt die Fäuste, vor Wut schnürt es ihr die Kehle zu. »Wie ... wie würde es Ihnen denn gefallen, wenn ich Ihnen einen Tritt verpasse!«, platzt es aus ihr heraus.

»Hey, hey!« Ein großer junger Mann stellt sich mit erhobenen Armen zwischen sie. Er wendet sich an den aggressiven Kerl. »Sie gehen jetzt besser«, sagt er mit fester Stimme. »Es geht Sie nichts an, ob sie die Hunde füttert.«

»Alles in Ordnung?«, hört sie irgendwo über ihrem Kopf die gleiche Stimme.

Ihr Herz rast, Adrenalin rauscht durch ihre Adern. Vor Wut und Aufregung kann sie kaum sprechen.

»Ja, alles okay«, bekommt sie heraus, wendet sich ab, schnappt sich ihre Sachen und stürmt davon. Dabei stolpert sie fast über einen Eimer mit gekühltem Fisch, aber sie fängt sich und geht weiter.

»Sind Sie sicher?«, hört sie ihn rufen.

Ohne zurückzuschauen, hebt sie eine Hand.

Hinter der nächsten Ecke, außer Sichtweite, bleibt sie stehen und blinzelt in das grelle Licht der Straße. Noch einmal spielt sich die Szene vor ihrem geistigen Auge ab: der Fuß des Mannes, der die Rippen erwischt, die Wucht des Aufpralls, der das Tier vom Boden abheben lässt.

Sie macht sich auf den Weg zurück zum Hotel – zumindest hofft sie, dass sie in die richtige Richtung geht. Die Sonne ist blendend weiß – eine gleißende Wand, die sie verwirrt. Sie weiß nicht mehr, wo sie abbiegen muss, läuft weiter, ihre Füße sind von der Hitze angeschwollen, der Schweiß sammelt sich zwischen ihren Brüsten.

Erst als sie in die Lobby des Hotels kommt, merkt sie, dass sie vergessen hat, ihr Mittagessen zu bezahlen.

2

KIT

Kit Appleby schaut ihr hinterher. Sie ist sichtlich aufgelöst. Unsicher bahnt sie sich ihren Weg durch die Menge, die rote Hose flattert. Einmal stürzt sie beinahe, er macht sich bereit, hinzulaufen und ihr zu helfen.

Er ruft: »Sind Sie sicher?«

Sie schaut sich nicht um.

Als sie nicht mehr zu sehen ist, kehrt er an seinen Tisch zurück und starrt den Mann in dem schrecklichen Hemd an. Dieser ignoriert ihn, ist unergründlich hinter seinen verspiegelten Brillengläsern. Am besorgten Blick des Kellners und den hektischen Gesten des Cafébetreibers erkennt er, dass die junge Frau in all der Aufregung wohl vergessen hat, ihre Rechnung zu bezahlen. Er drückt dem Kellner das Geld für ihre Mahlzeit und sein Getränk in die Hand, nimmt seinen Skizzenblock, trinkt hastig den Rest seines Eiskaffees aus und geht. Hätte er etwas tun können, um sie zum

Bleiben zu bewegen? Er kann sich nicht mehr genau daran erinnern, was er gesagt hat. Es ist alles so schnell gegangen. Er war dabei gewesen, die Fischer zu skizzieren, hatte versucht, den Klang einzufangen, der entsteht, wenn sie auf die Bambusstangen treten. Seit er in Kochi angekommen ist, hat er sich angewöhnt, jeden Morgen in dem gleichen Café zu sitzen, die Zeit, in der er seinen Kaffee trinkt, so lange wie möglich in die Länge zu ziehen und dabei ein oder zwei Stunden zu zeichnen. Auf dem Platz gibt es so viel zu entdecken.

Während er dort sitzt und zeichnet, kommen und gehen Fremde an den Tischen um ihn herum – Touristen aus den unterschiedlichsten Ecken der Welt. Es macht ihm Spaß, zu erraten, woher sie stammen, bevor er sie reden hört. Er hat sie schon in dem Moment bemerkt, als sie sich setzte. Sie strahlte Ruhe aus, eine Eigenständigkeit, die sich selbst zu genügen schien und die in seltsamem Kontrast zu ihren runden, sommersprossigen Wangen und ihren großen Augen stand. Er vermutete, sie sei Holländerin. Möglicherweise nur wegen der blonden Zöpfe. Kaum war ihr Essen da, hatte sie schon angefangen, die Hunde damit zu füttern, es mit den beiden heruntergekommenen und abgemagerten Wesen zu teilen. Die meisten Leute schenkten ihnen keine Beachtung oder jagten sie davon.

Normalerweise würde sich Kit nicht in einen Streit einmischen. Am wohlsten fühlt er sich mit seinem Bleistift und dem Skizzenblock am Rande des Geschehens. Aber als dieser Mann sich plötzlich vor ihr aufbaute, sie anschrie und bedrohte, hat er eingreifen müssen.

Er fragt sich, wo sie wohl untergekommen ist. Fort Kochi ist ein kleiner Ort.

Ziellos irrt er durch die schmalen Gassen. Dann biegt er in den wild wuchernden Garten des Dutch Palace ab. Dort ist eine Treppe – ein Teil davon liegt in einem schattigen Dreieck. Er geht direkt darauf zu und lässt sich nieder, mit dem Rücken an eine Tür gelehnt, zieht er seine Füße zurück in den Schatten. Es wäre schön gewesen, wenn er noch die Gelegenheit gehabt hätte, sie zu zeichnen, bevor der Streit – wortwörtlich – losgetreten wurde. Er schlägt seinen Skizzenblock auf und blättert gedankenverloren darin herum, auf jeder Seite hat er Erinnerungen an Orte festgehalten, die er besucht hat. Da sind Tempel, Elefanten, Frauen, die an einem Flussufer Wäsche waschen. Auf der ersten Seite ist ein flüchtig skizziertes Porträt, das er vor seiner Abreise aus England gezeichnet hat. Er hat die spitzen Züge seiner Mutter eingefangen. Sie ist zwar erst achtundvierzig, wirkt aber um Jahre älter. Er seufzt, als er das Bild betrachtet. Aus ihrem Gesicht spricht die Verbitterung, die zwischen Mund und Nase Furchen der Unzufriedenheit hinterlassen und eine tiefe, sorgenvolle Zickzackfalte zwischen ihren Augenbrauen eingegraben hat.

Immer die gleiche Leier. Das Leben sei nicht auf ihrer Seite. Alles so ungerecht. Und immer war das die Schuld seines Vaters.

Der Scheißkerl, so nannte sie ihn. Der verdammte Scheißkerl. Für alles, was schiefging, war er verantwortlich. Und jedes Mal, wenn Kit etwas tat, was ihr missfiel, verglich sie ihn mit ihm.

Die Sonne ist weitergewandert. Sein linkes Bein ist nicht mehr im Schatten, und die Hitze brennt so stark auf sein Knie, als presse ein Bügeleisen darauf. Er rutscht auf der Treppe ein kleines Stück weiter, tastet sich langsam in den schattigen Bereich zurück. Er will nicht an seine Mutter denken. Stattdessen denkt er an die blonde Fremde, und die Anspannung fällt von ihm ab. Wie sie sich gegen diesen Rowdy behauptet hat! Sie war bestimmt nur halb so groß wie er, hat sich aber keine Angst anmerken lassen. Sie war ein heller, goldener Strahl, eine kleine Kriegerin – ein Schwert der Gerechtigkeit.

Ihm fällt ein, dass sie Englisch gesprochen hat. Vielleicht ist sie doch keine Holländerin. Andererseits sprachen alle Holländer, denen er auf seinen Reisen begegnet war, ausnahmslos perfektes und akzentfreies Englisch. Er nimmt einen Bleistift aus seiner Tasche, legt den Block auf seinen Schoß und beginnt zu zeichnen. Er versucht, sie aus dem Gedächtnis zu skizzieren, seine Finger bemühen sich, die Rundung ihrer Wangen, ihre kräftigen Augenbrauen, ihre sommersprossige Nase einzufangen.

3
SUMMER

Es macht ihr zwar Spaß, die schmalen Gassen zu erkunden und die Menschen in ihrem Alltag zu beobachten, aber das ist jetzt schon ihr zweiter Tag in Fort Kochi. Deshalb überlegt sie, wohin sie als Nächstes gehen soll, vielleicht in die Westghats. In dem Naturreservat würde es mehr Tiere und Gelegenheiten zum Fotografieren geben.

Während sie ihr Lieblingsalbum hört und mitsingt, hält sie ihren Discman fest in der Hand. Sie kann alle Songtexte auswendig.

Eine Hand legt sich auf ihre Schulter. Die unerwartete Berührung durch einen fremden Menschen lässt sie kurz aufschreien. Sie fährt herum, reißt sich die Kopfhörer aus den Ohren und blickt in ein Gesicht, das ihr bekannt vorkommt.

Der Typ wirkt verlegen und weicht mit erhobenen Händen zurück. »Mist, das tut mir leid! Ich wollte dich nicht erschrecken!«

Sie schluckt, ihr Herz schlägt noch bis zum Hals. »Nein, mir tut es leid. Ich habe überreagiert.« Es gelingt ihr, ein Lächeln aufzusetzen. »Ich war in Gedanken ganz weit weg.«

»Du kommst aus England?«, fragt er überrascht.

Sie nickt.

»Was hörst du denn?« Er deutet auf die baumelnden Ohrstöpsel und den Discman.

Sie macht ihn aus und verstaut ihn in ihrer Tasche. »Kate Rusby.«

Er schaut sie fragend an.

»Das ist eine Folksängerin. Ein Album mit ihren Songs.«

Er zieht eine Augenbraue hoch. »Bist du dafür nicht zu jung?«

»Für solche Alben?« Ihr Ton ist ironisch. Sie weiß natürlich, was er meint.

»Für Folkmusik.«

Jetzt geht das wieder los, denkt sie. »Vermutlich fändest du es besser, ich würde Madonna hören.« Sie holt tief Luft. »Folkmusik ist zeitlos. Dabei geht es um mehr als um Rauschebärte und Blümchenröcke.«

»Das kann man nur hoffen«, sagt er mit einem verschmitzten Grinsen. »Niemand, der einen Bart hat, sollte dazu einen Blümchenrock tragen.«

Sie gibt sich nicht geschlagen. »Du behauptest, *ich* sei altmodisch«, schmollt sie, »dabei findest *du,* dass jemand mit einem Bart keinen Rock tragen darf.«

»Das war doch nur ein Witz!« Beschwichtigend hebt er die Hände. »Können wir noch mal von vorn anfangen? So tun, als hätte dieses Gespräch nie stattgefunden?«

Er ist sehr groß. Ihr fällt auf, dass er sein T-Shirt mit der Innenseite nach außen trägt. Er streicht sich mit der Hand durchs Haar, sodass es sich aufrichtet. Sie lenkt ein, denn er kann ja nichts dafür, dass Folkmusik ein so heikles Thema ist.

»Ich habe dich … gesehen … neulich«, sagt er. »Du hast dich doch mit diesem Rüpel angelegt, der den Hund getreten hat.«

»Ach, *du* bist das. Das dachte ich mir fast.« Sie hat ein schlechtes Gewissen, weil sie ihn so angefahren hat. »Danke, dass du versucht hast zu helfen.«

Er bekommt rote Ohren. »Schon okay. Ich glaube, insgeheim hatte er Angst vor dir. Ich habe ihm nur den nötigen Grund geliefert, sich aus der Affäre zu ziehen.«

Sie lächelt. Dass er seine Rolle in dieser Sache so herunterspielt, macht ihn noch sympathischer. Zumal sie weiß, dass sie ihm für noch etwas anderes zu danken hat.

»Du warst das auch, der meine Rechnung für mich bezahlt hat, oder?«, fragt sie. »Ich bin noch mal dort vorbeigegangen, um mich zu entschuldigen, aber sie meinten, der junge Engländer hätte für mich gezahlt.«

»Ja.« Er reibt sich die Nase. »Das ist doch keine große Sache.«

Die Hitze des Tages dringt durch ihren Hut. Schweißtropfen lassen ihre Kopfhaut jucken. Sie achtet immer sehr darauf, direktes Sonnenlicht zu vermeiden.

Sie zeigt zum Himmel. »Wir sollten aus der Sonne gehen. Wir … hm … also, wir könnten doch einen Eiskaffee trinken gehen, oder so?«, schlägt sie vor. »Ich schulde dir was.«

Er nickt schon. »Ich kenne ein nettes Lokal, gleich hier um die Ecke.«

Das Café hat einen Innenhof, und sie bekommen einen Tisch, der zwischen hellen Töpfen mit Kakteen steht.

»Schön hier«, sagt sie und macht es sich bequem.

»Ja«, antwortet er, während er Zucker in seinen Kaffee schüttet. »Kerala fühlt sich anders an als das restliche Indien.«

»Dann warst du auch schon in anderen Teilen des Landes unterwegs?«

»Hm … ja.« Er senkt das Kinn, sein Haar fällt ihm in die Augen. »Ich bin schon eine ganze Weile hier. Startpunkt war Delhi, und danach war ich in Rajasthan und Uttar Pradesh.«

Sie nippt an ihrem Eiskaffee und beobachtet diesen weit gereisten und etwas betreten wirkenden Fremden unauffällig. Er hat ein gutes Gesicht. Nicht umwerfend attraktiv, wie ihre Freundin Laura es ausdrücken würde, aber offen und herzlich. Seine Augen, die von blonden Wimpern umrahmt sind, haben eine ungewöhnliche Farbe – goldbraun, ist das Wort, das ihr dazu einfällt. Von der Sonne gebleichte Strähnchen durchziehen sein dunkelblondes Haar. Es gibt Frauen, die ein Vermögen für solche Strähnchen ausgeben, denkt sie. Aber dieser Typ verschwendet offensichtlich nicht besonders viele Gedanken auf sein Aussehen – er ist um die 1,90 m groß, hat breite Schultern und schlanke, schlaksige Gliedmaßen, die etwas unkoordiniert wirken. Seit sie ihn kennt, ist er schon zweimal gestolpert. Sein heller, britischer Teint hat eine rötliche Bräune angenommen. Er trägt abgeschnittene, knielange Shorts, ein altes ausgeblelchtes T-Shirt, das er verkehrt herum anhat, und Flip-Flops.

»Ich bin Summer«, sagt sie. »Summer Blythe.« Sie reicht ihm ihre Hand, die ganz in seiner verschwindet. In seiner Hand verborgen, kribbelt ihre Haut, es fühlt sich an wie ein kleiner Schock, und sie lässt sie schnell wieder los. Seine Augen weiten sich, als hätte auch er es gespürt.

»Kit Appleby.«

Sie legt die Hände in den Schoß. »Also, Kit Appleby, wie kommt es, dass du dich so durch Indien treiben lassen kannst?«

Er räuspert sich verlegen und rutscht unruhig auf seinem Stuhl herum. »Ich spare schon seit der Teenagerzeit auf ein Auto, aber dann hab ich beschlossen, das Geld lieber fürs Reisen auszugeben. Ich bin«, er verzieht das Gesicht, »seit ungefähr … elf Monaten unterwegs – aber langsam frage ich mich, ob es nicht Zeit wäre, nach Hause zu fahren … etwas mit meinem Leben anzufangen.«

»Welche Möglichkeiten hast du denn?«

»Entweder zu studieren und Zahnarzt zu werden oder weiterhin als arbeits- und brotloser Künstler zu leben.«

»Echt jetzt?« Sie runzelt die Stirn. »Zahnarzt?«

»Ja, kaum zu glauben, ich weiß.« Er nippt an seinem Getränk und lässt die Eiswürfel auf dem Boden des Glases klirren. »Die Idee stammt von meiner Mutter, nicht von mir – letztlich war es einfach nicht mein Ding. Fünf Jahre Studium, um dann ein Leben lang den Leuten in den Mund zu schauen?« Er verzieht das Gesicht zu einer entsetzten Grimasse. »Ich habe einen Abschluss von der Kunsthochschule. Aber natürlich wollte mir nach meinem Diplom niemand ein halbes Vermögen dafür nachwerfen, dass ich Fett in eine Badewanne schmiere. Stattdessen habe ich mich mit miesen Jobs über Wasser gehalten und Porträts gezeichnet, die keiner haben wollte. Eines Tages dachte ich: Was mache ich hier eigentlich? Ich habe mir ein Flugticket gekauft und – schon konnte es losgehen.«

»Das muss aber ein schickes Auto gewesen sein, auf das du gespart hast, wenn dein Geld so lange vorgehalten hat?«, fragt sie.

»Ich gebe zu, ich bin ein Oldtimer-Fan und hatte den Ehrgeiz, einen Ferrari Dino 246 GT zu besitzen …« Er macht eine Pause, als erwarte er eine Bemerkung von ihr, aber sie weiß nicht, wovon er spricht. Er fährt fort: »Ich wollte einen kaufen, um ihn zu restaurieren. Nur so hätte ich mir das überhaupt leisten können.« Er blinzelt und schaut in die andere Richtung. »Das Geld für den Ferrari hat bis jetzt gereicht, aber langsam wird es etwas knapp. Wie ist das bei dir?«, fragt er und schaut sie wieder an. »Bist du schon lange unterwegs? Ist das hier ein längeres Abenteuer oder ein Urlaub von einem Job, zu dem du wieder zurückmusst?«

Sie lehnt sich auf ihrem Stuhl zurück. »Das sind eine Menge Fragen.«

Er hebt seine großen Hände und macht eine entschuldigende, hilflose Geste. »Tut mir leid. Sag nur etwas zu denen, die du beantworten willst – oder auch zu gar keiner.«

Sie lächelt. »Schon gut – ich bin nicht so schnell eingeschnappt.« Ihr fällt auf, dass er gelassener wirkt als die meisten Menschen und nicht über ihre Schulter hinweg die Umgebung betrachtet oder andere Gäste beobachtet. Er scheint ihr seine volle Aufmerksamkeit zu widmen. »Ich bin seit fast einer Woche hier und habe noch etwas mehr als eine vor mir«, erzählt sie ihm. »Ich habe an einer dieser geführten Touren teilgenommen, aber das kam mir vor, als müsste ich eine Checkliste abarbeiten. Ich wollte lieber auf eigene Faust auf Entdeckungstour gehen.«

»Eine kluge Entscheidung«, sagt er ernst.

Eine plötzliche Sorge ergreift sie. »Es ist eben so, ich … ich weiß nicht, ob ich jemals wieder die Gelegenheit haben werde, so was zu erleben.« Sie holt Luft. »Deshalb … muss ich das meiste rausholen.«

Sie haben ihren Eiskaffee ausgetrunken, und sie denkt, dass der Moment gekommen ist, um aufzustehen und wieder getrennte Wege zu gehen. Nur möchte sie gar nicht, dass sie irgendwo hingehen. Es kommt ihr vor, als würde sie ihn schon viel länger kennen als diese eine Stunde, die sie gemeinsam im Café verbracht haben.

Sie begleicht die Rechnung, obwohl er versucht, seine Hälfte beizusteuern, und er zögert kurz, als sie hinaus in das gleißende Licht der Straße treten. »Willst du … also würdest du gerne später etwas essen gehen?« Er fährt sich mit den Fingern durchs Haar und schaut auf seine Füße. »Ich kenne ein nettes Lokal …«

»Noch eins?« Sie lächelt ihn an, will ihn necken, nickt dann schnell. Nicht, dass er womöglich glaubt, sie wolle ablehnen. »Das fände ich schön.«

Sie schauen einander an, seine Pupillen weiten sich, werden größer wie zerfließende Tintenflecken. Sie spürt wieder dieses Kribbeln, das ihr wie ein Schauer über den Rücken läuft. Es fühlt sich an, als fiele sie ihm entgegen. Sie blinzelt und senkt den Blick.

»Wo wohnst du denn? Ich hol dich um sieben ab.« Seine Stimme klingt rau. »Wenn dir das recht ist?«, ergänzt er schnell.

Sie nennt ihm den Namen des Hotels, und sie stehen etwas verlegen herum. Sie vermutet, dass er genau wie sie unsicher ist, ob er sie nun umarmen oder lieber dieses Küsschen-Ding in die Luft machen soll. Sie tut weder das eine noch das andere, hebt nur die Hand zum Abschied und geht. Er erwidert ihr Winken und spaziert in die entgegengesetzte Richtung davon.

Sie fühlt sich seltsam, als wäre sie in dem Moment, als sie ihn verließ, aus dem Gleichgewicht geraten. Sie schüttelt den Kopf. Irre. Er ist doch ein Wildfremder. Sie muss an ein Gespräch denken, das sie vor Jahren mit Dad geführt hat, nachdem Mum gestorben war. Sie fragte ihn, wie er hatte wissen können, dass sie »die Richtige« für ihn sei. Einen Augenblick hatte er in die Ferne geschaut, seine blauen Augen füllten sich mit Tränen , und als er sich ihr wieder zuwandte, sagte er: »Ich wusste es einfach. Praktisch sofort, sogar noch bevor wir miteinander gesprochen hatten. Ein Gefühl in mir. Sehr stark. Nicht rational erklärbar.« Er lachte auf. »Und das mir, einem Mann, dessen Dasein auf Rationalität aufbaut.«

Sie hatte sich eingeredet, dass Adam für sie »der Richtige« sei, aber es stellte sich heraus, dass sie sich da wohl geirrt hatte. Es wird ihr erst jetzt bewusst, wie selten diese Liebe auf den ersten Blick ist – wie leicht man sich etwas vormacht und am Ende enttäuscht wird. Mum und Dad hatten Glück. Alles, was sie weiß, ist, dass es sich mit Kit so anfühlt, als hätte sie in ihm einen verloren geglaubten besten

Freund wiedergefunden. Sie hatte das Bedürfnis, seine Hand zu nehmen, nicht nur so zum Spaß, sondern weil es ihr guttat, ihn zu berühren. Sie wollte mit ihrem Daumen über seine großen, geröteten Knöchel streichen und ihre Finger mit seinen verschränken.

Jetzt, wo sie hier ist, möchte sie diese Gelegenheit nutzen. Sie fühlt sich endlich einmal frei. All ihre Sinne sind offen und bereit, die Schönheit, die sie umgibt, aufzunehmen, die Möglichkeiten jedes Augenblicks auszukosten. Lange hat sie im Schatten des Todes gelebt, aber dieser große, lässige Fremde hat ihr da herausgeholfen. Und sollte es auch nur für kurze Zeit sein, will sie doch wissen, wie es ist, ohne Grenzen zu leben.

Sie kann den Abend kaum erwarten, den Moment, wenn sie ihn wiedersehen wird.

4

KIT

Kaum, dass er um die Ecke gebogen ist, bleibt er stehen und schaut nach oben in den indischen Himmel. Beinahe erwartet er dort ein Banner, das in der schillernden Luft schwebend verkündet, dass er, Kit Appleby, sie, Summer Blythe, kennengelernt hat, und sie mit ihm zu Abend essen wird. Trompetenfanfare, bitte!

Ach Mist, wahrscheinlich ist er zu voreilig. Er muss sich zusammenreißen.

Aber, dass sie ihn mag, das weiß er einfach. Immer wieder hat sie ihm in die Augen geschaut und seine Blicke erwidert. Ihre Körpersprache spiegelte seine Gesten. Da ist nichts von den üblichen Zweifeln und der Verwirrung zu spüren, die ihm normalerweise eine Achterbahn der Gefühle bescheren: jenes Auf und Ab der üblichen Spielchen beim Kennenlernen und dem Erraten dessen, was das Gegenüber denkt. Stattdessen kommt es ihm so vor, als teilten sie ein Geheimnis – und ohne dass sie es aussprechen müssen, wissen beide, dass der andere es vollkommen versteht.

Ihm ist vor lauter Glück ganz schwindlig. Diese wunderschöne Frau mit den leicht schiefen Zähnen und den ausdrucksstarken großen Augen von der Farbe des Meeres, diese mutige Frau, über die er kaum etwas weiß und zu der er sich doch sofort hingezogen fühlte, diese Frau interessiert sich also für ihn.

Jetzt sitzt sie ihm in dem Straßencafé gegenüber, das er an seinem ersten Abend hier entdeckt hat. Es ist ein kleiner Familienbetrieb. Die Stühle stehen schief auf dem unebenen Lehmboden, helle Plastiksiebe dienen als Lampenschirme, und auf jedem Tisch gibt es Kerzen. In der Ecke bereitet der Koch frischen Fisch und Gemüse auf einem riesigen, rauchenden Grill zu, und auf einer kleinen Bühne tritt eine vierköpfige Band in Glitzerjacketts auf und spielt begeistert ihre ureigene Version von *A Horse with No Name*. Unter dem Tisch liegt ein kleiner Hund im Staub zusammengerollt und döst vor sich hin. Summer ist aus ihren Schuhen geschlüpft. Auf die Ellbogen gestützt, strahlt sie die Band an und spielt mit einem der silbernen Tierfigürchen, die an ihren Ohrläppchen baumeln. »Ich finde es wunderbar hier«, sagt sie.

»Dabei hast du noch gar nicht das Essen probiert!«

»Muss ich auch nicht«, antwortet sie. »Hör dir nur die Musik an.« Sie schaut sich um. »Die Einrichtung. Der Hund. So was hab ich noch nie erlebt!« Sie senkt ihre Stimme. »Und wir sind hier fast die einzigen Touristen. Die meisten Leute sehen aus wie Einheimische. Das ist ein gutes Zeichen.«

Ihm gefällt ihre Begeisterung, und er empfindet eine Mischung aus Freude und Stolz, dass ihr seine Wahl des Restaurants so zusagt. Tief atmet er die Nachtluft ein, die von köstlichen Kochdüften und einem weiteren Aroma durchzogen ist, das von dem Hund stammen könnte. Aber eigentlich, denkt er, gibt es nichts, was diesen Augenblick verderben kann.

»Was machst du?«, fragt er. »Beruflich, meine ich.«

»Was ich beruflich mache?« Sie schaut ihn einen Augenblick verlegen an, und gerade, als ihm diese langweilige und vorhersehbare Frage anfängt, peinlich zu sein, räuspert sie sich. »Journalismus. Ich … ich arbeite für verschiedene Magazine.«

»Magazine?«

»Zeitschriften. Zeitungen. Ich bin Fotografin, und … ich schreibe Artikel«, erklärt sie.

»Das muss ein spannender Beruf sein.« Ihm fällt die Kamera wieder ein, die sie bei ihrem Kennenlernen um den Hals trug. »Was für Artikel schreibst du denn?«

»Ich schreibe über alles, was mit Natur und Tierwelt zu tun hat.«

»Und die Bilder dazu lieferst du auch?«

»Ja.« Sie blinzelt und schaut auf ihre Hände.

»Und davon kannst du leben?« Er lehnt sich zurück. »Das beeindruckt mich.«

Sie nimmt eine Gabel und dreht sie zwischen den Fingern hin und her. »Im Moment schreibe ich hauptsächlich für Lokalblätter. Und nebenberuflich biete ich auch Gassirunden und Hundebetreuung an.«

Er reibt sich die Nase, und es dämmert ihm, dass sie neben allem anderen auch noch ehrgeizig und talentiert ist. Es fällt ihm schwer, sich im Vergleich zu ihr nicht wie ein Versager zu fühlen. »Als ich gesehen habe, wie du die Streuner fütterst, habe ich mir schon gedacht, dass du sehr gut mit Hunden umgehen kannst.«

Sie lacht auf: »Im Vergleich zu Menschen sind Hunde ja auch unkompliziert.«

Nachdenklich kneift er die Augen zusammen. »Ich stelle mir gerade vor, wie du von Dutzenden Hunden umringt bist.«

»Ganz so viele sind es nicht«, sagt sie schmunzelnd. »Meine übliche Gruppe besteht aus drei schwarzen Labradoren, einem Spaniel und einem süßen Mischling. Mehr als fünf gleichzeitig – das geht nicht, sonst verliert man zu leicht den Überblick, wenn sie von der Leine gelassen werden.«

Ein junger Mann kommt an ihren Tisch und bringt ihnen Teller und die Getränke. Sie warten, bis er wieder weg ist.

»Noch mal zu deinen Fotos. Warum Tiere?«, fragt er. »Ich meine, es ist offensichtlich, dass du sie liebst, aber was reizt dich daran, sie zu fotografieren?«

»Ihre Aufrichtigkeit«, antwortet sie. »Sie verstellen sich nie. Und ich glaube … na ja, zumindest wünsche ich es mir, dass eines meiner Bilder es schafft, die Vorstellung zu verändern, die Menschen von manchen Tieren haben. Dass sie sie als Lebewesen begreifen, statt sie auf eine Mahlzeit oder einen Schädling zu reduzieren, oder sie als Zielscheibe zu sehen. Sie holt tief Luft. »Aber, genug von mir.« Sie lacht etwas verlegen und nippt an ihrem Getränk. »Du hattest erwähnt, dass du daran denkst, nach Hause zu fahren?«, fragt sie. »Wo ist das denn? Dein Zuhause, meine ich.«

»Offen gesagt, weiß ich das gar nicht mehr so genau«, antwortet er zögernd. »Meine Mum lebt in London, aber ich fühle mich gar nicht mehr so richtig mit der Stadt verbunden, und für einen Künstler ist das Leben da eigentlich viel zu teuer.«

Sie isst einen Bissen und macht ein zustimmendes Geräusch.

»Oh Gott«, seufzt sie und legt die Gabel zur Seite. »Ist das lecker!«

Dann nimmt sie einen weiteren Happen. »Probier doch mal«, fordert sie ihn auf. Etwas verlegen beugt er sich vor und öffnet den Mund – und sie lehnt sich über den Tisch zu ihm hin, um ihm den Bissen in den Mund zu stecken. Die Geste ist unglaublich intim. Sein Gesicht wird heiß, und zu seinem Entsetzen spürt er, dass er vor Verlangen steif wird. Er lehnt sich wieder zurück und lässt schnell eine Serviette auf seinen Schoß fallen.

»Ich lebe, solange ich denken kann, in Cambridge«, sagt sie. »Wir sind dorthin gezogen, als ich klein war, weil mein Vater ein Mathegenie ist.« Sie kostet etwas von seinem Teller, ohne vorher um Erlaubnis zu fragen, und hält kurz inne mit einem Ausdruck von Glückseligkeit auf dem Gesicht. »Er hat an einem der Colleges gelehrt. Es ist eine schöne Stadt, und im Moorgebiet der Fens findet man viele Wildtiere.« Sie strahlt. »Ich verbringe irre viel Zeit damit, im nassen Gras darauf zu lauern, dass mir ein Dachs oder Fuchs über den Weg läuft.«

Nachdem er sich so weit wieder im Griff hat, dass er mit normaler Stimme sprechen kann, deutet er auf ihre Ohren. »Lauerst du auch Kaninchen auf?«

Sie berührt ihre Ohrringe. »Das sind keine Kaninchen. Das sind Hasen, meine Lieblingstiere. Der ideale Ort, um sie zu beobachten, ist Grantchester Meadows bei Sonnenaufgang. Übrigens hast du nie richtig erklärt, warum du das Auto aufgegeben und dein Geld lieber fürs Reisen ausgegeben hast.« Sie schiebt Reis auf ihre Gabel. »Gab es einen bestimmten Grund dafür, dass du einfach so losgefahren bist?«

Er steckt sich einen Happen in den Mund, um Zeit zu gewinnen und eine Antwort zu formulieren. Er kaut und schluckt. »Ich hatte gehofft, es würde sich positiv auf meine Kunst auswirken – du weißt schon, sich Inspiration suchen, die gewohnte Umgebung und den Alltag hinter sich lassen. »Und … tatsächlich, habe ich vor Kurzem meinen ersten Auftrag bekommen«, gibt er zu. »Jemand hat mich beim Zeichnen beobachtet und mich gebeten, Skizzen von einem Festival in Kollam zu machen.«

»Das ist ja großartig«, sagt sie und streicht sich die Haare hinter die Ohren, sodass die kleinen Hasen an ihren Ohrläppchen schaukeln. »Herzlichen Glückwunsch.«

Am liebsten würde er ihre Hände nehmen und seine Lippen auf ihre Handflächen drücken.

Die Band spielt eine Coverversion des Songs *Ain't No Mountain High Enough,* und der Hund unter dem Tisch beginnt, sich mit seiner Hinterpfote eifrig hinter dem Ohr zu kratzen.

»Wollen wir zahlen?«, fragt sie.

Den ganzen Abend über hatte er sich ausgemalt, wie es sich anfühlen würde, sie zu küssen. Nun gehen sie gemeinsam zu ihrem Hotel zurück und bleiben vor dem Eingangstor stehen. Er legt ihr die Hände auf den Rücken und zieht sie sanft zu sich heran, achtet dabei auf ihre Körpersprache, um sicher zu sein, dass sie sich an seine Brust schmiegen möchte. Einen Moment lang verharrt sie ruhig in seiner Umarmung, bevor sie ihm die Arme um die Schultern legt und ihre Wange gegen seine Brust drückt.

Und dann küssen sie sich. Der Moment dehnt sich und wird immer intensiver, es gibt nur noch diesen Kuss und sie beide, vollkommen versunken. Als sie sich voneinander lösen, sind sie außer Atem.

»Ich fahre morgen weg«, sagt er schnell. »Der Auftrag, von dem ich dir erzählt habe. Es geht dabei um ein Tanzfestival – ich soll die Tänzer zeichnen. Es ist nur ein kleines Stück die Küste runter, und ich habe mir für die Woche eine Hütte am Strand in Varkala gemietet. Das kommt jetzt vielleicht etwas … plötzlich. Aber … willst du mitkommen?« Sein Puls rast, und er hält den Atem an.

Sie geht ein paar Schritte beiseite und starrt in die Nacht hinaus. Er sieht, dass sie sich auf die Lippe beißt, und ihm wird heiß und kalt. Verdammt. Sie hat es wohl in den falschen Hals bekommen.

Dann nickt sie. »Okay«, sagt sie. »Warum eigentlich nicht?«

»Echt?« Er möchte ganz sichergehen. »Ist das ein … Ja?«

»Ja!« Sie lacht und nickt. »Ja. Wahrscheinlich bin ich verrückt. Aber ich komme mit.«

Am liebsten würde er vor Freude schreien und sie in einer überschwänglichen Umarmung an sich reißen, aber er kann sich gerade noch bremsen und nickt stattdessen glücklich. »Das ist … das ist toll!«

Sie spielt an ihren Haaren herum, und ihr Gesichtsausdruck wird distanzierter: »Ich meine – natürlich werde ich ein Einzelzimmer nehmen.«

Einen Augenblick ist er ernüchtert, aber dann nickt er schon wieder: »Ja. Na klar. Ich rufe da an, sobald ich wieder im Hotel bin.«

Sie küssen sich, verlieren sich in längerem und langsamerem Erkunden der Zungen, Lippen, Zähne.

Eines Tages wird er diese Geschichte mal einem befreundeten Menschen erzählen, denkt er, und auf die Frage, wie sie sich kennengelernt haben, wird er antworten, dass er Summer bei ihrem ersten Date eingeladen hat, mit ihm in einer Hütte an einem indischen Strand zu übernachten. Der Freund würde überrascht sein, vielleicht sogar schockiert, aber auch überwältigt von der verwegenen Romantik dieser Begegnung. Und er würde sagen, weißt du, ich wusste es einfach vom ersten Moment an, dass wir füreinander bestimmt waren.

Er kann das nicht laut aussprechen – sie würde sofort die Flucht ergreifen, und das könnte er ihr dann nicht mal verdenken –, aber gegen dieses Gefühl kommt er einfach nicht an.

5

SUMMER

Mit dem Kuss wurde alles anders. Als seine Lippen ihre berührt hatten, flackerte Hitze durch ihren Körper und entzündete ein Feuer in ihrem Bauch. Ihre Gefühle wirbelten durcheinander, und sie hätte zugleich weinen und lachen können. Sie zitterte am ganzen Leib, und als sie sich voneinander lösten, waren sie beide atemlos. Sie schaute ihm in die Augen und wusste intuitiv, dass er es genauso empfand. Es gab nur eine einzige Antwort auf seine Einladung.

Als er sie am nächsten Morgen in der Kühle des anbrechenden Tages vom Hotel abholt, ist sie sich nicht mehr so sicher. Bei der Begrüßung am Empfang ist ihre Schüchternheit so stark, dass sie ihm kaum in die Augen schauen kann. Als sie es tut, erkennt sie sofort, an seiner linkischen Körpersprache, dass etwas nicht stimmt. »Ich habe bei der Strandhüttenvermietung angerufen«, sagt er, während er seine Tasche von der Schulter nimmt. »Aber sie sind ausgebucht.« Er zieht die Augenbrauen zusammen. »Tut mir leid, vielleicht ist das wegen des Tanzfestivals. Ich habe auch bei ein paar anderen Hotels in der Nähe angefragt, ob sie Einzelzimmer frei haben, alles ist proppenvoll. Ich würde es verstehen, wenn du doch nicht mitkommen willst. Oder … ich übernachte auch gern auf der Couch, oder so.«

Einen Augenblick zögert sie. Kann sie diesen Mann wirklich einschätzen, nachdem sie ihn gerade mal ein paar Stunden kennt? Sie blickt auf sein offenes, angespannt wirkendes Gesicht, seine großen Hände, sein dichtes, wildes Haar. »In Ordnung«, sagt sie. »Aber auf dein Angebot, auf der Couch zu schlafen, werde ich zurückkommen.«

Als er aus dem Zugfenster starrt, beobachtet sie ihn heimlich. Er dreht den Kopf und bemerkt ihren Blick. »Was ist?« Es ist nicht böse gemeint, nur neugierig, ein bisschen frech.

Sie wird rot. »Nichts«, sagt sie und räuspert sich. »Ich hab nur überlegt, ob ich erraten kann, wie verrückt du bist.«

»Verrückt?«

»Du musst doch ein bisschen durchgeknallt sein, mich zu deinem Trip einzuladen.« Sie lächelt, um ihm zu zeigen, dass es ein Scherz sein soll. »Also, ich frage mich, zu welchen unzumutbaren Dingen du vielleicht neigst – Phobien, Wutanfälle – eklige Angewohnheiten wie an deinen Zehennägeln herumzupulen …«

»Ach so.« Er grinst. »Du würdest also gern mit mir meine nervigsten Angewohnheiten durchgehen?« Er fährt sich durchs Haar, sodass einige Strähnen abstehen. »Okay, gut. Mal sehen … welche Macken kann ich zugeben? Mmh. Ich raste aus, wenn ich meine Sachen nicht finden kann – du weißt schon, Schlüssel, Brieftasche und so weiter –, und ich gerate in Panik, wenn ich spät dran bin.« Er beugt sich vor und runzelt nachdenklich die Stirn, als genieße er dieses Geständnis. »Unter uns, das ist vermutlich sogar meine größte Schwäche. Timing ist nicht so mein Ding. Ich versäume dauernd Fristen. Vergesse Termine. Verpasse Busse, Züge.« Er lehnt sich auf seinem Sitz zurück. »Heute habe ich alles gegeben, um nicht zu spät zu kommen.« Er grinst. »Wirklich alles.«

»Das war's schon?«

»Klar. Ansonsten bin ich absolut perfekt. Jetzt bist du dran.«

»Zu dem Thema könnte ich eine ganze Abhandlung schreiben … aber jetzt erst mal die Sachen, die du für die nächsten paar

Tage wissen musst …« Sie denkt kurz nach. »Ich bin vermutlich … nein, ich bin *definitiv* zwanghaft ordentlich.« Sie zählt weiter an den Fingern ab. »Chaos mag ich gar nicht. Außerdem sollte man mich vor dem Frühstück nicht ansprechen.« Dabei schiebt sie ihren langen Zopf über die Schulter nach hinten. »Ich bekomme schlechte Laune, wenn ich zu lange Hunger habe.« Und dabei macht sie eine entschuldigende Geste. »Niedriger Blutzucker.«

»Dann sollte ich besser darauf achten, dass du nie hungrig bist.«

Sie lächelt. »Die Gefahr ist gering.«

Ihre Tickets sind nummeriert, und er sitzt auf dem Platz ihr gegenüber. Es wäre ihr lieber, wenn er neben ihr sitzen würde. Der Zug schlängelt sich träge durch die staubige Landschaft, vorbei an plötzlich auftauchenden Tälern voll von dem üppigen Grün der Bananenbäume, wo Kinder in großen Flüssen schwimmen. Es geht vorbei an kleinen Behausungen, und sie beobachtet einen Schwarm schlanker, weißer Vögel, die sich mit gestreckten, langen Hälsen erheben. Sie heißen Ibisse, fällt ihr ein. Dann Wasserbüffel, vor einen Karren gespannt. Frauen, die mit flatternden Saris hintereinander über ein Feld gehen, leuchtend bunt wie Schmetterlinge.

»Im Hotel gibt es aber schon ein Telefon, oder?«, fragt sie und erinnert sich, plötzlich unruhig werdend, dass sie in einer Hütte am Strand übernachten werden.

»An der Rezeption«, sagt er. »Musst du jemanden anrufen?«

»Hm, ja … ein oder zwei Leute schon.« Sie weicht seinem Blick aus, möchte es nicht erklären müssen – jedenfalls jetzt noch nicht. »Das Leben steht ja nicht still, nur weil man selbst unterwegs ist, oder?«, fügt sie achselzuckend hinzu.

Sie kramt ihren Reiseführer heraus, blättert zu der Seite, auf der etwas über Varkala steht, und liest den Teil über den Strand, an dem sie übernachten werden. Die Perle des Arabischen Meeres, auch bekannt unter dem Namen Papanasam Strand, was so viel bedeutet wie »sich von seinen Sünden reinwaschen«.

»Ich sitze hier drüben viel zu weit weg von dir«, sagt er, steht auf und setzt sich auf den freien Platz neben sie. »Das ist viel besser.«

Sie fühlt sich wieder wohler, spürt das Gewicht seiner Schulter warm an ihrer Seite, lehnt sich an ihn und verdrängt ihre früheren ängstlichen Gedanken. Als der Zug in den Bahnhof einfährt, hievt Kit seinen riesigen, ramponierten Rucksack auf die Schultern und schnappt sich zusätzlich ihre Taschen. Der überfüllte, wuselige Bahnsteig ist ein Schock für sie, obwohl sie darauf vorbereitet war. Gepäckträger schreien und feilschen mit Reisenden. Ein Mann mit einem riesigen Koffer auf dem Kopf drängt sich vor sie, versperrt ihr die Sicht auf Kit, und sie muss sich durch die Menge schlängeln und sich beeilen, um ihn einzuholen. Ganze Familien sitzen, an aufgerolltes Bettzeug gelehnt, auf dem Boden. Teeverkäufer klappern mit Aluminiumkannen und Tassen. Es sind Rufe zu hören: »Chai, Chai. Heißer Chai!« Auf den gegenüberliegenden Gleisen entdeckt sie ein paar Affen mit Schwänzen wie Fragezeichen, die sie gerne fotografieren würde, aber Kit verschwindet gerade wieder in der Menge.

Sie hastet ihm hinterher, um mitzuhalten, öffnet schon den Mund, will ihm zurufen, sie könne ihre Taschen selbst tragen, aber Kit läuft mit entschlossenen, sicheren Schritten voraus, als kenne er sein Ziel ganz genau. Sie folgt ihm und bemerkt dabei eine ungleichmäßige Narbe auf der Rückseite von einem seiner Knöchel. Woher er sie wohl hat, rätselt sie. Schlagartig wird ihr wieder bewusst, dass sie keine Ahnung hat, wer er wirklich ist.

Er dreht sich um und wartet, hält ihr eine Hand hin und nimmt die beiden Taschen in die andere.

Sie eilt ihm hinterher. »Gib mir doch wenigstens eine«, sagt sie. Wortlos reicht er ihr die kleinste. »Gut«, sagt er. »Dann gehen wir mal diesen Strand suchen.«

»Die Perle des Arabischen Meeres.«

Er schaut sie mit hochgezogenen Augenbrauen erstaunt an. »Heißt der so?«

Sie nickt, und dann sagen sie beide gleichzeitig: »Wie romantisch.«

Er lacht. »Erst mal sehen, ob er hält, was er verspricht.«

Ihr wird so flau im Magen, als wäre sie von einer Klippe gesprungen. In gewisser Weise stimmt das auch – sie stürzt sich Hals über Kopf in eine Situation, die jedem blauäugigen frisch Verliebten genug Romantik bieten würde. Aber vielleicht hat er ja nur ein paar schöne, gemeinsame Tage am Strand im Sinn. Das spielt keine Rolle. Sie will das hier erleben. Sie will ihn. Sie wollte ihn von dem Augenblick an, als er sie auf der Straße angesprochen hat.

Summer umklammert ihre Tasche und nimmt Kits Hand. Dies hier ist ihre einzige Chance, spontan und wild zu sein. Ihre letzte Chance.

6
KIT

Kit stößt die Tür zu der Hütte auf und schaut sich in dem schummrigen Raum um. Es ist die billigste Unterkunft in ganz Varkala. Er hat sie gebucht, bevor er ahnen konnte, dass er Summer dorthin einladen würde. Der Raum ist klein und rund mit zwei Fenstern ohne Glas; sie haben lediglich Bambusläden, die geschlossen sind. Nachdem er die Taschen abgestellt hat, versucht er, die Läden zu öffnen, aber die Verriegelungen sind schwergängig, und er müht sich damit ab, flucht leise vor sich hin, klemmt sich den Finger ein, bevor er es endlich schafft, sie weit zu öffnen. Nichts Gutes ahnend, dreht er sich um und begutachtet das Zimmer.

Die gekrümmten, geriffelten Wände sind braun und glänzen ölig – sie sind aus einer Art lackiertem Bambus, vermutet er. Ein breites Bett nimmt den größten Teil des Raumes ein, über der dunklen Tagesdecke baumelt ein schmuddeliges Moskitonetz, das unten zu einem Knoten zusammengebunden ist.

Er schluckt, dreht sich zu Summer um und befürchtet, auf ihrem Gesicht Enttäuschung oder sogar Entsetzen zu sehen. Aber sie öffnet eine schmale Nebentür und tritt in eine Flut von Licht. Er blinzelt kurz verwirrt.

»Das Bad ist nicht überdacht!«, ruft sie begeistert. »Schau mal, unter der Dusche könnte uns eine Kokosnuss auf den Kopf fallen. Oder noch schlimmer, auf dem Klo!«

Er folgt ihr in den winzigen Raum und blickt hoch in den freien Himmel, der umrandet ist von den Wedeln einer Kokospalme. Es gibt eine Dusche, ein wackliges Waschbecken und eine alte, aber – wie er erleichtert feststellt – europäische Toilette. Die Wände sind mit plumpen Wellenmustern spiralförmig bemalt, und auf den gesprungenen Fliesen steht eine pinkfarbene Plastikwaschschüssel.

»Nicht gerade Fünf-Sterne-Komfort«, murmelt er mürrisch, um seine Verlegenheit zu überspielen.

»Also mir gefällt's!« Sie kehrt ins Schlafzimmer zurück, bleibt in der Tür stehen und deutet in Richtung Meer. »Und dafür hat es auch einen Fünf-Sterne-Ausblick.«

Er tritt neben sie, während er an seinem Finger lutscht, wo sich gerade ein blauer Fleck bildet. Sie summt leise vor sich hin. Die runde, strohgedeckte Hütte ist eine von mehreren, die alle gleich aussehen und in einem eingezäunten Bereich rund um einen ausgetrockneten Zierteich angeordnet sind. Zwischen den Hütten verlaufen schmale, gepflasterte Wege, die zur Rezeption und zum Ausgang führen. Ein glücklicher Zufall will es, dass ihre Hütte auf der Spitze der Klippe steht und einen freien Blick auf das darunter liegende schimmernde Meer bietet. Unmittelbar hinter der Einzäunung schlängelt sich ein Fußweg am Rand der Klippe entlang.

»Wir werden ohnehin die meiste Zeit am Strand sein«, sagt er.

Sie murmelt etwas Zustimmendes, während sie sich den Zopf vom Nacken hebt und zu einem Knoten auf dem Kopf dreht, vielleicht, weil sie auf eine kühle Brise hofft. Er kann nicht widerstehen, die weiche Haut an der Stelle zu küssen, die nun frei liegt. Lachend lässt sie ihren Zopf wieder fallen, dreht sich um, legt die Hände auf seine Brust und küsst ihn kurz.

»Okay«, sagt sie. »Ich gehe mal zur Rezeption, um einen Anruf zu erledigen. Danach sollten wir etwas suchen, wo wir zu Mittag essen können, meinst du nicht? Ich bin am Verhungern. Auspacken können wir später.«

Er mag es, wie klar sie äußert, was sie will – sie ergreift die Initiative. Er könnte sich vorstellen, dass ihre energische Art manchmal auch zu bestimmend werden könnte, aber er empfindet sie als liebenswert.

Als sie weg ist, lässt er sich auf das Bett fallen, die Hände und Beine weit von sich gestreckt, und fragt sich, wo sie wohl anrufen muss. Bei der Arbeit vielleicht? Er stellt sich vor, wie sie mit jemandem in einer Zeitungsredaktion spricht und ihren nächsten Auftrag annimmt. Sie hat Verbindung zur realen Welt, anders als er selbst. »Das Leben steht ja nicht still, nur weil man selbst unterwegs ist«, hat sie schulterzuckend gesagt, ganz so, als könne er das nachvollziehen. Dabei war das ja genau das, was ihm passiert ist: Sein Leben zu Hause war stehen geblieben. Er hofft, sie wird ihn nicht für einen unverbesserlichen Träumer halten, und ruft sich ins Gedächtnis, dass er ja immerhin einen Auftrag ergattert hat.

In der Hütte ist es brütend heiß. Anstelle einer Klimaanlage hängt ein großer, heruntergekommener Ventilator an der Decke. Er entdeckt einen Schalter, und das Ding setzt sich in Bewegung. Dann legt er sich wieder auf das Bett, die warme Luft zerzaust sein Haar und streift über seine Haut. Das dröhnende Brummen wird nur durch das Klicken der sich drehenden Flügel unterbrochen. Er schließt die Augen, und die Müdigkeit nach dem frühen Aufstehen holt ihn ein. Seine Glieder werden schlaff, die Anspannung fällt von seinen Schultern ab.

Beim Einschlafen erinnert er sich an ihre Begeisterung über das Bad unter freiem Himmel und muss lächeln. Die meisten Leute wären sauer, schockiert oder verärgert über die sehr schlichte Ausstattung der Hütte gewesen, aber Summer konzentriert sich auf die positiven Dinge.

Er wacht auf. Benommen, mit ausgetrocknetem Mund, blinzelt er orientierungslos und versucht, sich daran zu erinnern, wo er ist. Über ihm brummt und klickt der Ventilator. Jemand hat das Moskitonetz entknotet, und es umgibt das Bett wie ein zarter Schleier. Ein blonder Kopf liegt in seiner Armbeuge, sie hat ihren Zopf gelöst, und Gold umspielt ihr schlafendes Gesicht. Ihre Wangen sind rosig, die Augen geschlossen, ihre geöffneten Lippen bewegen sich leicht, wenn sie atmet. Etwas in seiner Brust löst sich, als er sie anschaut. Seine Schulter schmerzt etwas vom Gewicht ihres Kopfes. Ganz vorsichtig bewegt er sich, um es ein bisschen bequemer zu haben, ohne sie dabei aufzuwecken.

Er schielt zu ihr hinunter, nimmt die geschwungene Form ihres Nasenrückens wahr, die vereinzelten Sommersprossen, die hellen, langen Wimpern, die auf ihren Wangen ruhen. Einfach hier liegen bleiben, sie anschauen, das Gewicht ihres Kopfes und die feuchte Wärme ihrer Haut spüren, die durch sein T-Shirt dringt, auf ihren Atem lauschen, das ist alles, was er jetzt will. Er beobachtet, dass sie wie ein Mäuschen mit der Nase zuckt und sie dann mit noch geschlossenen Augen reibt.

Dann öffnen sich blinzelnd ihre Augen. Einen Augenblick lang schauen sie sich schweigend an.

»Hallo«, sagt sie.

»Hey, du.« Er küsst sie auf die Stirn, die salzig schmeckt. »Hat es geklappt – ich meine, mit deinem Anruf?«

Sie nickt und gähnt. »Du hast tief geschlafen, als ich zurückkam. Wie viel Uhr ist es?«

Er hebt mühsam seinen Arm, denn ihr Kopf drückt ihn nach unten. Mit zusammengekniffenen Augen starrt er auf seine Uhr: »Es ist wohl schon … vier.«

»Kein Wunder, dass ich solchen Hunger habe«, sagt sie, während sie sich neben ihm aufsetzt und ihr Haar in langen, gewellten Strähnen über ihren Rücken fällt. Auf ihren Wangen sind die Abdrücke seines zerknitterten T-Shirts zu sehen. Einen Augenblick lang stellt er sie sich alt vor mit Falten anstatt der Abdrücke, ihre

Züge älter und weicher, ihre Haut ihm so vertraut, als sei es seine eigene.

Aber der Sinn steht ihm nicht nach Essen. Er will sie küssen – ihren träumerischen Mund, mit seinen Händen ihren Körper erkunden, sie riechen, sie schmecken. Jedoch erinnert er sich an das, was sie ihm über niedrigen Blutzucker erzählt hat. Im Liegen streicht er mit dem Daumen über die Schlaffältchen auf ihrer Wange, und sie legt ihre Hand über seine Finger, hält sie ruhig an ihre Haut gedrückt, schaut zu ihm hinunter, mit festem, fragendem Blick.

Sein Herz schlägt langsamer, sein Atem stockt. Es ist ein Augenblick des Schwankens, voller Möglichkeiten. Dann dreht sie, ohne den Blick abzuwenden, leicht den Kopf und setzt langsam einen Kuss auf seine Handfläche. Er spürt den Druck ihrer Zunge, die katzenartig über seine Haut streicht, und stößt ein leises Stöhnen aus.

»Du hattest recht«, sagt sie mit rauer Stimme, »mit dieser Unterkunft. Mir ist gerade aufgefallen, dass es wirklich ein Problem damit gibt.«

»Ein … ein Problem?« Er bekommt kaum ein Wort heraus.

»Ja«, flüstert sie, beugt sich über ihn und fügt nach einer kurzen Pause hinzu: »Es gibt hier keine Couch.«

Dann ist ihr Mund auf seinem. Die Heftigkeit ihres Kusses schickt Schockwellen durch seinen Körper, sie küssen sich wild und ziehen sich dabei aus. Ein Zerren an Verschlüssen, T-Shirts werden über den Kopf gezogen, an Knöpfen gerissen – und schließlich die Befreiung, endlich nackt, die Freude darüber, sie an sich gedrückt zu spüren, Haut an Haut, heiß und klebrig und verschwitzt. Er erkundet ihren Körper mit seinen Händen, erforscht ihn mit der Zunge. Sie wälzen sich auf dem Bett, verheddern sich im Moskitonetz und müssen lachen. Er genießt es, wie gut sie zu ihm passt, wie ihre Kurven sich an seine kantigeren Formen schmiegen, er mag ihre Gliedmaßen, die kürzer sind als seine, ihre Zehen, die seine Waden streifen, als sie unter ihm liegt.

Und dann ist sie wieder über ihm, ihr Haar fällt wie ein schimmernder Vorhang um sie. Er hört ihren Atem an seinem Ohr, das

Auf und Ab wie von Wellen, und ihr Geschmack ist so salzig wie Meerwasser. Sein Herz sprengt ihm fast die Brust. Die Intensität seiner Gefühle überwältigt ihn. Es ist fast schmerzhaft, diese Hingabe, das Sichfallenlassen, das Gefühl, in ihr zu ertrinken. Wenn so der Tod aussieht, denkt er, dann ist er mir willkommen.

7

SUMMER

Die letzten gold-roséfarbenen Sonnenstrahlen fallen auf sie, als sie auf Hockern an einem runden Tisch sitzen, eiskaltes Bier genießen und knusprige Samosas essen. Ihre Finger und Lippen sind fettig von den gefüllten kleinen Teigtaschen. Das Bier schäumt kalt in ihrem Mund, prickelt auf der Zunge. Die Seitenwand des Cafés ist offen und gibt den Blick auf Meer und Sonnenuntergang frei.

Ihr Körper jubelt, ihre Haut ist sensibilisiert und empfindlich, die Lippen leicht aufgeraut. Danach hatten sie gemeinsam unter den schattigen Wedeln der Kokospalmen geduscht, das kalte Wasser rieselte nur schwach und ließ sie nach Luft schnappen.

Ein junges, gut gelauntes Paar mit einem Baby im Tragetuch an der Brust des Vaters kommt herein – die Eltern sind braun gebrannt und haben blonde Dreadlocks.

»Ich wette, das sind Deutsche«, bemerkt er, ihrem Blick folgend.

»Wie mutig von ihnen, ein Baby mitzubringen.«

Er nickt und stellt sein Bier ab. »Aber genau so würde ich es auch gerne machen, wenn ich Kinder hätte. Du weißt schon, sie auf Abenteuer mitnehmen, ihnen die Welt zeigen.«

»Willst du denn mal Kinder?« Sie tupft sich den Mund mit einer Papierserviette ab.

»Auf jeden Fall – und du?«

»Ich habe noch nicht richtig darüber nachgedacht, aber – wenn die Zeit sich dafür richtig anfühlt, will ich mindestens eins.« Sie schaut Kit an und fragt sich, wie ihr gemeinsames Kind wohl aussehen würde.

Er starrt auf seine Hände. »Ich würde versuchen, ein guter Vater zu sein, mit ihnen zu spielen, ihnen Baumhäuser zu bauen, Geschichten zu erzählen.« Er blickt auf. »Ich finde, es ist wichtig, mit Kindern zu reden und ihnen zuzuhören. Zuhören ist vermutlich sogar das Wichtigste.«

»Strenge Erziehung ist demnach nicht so dein Ding, oder?«

Sie sagt es im Spaß, aber er lächelt nicht. »Worte sind so wichtig«, sagt er leise. »Sprache ist ein Geschenk. Man nimmt sie schnell für selbstverständlich.«

Ein schmerzlicher Ausdruck huscht über sein Gesicht, und sie lehnt sich über den Tisch zu ihm: »Das klingt so, als hätte es etwas mit dir persönlich zu tun?«

»Als ich vier Jahre war, habe ich aufgehört zu sprechen.«

»Komplett?«

»Ja. Ich war vollkommen stumm.«

Sie schaut ihn durchdringend an und versucht, sich einen stummen Vierjährigen vorzustellen. »Warum?«

»Es gab keinen besonderen Auslöser. Ich … habe nur einfach kein Wort mehr herausbekommen. Ich war in eine Art Starre verfallen, sobald man von mir erwartete, etwas zu sagen.«

»Wie lange ging das so?«

»Fast ein Jahr.«

»Gott … wie beängstigend.« Sie wünscht sich, sie könnte die Zeit zurückdrehen, um ihn zu trösten. »Hast du damals auch angefangen zu zeichnen?«

Er nickt. »Mit einem Stift und Zeichenpapier war ich immer schon am glücklichsten. Beim Zeichnen bin ich … ganz ich selbst.« Er ergreift ihre Hand. »Darf ich dich zeichnen?«

Sie merkt, dass sie rot wird. »Mich? Ja, gern. Das fände ich schön.«

Sein Skizzenblock ragt aus der Tasche, sie greift danach und legt ihn auf den Tisch. »Darf ich mal reinschauen?« Sie wischt sich die

Finger ab, bevor sie die Seiten durchblättert. Ohne zunächst etwas dazu zu sagen, betrachtet sie jede Seite eine Weile. »Die sind wundervoll«, befindet sie, als sie am Ende angekommen ist. »So voller Leben und Bewegung. Mir war sowieso klar, dass du gut bist, aber die hier sind ja unglaublich.«

»Danke.« Er wirkt erfreut und verlegen.

Sein Talent beeindruckt sie tief, lässt sie beinahe ehrfürchtig werden. Es muss viel schwieriger sein, eine Zeichnung oder ein Gemälde zu erschaffen, als ein Foto zu machen. »Du hast eine Gabe, das Wesen der Menschen einzufangen«, sagt sie und versucht, ihm die Sicherheit zu schenken, die ihm zu fehlen scheint.

»Niemand will sie haben«, antwortet er. »Damit lässt sich kein Geld verdienen.«

»Ernsthaft? Das kann ich kaum glauben.«

»Heutzutage bringt Konzeptkunst das meiste Geld. Und meine Inspiration stammt von den alten Meistern – Rembrandt und Vermeer. Ich möchte die Dinge realistisch abbilden, aber nicht im Stil des Fotorealismus, der im Moment so populär ist.« Er blickt ernst. »Ich möchte, dass meine Arbeiten wie Gemälde wirken, nicht wie Fotos. Ich möchte das Wesen der Menschen entdecken – ihren Charakter und ihre Erfahrungen sichtbar machen.«

»Genau das erkenne ich in deinen Skizzen. Ehrlich. Du darfst nicht aufgeben.« Sie klappt den Block zu. »Du bist ein richtiger Künstler. Und … und vergiss nicht, du hast einen Auftrag«, erinnert sie ihn. »Da hat noch jemand dein Talent erkannt.«

»In dem Fall hab ich wohl einfach Glück gehabt.« Er steht auf, um weitere Getränke zu bestellen.

»Nicht Glück, Talent!«, ruft sie ihm nach. Er dreht sich um und grinst. Sie nimmt den Bleistift und kritzelt ein Herz auf die Rückseite des Skizzenbuchs, dann fügt sie in winzigen Buchstaben hinzu:

Handlungen sind wichtiger als Worte! Aber erst beides zusammen ist ideal. Kerala, 1993, Summer xx.

Kit kommt mit zwei Flaschen Bier wieder, und sie stoßen damit an. »Auf uns«, sagt er.

»Auf unser wahnsinniges Glück, hier am schönsten Ort der Welt zu sitzen«, ergänzt sie.

»Und mit weiteren sechs Tagen vor uns«, fügt Kit hinzu.

Als sie gemeinsam in der Dunkelheit unter dem hauchdünnen Moskitonetz liegen und auf das Geräusch des Ventilators lauschen, drückt Summer ihre Nase an Kits Nacken und atmet seinen Duft ein, sie möchte alles an ihm in sich aufnehmen, ihn zu einem Teil von ihr selbst machen. Jedes noch so kleine Detail scheint von äußerster Wichtigkeit: die geschwungenen Linien auf seinen Fingerkuppen, die Narbe an seinem Knöchel, der Duft seiner Haut unterhalb der Ohren.

»Du hast noch nichts von deinem Vater erzählt«, sagt sie. »Nur von deiner Mutter.«

»Sie haben sich getrennt, als ich noch ein Baby war.«

»Oh … das tut mir leid.« Sie kuschelt sich an ihn.

»Meine Mutter war Balletttänzerin, bevor sie schwanger wurde. Sie ist nie richtig darüber weggekommen, dass er sie verlassen hat – sie sagte, ihre Karriere wäre vorbei und ihr Körper ein Wrack.« Summer spürt seine Anspannung. »Sie hat versucht, mich zu beeinflussen, wollte, dass ich ihn ebenfalls hasse. Weil er uns beide verlassen hat. Weil er ihr Leben zerstört hat.«

Sie schweigt und wartet darauf, dass er fortfährt.

»Es ist wohl so, dass ich dabei das Problem war. Ich habe lange gebraucht, um das zu begreifen, und muss ungefähr zwölf gewesen sein, als mir klar wurde, *ich* war es, der ihren Körper und ihre Karriere ruiniert hat. *Er* hat sie geschwängert, aber ich war die ungewollte Konsequenz daraus, die alles ruiniert hat.«

Seine Stimme klingt gepresst, und sie nimmt ihn fester in den Arm. »Siehst du deinen Vater überhaupt?«

»Meinen Vater?« Er räuspert sich. »Ja, schon«, sagt er. »Trotz allem, was Mum über ihn behauptet, hat er mich nicht im Stich gelassen. Er hat immer an meinen Geburtstag gedacht und ist mit mir in Urlaub gefahren. Und heute haben wir ein … ein sehr gutes Verhältnis.«

»Das freut mich sehr«, flüstert sie. Ihr kommen die Tränen. Sie kann es nur schwer ertragen, sich vorzustellen, wie es für ihn gewesen sein muss, als er aufwuchs: Seine verbitterte Mutter, die verpassten Chancen nachweinte, dem Vater die Schuld gab und ihren kleinen Jungen dazu brachte, sich selbst ebenfalls schuldig zu fühlen. Kein Wunder, dass er nicht mehr reden wollte. »Lebt er auch in London? Dein Dad, meine ich?«

»Nein, in Wokingham«, erwidert Kit. »In der heilen Welt der Vororte.« Er küsst sie auf die Stirn. »Wie ist das bei dir?«, fragt er. »Sind deine Eltern glücklich miteinander?«

»Ja, das waren sie«, gibt sie zu. »Aber meine Mutter ist gestorben, als ich fünfzehn war.«

»Oh Gott. Wie schrecklich.«

Sie schluckt, will sich nicht so lange mit ihrem Verlust beschäftigen, nicht, wo er es so schwer hatte. »Bei uns zu Hause wurde viel gelacht, gesungen und herumgealbert«, sagt sie. »Selbst als meiner Mutter die Haare ausgingen und sie bettlägerig wurde, ihre Zärtlichkeit und ihren Humor hat sie nicht verloren.«

»Das ist … wunderbar«, sagt er, und sie hört am Klang seiner Stimme, dass er berührt ist.

»Ich hatte Glück.«

Dann küsst er sie, und diesmal lassen sie sich mehr Zeit, erforschen den Körper des anderen, erkunden, was dem anderen gefällt. Kit fasst sie um die Taille, um sie auf der Matratze nach unten zu ziehen, damit sie nicht mit dem Kopf gegen das Kopfteil stößt. Er hebt ihre Hüften an und schiebt ihr ein Kissen unter.

Danach ruht sie sich in seinen Armen und an ihn gekuschelt aus. Ihr Nacken ist vom langen Liegen auf seiner Schulter verspannt, aber sie will sich nicht anders hinlegen. In ihrem Kopf spielt ein Song, dessen Text sich in ihr Bewusstsein schleicht.

»Was summst du da?«, fragt er über ihre Schulter hinweg.

»Sorry«, grinst sie. »Das ist so eine Angewohnheit von mir.«

»Ja, das ist mir schon aufgefallen«, sagt er. »Wie heißt der Song?«

»*The Seeds of Love*. Das ist ein Volkslied, richtig alt, aus dem siebzehnten Jahrhundert.« Leise stimmt sie die ersten Zeilen an, ohne den Kopf zu heben, sodass sich die Schwingungen aus ihrer Kehle auf seine Brust übertragen.

»Das ist ein schöner Gedanke«, murmelt er. »Die Saat der Liebe in die Erde bringen …« Seine Stimme wird leiser.

Eine kurze Weile liegt sie noch wach und lauscht seinem ruhiger werdenden Atem und dem Auf und Ab des Meeres weit unten am dunklen Strand. Die Ballade läuft in ihrem Kopf weiter, die Worte verweben sich durch ihr Bewusstsein, erzählen die uralte Geschichte von Liebe und Verrat.

Aber so muss es ja nicht kommen, denkt sie. Manchmal gibt es auch ein glückliches Ende. Bisweilen wachsen und blühen Blumen und gedeihen eine Zeit lang in der Sonne.

8

KIT

Jeden Morgen nach dem Frühstück gehen sie zum Strand, vorbei an winzigen Boutiquen, die handgefertigten Schmuck und bunte Badeschlappen verkaufen, an Schildern, die Yogakurse und ayurvedische Massagen bewerben, und schließlich einen schmalen, steilen Pfad hinunter, der sich seitlich an der Klippe entlangschlängelt.

Als sie heute mit ihrem Handtuch und einem um die Hüfte geschlungenen Sarong vor ihm hergeht, singt sie. Ihre Stimme ist wunderschön. Stark und klar.

Sie erreichen ihren üblichen Platz und breiten die Handtücher nebeneinander aus. Kit mietet einen gestreiften Sonnenschirm und stellt ihn sorgfältig auf, indem er die Stange tief im Boden verankert. Der Sand ist weiß und sehr fein und das Meer von einem stürmischen Blau, die Wellen, auf denen Bodysurfer reiten, brechen sich am Ufer. Schwimmer waten ins Wasser und kreischen, als sie von den Wassermassen umgerissen werden. Unter anderen Sonnenschirmen sitzen indische Familien, die Frauen in ihren makellosen Saris, die Männer in akkurat gebügelten Chinohosen, und während sie ungläubig und belustigt die Touristen beobachten, trinken sie Tee.

Es gibt so viel zu entdecken, und es juckt ihn in den Fingern, seinen Bleistift zur Hand zu nehmen, aber der Mensch, den er am liebsten zeichnen möchte, liegt neben ihm in einem scharlachroten Bikini.

»Deine Stimme ist so schön«, sagt er, »es muss toll sein, solche Klänge zustande zu bringen.«

»Wenn ich singe, fühle ich mich frei«, antwortet sie.

»So geht es mir beim Malen.« Er schaut besorgt. »Weißt du was, *vielleicht* bringst du mich tatsächlich noch dazu, meine Meinung zu Folkmusik zu ändern«, lächelt er. »Trittst du bei speziellen Musiktreffen auf, oder so?«

»Hm, ja, schon, manchmal.« Sie reibt sich verlegen die Nase und schaut aufs Meer hinaus. »Aber nur an den Offene-Bühne-Abenden in Pubs.«

Ihre Bescheidenheit findet er liebenswert. »Jemand wird dir eines Tages einen Plattenvertrag anbieten.«

»Das glaube ich kaum«, kichert sie. »Es könnte sein, dass du das nicht ganz neutral siehst.«

Er schließt die Augen, lauscht dem Rauschen der Wellen, dem unendlichen, regelmäßigen Auf und Ab – ein Ruf und die Antwort darauf, genau wie ihr Song. Die Luft ist salzgeschwängert, und trotz der brennenden Sonne weht eine erfrischende Brise. Er lässt seine Gedanken schweifen, und sie kehren doch immer wieder zu Summer zurück. Er möchte sich bei ihr nie verstellen, muss sich trauen, ihr zu sagen, was er für sie empfindet. Sie müssen sich Gedanken machen, wie sie sich weiterhin treffen können, auch nach der Zeit in Indien. Für die Zukunft planen. Aber vielleicht findet sie, dafür sei es zu früh?

Unter den geschlossenen Augenlidern nimmt er einen Schatten wahr, öffnet die Augen und blickt in ihr lächelndes Gesicht. »Ins Wasser?«

Der Sand ist so kochend heiß, dass sie kurz aufschreien. Er nimmt ihre Hand, und sie rennen direkt in die Wellen hinein, die wilde Gischt peitscht ihnen ins Gesicht, wie winzige Tröpfchen aus Kristall, die in der Luft zerplatzen. Das Meer verschluckt sie, als sie hineinspringen und untertauchen. Sie verlieren die Hand des anderen. Die Welt verwandelt sich in Flüssigkeit, in einen strudelnden, wild wirbelnden Ort, an dem er sich verwirrt umsieht und die Orientierung verliert, nicht mehr sagen kann, wo oben und unten ist, als er sich in schwerelosen Purzelbäumen um sich selbst dreht. Als er die Sonnenstrahlen durchs Wasser erkennt, stürzt er auf sie zu und durchbricht mit einem Keuchen die Meeresoberfläche.

Sie taucht neben ihm auf, ebenfalls nach Luft schnappend. Beide spielen in der Brandung, gleiten mit ihren Körpern über Wellen oder springen darüber, strampeln und schnauben vor Lachen, während sie immer wieder nach unten gezogen werden. Schließlich stolpern sie wieder zu ihrem Sonnenschirm zurück und lassen sich triefend vor Nässe und außer Atem hinfallen. Sie trocknet sich das Haar mit dem Handtuch, richtet sich die Träger ihres Bikinioberteils. Er schüttelt den Kopf und versucht, das Wasser in den Ohren loszuwerden.

»Reste vom Frühstück«, sagt sie, als sie ihm eine Orange anbietet.

Er schält sie, genießt den erfrischenden Saft auf der Zunge.

»Darf ich dich noch mal zeichnen?«, fragt er, als er das letzte Stück heruntergeschluckt hat.

»Wird dir das nicht zu langweilig?« Sie sitzt im Schneidersitz neben ihm.

»Niemals«, antwortet er. »Könntest du vielleicht eine bequeme Position einnehmen? Ich mache ein paar schnelle Skizzen, um ein Gefühl für dich zu bekommen.«

»Ich dachte, das hättest du letzte Nacht schon getan«, murmelt sie mit großen, unschuldigen Augen.

Er grinst. »Lenk mich nicht ab.«

Er zieht ein paar Linien auf dem Papier und schaut sie nun, da er sie zeichnet, anders an. Er studiert ihre Beine aus dieser Perspektive, wie sich die Rundung ihres Oberschenkels mit dem Winkel ihrer Hüfte verbindet. Und dann, als er seinen Blick nach oben wandern lässt, zeichnet er die drei kleinen Speckröllchen an ihrer Taille, die dadurch entstehen, wie sie sich auf die linke Hand stützt. Sie hat eine Weichheit, eine Lockerheit und eine Vollkommenheit, die er nicht nur ästhetisch ansprechend findet, sondern die ihn sehr anmacht.

Als er die Skizzen fertiggestellt hat, zeigt er sie ihr. Sie betrachtet sie und äußert Zustimmung und Bewunderung. »Darf ich eine davon behalten?«, bittet sie.

»Selbstverständlich. Such dir aus, welche dir gefällt.«

Nachdem sie das Bild sorgfältig in ihrer Tasche verstaut hat, zieht sie ihr Handtuch aus dem Schatten unter dem Schirm vor. »Ich erlaube mir eine Viertelstunde in der Sonne«, sagt sie gähnend. »In der Brise ist es angenehm frisch.«

Auch er muss gähnen und legt sich wieder unter den Sonnenschirm. Er ist übersättigt von Sonne und Meer, von der Freude, sie zu zeichnen, und der Konzentration seines Blicks beim Skizzieren. Das Einzige, was das noch toppen würde, wäre, neben ihr zu liegen. Aber er ist zu schläfrig, um sich zu bewegen.

Als er die Augen wieder öffnet, ist er dösig und verwirrt. Und er hat Durst. Seine Haut juckt vom getrockneten Salz. Das Rauschen des Meeres erinnert ihn daran, wo er ist, und er setzt sich auf. Summer liegt ausgestreckt in der prallen Sonne, fest schlafend mit ihrem Strohhut auf dem Gesicht. Ein Blick auf die Uhr verrät ihm, dass sie mindestens eine Stunde geschlafen haben müssen, möglicherweise auch länger. Er hebt den Rand ihres Hutes an und bläst ihr Luft auf die Wange: »Summer? Wach auf. Wir sind eingeschlafen.«

Sie setzt sich auf, ganz groggy. »Oh Gott … wie ist das passiert?« Sie kriecht zurück unter den Schirm und sucht ihre Wasserflasche, neigt den Kopf, um einen großen Schluck zu nehmen, wischt das daneben gelaufene Wasser mit dem Handrücken weg. »Hoffentlich hab ich keinen Sonnenbrand bekommen.«

Ihre Haut ist grellpink. Gemeinsam duschen sie kalt, und er sagt, sie solle sich auf das Bett legen, damit er sie mit dem Aloe-vera-Gel eincremen kann, das sie in ihrem Kulturbeutel gefunden hat. Sie strahlt Hitze aus wie ein Ofen. »Du musst mehr Wasser trinken«, drängt er und schenkt ihr ein Glas aus der Mineralwasserflasche ein.

»Verdammt noch mal«, flucht sie, nachdem sie das Glas ausgetrunken hat. »Wie konnte ich nur so blöd sein?«

»Du bist nicht blöd. Bist ja nicht absichtlich eingeschlafen.«

»Es ist nur …«, sie schluckt und schaut weg. »Meine Mum. Also … sie ist an Hautkrebs gestorben«, sagt sie mit zittriger Stimme. »Und was mache ich? Ich habe nichts Besseres zu tun, als mich in einen Hummer verwandeln zu lassen. Und … und wir haben doch nur noch ein paar Tage.«

Das ist sein Stichwort. Sprich es an, drängt er sich selbst. »Es muss kein Abschied für uns sein, nur weil der Urlaub zu Ende geht«, sagt er rasch. »Ich … also ich würde gerne weiter mit dir zusammen sein, auch wenn wir wieder zu Hause sind … also nur, wenn du das auch willst.«

Sie starrt auf das verknotete Moskitonetz: »Das würde mir gefallen.« Ihm fällt ein Stein vom Herzen.

»Allerdings …« Sie hebt die Augenbrauen. »Das wird wohl nicht immer so einfach sein.« Sie zeigt auf die Hütte und Umgebung. »Das alles hier ist nicht echt.«

»Doch, das ist es«, beharrt er und versucht, positiv und nicht abwehrend zu klingen. »Das alles ist echt.«

»Zu Hause werden wir anders sein – andere Menschen.«

»Aber doch nicht wirklich«, entgegnet er. »Unsere Gefühle werden die gleichen sein.« Er wird ernst und setzt sich neben sie auf das Bett. »Es ist schwer, über solche Dinge zu sprechen, ohne dabei wie ein Depp zu klingen.«

»Hey«, entgegnet sie leise, als sie ihre Hand in seine legt. »Ich versteh das doch.«

Er fragt sich, warum es ihm so schwerfällt, ihr seine wahren Gefühle zu offenbaren. Furcht vor Ablehnung. Scham. Er will kein Feigling sein wie sein Vater. Eine Weile schweigen sie, und er möchte noch einmal versuchen, ihr zu erklären, wie sehr er sich wünscht, weiterhin mit ihr zusammen zu sein, ihr von dem Gefühl der Zugehörigkeit zu erzählen, das er empfindet, wenn er ihr nahe ist, aber bevor er die richtigen Worte gefunden hat, fängt sie schon selbst an zu sprechen.

»Ich weiß, wo ich sein werde …«, sie macht eine kurze Pause, »nämlich wieder in Cambridge. Aber … wo wirst du sein?«

Er erschrickt. Darüber hat er sich noch gar keine Gedanken gemacht. »Ich weiß nur eins … ich möchte auf keinen Fall in London bleiben, schon gar nicht bei meiner Mutter«, sagt er zögernd. »Ich werde mir eine eigene Wohnung suchen müssen.«

»Mein Traum war es immer, an die Küste nach Suffolk zu ziehen.« Ihre Stimme klingt jetzt fröhlicher. »Meine Mum ist dort aufgewachsen. Ganz in der Nähe von Woodbridge und Leiston. Das ist mein liebster Ort auf der Welt.«

»Was macht ihn so besonders?«

»Zum einen natürlich das Meer, die wilde, dunkle Nordsee, aber es gibt dort auch Heide und Süßwassersümpfe, Schilfgebiete und Flusslandschaften.« Sie seufzt. »Es ist auf eine düstere Art wunderschön – keine sanften, grünen Hügel, sondern flaches Land mit wechselndem Licht und einem weiten Himmel.«

»Das klingt ideal zum Malen.«

»Stimmt.« Sie dreht sich um, damit sie ihn anschauen kann. »Ich habe gehört, dass die Gegend unter Künstlern sehr beliebt sein soll.«

»Wirklich?«

»Ja – ich habe über einige ziemlich berühmte Künstlerkolonien gelesen, die es dort gibt. Vielleicht solltest du dir die mal anschauen, wenn du einen Ort zum Wohnen suchst.«

Er muss über ihre Begeisterung lächeln. »Es wäre noch schöner, wenn auch du da wärst.«

»Das werde ich«, sagt sie. »Irgendwann später. Aber Suffolk und Cambridge liegen ja nicht so weit auseinander, etwas mehr als eine Stunde mit dem Zug … wenn du dorthin ziehen würdest, könnten wir uns doch gegenseitig besuchen?«

Ein überwältigendes Glücksgefühl erfasst ihn. Das ist fast schon ein Plan. »Klingt perfekt.« Er stützt sich auf einen Ellbogen, um sie besser anschauen zu können. »Gleich, wenn ich nach Hause komme, werde ich mich darum kümmern.«

»Das ist so schön«, sagt sie leise.

Er zieht sie an sich und küsst sie. Sie erwidert den Kuss, bricht aber dann ab und zuckt zusammen. »Aua!«

»Mist. Entschuldige bitte.« Er lässt sie los, wobei er darauf achtet, ihren Sonnenbrand nicht zu berühren.

Bedauernd blickt sie ihn an. »Ich glaube nicht, dass wir heute Nacht Sex haben können.« Sie reicht ihm die Flasche mit Aloe vera.

»Hm«, murmelt er zustimmend, während er reichlich Gel in seine Handfläche gibt und es auf ihrem Oberschenkel verteilt. »Aber … also nur so interessehalber … wie lange hält so ein Sonnenbrand denn normalerweise an?«

Gespielt empört schnalzt sie mit der Zunge.

9

SUMMER

Das Licht dringt als schimmernde Strahlen aus staubigem Gold durch die klapprigen Fensterläden. Als sie sich in den Laken umdreht, zuckt sie zusammen. Dann blickt sie sich um und bemerkt, dass das Kissen neben ihr leer ist. Die Tür zum Badezimmer steht offen. Er ist nicht in der Strandhütte. Bei dem Gedanken an ihr Gespräch vom Vorabend krampft sich ihr Inneres zusammen. Er möchte weiterhin mit ihr zusammen sein, das ist genau das, was auch sie sich ebenfalls wünscht. Aber es bedeutet, dass sie ihm etwas gestehen muss, und sie hat Angst davor, ihn zu verlieren, nachdem sie ihn doch gerade erst gefunden hat.

Er kommt mit einem Tablett voller Essen herein. »Ich dachte, es wäre gut, wenn du frühstückst«, sagt er, in der offenen Tür stehend.

Sie genießt den Anblick seines breiten Lächelns und des zerzausten Haares, den kleinen Schlenker, den er macht, als er die Tür mit dem Fuß hinter sich zustößt. Als sie daran denkt, dass sie ihn verlieren könnte, bekommt sie einen Kloß in den Hals. Sie zwingt sich zu lächeln und setzt sich auf, als er das Tablett auf dem Bett abstellt. Darauf sind zwei Tassen Milchkaffee, frisch gepresster Ananassaft, ein Körbchen mit Croissants und eine aufgeschnittene Papaya mit Limette. Mit einem Teelöffel nimmt sie sich etwas von der kühlen Frucht. Er sitzt auf dem Bettrand und tunkt ein Croissant in seinen Kaffee, dann schaut er auf. »Sorry, das ist so eine eklige Angewohnheit von mir.«

»Mach nur.« Sie pustet sich eine Haarsträhne aus dem Gesicht. »Macht mir nichts aus.«

Während sie hungrig essen, herrscht Stille. Er hat auf das Laken gekrümelt, und auf seiner Oberlippe ist ein Schnurrbart aus Schaum. Ihr wird gerade bewusst, wie unordentlich er ist. Sie lehnt sich zu ihm hin, wischt den Schnurrbart mit einem Finger weg und leckt ihn sauber. Sie hält einen Augenblick inne, als sie ein Glücksgefühl durchflutet, die jede Zelle ihres Körpers erfüllt. Morgens nicht neben ihm aufzuwachen kann sie sich gar nicht mehr vorstellen.

»Alles okay bei dir?«, fragt er.

Sie blinzelt. »Ich überlege gerade nur, ob ich noch ein drittes Croissant schaffe.«

»Na klar, locker«, sagt er und reicht ihr das Körbchen. Er schaut auf seine Armbanduhr. »Ich sollte jetzt wohl besser los, wenn ich noch rechtzeitig zum Tanzfestival kommen will.«

Sie hatte vergessen, dass er das heute vorhatte, und spürt, wie sie nervös wird. Verdammt. Ihr Geständnis würde warten müssen, bis er wieder zurück ist.

»Du hast keine Lust mitzukommen, oder?« Er schaut besorgt auf ihren Sonnenbrand.

»Nein … Ich denke, ich sollte besser hierbleiben.«

»Meinst du, du kommst zurecht?«

Sie bereitet ihren Gesichtsausdruck sorgfältig vor, bevor sie ihn anschaut: »Na klar.«

»Wenn du dir ganz sicher bist … dann geh ich jetzt, ich werde ja nur ein paar Stunden weg sein.«

»Gut«, sie berührt seinen Unterarm und hofft, dass es zuversichtlich klingt.

»Das ist mein erster Auftrag«, sagt er ernst. »Die erste Chance, mich wie ein echter Künstler zu fühlen.« Er lacht etwas selbstironisch auf, aber sie spürt, wie wichtig es ihm ist.

»Wie kommst du hin?«

Er schaut etwas ratlos.

»Im Hotel kann man Fahrräder mieten«, schlägt sie vor. »Es ist ja nur bis in die nächste Stadt.«

»Du bist also fest entschlossen, mich loszuwerden, oder?« Er ist spürbar erleichtert, dass sie ihn ermutigt zu gehen.

»Ja!« Sie gibt ihm einen kleinen Schubs. Ihre schauspielerischen Fähigkeiten sind besser, als sie dachte.

»Schon gut! Schon gut!« Er hebt die Hände als Zeichen, dass er aufgibt. »Nur ein paar Stunden, dann bin ich wieder da.«

»Verstanden.« Sie streckt sich und küsst ihn mit einem Gefühl tiefster Vertrautheit – als wären sie dreißig Jahre in die Zukunft versetzt. Sie fragt sich, wie er wohl mit sechsundfünfzig sein wird. Vielleicht werden sie dann auf diesen Tag zurückblicken, und sie wird zugeben können: Sie hatte nicht gewollt, dass er geht. Aber dieser Auftrag könnte den Beginn seiner Karriere bedeuten, und daran würden sie sich erinnern, nicht an ihre Lügen.

Sie legt sich aufs Bett und lauscht darauf, wie er duscht und sich die Zähne putzt. Er kommt zurück ins Zimmer, nimmt sich seine Shorts und sein T-Shirt vom Stuhl, zieht sie an und fährt sich mit der Hand durch das feuchte Haar. »Kann ich so gehen?«

»Ja, wunderbar.« Ihr gelingt es zu grinsen.

Ein Gefühl der Dringlichkeit treibt sie an, das Bedürfnis, ihm alles zu sagen. Sie will es endlich hinter sich bringen. Wenn sie es schafft, aufrichtig zu zeigen, wer sie wirklich ist, kann sie auch aussprechen, was sie für ihn empfindet. *Ich liebe dich, Kit.* Sie hat die Worte auf der Zunge.

Mit Schwung hebt er sich die Tasche auf die Schulter und geht zur Tür, dann kehrt er noch mal um, beugt sich hinunter, ganz vorsichtig, um ihre Haut mit dem Sonnenbrand nicht zu berühren, und küsst sie noch einmal, diesmal länger und intensiver. Er nimmt ihr Gesicht in seine Hände. Sie spürt eine unbändige Lust in ihrem Inneren, will ihn zu sich auf das Bett ziehen, ihn nie wieder loslassen. Aber sie lehnt sich zurück und berührt ihren Mund mit den Fingerspitzen. »Du wirst noch zu spät kommen.«

Er verdreht die Augen. »Und du, du hast wohl vergessen zu erwähnen, dass du ganz schön bestimmend sein kannst.«

Die Sehnsucht nach ihm meldet sich bereits. »Hör auf, abzulenken.« Sie winkt ihm und lächelt. »Geh jetzt! Mach große Kunst.«

Auf dem Weg raus wirft sie ihm einen Luftkuss zu und kann nicht anders, als ihm nachzurufen: »Bleib nicht so lange weg!«

Nachdem er die Tür hinter sich zugezogen hat und sie das Geräusch seiner Flip-Flops auf dem Weg draußen nicht mehr hört, zeigt sich die Entmutigung auf ihrem Gesicht. Vor Anspannung wird ihr flau im Magen. Sie kann einschätzen, wie er darauf reagieren wird, wenn sie ihm die Wahrheit gesteht. Das Mindeste, was sie erwartet, ist, dass er verletzt und verstört sein wird – möglicherweise auch wütend. Was, wenn er sich sogar gegen sie entscheidet? Sie dreht sich, damit sie im kühlenden Luftzug des Ventilators sitzt.

Es fühlt sich seltsam an, allein im Raum zu sein.

Sie stellt sich vor, wie er mit Skizzenbuch und Stiften im Rucksack durch die üppige Landschaft Keralas radelt. Vielleicht käme er an einem Elefanten oder einer Herde Wasserbüffel vorbei, und am Straßenrand gäbe es Affen. Für Außenstehende würde er unverkennbar britisch wirken, so als sei er einem Roman von E. M. Forster entsprungen: der junge Gentleman, der Kricket spielt und umwerfend im Smoking aussieht. Und doch entspricht nichts davon der Realität – außer dem Teil mit dem Smoking, denn der würde ihm tatsächlich gut stehen. Aber weder gehört er zur Oberschicht, noch hat er besonders vornehme Manieren oder ist privilegiert. Seine Größe und die breiten Schultern täuschen über seine Verletzlichkeit hinweg, das verstummte Kind in ihm. Aber sie kann es sehen und will es beschützen.

Ihm zu begegnen ist das Beste, was ihr je passiert ist – um keinen Preis der Welt wollte sie diese kostbaren, herrlichen Tage verderben. Möglicherweise würde sie ihm leidtun, vielleicht würde er sie sogar bedauern, die Vorstellung wäre ihr unerträglich. Hier wollte sie eine andere Rolle spielen: die Person sein, die sie in ihrer Vorstellung sein könnte – stark und selbstbewusst, eine Frau, die ihre Träume verwirklicht.

Sobald er wieder zurück ist, wird sie ihm erzählen, wer sie wirklich ist.

Als sie wach wird, weiß sie nicht, wie lange sie geschlafen hat. Das Zimmer ist schwülwarm und stickig, obwohl der Deckenventilator läuft. Ihre Augen fühlen sich sandig an, und ihr Kopf hämmert. Sie wirft einen Blick auf die Uhr, die er auf dem Nachttisch vergessen hat, er hat sie wohl nach dem Duschen nicht wieder angelegt. Jetzt wird er wahrscheinlich schon bei dem Festival sein, denkt sie, seinen Skizzenblock auf den Knien, den Zeichenstift gekonnt über die Seite führend. Sie hatte es so genossen, von ihm gezeichnet zu werden, und das, obwohl sie sich im Zentrum seines Blicks auf seltsame Weise unsichtbar fühlte. Sie hatte aufgehört, sie selbst zu sein, dachte sie, und war stattdessen zur Summe ihres Körpers geworden. Jede Sehne, jeder Muskel, jeder Makel und jedes Detail, ihre ganze Körperlichkeit wie unter einem Brennglas vergrößert und mit den Strichen seines Stiftes festgehalten. Erst als sie später die Zeichnungen betrachtete, verstand sie, dass er so viel mehr gesehen hatte. Er hatte ihr Innerstes erkannt, ihre Stimmung, ihre Sehnsüchte und Wünsche, auch ihre Angst war festgehalten, die groß aus ihren Augen spricht. Es hatte ihr den Atem verschlagen.

Immer wieder lauscht sie auf seine Schritte auf dem Weg draußen, das Geräusch des sich öffnenden Türriegels. Sie rechnet die Stunden nach, versucht zu schätzen, wann er zurück sein könnte. Mit den letzten Resten aus der Aloe-vera-Tube cremt sie sich ein, erinnert sich daran, wie Kit es getan hatte, wie sanft seine Hände waren, wie vorsichtig er gewesen war, um ihr nicht wehzutun. Sie wünscht sich, er wäre hier, neben ihr. Ihr Körper sehnt sich nach ihm, ein Schmerz, der viel unmittelbarer ist als das Brennen des Sonnenbrandes. Sie zieht sich seine Armbanduhr über das Handgelenk und erlaubt sich dabei einen Blick auf die Uhrzeit. Er muss bald zurück sein.

An der Tür ist ein höfliches Klopfen zu hören.

Endlich! Eisern dem Wunsch widerstehend, direkt loszurennen und die Tür aufzureißen, hüllt sie sich in einen Sarong und geht ruhig und mit einem breiten Grinsen auf dem Gesicht darauf zu.

Es klopft ein zweites Mal.

»Wie überaus förmlich Sie doch sind, Mr Appleby …«, sagt sie, als sie die Tür aufmacht.

Davor steht der Hotelmanager und blickt ernst. »Miss Blythe.« Er neigt den Kopf, während er die Hände aneinanderreibt.

»Ein Anruf für Sie, in der Lobby. Der Herr sagt, es sei sehr dringend.«

Fest umklammert sie den Hörer. »Ja?« In der Leitung knistert und brummt es. »Summer?« Es ist Dads Stimme, schwach, pfeifend über Kontinente hinweg.

Seine Worte schneiden ihr ins Herz. »Oh Gott!« Sie versucht, sich zu beruhigen. »Es ist wegen Effie, oder? Wie schlimm ist es?«

»Es … die Zeit drängt.«

»Ich versuche, meinen Flug auf heute umbuchen zu lassen.«

»Sie hängt im Moment an der Dialyse …« Man hört ihn zitternd Luft holen. »Ihr Zustand hat sich schlagartig verschlechtert.«

»Ich kann ihr meine Niere spenden«, sagt sie. »Unsere passen ja richtig gut zueinander. Alles wird gut, ich bin schon auf dem Weg. Halt durch, Dad.«

»Beeil dich«, flüstert er.

Mit zitternden Händen legt sie auf. Ihre Gedanken rasen. Ihr Herz schlägt heftig, aber nicht aus Angst. Ihr war ja schon lange klar, dass dieser Tag einmal kommen würde, sie hatte sich seit Jahren aktiv darauf vorbereitet, alle Tests gemacht. So lange hatte sie dem Tag mit Angst entgegengesehen, aber nun ist sie seltsam gelassen.

Sie geht zurück in die Strandhütte, zieht sich an, wirft ihre Sachen in den Koffer, holt alles, was ihr gehört, aus dem Bad. Zum ersten Mal im Leben stopft sie alles wahllos in den Koffer, ohne einen Gedanken an Ordnung zu verschwenden. Wo ist Kit? Er müsste längst zurück sein. Sie kann nicht weg, ohne ihn noch einmal gesehen zu haben.

Auf dem Bett sitzend, die Wirbelsäule durchgedrückt, die Füße flach auf dem Boden, lauscht sie auf das Geräusch seiner Flip-Flops. Die dunklen Zimmerwände der Strandhütte wirken wie ein Käfig. Sie öffnet die Tür und geht in der sengenden Sonne unruhig auf dem gepflasterten Weg auf und ab. Jedes Mal, wenn jemand durch die Tür zum Empfang geht, zuckt sie zusammen und schaut blinzelnd durch die irritierende Wand aus Licht die eintretende Person an. Die Sekunden verstreichen unendlich langsam. Das Gefühl der Dringlichkeit macht sie immer angespannter, bis sie kaum noch Luft bekommt. Es wird ihr nichts anderes übrig bleiben, als zu gehen, ohne ihn vorher noch mal gesehen zu haben. Sie kehrt zur Strandhütte zurück und schreibt ihre Adresse und Telefonnummer in Druckbuchstaben auf einen Zettel.

Kit – das sind meine Kontaktdaten, für den Fall, dass ich abreisen muss, bevor du wieder da bist. Meine Schwester ist schwer krank. Die Nieren. Ich muss nach Hause, ich werde ihr eine Niere spenden. Es tut mir leid, dass ich dir das nicht früher erzählt habe. Erkläre dir alles, wenn wir uns wiedersehen.

Sie legt den Zettel neben eine der Nachttischlampen. Dann läuft sie noch einmal zurück und ergänzt:

Ich hoffe, du kannst mir verzeihen. X

Sie schleppt ihren Koffer in Richtung Rezeption, geht aber nicht hinein, sondern bleibt noch eine Weile in dem verwilderten Garten am ausgetrockneten Zierteich. Hier wird er auf dem Weg zur Strandhütte auf jeden Fall an ihr vorbeikommen. Sie setzt sich auf eine kleine Steinmauer, mit dem Koffer neben sich, der wie ein geduldiger Hund zu ihren Füßen steht, hält den Blick auf die Tür gerichtet und hofft inständig, er möge gleich kommen. Sie kaut auf ihrem Daumennagel herum und denkt an Effie, die im Krankenhaus an das Gerät angeschlossen ist.

Wo bleibt er denn nur? Und jetzt erinnert sie sich daran, dass er erzählt hat, wie schlecht er mit Zeit umgehen könne und regelmäßig Termine und Fristen versäume. Sie berührt seine Uhr, die locker an ihrem Handgelenk sitzt. Jetzt kann er nicht mal nachschauen, wie spät es ist.

In der Kühle der Rezeption bittet sie um ein Blatt Papier und einen Stift. Darauf notiert sie:

Kit, ich muss jetzt los. Bitte komm zum Flughafen nach und triff mich dort. Ich will versuchen, den erstmöglichen Flug nach Hause zu bekommen.

Sie schiebt dem Mann das Blatt über den Empfangstresen hin. »Könnten Sie das Kit Appleby geben? Und ich brauche ein Taxi zum Flughafen, bitte. Es eilt.«

Sie sitzt hinten im Padmini und starrt aus dem Fenster, ohne etwas wahrzunehmen, wünscht sehnlichst, sie wäre schon zu Hause, bei Effie. Schützend legt sie die Hand auf ihren Bauch, über ihr Geschenk, ihre lebensrettende Fracht.

10

KIT

Schwerelos treibt er auf dem Grund eines dunklen Ortes im Nirgendwo. Stimmen dringen zu ihm durch und kurz aufflackerndes, statisches Rauschen, es werden Dinge gesagt, die keinen Sinn ergeben, Worte gesprochen, die er nicht versteht. An das Geräusch von Sirenen kann er sich erinnern und daran, dass er auf dem Rücken lag und durch einen hellen Korridor gefahren wurde, während ihn Gesichter hinter Masken anstarrten. Aber jetzt ist er in diesem düsteren Nebel gefangen, fühlt sich nur noch durch einen dumpfen, immerwährenden Schmerz mit einem Körper verbunden, der weder sehen noch sprechen kann.

Dann, als wäre eine Augenbinde abgenommen worden, sieht er plötzlich wieder. Zuerst ist da nur ein wildes Durcheinander von Formen und Helligkeit, die ihn so stark blendet, dass er zusammenzuckt und die Augen zukneifen muss. Mit der Nase nimmt er etwas beißend Scharfes wahr – Desinfektionsmittel oder Bleiche, denkt er. Die seltsame Landschaft, in der er sich wiederfindet, gibt sich ihm nach und nach zu erkennen. Er liegt in einem schmalen, erhöhten Bett, sein Arm ist eingegipst, ein Bein, mit etwas Weißem umwickelt, hängt in einer Art Flaschenzug. In seinem Handrücken steckt eine Nadel, die durch einen dünnen Schlauch mit einer Maschine verbunden ist. Ein weiterer Schlauch ist an einen Beutel Kochsalzlösung angeschlossen, der über seinem Kopf baumelt. Unter dem Laken ragt ein weiterer hervor, wie er jetzt bemerkt, in den gelbe Flüssigkeit tropft. Das freundliche, runde Gesicht einer Krankenschwester nähert sich ihm.

Sie lächelt ihn an, misst seinen Puls und seine Temperatur, überprüft die Daten, die auf dem Bildschirm über seinem Kopf angezeigt werden. Sie trägt eine rot-blaue Tunika und eine blaue, pyjamaähnliche Hose unter einem weißen Baumwollkittel. Sämtliche anderen Patienten sowie das Personal sind ebenfalls Asiaten. In seinem Kopf formt sich das Wort … Kerala. Und dann: Summer.

»Der Arzt kommt gleich und schaut nach Ihnen«, sagt sie. »Versuchen Sie bitte nicht, aufzustehen.«

»Wie … wie lange bin ich schon hier?«, fragt er. Seine Stimme klingt fremd – dünn und schwach. Die Worte kratzen in seiner Kehle.

»Seit zwei Tagen«, antwortet sie.

Sie entfernt sich, und er legt sich auf das Kissen zurück. Zwei Tage? Er zieht die Stirn in Falten und schließt die Augen. Weiß Summer, dass er hier ist? Hat sie von dem Unfall erfahren? Der Unfall. Er kneift die Augen fest zu. In seiner Vorstellung fällt er nach hinten, landet auf einer brennenden Straße, den Lenker umklammernd, in die Pedale tretend. Staub in Augen und Mund. Metall, Glassplitter fliegen umher.

Er ringt nach Luft und verdrängt mit Macht die Bilder. Dann schaut er sich wieder auf der Station um, nimmt die Fremden in den Betten, das Grundrauschen des Krankenhausbetriebs wahr. Draußen vor dem Fenster ist der Himmel unbeschreiblich blau, und davor sieht er ein Wirrwarr aus Gebäudeteilen und Palmkronen.

Eine Schar Ärzte bahnt sich ihren Weg durch die Station. Sie halten Klemmbretter in den Händen und treten an sein Bett. Einer von ihnen ist offensichtlich der Chefarzt, die anderen folgen aufmerksam seinen Worten.

»Guten Tag, Mr Appleby.« Ein eleganter Mann mit Augen dunkel wie Lakritze. Er wirkt nicht so, als würde er sich jemals die Hände schmutzig machen oder die Stimme erheben. »Ich bin Dr. Sharma. Sie hatten enormes Glück, Sie waren in einen sehr schweren Unfall verwickelt.« Kit kann seinen Worten nicht folgen. Der Arzt deutet mit dem Kopf zu dem Gips an seinem rechten Unterarm. »Eine offene Wunde … eine Fraktur.« Kit bemüht sich, zuzuhören, aber ein ihm unbekanntes Fachwort lenkt ihn ab. »Angebrochene Rippen. Ein gebrochenes Handgelenk.« Die Aufzählung der Verletzungen geht weiter. Sein Kopf ist voller ineinanderfließender Informationen. »Der Oberschenkelknochen«, sagt der Arzt. »Eine offene Fraktur. Operation … Schrauben … Platte.«

Kit wartet, bis er fertig ist. »Wann … wann werde ich entlassen?«

Die Mitglieder der Gruppe tauschen leicht ungläubige Blicke untereinander aus, Kopfschütteln. Jemand kichert leise, aber Dr. Sharmas dunkle Augen blitzen streng auf und lassen ihn verstummen.

»Geduld, Mr Appleby«, sagt der Arzt. »Das wird noch Wochen dauern. Wir lassen weitere Röntgenaufnahmen machen, um zu sehen, wie die Heilung vorangeht.«

Er lässt sich erschöpft in die Kissen fallen. Eine Schwester bleibt an seinem Bett, als die anderen gehen. Sie blickt ihn mitfühlend an.

»War jemand hier, um mich zu besuchen?«, fragt er. »Eine blonde junge Frau?«

Sie schüttelt den Kopf.

»Wo sind meine Sachen?«

Sie deutet zu dem Schrank neben dem Bett. Als er es schafft, den Rucksack aus dem Schrank aufs Bett zu ziehen, sieht er, dass er abgewetzt und zerrissen ist, aber alle Sachen, die er am Tag des Unfalls bei sich hatte, sind noch da. Er durchwühlt den Inhalt: sein Skizzenblock, die Stifte, die von einem Gummiband zusammengehalten werden. Manche sind zerbrochen, aber noch brauchbar. Er zieht ein zerrissenes T-Shirt heraus, seine Shorts, zuunterst liegen ein paar Flip-Flops, mit Flecken, die wie Öl aussehen. Seine Armbanduhr fehlt – vielleicht ist sie beim Unfall kaputtgegangen. Er findet ein paar Münzen, seine Brieftasche, den Pass, eine Streichholzschachtel mit dem Namen eines Hotels in roter Schrift: *The Beach Hut Hotel,* Varkala.

War Summer vielleicht noch dort? Sie hatte doch bald abreisen müssen, erinnert er sich, sie hat ja einen Job, zu dem sie zurückmuss. Vielleicht konnte sie ihren Urlaub verlängern? Eigentlich muss sie doch mitbekommen haben, dass ihm etwas zugestoßen ist – vielleicht hat sie vom Unfall gehört und begriffen, dass er darin verwickelt sein musste?

Er schlägt sein Skizzenbuch auf und blättert unbeholfen mit der linken Hand darin herum, bis er eine Zeichnung von ihrer kleinen Hütte mit dem Strohdach entdeckt. Dann blättert er weiter und stößt auf die Skizzen, die er von ihr gemacht hat. Mit ihren leicht schiefen Zähnen blickt sie ihn lächelnd an. Sie ist sehr kurvig und wunderschön. Mit den Fingern fährt er die Bleistiftlinien entlang. Ihr Ausdruck ist so voller Wärme und Glück. Aber da gibt es auch eine Traurigkeit, von der er nicht weiß, woher sie kommt. *Summer,* hat er daruntergeschrieben.

Ihm geht das Herz auf, und er spürt ihren Atem auf seinem Gesicht, sieht ihr Lächeln, ihre meerblauen Augen. Mit einer Bewegung der linken Hand ruft er sich in Erinnerung, wie sich ihr Haar kräuselte und zwischen seinen Fingern hindurchglitt, ein Wirbel aus Silber, Gold und Bronze.

Er schaut sich die Zeichnung von der Hütte ein zweites Mal an. Der runde Raum mit den dunklen, lackierten Wänden. Jetzt erscheint das Bett mit dem Moskitonetz vor seinem inneren Auge, er hört das Meer gegen den weißen Sand schlagen, riecht die Sonnenmilch auf ihrer warmen Haut, sieht sie neben sich in ihrem roten Bikini. Als er sich damit abmüht, das Skizzenbuch in seine Tasche zurückzupacken, bemerkt er etwas, das in einer Ecke auf dem hinteren Einband steht:

Handlungen sind wichtiger als Worte! Aber erst beides zusammen ist ideal. Kerala, 1993, Summer xx.

Mit den Fingern streicht er über die winzigen Buchstaben.

FEBRUAR

DER ZWEITE MONAT

11

KIT

Der Katheter und der Tropf mit dem Antibiotikum wird entfernt. Nun ist er nicht mehr ans Bett gefesselt, aber wegen seines Handgelenks kann er noch nicht auf Krücken gehen, sodass er darauf angewiesen ist, dass ihn jemand im Rollstuhl herumfährt.

An der Wand im Flur hängt ein Münztelefon. Anil, einer der Patienten aus dem Nebenzimmer (gebrochene Schulter bei einem Motorradunfall), erklärt sich bereit, ihn dorthin zu schieben. Der Flur ist voll von wartenden Leuten. Sie sitzen auf dem Boden, nehmen sämtliche verfügbaren Stühle in Beschlag. Frauen in Saris geben Essen aus, Kinder rennen hin und her. Anil bahnt sich mit dem Rollstuhl den Weg, als würde er sein Motorrad lenken. Kit streckt sich und wählt die Nummer, die auf dem Streichholzbriefchen steht, dann wirft er Münzen in den Schlitz.

»Kann ich Summer Blythe sprechen?«, fragt er mit klopfendem Herzen. »Zimmer 20.«

Um ihn herum ist es so laut, dass Kit kaum etwas hören kann. Er presst eine Hand auf sein freies Ohr. »Entschuldigung. Bitte, was?«

Die Stimme am anderen Ende teilt ihm mit, dass Miss Blythe ausgecheckt habe.

»Wann?«, fragt Kit und schluckt seine Enttäuschung hinunter. »Wann ist sie abgereist?«

Man hört das Rascheln von Seiten, die jemand umblättert. »Am fünfzehnten Januar.«

Kit runzelt die Stirn. »Sind Sie sicher?«

»Vollkommen sicher, Sir.«

Er ist verwirrt. Sie ist am gleichen Tag abgereist, an dem er zum Tanzfestival gefahren ist – am Tag seines Unfalls.

»Kann ich sonst noch etwas für Sie tun, Sir?«

»Hier spricht Kit Appleby«, antwortet er. »Von Zimmer 20. Es tut mir leid, dass ich nicht zurückgekommen bin. Ich bin nicht abgehauen, ohne zu bezahlen, das müssen Sie mir glauben. Ich hatte einen Unfall … Das Zimmer brauche ich nicht mehr. Sobald ich kann, komme ich, um meine Sachen abzuholen und die Rechnung zu begleichen, versprochen.«

Er legt den schmierigen Hörer zurück auf die Gabel.

Dass sie am Tag seines Unfalls das Hotel verlassen hat, fühlt sich wie Verrat an, obwohl er nicht genau weiß, warum. Es muss doch einen triftigen Grund für ihre verfrühte Abreise geben.

»Kein Glück gehabt?«, fragt Anil. »Hast du dein Mädel nicht erreicht?«

Kit schüttelt den Kopf.

»Was ist nur mit den Frauen los«, sagt Anil. »Verarschen einen, sind sprunghaft und unzuverlässig. Die ist nichts zum Heiraten, vielleicht schlägst du sie dir besser aus dem Kopf und gehst nach England zurück. Dort gibts doch jede Menge andere hübsche Mädchen, hm?«

»Nein«, Kit schüttelt den Kopf. »Dieses Mädchen ist anders. Ich kann sie nicht vergessen.«

»Sprichst du von Liebe?« Anil schnalzt mit der Zunge, greift sich dramatisch ans Herz und zieht eine Grimasse. »Du tust mir leid, mein Freund.«

Kit versucht, mit einem Lächeln zu antworten, aber wenn sie nicht im Hotel ist, hat er keine Möglichkeit, sie zu erreichen, zumindest nicht, solange er hier festsitzt. Sicher hat sie ihm eine Nachricht hinterlassen, versucht er sich zu beruhigen. Es wird schon alles gut werden.

»Ich muss noch jemanden anrufen«, sagt er. »Meine Mutter.«

Unruhe macht sich in ihm breit, und sein Hals ist wie zugeschnürt, er spürt die alte, vertraute Angst in sich.

Er muss ungefähr vier Jahre alt gewesen sein. Es war Schlafenszeit, und er stand im Zimmer seiner Mutter, barfuß und dösig. Sie saß auf der Bettkante und trug ein Paar Schuhe, die er noch nie gesehen hatte. Sie waren so leuchtend rot wie seine Legosteine. Die Farbe gefiel ihm, aber die spitzen, hohen Absätze mochte er nicht. Sie stand auf, wurde immer größer und größer, ihr Kopf war weit über ihm. Er hatte einen Becher mit Apfelsaft in der Hand, und als er nach oben schaute, kippte der Becher nach vorn.

Seiner Mutter entfuhr ein wütendes Zischen, ihr Gesicht raste auf ihn zu, der Mund war weit geöffnet, sodass er ihre rosa Zunge und das dunkle, glänzende Metall in ihren Backenzähnen sehen konnte.

»Meine Güte! Schau dir nur an, was du angerichtet hast!«

Die roten Schuhe waren voller dunkler Spritzer, der Saft tropfte aus dem Becher auf die Schuhspitzen aus Leder.

»Hat man nicht mal eine Sekunde Ruhe vor dir?«, schrie sie. »Musst du immer alles kaputt machen?«

Er wich zurück. Sie zog die Schuhe aus. »Geh in dein Zimmer«, brüllte sie. »Geh ins Bett!«

Als er gehorchte und sich umdrehte, flog ein Schuh seitlich an ihm vorbei und knallte gegen die Wand. Beim nächsten Schritt biss ihn etwas in den Knöchel, und er schrie auf. Angst und Schmerz durchfuhren ihn, ein regelrechtes Feuerwerk in seinem Kopf. Als er nach unten schaute, erwartete er einen Hai, einen Alligator oder eine Schlange. Der zweite rote Schuh, mit einem Absatz so scharf wie eine Klinge, lag neben ihm. Aus seiner Haut quoll etwas Rotes und sickerte von der Ferse wie ein rotes Band hinunter auf den Teppich.

Seine Mutter kniete neben ihm, ihre Augen waren feucht. Sie zog ihn an sich und flüsterte: »Kit … das wollte ich doch nicht, das wollte ich nicht. Es tut mir so leid.«

Und irgendetwas in seinem Inneren hatte sich geschlossen wie eine Tür.

»Tut es sehr weh?«, fragte sie. »Vielleicht musst du genäht werden, du darfst aber nicht verraten, dass Mami den Schuh geworfen hat, okay?« Sie schüttelte ihn leicht. »Okay?«

Er starrte sie an. *Ja, Mami,* ihm war klar, dass er das hätte sagen sollen, aber die Worte schienen seinen Mund wie Mäusespeck zu verkleben. Sie hafteten an der feuchten Innenseite seines Mundes. Er bekam Mitleid mit den Wortklumpen. Sie wollten nicht heraus, hatten Angst vor dem Raum, fürchteten sich davor, dass andere, wütende, größere Worte sie in Stücke reißen oder zu Staub zermahlen könnten. In seinem Kopf fühlten sie sich sicherer.

Anil wird entlassen und geht in Begleitung einer Gruppe von Verwandten, darunter seine alten Eltern, sowie einer Schar von Helfern, die seine Sachen tragen und ihn breit lächelnd aus dem Gebäude begleiten. Als er die Station verlässt, verabschiedet er sich mit Daumen hoch bei Kit. Kaum ist das Bett neu bezogen, nimmt ein anderer Patient seinen Platz ein und stellt auf dem Nachttisch mehrere bunte Figürchen auf. Kit erkennt den vierarmigen Dhanvantari, den hinduistischen Arzt der Götter und ein Liebling der Station.

Die Skizzen von Summer hat Kit sorgfältig aus dem Zeichenblock herausgelöst und an die Seite seines Schranks geklebt. Die Krankenschwestern bewundern sie, während sie ihn waschen. »Was für ein hübsches Mädchen«, sagen sie. »Sie sind ein Glückspilz.«

Summer, die Zeichnungen von dir sind das Erste, was ich sehe, wenn ich morgens wach werde, und das Letzte, bevor ich einschlafe. Nicht, dass ich hier viel Schlaf bekomme, dazu ist es nie dunkel oder still genug. Weißt du überhaupt, was mir am Tag des Festivals zugestoßen ist, dass ich in einen Unfall verwickelt war? Eine grauenhafte Massenkarambolage auf der Straße nach Kollam. Ich weiß nicht, wie ich es geschafft habe, dem Tod von der Schippe zu springen, aber mein Bein wurde dabei ziemlich übel zugerichtet. Ich habe mir ein paar Rippen gebrochen, mein Arm wurde zertrümmert, und ich habe mir das Handgelenk gebrochen. Es ist das Gelenk meiner Zeichen-

hand, deshalb mache ich mir natürlich Sorgen. Nun stecke ich hier im Krankenhaus fest. Ich vermisse dich so sehr, frage mich, wo du wohl bist, was du gerade machst und ob du an mich denkst. Ich weiß, dass du nicht mehr in unserem Hotel bist, und hoffe, du denkst nicht, dass ich dich im Stich gelassen habe. Ich würde alles darum geben, wenn ich jetzt mit dir sprechen, dich sehen und spüren könnte.

Die Wochen vergehen, und Kit lernt andere Menschen auf der Station kennen, aber keiner von ihnen bleibt so lange wie er. Ganze Scharen lärmender Angehöriger und Freunde kommen bei den anderen Patienten zu Besuch, lachen und plaudern, reichen ihre Babys über die Betten hinweg, bringen gelbe Blumen und stapelweise silberne Gefäße mit Essen. Köstliche Düfte von Currys und Gewürzen erfüllen die Luft. Manchmal bietet jemand ihm Schüsseln mit Reis oder warmes Fladenbrot an. Er lächelt, nickt und legt die Hände zu einer Dankesgeste aneinander. »*Nandi*«, sagt er, was auf Malayalam »Danke« bedeutet und sie zum Lachen bringt. Aber seine Einsamkeit lastet schwer auf ihm, sobald sie sich wieder dem Patienten zuwenden, bei dem sie eigentlich zu Besuch sind.

Wieder werden neue Röntgenbilder gemacht. Gott sei Dank habe ich eine Reiseunfallversicherung, denkt er jeden Tag. Dann wird der Gips am Arm mit einer elektrischen Säge entfernt, deren Vibrationen kitzeln. Sein Handgelenk ist dick und angeschwollen, die Finger steif. Er lernt, auf Krücken zu gehen, schwankt und torkelt unbeholfen auf der Station herum. Noch immer hat er das Gefühl, überfahren worden zu sein, aber dann muss er an den Fahrer des Motorrollers denken. Warum war er, Kit, nicht derjenige gewesen, der dem Hund ausweichen musste und vom Bus und den Reifen des Lastwagens erdrückt wurde. Es läuft wohl alles auf Wahrscheinlichkeitsrechnungen hinaus, denkt er, eine zufällige Kombination aus Zeit und Raum. Ihm unbekannte Gesetze der Physik hatten gewirkt, und es war, als sei er durch eine Lücke in der Zeit gefallen, durch einen Notausgang. Er schüttelt den Kopf und weiß nicht so recht, wie er es nennen soll: ein Wunder, Schicksal oder glückliche Fügung.

So empfindet er das, während er vor sich hin humpelt und strauchelt, und die Krücken unter seinen Armen ins Fleisch schneiden. Trotz alledem denkt er, dass er Glück hatte. Er hat dem Tod ins Auge geblickt, die Armut und Verzweiflung der anderen gesehen, die in den Fluren warten. Nicht jeder hier kann gerettet werden, bekommt die Pflege, die er bräuchte. Für ihn gibt es Hoffnung, er ist auf dem Weg der Besserung und kommt ihr mit jedem Tag ein Stück näher.

12

SUMMER

Summer und ihr Vater bleiben in der offenen Tür zu dem Privatzimmer stehen. Effie schläft, sie wirkt winzig klein im Vergleich zu der Maschine neben ihr, ein Gewirr von Drähten verbindet sie mit dem Metallbett. Es wurde ein Zugang an ihrem Hals gelegt, und ein kleiner, dunkler Bluterguss leuchtet an der Eintrittsstelle. Summer beugt sich zu ihrem Vater und flüstert: »Sollte nicht ein Port-Dings an ihrem Arm sein?«

»Dazu war keine Zeit mehr«, flüstert Dad zurück. »Es war ein Notfall.«

Ihr läuft es eiskalt über den Rücken. Ihre kleine Schwester sieht schlimmer aus denn je – mit gelblich verfärbter Haut und bis auf die Knochen abgemagert. Effies Lider öffnen sich flatternd, ihre Augen wirken riesig und unnatürlich dunkel, aber ihr Mund beginnt zu lächeln. »Du bist hier«, flüstert sie.

»Hallo, kleiner Bär«, Summer setzt sich auf den Stuhl, der neben dem Bett steht. »Du bekommst jetzt eine nagelneue Niere – ich hab sie gut für dich aufbewahrt.«

»Entschuldige bitte«, Effies Stimme klingt rau. »Ich wollte nicht … dass du wegen mir … früher zurückkommen musst.«

»Sei nicht albern«, sagt Summer. »Für dich würde ich auch zum Mond fliegen, das weißt du doch.«

Sie nimmt Lippenbalsam aus ihrer Handtasche und tupft etwas davon auf Effies rissige Lippen. Sie darf sich jetzt keine Angst anmerken lassen. Alle Statistiken sprechen dafür, dass alles gut gehen wird. Nur einer von fünfhundert Spendern stirbt. Für den Empfänger stehen die Chancen nicht ganz so gut. In manchen Fällen stößt der Körper des Patienten das neue Organ ab, Blutungen, Blutgerinnsel, Tod.

Denk nicht dran, spricht sie sich selbst Mut zu. Bleib zuversichtlich. Es gibt keinen Grund dafür, dass die Transplantation nicht wie im Lehrbuch ablaufen sollte. Ihre Niere – man hatte ihr gesagt, dass es die linke sein würde – wird im Körper ihrer Schwester ein neues Zuhause finden, ihre Aufgaben des Filterns, der Reinigung und der Regulierung erledigen und es Effie ermöglichen, zum ersten Mal schmerzfrei und normal zu leben.

Summer darf die Nacht bei Effie im Zimmer verbringen. Sie und Dad wechseln sich ab, sodass Effie immer einen der beiden bei sich hat. Dafür wird ein Zusatzbett hereingeschoben. An Schlaf ist allerdings nicht zu denken, das ist unmöglich bei dem Brummen der Maschinen, dem Lärm auf dem Krankenhausflur und den ständigen Kontrollen der Krankenschwestern, die Effies Werte überwachen.

»Summer?« Effies Stimme dringt über die Bettkante zu ihr.

Sie setzt sich auf. »Ich bin hier. Kannst du nicht schlafen?«

Effie bewegt ihren Kopf auf dem Kissen. »Ich hab Angst.«

Summer rutscht auf das Bett und legt sich auf den Rand der Matratze neben ihre Schwester, achtet aber darauf, nicht an die Apparate zu stoßen. »Ich habe auch ein bisschen Angst«, gibt sie zu. »Aber diese OP wird dein Leben verändern. Es ist der Beginn von neuen und aufregenden Dingen. Du kannst dich aufs Studium vorbereiten, unabhängig werden.«

»Aber wenn ich sterbe …«

»Das wirst du nicht.«

»Aber wenn doch«, beharrt Effie. »Für den Fall musst du mir versprechen, dass du all die Pläne verwirklichst, von denen du träumst – deine Fotografie, das Schreiben, das Singen … vielleicht könntest du studieren. Ich weiß, dass du das gern wolltest …«

»Das ist im Moment völlig egal …«

»Nein, ist es nicht«, widerspricht Effie heftig. »Du hast so viel geopfert, weil du dich um mich gekümmert hast.«

Summer antwortet nicht, die Worte bleiben ihr im Hals stecken.

»Du musst es mir versprechen«, wiederholt Effie. »Versprichst du mir, dass du für deine Träume leben wirst?«

»Okay, ich verspreche es«, bringt Summer schließlich heraus.

Effie schläft ein, sie atmet schwer und unregelmäßig. Summer bleibt liegen und streichelt ihrer Schwester über die Stirn.

Am nächsten Morgen schlüpft Summer ins Bad, um sich zu waschen und die Zähne zu putzen. Als sie zurückkommt, ist Effie wach.

»Haben sie gesagt, wann es losgeht?«, fragt sie. »Mit der OP?«

»Sie müssen wohl noch ein paar Tests mit mir machen«, antwortet Summer und nimmt Effies Hand. »Nur, um alle Werte auf den neuesten Stand zu bringen. Diese eine letzte Hürde, dann kann's losgehen.«

»Cool«, flüstert Effie heiser. »Und dann kann ich alles essen, was ich will. Literweise Cola trinken. Und feiern, feiern, feiern gehen …«

Ihre Augenlider fallen zu. Summer spürt, wie Effie weggleitet, und es erinnert sie an Mum, als diese dem Tod schon sehr nahe war – dieses losgelöste, verträumte Wegdriften aus dem Moment , das Hin und Her zwischen zwei Welten. Es macht ihr Angst.

»Bleib bei uns, kleiner Bär«, flüstert sie. »Halt durch, wir bringen alles wieder in Ordnung. Alles wird gut.«

Verborgen unter ihrer Sorge um Effie spürt sie den Schmerz brennen, den sie wegen Kits Schweigen empfindet. Vielleicht hat er auf dem Musikfestival eine andere Frau kennengelernt? Sie stellt sich eine zierliche Tänzerin mit dunklen Augen vor, oder eine Touristin, die mit ihm ins Gespräch gekommen ist, als sie ihn zeichnen sah. Möglicherweise hat es im Hintergrund schon die ganze Zeit über eine Freundin gegeben – vielleicht ist er ihretwegen überhaupt auf Reisen gegangen, um Zeit zu gewinnen und nachzudenken, eine Pause von seiner Beziehung zu machen, bevor er zu ihr zurückkehrte. Jetzt fällt ihr ein, dass seine Antwort nur zögernd kam, als sie fragte, warum er seine Pläne ändern und sein Geld lieber für eine Reise ausgeben wollte, anstatt das Auto zu kaufen, das er sich schon immer gewünscht hat.

Aber jetzt kann sie nicht an all das denken, darf sich nicht in Erinnerungen an die Tage am Strand verlieren, an die Nächte unter dem zarten Moskitonetz, an seine heiße Haut auf ihrer. Das ist die Strafe dafür, dass sie ihn belogen hat, dass sie sich, wenn auch nur für einen Augenblick, ein Leben ohne ihre Schwester hatte vorstellen können. Sie kneift die Augen zu, und ihre Schuldgefühle sind wie ein Stich ins Herz, hart und grausam wie eine Klinge. Warum hat sie Kit nur vom Leben an der Küste von Suffolk vorgeschwärmt? Warum hat sie sich eingebildet, weiterhin mit ihm zusammen sein zu können, nachdem sie ihn belogen hatte? Es war alles nur ein Hirngespinst gewesen, ihr Platz ist bei Dad und Effie. Die beiden brauchen sie jetzt, brauchen sie schon seit damals, als sie fünfzehn war.

13

KIT

Inzwischen kann er besser gehen – die Krücken stören nicht mehr so sehr, jetzt wo er sich an sie gewöhnt hat. Unter dem Gips juckt seine Haut wie verrückt, und nachts hat er starke, pochende Schmerzen im Oberschenkel. Aber sein Bein heilt langsam. Metallplatten und Schrauben verbinden sich mit dem Knochen, und seine Kraft nimmt zu.

Ohne den Gips am Handgelenk kann er nun auch seine rechte Hand wieder benutzen und Skizzen von den Menschen auf der Station machen: von Ärzten, Krankenschwestern, Patienten, Besuchern. Seine Finger sind noch steif, das Handgelenk schmerzt, aber die Erleichterung darüber, dass er einen Stift übers Papier führen kann, spornt ihn an. Er findet zu seinem alten Ich zurück und beginnt wieder, sich in der Betrachtung der Welt zu verlieren. Wenn er zeichnet, vergehen die Stunden wie im Flug, und es versetzt ihn in einen Zustand der Meditation.

Patienten und Besucher umringen sein Bett, um seine Zeichnungen anzuschauen, und er trennt für alle, die danach fragen, einzelne Skizzen aus dem Buch heraus und schenkt sie ihnen. Die Leute halten ihre Kinder hoch, damit sie besser sehen können, und Kit zeichnet Zeichentrickfiguren, erschafft kleine Kurzgeschichten in Comicform und bringt die Kinder damit zum Lachen. Bald fragen manche Leute nach Porträts, und er kommt dem gerne nach. Jemand schafft zusätzliches Papier heran und überreicht es ihm mit erwartungsvollem Lächeln.

Ein älterer Herr, der häufig seinen Bruder mit zwei gebrochenen Beinen besucht, nickt anerkennend, als Kit ihm das Porträt, das er von ihnen gemacht hat, zeigt, und steckt ihm etwas Geld zu. Kit will es nicht annehmen, aber der Mann besteht darauf.

Summer, heute hörte ich eine größere Menschenmenge wild und hektisch durcheinanderreden und bin zum Eingang der Station gehumpelt, um zu sehen, was los ist. Da sah ich eine Ansammlung von Leuten, alle in Weiß, die den gesamten Flur einnahmen – in ihren hellen Gewändern wirkten sie wie ein Meer. Es stellte sich heraus, dass es die Angehörigen eines Patienten waren, die glaubten, er wäre tot. Vorauseilend Trauernde. Ein Assistenzarzt hatte die Aufgabe, ihnen die frohe Botschaft zu überbringen, dass keine Beerdigung nötig sei, und sie aufzufordern zu gehen. Einige schauten ziemlich verstimmt.

Später kam ein junges Mädchen auf die Station und warf sich einem der Oberärzte zu Füßen. Sie küsste seine Schuhe, und er versuchte, sichtlich peinlich berührt, sie davon abzuhalten. Zwei Schwestern eilten hinzu und halfen ihr auf; ich glaube, der Arzt hatte ihrer Mutter das Leben gerettet.

Das Krankenhaus ist vollkommen überbelegt. Es gibt hier lange Warteschlangen, das Personal ist gehetzt und hat viel zu viel zu tun, aber die Menschen sind herzlich. Sie haben die Gabe, mit anderen teilen zu können, und ich liebe ihre Art, sich auszudrücken – so viel gewandter und offener als bei uns in England.

Ich habe wieder angefangen zu zeichnen, und glücklicherweise geht das mit meinem Handgelenk ganz gut, es ist nur noch etwas steif. Es ist schön, meine Hand wieder gebrauchen zu können. Meine Skizzen haben sich zu einem kleinen Highlight der Station entwickelt, ich werde oft darum gebeten, jemanden zu zeichnen, und habe dann dabei meistens Publikum! Heute hat jemand darauf bestanden, mir Geld für ein Porträt zu geben. Mein erster bezahlter Auftrag!

Aber ich erhole mich nur langsam, und eigentlich will ich doch nur von hier weg und dich suchen. Ich vermisse dich, Summer. Ich vermisse dich so sehr.

14

SUMMER

Nach dem Tod ihrer Mutter hatte Summer manchmal geglaubt, sie kurz im Augenwinkel gesehen zu haben, als wäre sie wirklich noch da: Mum am Herd stehend, ihre schlanken, nackten Füße, die unter den Bootcut-Jeans hervorschauten, eine selbst gedrehte Zigarette zwischen den Fingern der einen Hand und einen Holzlöffel in der anderen. Wenn Summer und Effie aus der Schule zurückkamen, eilte ihre Mutter aus ihrem Töpferatelier, wischte sich den Lehmstaub von den Händen an der Schürze ab und schnitt dicke Brotscheiben, die sie mit Honig bestrich. Dann stellte sie den beiden Mädchen die Teller hin und fragte sie, wie ihr Tag gewesen war. Sie konnte sich perfekt die wichtigen Details merken. Und sie hatte das Talent, ein Haus so einzurichten, dass es sich wie ein Zuhause anfühlte. Summer hingegen bekam nicht einmal ein Essen hin, das nicht angebrannt war.

Während sie Gemüse für das Abendessen schnippelte, träumte sie von ihrem »alten« Leben: Gemeinsam mit ihren Freunden feiern gehen, kichernd im flackernden Licht der Disco in der Hoffnung, dass Adam Notiz von ihr nehmen würde. Das war das Leben gewesen, in dem sie sich die Nägel mit lila Glitzernagellack angepinselt, *Top of the Pops* geschaut und das Essen verputzt hatte, das ihre Mutter für sie kochte. Ihre Schuluniform lag immer wie von Zauberhand gewaschen, gebügelt und gefaltet in ihrem Schrank.

In ihrem gegenwärtigen Leben hingegen sammelt sich die Schmutzwäsche in dem vollgestopften Wäschekorb am Fuß der Treppe so lange an, bis er überquillt und die Wäsche auf dem Boden landet. Das Waschbecken ist gräulich verfärbt, der Ablauf voller Zahnpastaspuren, und die Betten müssten frisch bezogen werden.

In ihrem gegenwärtigen Leben würde keiner etwas zu essen bekommen, wenn sie sich nicht ums Kochen kümmern würde. Dad ist in Bezug auf Küchenarbeit ein noch hoffnungsloserer Fall als sie selbst.

»Kümmere dich um Effie«, hatte Mum sie ermahnt.

»Das tue ich doch«, antwortete sie in ihren Gedanken. *»Ich strenge mich wirklich an, Mum.«*

Aber es galt, Effies Medikamentenplan im Auge zu behalten, die Krankenhaustermine auf dem Wandkalender einzutragen, damit

Dad sie nicht vergaß, und Effie musste eine spezielle Diät einhalten, durfte weder zu viel Kalium oder Eiweiß noch zu wenig davon zu sich nehmen. Summer lebte in ständiger Angst davor, einen Fehler zu machen und damit diejenige zu sein, die schuld am Nierenversagen ihrer Schwester war.

Als sie im oberen Stockwerk war, einen Haufen Wäsche im Arm, hörte sie Geräusche hinter der Badezimmertür.

Effie stand am Waschbecken und schrubbte irgendetwas mit der Nagelbürste, ihre schmalen Schultern wurden von ihrem starken Schluchzen geschüttelt, ihr Hintern war halb nackt. In der Luft lag der vertraute scharfe Geruch von Ammoniak.

»Das ist nicht schlimm«, hatte Summer schnell gesagt. »Wir können das doch in die Waschmaschine tun. Es ist nicht deine Schuld.«

Sie zog ihre Schwester vom Waschbecken weg, trocknete ihr die seifigen Hände, tupfte ihr das Gesicht ab. »Ich vermisse Mum«, schluchzte Effie, und ihre Unterlippe begann zu zittern.

»Ich auch, kleiner Bär.«

Sie nahm Effie in den Arm, ein Mädchen nur aus Haut und Knochen.

Sie kuschelt sich auf ihr Bett, igelt sich ein, und die Gedanken an Kit sind zurück, sie sucht einen Grund, warum er sie verlassen haben könnte. Vielleicht ist er sauer auf sie – er war sicher geschockt, als er den hastig hingekritzelten Zettel fand, den sie ihm hingelegt hatte. Sie erinnert sich, wie sie am ersten Nachmittag im Bett rittlings auf ihm saß, sie hat sich so stark und unwiderstehlich gefühlt, als sie sich ganz tief über ihn beugte, sodass ihr Haar wie ein Vorhang um sie fiel. Kit stöhnte auf, fasste sie um die Taille , der Durchmesser, den seine Hände bildeten, passte ganz genau um die Stelle unterhalb ihrer Rippen.

Seit sie zu Hause ist, hat sie seine Uhr nicht mehr abgelegt. Der schwere Metallkörper drückt an ihr Handgelenk, und dort ist jetzt eine kleine empfindliche Stelle. Manchmal fasst sie hin, um den

Schmerzimpuls der Nervenenden zu spüren, der sie mit ihm verbindet.

Ein plötzlicher Gedanke durchzuckt sie, und ihr wird heiß und kalt. Vielleicht wurde er überfallen oder ist mit dem Fahrrad gestürzt? Sie streckt sich lang aus. Warum hat sie nicht schon vorher an diese Möglichkeit gedacht? Das wäre das Einzige, was Sinn ergäbe, denn selbst wenn er sauer auf sie wäre, hätte er sie niemals auf diese Weise fallen lassen – nicht der Mann, der ihr Gesicht in seinen Händen gehalten und sie so angesehen hatte, als könne er direkt in ihre Seele schauen. Und er wäre auch nicht einfach mit einer anderen Frau verschwunden, er hätte es ihr doch wenigstens vorher gesagt.

Sie lauscht und hört ihren Vater im Haus herumgehen, das Knarren seiner Schritte auf der Treppe, dann das Rauschen und Glucksen von Wasser in den Rohren. Er macht sich fertig, um ins Krankenhaus zu gehen – heute ist er dran, Effie Gesellschaft zu leisten. Noch sein Abschiedsgruß, auf den sie antwortet, dann wartet sie auf das Geräusch, dass sich die Haustür schließt, zählt im Kopf mit. Dad kommt oft noch mal zurück, um etwas zu holen, das er vergessen hat. Als sie bei zweihundert angekommen ist, steht sie auf und geht nach unten in die Küche. Sie nimmt den Hörer des Wandtelefons von der Gabel und ruft die internationale Telefonauskunft an.

Nachdem sie die Nummer des Beach Hut Hotels notiert hat, beginnt sie zu wählen.

Am anderen Ende läutet es wieder und wieder. Sie stellt sich vor, wie das Telefon auf dem Rezeptionstisch schrillt. Vor dem Fenster weht vielleicht eine leichte Brise durch die Kokospalmen, und unterhalb der Klippe brechen sich die Wellen auf dem weißen Strand. Die Perle des Arabischen Meeres.

»Varkala Beach Hut Hotel, guten Morgen.« Die Stimme klingt verschlafen, und sie überlegt, wie viel Uhr es dort gerade ist.

»Können Sie mich bitte mit Kit Appleby verbinden«, sagt sie mit gedämpfter Stimme.

»Einen Moment.« In der langen Pause ist Rauschen und Knistern zu hören. Einen Moment fragt sie sich, ob die Verbindung unterbrochen wurde oder ob man sie vergessen hat. »Er ist nicht hier, Madam.« Die Stimme klingt atemlos.

»Er … er ist also abgereist?« Sie schöpft neue Hoffnung. Vielleicht ist er schon auf dem Weg nach Cambridge.

»Einen Moment, bitte.« Wieder eine Pause voller Rauschen, das Echo von Zeit und Raum in der Leitung. »Er ist nicht da, aber er hat nicht ausgecheckt«, sagt der Mitarbeiter und klingt dabei leicht verärgert. »Die Rechnung wurde nicht beglichen.«

Ihre Gedanken verwirren sich, sie kann nicht mehr klar denken. Es geht ihm also gut, er ist weder tot noch verletzt, ist noch immer in ihrer Hütte eingemietet, muss also auch ihre Nachricht gefunden haben. Sie sackt auf dem Boden zusammen, den Hörer noch in der Hand. »Könnten Sie ihm etwas ausrichten …« Sie sieht Kit vor sich in ihrem gemeinsamen Zimmer, die braune Tagesdecke, das Moskitonetz. Was könnte sie ihm sagen? Es gäbe so unendlich viel zu erklären, aber das einzig wirklich Wichtige ist Effie. Die Tatsache, dass er nicht einmal angerufen hat, sich wohl nicht im Geringsten darum schert, dass ihre Schwester todkrank ist oder dass sie, Summer, sich einer schweren OP unterziehen muss, bewirkt, dass sich ihr Herz verschließt.

»Ach, nichts.« Mühsam rappelt sie sich auf und legt den Hörer leise auf die Gabel.

15

SUMMER

Sie tragen beide die gleichen grünen Kittel und haben jeweils einen intravenösen Zugang für eine Infusion im Arm. Mit ihrer freien Hand halten sie sich über dem Spalt zwischen den Rollbetten an den Händen. Das Haar ihrer Schwester ist ebenso wie ihres hochgesteckt und unter einer Haube. Effies hohlwangiges Gesicht ist fahl, ihre Sommersprossen ausgeblichen.

»Alles wird gut«, flüstert Summer und bemüht sich, ihre Stimme so sicher wie möglich klingen zu lassen. »Ein Teil von mir wird ab jetzt immer bei dir sein.«

Effie wird zuerst in den OP gefahren. Erst im letzten Augenblick lassen die Mädchen ihre ineinander verschränkten Finger los, und Effie zwingt sich zu einem Lächeln. »Wir sehen uns auf der anderen Seite!«, sagt sie und hebt eine Hand.

»Darauf kannst du wetten«, ruft Summer.

Nachdem sich die Schwingtüren geschlossen haben, sagt Summer zu dem Pfleger: »Sie ist der mutigste Mensch, den ich kenne.« Sie muss blinzeln und schluckt. »Sie beklagt sich nie, schon als Kind war sie immer fröhlich.« Sie schaut zu ihm hoch. »Sie wird doch gesund, oder?«

»Sie sind in den besten Händen«, er drückt ihre Schulter, »alle beide.«

Sie werden in zwei nebeneinanderliegenden Operationssälen sein, sodass Summers Niere im entscheidenden Moment nur in den Nebenraum gebracht werden muss. Ihre eigene OP wird kürzer und weniger aufwendig sein – der Eingriff bei ihr wird nach Effies vorgenommen, und sie wird auch vor ihr fertig sein.

Sie liegt flach auf der Trage und fühlt sich durch die Tablette, die man ihr gegeben hat, benebelt und wie außerhalb ihres Körpers. Der Anästhesist schaut auf sie herunter, sie nimmt seine freundlichen Augen über seiner Maske wahr. »Sie werden jetzt einen kleinen Einstich spüren«, sagt er. »Zählen Sie bitte von zehn rückwärts.«

Zehn … neun … acht …

Dunkelheit umgibt sie, das Medikament fühlt sich wie eine Welle in ihrem Blut an, die sie nach unten zieht.

Sie wird wach.

Irgendetwas stimmt nicht. Ihr wird vor Angst ganz eng um die Brust. Eine Krankenschwester nähert sich. Summer versucht, ihre gespannten Lippen zu bewegen. »Meine … Schwester?« Die Worte kratzen in ihrer Kehle. Die Schwester nimmt ihre Temperatur. »Versuchen Sie, sich auszuruhen.«

»Ihr … ihr geht es doch gut …?«

Die Schwester berührt ihre Hand. »Sie sollten jetzt nicht sprechen.«

Summers Hals tut weh. Ihr Leib schmerzt. Sie tastet mit den Händen nach unten und spürt eine Schwellung unter der Decke. Ihr Bauch ist riesig, wohl noch immer vom Gas der Organentnahme aufgebläht. Sie fühlt sich schwach und benommen, die Augenlider unendlich schwer; obwohl sie dagegen ankämpft, fallen sie schließlich zu.

Dann taucht sie erneut aus einem tiefen, schwarzen Loch auf. Dad sitzt an ihrem Bett und zuckt zusammen, als er merkt, dass sie wach ist, lehnt sich dicht zu ihr herüber und nimmt ihre Hand in seine. »Mein Schatz?«

»Effie?«, flüstert sie fragend.

Er muss gar nichts sagen. Aus geröteten Augen blickt er sie an und weicht ihrem Blick nicht aus.

Sie dreht ihren Kopf auf dem Kissen zur Seite, Tränen quellen unter ihren Lidern hervor. Das kann nicht wahr sein!

Sie drücken einander die Hand, bis es wehtut. Dieser leichte Schmerz ist etwas, an dem sie sich festklammern kann, ein über den Rand einer Klippe herausragender Ast, an dem sie hoch über der tosenden Flut im Abgrund hängt. Sie kann die kalte, rauschende Schwärze in der Tiefe hören, weiß, dass sie hinabstürzen wird. Sie glaubt nicht daran, dass sie das überleben kann.

16
SUMMER

Der Chirurg erklärte ihnen, dass man alles Menschenmögliche getan hätte, aber es sei zu einer unerwarteten Blutung gekommen, und schließlich habe Effies geschwächtes Herz versagt.

Summer erinnert sich, dass der Nephrologe ihr erklärt hatte, aus dem gleichen Grund, aus dem wir zwei Augen, zwei Ohren, zwei Hände und zwei Beine haben, hätten wir auch zwei Nieren – so sei es möglich, eine davon zu verlieren und mit kleineren Umstellungen relativ gut weiterleben zu können.

Aber wie ist es, wenn man eine Schwester verliert? Sie hatte nur eine. Diese eine unersetzliche Schwester. Da kann man sich nicht umstellen, man kann es nicht bewältigen.

Obwohl sie weder schlafen noch essen kann, funktioniert ihr Körper weiter; er lernt, mit einer Niere zurechtzukommen. Das Organ wächst, wird stärker, um den Verlust des Zwillings auszugleichen.

Aber Effie ist unwiederbringlich tot.

Ihr Zuhause fühlt sich seltsam fremd an, kleiner und schäbiger, als sie es in Erinnerung hat, als wäre sie Jahre und nicht nur ein paar Wochen weg gewesen. Jedes Stück in Dads Sammlung zeigt weiterhin die Zeit an: Pendeluhren, federbetriebene, digitale und elektrische Uhren zählen die Momente, die vergehen. Das Haus ist vom Ticken der Uhren und der Glockenschläge erfüllt, winzige Zeiger, die sich in kleinen Schritten vorwärtsbewegen, blinkende Ziffern. Die Uhren erzeugen Geräusche, die sie nicht mehr in Erinnerung hatte, dieses leichte, mechanische Kratzen wie von kleinen Aufziehfigürchen, die durch die Räume marschieren.

Sie liest keine Zeitung und schaut kein Fernsehen, macht aber das Radio an, um die Leere im Haus nicht zu spüren. Die Nachrichten drehen sich hauptsächlich um die Rezession und die Hoffnung, dass sie sich ihrem Ende nähern wird. Dann hört sie etwas über einen kleinen Jungen, der tot auf den Bahngleisen aufgefunden wurde. Eine gute Woche später folgt die Nachrichtenmeldung, dass zwei zehnjährige Jungen für den Mord an dem Kind verantwortlich sind. Seitdem hört sie auch kein Radio mehr – die Welt ist in einer Dunkelheit versunken, die der in ihrem Inneren entspricht.

Kits Uhr umfängt schwer und kühl ihr Handgelenk. Sie zu tragen hält die Erinnerung daran wach, dass sie ihn kennengelernt hat, dass es ihn gibt. Diese wenigen gemeinsam verbrachten Tage waren Wirklichkeit gewesen, auch wenn es für ihn vielleicht nur ein Ferienflirt war. Aber die Hitze und der Glanz Indiens erscheinen ihr hier wie eine Fata Morgana, mitten im englischen Winter, in einem Land, in dem alle Farben verblasst sind. Eine Welt ohne Effie.

Die Fensterläden an ihrem Haus in Cambridge klappern im Wind, der vom Moor kommt, die Vorhut eines sibirischen Sturmtiefs. Dad und sie gehen einander mit sachten, zittrigen Schritten aus dem Weg, so als wären sie beide Invaliden. Für den stechenden Schmerz in ihrem Unterleib ist sie fast dankbar, denn es fühlt sich richtig an, dass ihr Körper den Schmerz widerspiegelt, den ihr Herz durchlebt.

Bei der Beerdigung betritt sie die Kirche zwischen Dad auf der einen Seite und Laura auf der anderen. Sie kennt Laura schon seit Grundschulzeiten, seit damals, als sie Summer aus der Rolle der Außenseiterin auf dem Spielplatz herausholte, denn Laura hatte sie eingeladen, beim Spiel »Wer hat Angst vorm weißen Hai?« mitzumachen. Von diesem Moment an war Summers Welt in Ordnung gekommen. Außer Laura kennt Summer keinen Menschen, der andere noch mehr herumkommandiert als sie selbst. Die sechsjährige Laura war stark und unbeirrt gewesen, sie hatte einen wilden Schopf schwarzer Locken und eine beeindruckende Menge Schorf an den Knien. Von den angeschlagenen Knien mal abgesehen, sieht ihre sechsundzwanzigjährige Version heute auch nicht viel anders aus.

Und es war ebenfalls Laura gewesen, die ihr dabei half, den Sterbefall registrieren zu lassen und die Beisetzung zu organisieren. Gemeinsam haben sie die Lieder und den Trauertext, ein Gedicht von Yeats, ausgesucht. Und für den Beginn, während alle ankommen, hat Summer eine Aufnahme von *Time of Your Life* aus *Dirty Dancing* gewählt.

»Meine Güte, wie sehr sie diesen Song geliebt hat«, seufzte Laura.

»Und ich möchte auch etwas singen«, sagte Summer. »Einen Folksong, ihren Lieblingssong.«

»Bist du sicher?« Laura berührte ihren Arm. »Das wird sicher sehr schwer.«

Summer nickte zustimmend. »Ich möchte es trotzdem gern versuchen. Für sie.«

Als es so weit ist und der Pfarrer von der Kanzel herunterkommt, wünscht Laura ihr flüsternd viel Glück und macht Summer Platz, damit sie sich aus der Kirchenbank quetschen kann. Summers Knie zittern. Die Kirche ist bis auf den letzten Platz besetzt. Weiter hinten stehen die Leute sogar. Sie wagt es kaum, jemandem ins Gesicht zu sehen, hält den Blick auf ihre Füße gesenkt, als sie über den alten, abgetretenen Steinboden nach vorn geht. Es soll reiner Gesang sein, ohne begleitende Instrumente, so als wären sie nur zu zweit: Effie, von den Kissen gestützt, und Summer, auf der Bettkante sitzend. Wenn es Effie nicht gut ging, hörten sie zusammen stundenlang Radio, redeten, spielten Brettspiele, und ihre Schwester bat Summer zu singen, »um den Schmerz zu vertreiben«, so drückte sie das aus.

Summer steht mit dem Rücken zum Altar und schaut über die Köpfe der Gemeinde hinweg, ihr Blick fällt auf ein farbiges Glasfenster am hinteren Ende der Kirche. Nun hat sie Effie vor Augen, ihr elfenhaftes Gesicht, das nach oben blickt, das freche Grinsen, das ihren Mund umspielt. Es entsteht eine gespannte Stille. Sie kneift sich in die Hand, denn sie darf nicht zulassen, dass die Trauer ihre Stimme erstickt. Nichts soll Effies Lied verderben.

»Warum trittst du damit nicht auf?«, hatte ihre Schwester sie öfter gefragt. »Du darfst dein Licht nicht unter den Scheffel stellen – was auch immer ein Scheffel sein mag. Du solltest öffentlich auftreten und außer mir noch andere Menschen mit deiner Musik froh machen.«

»Für so was hab ich keine Zeit«, antwortete Summer jedes Mal. »Ich habe doch viel zu viel zu tun.«

In Wirklichkeit hatte sie Angst davor. Aber sie ließ Effie im Glauben, dass die Verantwortung für sie und den Haushalt sie daran hinderte, ihren eigenen Interessen nachzugehen.

Das hier widme ich dir, denkt sie, als sie Atem holt und den Mund öffnet. Jede Silbe, jede Note soll dir gehören. Vergib mir, dass ich dich nicht retten konnte. Auf diese Weise möchte ich dich um Verzeihung bitten.

Vergib mir.

Ihre Brust wird weit, und das alte Lied erklingt, die Worte werden lauter und erfüllen den Kirchenraum, sie schweben um die Dachbalken und über die Köpfe der Trauernden hinweg. Als sie zum Ende kommt, bemerkt sie, dass ihre Wangen nass sind. Sie schaut die Leute in den vorderen Reihen an und sieht, dass auch sie weinen.

Effies Klassenkameradinnen und Freunde sind da, ebenso wie deren Eltern und ein paar Lehrer. Summer erkennt eine der Krankenschwestern, die sich im Krankenhaus um Effie gekümmert hat, und auch viele der Nachbarn aus der Kimberley Road sind erschienen.

Nach dem Gottesdienst hakt sie sich bei Dad ein. Er schleppt sich neben ihr her, von Zittern geschüttelt. Binnen weniger Wochen ist er um Jahre gealtert. Auf dem Weg aus der Kirche hinaus sieht sie Adam, der ganz hinten sitzt. Sie schauen sich in die Augen, sein Blick ist tröstlich wie eine warme Hand auf ihrer Schulter.

Als sie in die trübe Kälte des Friedhofs hinaustreten, wartet der Pfarrer schon vor der Tür und nimmt ihre kraftlose Hand. »Das war eine wunderschöne Ehrung für Ihre Schwester«, sagt er. Ihr

Gesicht ist erstarrt, ihr Denken wie betäubt. Sie bekommt kaum eine Antwort heraus. Auch ihre Mutter liegt hier begraben, und vielleicht sind sie jetzt vereint. Daran würde sie jetzt gern glauben können, obgleich es in ihrer Vorstellung eigentlich kein Leben nach dem Tod gibt. Im Grunde glaubt sie an gar nichts. Die Liebe war nicht genug gewesen, um ihre Schwester zu retten.

Bereits vor dem Morgengrauen geistert sie durchs Haus, denn sie kann nicht schlafen. Sie geht in das Zimmer ihrer Schwester, berührt alles und findet rosafarbene Haargummis, in denen sich lange, kastanienbraune Haare verfangen haben. Dann nimmt sie ein Döschen Lipgloss in die Hand, das nach Bubblegum duftet, und Mascara in der Farbe Electric Blue. Sie erinnert sich daran, wie begeistert Effie davon gewesen war, als sie sie geschenkt bekam – sie wollte so gern endlich erwachsen sein.

In Effies Bücherregal entdeckt sie ordentlich aufgereihte Notizbücher. Als sie sie öffnet, findet sie darin die kurzen Einträge ihrer Schwester zu ihrem Befinden an dem jeweiligen Tag, kein Wort der Klage, nur die Tatsachen.

Heute war mir wieder übel. Nichts heruntergebracht. Zu erschöpft, um meine Hausarbeiten zu machen. Eine weitere Spritze.

Warum hatte Effie so leiden müssen? Sie war so mutig und voller Hoffnung gewesen. Wie Beth im Roman *Little Women*. Es sind immer die besten Menschen, die das schwerste Schicksal zu erleiden haben, denkt Summer mit einem Anflug von Bitterkeit.

In einigen der Hefte entdeckt sie ihre eigene Handschrift – Geschichten, die sie sich für Effie ausgedacht hat, als sie noch klein war. Nun erinnert sie sich an Effies Geschenk für sie, bevor sie nach Indien aufgebrochen war – ein hübsches, schmales Heft mit einem rot-silbernen Muster. »Damit du schreiben kannst, während du in der Welt unterwegs bist. Du könntest beides miteinander verbinden – die Fotos und das Schreiben. Du kannst so gut mit Sprache umgehen.« Effie war immer ihr größter Fan gewesen, hatte eine so positive Einstellung und sie oft ermutigt. Summer hält abrupt inne, von Schuldgefühlen geschüttelt. Das Heft liegt irgendwo in ihrem eigenen Zimmer, kaum benutzt.

Es hatte Momente gegeben, in denen sie von kindlichem Zorn erfüllt war, verärgert darüber, dass die Pflege Effies ihr nicht erlaubte, so zu leben, wie sie es sich vorgestellt hatte. *Das ist nicht fair*, flüsterte sie manchmal vor sich hin , wenn sie eine weitere Mahlzeit zubereitet und die Wäsche in die Maschine gestopft hatte. Wie die anderen in ihrem Alter wollte sie studieren, sich betrinken, Spaß haben.

Dabei war es doch Effie, die vom Leben benachteiligt worden war, nicht sie selbst. Effie war es, die nichts von dem tun konnte, nach dem sie selbst sich sehnte, die ihr Leben nicht so leben konnte, wie sie sich das wünschte. Und doch hatte Effie an jenem Nachmittag im Krankenhaus nur an Summer gedacht. »Versprich mir«, hatte sie gemahnt, »dass du für deine Träume leben wirst.«

Summer kniet auf dem Boden und hält Effies flauschige Pantoffeln in den Händen, die mit den großen Ohren, Glasaugen und Nasen aussehen wie Katzengesichter. Summer fährt mit den Händen hinein, um den Abdruck der schlanken Füße und der knochigen Zehen ihrer Schwester zu spüren. Effie kannte den kompletten Text der Schauspieler aus *Dirty Dancing* auswendig, konnte alle Songs. Den Tanz am Ende des Films musste sie eine Million Mal gesehen haben, das Video ist fast ganz abgenutzt. »Mein Baby gehört zu mir«, hatte sie lächelnd vor sich hingemurmelt.

Summer legt sich in Effies Bett, drückt ihr Kissen an sich, atmet die letzten Spuren ihres Dufts ein und schluchzt in den fliederfarbenen Mohair-Pullover, den Mum in dem Jahr gestrickt hatte, als sie krank wurde. »Es tut mir so leid«, flüstert sie. »Ich hab dich im Stich gelassen.«

Als die üblichen Geräusche der Morgendämmerung vor dem Fenster einsetzen, geht sie ins Bad. In dem plötzlich blendend hellen Licht dort ist ihr Gesicht überall mit Rotz und Tränen verschmiert.

Abgesehen von ihrem durch das viele Weinen gereizten Teint sieht sie aber aus wie immer. Es ist schwer auszuhalten, dass das Leben ganz normal weitergeht, dass es kein äußeres Zeichen gibt, das den anderen Menschen zu erkennen gibt, welchen Verlust sie erlitten hat.

Sie will genauso aussehen, wie sie sich fühlt, sich dafür bestrafen, dass sie selbst noch am Leben und Effie tot ist, wünscht sich ein Ritual, mit dem sie ihr Leid zum Ausdruck bringen kann. Diese Beweggründe für das, was sie als Nächstes tut, reimt sie sich erst im Nachhinein zusammen. In dem Moment, als sie eine Nagelschere aus dem Zahnputzbecher nimmt und eine Haarsträhne direkt am Ansatz abschneidet, sind sie ihr nicht bewusst – sie weiß nur, sie muss es tun. Sie lässt die Strähne ins Waschbecken fallen, wo sie sich gekräuselt und glänzend von der Keramik abhebt. Ganz schnell, bevor sie es sich anders überlegen kann, schneidet sie noch mehr ab und verpasst sich kurzerhand eine Stachelfrisur wie ein angehender Punk. Ihre Hände zittern, die Nagelschere ist zu klein, um alles zu schaffen, deshalb geht sie nach unten und holt eine Küchenschere, mit der sie, ohne hinzusehen, den Rest grob abschneidet. Als sie fertig ist, ist ihr Kopf leichter, und ihr nun frei liegender Hals und die Ohren fühlen sich seltsam kühl an. Sie streicht sich über den Kopf, spürt die stumpfen, dünnen Büschel und hebt das weiche, wild abgeschorene Haarknäuel auf.

In ihrem dünnen Baumwollpyjama tritt sie hinaus in den Garten und spürt mit ihren nackten Zehen das glatte, feuchte Gras. Fröstelnd schaut sie nach oben, um die fernen kleinen Einstichlöcher der Sterne am tintenblauen Himmel zu betrachten, und unwillkürlich stellt sie sich vor, dass dies dieselben Sterne sind, die auf sie und Kit herabstrahlten. Nur waren sie in Indien viel größer, heller und wärmer. Er hat ihr Hoffnung geschenkt, und sie hat sie gierig angenommen, als könne man so etwas verschenken. Sie lässt die Haarbüschel auf den dunklen Rasen fallen, verstreut sie wie Asche. Es fühlt sich wie eine Art Opfergabe an. Eine Befreiung. Als sie zurück ins Haus geht, fragt sie sich, ob ein Vogel oder ein anderes Tier sie für sein Nest nutzen wird.

Früh am nächsten Morgen nimmt sie ihre Kamera und fährt mit dem Fahrrad in die Fens, ins umliegende Moor. Sie weiß natürlich, dass sie nicht so kurz nach der Operation Fahrrad fahren sollte, aber ihre eigene Gesundheit ist Nebensache. Sie lässt es langsam angehen, wählt die flachen, geraden Wege. Sobald sie zu fest in die Pedale tritt, zuckt sie vor Schmerz zusammen, aber sie muss jetzt einfach raus und in der freien Natur sein. Es gibt einen Fuchsbau, den sie kennt, das Zuhause einer weisen, alten Füchsin. Summer hat sie im Lauf der Jahre schon mehrmals fotografiert und mit zweien ihrer Würfe begleitet. Sie lehnt das Fahrrad an einen Baum und geht einen Weg entlang, der um den Deich herum ins Moor führt, streicht mit den Fingern leicht über Weidenzweige und bemerkt, dass sie sich schon frühlingshaft orange gefärbt haben. Die Jahreszeiten wechseln, neues Leben regt sich.

Sie kämpft sich durch die Büschel von Moorgras und richtet sich schließlich in einem selbst gebauten Versteck ein. Ihr Atem hängt wie Nebel in der Luft, und sie trägt fingerlose Handschuhe, um die Kamera besser bedienen zu können. Effie hatte sie ihr letztes Jahr zu Weihnachten geschenkt, sie sind salbeifarben, mit cremefarbener Stickerei verziert. »Ich weiß, deine Lieblingsfarbe ist eigentlich Rot, aber diese Farben werden die Tiere nicht verschrecken«, hatte sie hinzugefügt.

Sie wirft einen Blick auf Kits Armbanduhr. Eine Stunde ist vergangen, ihre Oberschenkel schmerzen, und die Waden brennen vom Krampf. Sie sieht ein paar Kaninchen und ein Wiesel, aber sie ist wegen der Füchsin gekommen. Ein Foto von ihr und ihren Jungen, die ihr im Spiel in die Ohren beißen, war Effies Lieblingsbild gewesen. »Sie sind wie eine Mischung aus Hund und Katze, oder?«

Summer hatte einen Rahmen besorgt und das Foto im Zimmer ihrer Schwester aufgehängt.

Als sich fast unmerklich etwas an der Stimmung ändert, bekommt sie eine Gänsehaut. Irgendetwas da draußen rührt sich, ein Windhauch fährt durch das Riedgras. Als sie hinschaut, verwandelt der Windhauch sich in ein Wesen, eine schlanke Flamme, die aus dem Unterholz hervorleuchtet, mit herunterhängendem Schweif und gespitzten Ohren. Eine dunkle Schnauze schnuppert am Boden, und gebannt beobachtet Summer diese listige Überlebenskünstlerin. Sie hebt die Kamera, nimmt sie wieder herunter, ohne eine Aufnahme gemacht zu haben. Die Füchsin schaut direkt zu Summers Versteck, dreht sich um und verschwindet wieder im hohen Gras.

Welchen Sinn haben ihre Fotografien – warum weiter dieser Leidenschaft nachgehen, wenn Effie nicht mehr am Leben ist?

Die Erinnerung daran, wie unbeschwert sie in Indien war, so erfüllt von Leben und Liebe, fühlt sich unwirklich an. Der Mensch, der sie dort war, existiert nicht mehr – nie wieder wird sie sich so fühlen können –, sie ist wie betäubt, innerlich tot. Aber sie kann auch nicht einfach aufgeben – sie muss doch auch an Dad denken. Sie steht auf, reibt sich die Arme und radelt erschöpft nach Haus, den fast kahl geschorenen Kopf hält sie im Fahrtwind gesenkt.

17

SUMMER

Ihr Vater sitzt in seinem Arbeitszimmer und starrt auf eine Zahlenreihe, Gleichungen und Algorithmen. Obwohl er eigentlich im Ruhestand ist, weiß er nichts anderes mit sich anzufangen, als eine neue, komplizierte Theorie auszutüfteln. Er hat oft zu erklären versucht, dass Mathematik eine Entdeckungsreise durch eine Welt sei, die auf Logik gründet.

Er blinzelt sie durch seine Brillengläser an, seine Augen sind zu einem verwaschenen Indigoblau verblasst, und er strahlt eine Unschuld aus, die sie drängt, ihn zu beschützen. Es scheint ihr, als könne die Klarheit der Mathematik ihn von der Härte und Gier der Welt da draußen abschirmen. Mum war es immer gelungen, ihn zu erden und ihn zum Lachen zu bringen. Summer hingegen hatte das nicht drauf. Das Einzige, was ihm jetzt hilft, ist, in seine Welt der Logik abzutauchen, aber sie fürchtet, dass er von dort nicht mehr herausfinden könnte.

»Dad«, fragt sie, »kann ich mit dir über etwas reden?«

Er dreht sich langsam zu ihr um und starrt sie unverwandt an. »Was hast du denn mit deinen Haaren angestellt?«

Sie berührt die abgeschnittenen Haarbüschel. »Ich … ich wollte sie nicht mehr.«

»Summer«, seine Stimme zittert, als er einen Schritt auf sie zukommt. »Liebes …« Er streckt seine Hand aus, als wolle er ihr Haar berühren, lässt sie dann fallen. »Damit, dass du dich selbst bestrafst, bringst du sie nicht zurück …«

»Ich hasse mich!« Sie spürt einen Kloß im Hals und schluckt. »Warum war meine Niere nicht genug, weshalb konnte ich sie damit nicht retten?« Ein Schluchzen bricht aus ihr heraus, und sie schlägt die Hände vors Gesicht.

Er zieht sie an sich. »Wir müssen einfach weitermachen. Einen Tag nach dem anderen, Schritt für Schritt werden wir es schaffen. Irgendwie.« Er schluckt. »Effie würde das von uns erwarten. Wir müssen jetzt tapfer sein, und du bist tapfer, ich bin stolz auf dich.«

»Dad …« Sie weint rückhaltlos, und er hält sie fest im Arm. Er ist nur wenige Zentimeter größer als sie, und seine Schultern fühlen sich so schmal an, schmaler, als sie sie in Erinnerung hatte. Sie schließt die Augen und atmet den vertrauten Duft aus Pears-Seife, dem Sandelholz-Rasierschaum und einem Hauch von den Mottenkugeln ein, die zwischen seinen Hemden liegen. Er hält sie fest, bis sie aufhört.

Sie schnäuzt sich, wischt sich über die Augen. Dann tastet sie hinter sich und setzt sich auf den kaputten Ledersessel in der Ecke. Er nimmt wieder an seinem Schreibtisch Platz und dreht sich ihr zu. Sie rutscht auf dem Sessel ganz nach vorn, die Hände zwischen den Knien.

»Du wolltest mich etwas fragen?«, hakt er nach.

»Kannst du dich daran erinnern, dass Mum oft darüber gesprochen hat, sie wolle irgendwann zurück an die Küste von Suffolk?«

Er schaut verwirrt drein. »Suffolk?«

Sie nickt. »Sie hat doch immer von dem Kinderheim erzählt, in dem sie war, ganz in der Nähe vom Strand bei Leiston?«

»Sie mochte es nie, weit weg vom Meer zu leben«, seufzt er. »Sie vermisste das Rauschen der Wellen und die Seevögel.«

»Wollen wir das nicht einfach machen?«, fragt sie. »Wir beide könnten doch dort ein Haus mieten?«

»Du meinst, in … Leiston?«

»Irgendwo an der Küste.«

»Also Cambridge verlassen?«

»Ich halte es hier nicht mehr aus … das Haus ist so … leer.« Sie atmet tief ein. »Ich glaube, es würde uns guttun, wenn wir hier eine Weile rauskämen.«

Er starrt in die Ferne, seine Augen sind feucht, und sie weiß nicht, was ihm durch den Kopf geht. Er schaut sie an. »Mich hält hier nichts, aber wie ist das bei dir? Die Hunde – du liebst sie doch so sehr.«

Große Erleichterung durchströmt sie. Erst jetzt fällt ihr auf, dass sie die ganze Zeit über den Atem angehalten hat. »Ich hab meinen Kunden abgesagt. Ich kann es sowieso nicht weitermachen. Erst Indien, dann die Operation«, erklärt sie. »Jemand anderes hat inzwischen meine üblichen Runden übernommen. Ja, ich vermisse sie, aber es geht ihnen gut. Wie auch immer, ich stelle es mir als eine Art Ferienaufenthalt vor – eine Art Tapetenwechsel auf Zeit.«

Er schüttelt den Kopf. »Warum sollten wir hierher zurückkommen? Ich werde das Haus verkaufen.«

Sie beißt sich auf die Lippe. »Bist du sicher?«

»Wohin ich auch schaue, sie sind überall. Alle beide.« Er steht auf. »Manchmal rieche ich sie sogar. Es ist kaum auszuhalten. Man würde meinen, das sei etwas Tröstliches, aber das Gegenteil ist der Fall.«

Sie berührt seine Hand.

»Du hast recht, der Ort hier tut uns nicht gut.« Er nimmt seine Brille ab.

»Bring es nicht gleich auf den Markt«, sagt sie. »Warten wir wenigstens ein paar Monate – ich höre immer wieder, dass die Immobilienpreise gefallen sind, also sollten wir es vielleicht nicht jetzt verkaufen.«

»Ich finde ständig Prospekte von Immobilienmaklern im Briefkasten, in denen steht, wie wertvoll und begehrt die Grundstücke in der Kimberley Road sind, direkt am Fluss und dem Midsummer Common, nahe am Stadtzentrum.« Er reibt sich die Wange. »Ich glaube, wir bekämen trotz allem einen guten Preis, und wir könnten einen Makler beauftragen, die Sache zu erledigen, während wir in einem gemieteten Cottage wohnen.« Er runzelt die Stirn. »Aber nicht, wenn du findest, wir sollten abwarten. Du warst immer die Vernünftige von uns beiden, Summer. Allerdings sollten wir vielleicht unsere Sachen einlagern? Nur für den Fall?«

»Überlass das alles mir, Dad«, sagt sie und steht auf. »Ich kümmere mich darum.«

»Das tust du immer«, murmelt er. »Ich verlasse mich viel zu sehr auf dich.« Seine Stimme bricht. »Du hast für mich gesorgt, wo es doch eigentlich umgekehrt sein sollte. Ich bin ein egoistischer alter Mann.«

Ihr kommen wieder die Tränen. »Sag doch nicht so was. Ich wollte nicht …«

»Summer … alles muss anders werden. Ich möchte versuchen, dich dabei zu unterstützen, das Beste aus deiner Zukunft zu machen.« Er nimmt ihre Hände in seine. »Du bist doch alles, was ich noch habe.«

Sie drückt seine Hand ganz fest, und beide schweigen. Sie bekommt kein Wort heraus, ihre Kehle ist wie zugeschnürt, und sie vermutet, dass es ihm ähnlich geht. Alles im Haus zusammenzupacken wird sie auf Trab halten, ihr eine Aufgabe geben, auf die sie sich konzentrieren muss, wird verhindern, dass sie den Verstand verliert. Nichts kann die Lücke füllen, die Effie in ihrem Herzen hinterlassen hat, das würde sie auch gar nicht wollen, aber nun hat sie einen Grund, die Sachen ihrer Schwester zusammenzupacken. Wenn sie das alles einem Sozialkaufhaus spendet, würden zumindest andere Freude daran haben.

Effies alberne Katzenhausschuhe und ihre rosa Lieblingshaarbänder mit Glitzer möchte sie behalten, dazu den fliederfarbenen Mohair-Pullover und einige ihrer Schulhefte mit ihrer vertrauten, ordentlichen Handschrift. Sie hatte nur ein ganz normaler Teenager sein wollen, der auf Partys geht und mit Jungs flirtet, sie hatte rennen, tanzen und später studieren wollen. Es schien, als sei das nicht zu viel verlangt.

MÄRZ

DER DRITTE MONAT

18

KIT

Am nächsten Tag kommt Dr. Sharma und nimmt auf dem Stuhl an Kits Bett Platz. Die Schwester schließt die Vorhänge um sie herum, und Dr. Sharma legt die gefalteten Hände in seinen Schoß. »Sie werden morgen entlassen. Ich empfehle Ihnen, zurück nach Großbritannien zu fahren und dort direkt ins Krankenhaus zu gehen. Ich gebe Ihnen einen Arztbrief mit – bitte schicken Sie ihn voraus.« Er nickt. »Zu Hause muss dann noch der restliche Gips abgenommen und Physiotherapie verschrieben werden.«

Kit hätte ihn am liebsten geküsst.

Summer! Endlich darf ich hier raus und kann nach Dir suchen. Ich habe keine Ahnung, wo Du gerade bist, vermutlich bist Du zu Hause in Cambridge und mit Deinen vielen Aufgaben beschäftigt. Wenn Du willst, komme ich so schnell wie möglich zu Dir. Warte auf mich. Bitte.

Er nimmt sich ein Taxi nach Varkala bis zur Auffahrt des Beach Hut Hotels und geht das letzte Stück auf dem schmalen Weg zum Hauptgebäude, der neue Rhythmus ist ihm schon in Fleisch und Blut übergegangen, aufsetzen, Schwung holen, Gleichgewicht herstellen, aufsetzen, Schwung holen. Der Mann an der Rezeption sieht die Krücken und das Gipsbein und hebt besorgt die Augenbrauen.

»Ich bin der, der Ihnen noch Geld schuldet«, sagt Kit, »ich war in die Massenkarambolage auf der Straße nach Kollam verwickelt und komme gerade erst aus der Klinik.«

»Mr Appleby«, der Mann an der Rezeption schlägt die Hände zusammen, »das sind ja schreckliche Neuigkeiten!«

»Die junge Frau, mit der ich hier war, Summer Blythe, also, jemand hat mir am Telefon gesagt, sie hätte am fünfzehnten Januar ausgecheckt. Stimmt das?«

Der Mann öffnet das Reservierungsbuch und blättert darin herum. »Ja, das ist korrekt«, antwortet er dann. Er hält den Kopf schräg und hebt den Zeigefinger. »Ich selbst war an dem Tag am Empfang. Sie hatte es eilig, sagte, sie brauche ein Taxi zum Flughafen.«

»Hat sie vielleicht noch etwas anderes gesagt oder eine Nachricht für mich hinterlassen?«

Er schaut unter den Tresen und taucht mit einem Stück Papier in der Hand wieder auf. »Ja, doch. Bitte, Sir.«

Sein Herz macht einen Sprung, als er den Zettel auseinanderfaltet und die wenigen Sätze liest:

Kit, ich kann nicht noch länger warten und muss jetzt los. Bitte komm zum Flughafen nach und triff mich dort. Ich versuche, den erstmöglichen Flug nach Hause zu bekommen.

Das ergab keinen Sinn. »Ist das alles?«

Der Rezeptionist schaut erneut unter dem Tresen nach, prüft das Reservierungsbuch und hebt dann wieder den Zeigefinger. »Warten Sie bitte einen Augenblick.« Er verschwindet und kehrt mit einer Tasche zurück. »Ihr Gepäck.«

Kit sackt enttäuscht in sich zusammen. Ein weiterer Angestellter kommt hinzu und scheint von Kits Anwesenheit überrascht, er runzelt die Stirn, dann flüstern beide hektisch miteinander. Der Rezeptionist blickt ihn bedauernd an. »Es tut mir außerordentlich leid, Sir, aber mein Kollege hat mich gerade darauf aufmerksam gemacht, dass noch eine weitere Rechnung offen ist.«

Kit hebt fragend die Augenbrauen.

»Sie haben ein Fahrrad ausgeliehen und nicht wieder abgegeben.« Er schaut über Kits Schulter, als hoffe er, das Fahrrad vor der Tür stehen zu sehen.

Kit erinnert sich, wie sich die Griffe anfühlten, an das laute Hupen, das grelle Sonnenlicht, das ihn blendete. Er wird von plötzlicher Panik ergriffen, und sein Herz rast wie verrückt. »Ich bezahle dafür – ich war damit unterwegs, als … als ich …«

Der Rezeptionist reißt erschrocken die Augen auf: »Nein, Sie müssen nichts bezahlen. Die Sache ist vergessen und erledigt.«

»Darf ich kurz einen Blick in Zimmer 20 werfen?«

Der Mann schlägt in dem großen Buch nach. »Seit Sie ausgecheckt haben, wurde es mehrmals gereinigt und belegt. Glauben Sie, dass Sie dort etwas vergessen haben?«

Kit zuckt mit den Schultern und öffnet die Hände, auf seinen Handflächen sind kleine Schwielen von den Krücken.

Kit betrachtet die biedere, braune Tagesdecke auf dem Doppelbett und das darüber hängende Moskitonetz und verzieht das Gesicht. Er staunt im Nachhinein darüber, dass sie nicht einfach auf dem Absatz kehrtmachte und ihn stehen ließ, als sie das Zimmer zum ersten Mal sah. Die lackierten Fensterläden sind geschlossen; er müht sich damit ab, sie zu öffnen, um die grelle Morgensonne hereinzulassen. Als er das Bett berührt, ist die Erinnerung so schlagartig wieder da, dass er sich hinsetzen muss.

Summer über ihm, ihr Haar, das sie wie ein schimmernder Vorhang umgibt, der Duft ihrer Haut – Mandeln, Meersalz, die leichte Säure von Zitronen, das Gefühl ihrer Lippen auf seinem Mund.

Mithilfe der Krücken stemmt er sich hoch und sucht das Zimmer nach einem Zettel oder einem anderen Hinweis ab, den die Zimmermädchen oder andere Gäste übersehen haben könnten. Er öffnet die Schubladen der klapprigen Kommode, greift in jede Ecke, fährt mit den Händen unter die Matratze und die Kissen, schaut ins Bad und blickt hinauf in den offenen Himmel über sich, erinnert sich an ihr Lachen.

Anschließend humpelt er durchs ganze Zimmer, sucht mit den Augen den Boden und sämtliche Oberflächen ab. Die Reinigungskräfte haben schlampig gearbeitet, in allen Ecken liegt Staub, auf dem Teppich sind Krümel. Das lässt ihn hoffen, dass vielleicht nicht alles im Müll gelandet ist. Nachdem er ein Haarband mit ein paar langen, schwarzen Haaren darin gefunden hat und gerade aufgeben will, fällt ihm ein silberner Schimmer ins Auge. Eine winzige silberne Spitze, kaum zu sehen, blitzt zwischen zwei Holzdielen hervor. Vorsichtig stupst er sie mit einer der Krücken an und merkt, dass er sich wohl oder übel auf den Boden knien muss. Indem er sich auf das Bett stützt, schafft er es, sich in eine sitzende Position auf dem Boden zu bringen, den eingegipsten Fuß gerade vor sich ausgestreckt. Mit dem Finger kommt er nicht in die Ritze, nimmt sich einen Bleistift aus der Tasche und hebelt damit das silberne Ding aus seinem Versteck. Ein winziger Hase kommt zum Vorschein.

Summer sitzt ihm lächelnd am Tisch gegenüber und berührt die kleinen Hasen, die an ihren Ohrläppchen baumeln, sodass sie sich drehen.

Er hält den Ohrring fest geborgen in seiner Hand und fragt sich, ob sie wohl den zweiten, dazu passenden noch hat. Dann versucht er, wieder hochzukommen, stützt sich dabei auf seinen gesunden Arm, aber der Gips ist schwer wie ein Stein, und mit den Krücken findet er keinen Halt. Schwer keuchend versucht er es immer wieder, bis es ihm schließlich gelingt, wieder aufrecht zu stehen. Unsicher schwankt er auf einem Bein und wischt sich den Schweiß von der Stirn, dann wirft er einen letzten Blick in das Zimmer, in diesen einfachen Raum, den sie gemeinsam bewohnt hatten. Er stellt sich vor, dass sie im Bett liegen und sich unter dem Moskitonetz in den Armen halten, sie hat ihre Nase in seiner Halskuhle vergraben, und über ihnen drehen sich die Holzflügel des Ventilators mit leisem Knarren in der Dunkelheit.

Hat sie wirklich geglaubt, er würde einfach gehen, ohne ihr Bescheid zu sagen?

Der erste Schritt auf der Suche nach ihr ist, einen Rückflug nach England zu buchen. Aus irgendeinem Grund hat sie beschlossen, nach Hause zu fliegen. Er humpelt weiter, es wird schon Nachmittag. Ihre Notiz gibt ihm zwar Rätsel auf, aber eines ist klar: Sie hatte ihn gebeten, sie am Flughafen zu treffen. Vor ihm ist sie also zumindest nicht geflüchtet.

19
SUMMER

Laura steht vor der Tür und hat Essen aus einem Restaurant mitgebracht. »Ich dachte, dir ist wahrscheinlich nicht nach Kochen«, sagt sie, »und die hier kann sicher auch nicht schaden.« Sie hält eine Flasche Wein in die Höhe. Dann erst schaut sie noch mal hin. »Mein Gott, deine Haare!«

Summer zuckt gleichgültig mit den Schultern.

Laura sieht erschrocken aus. »Hast du eine scharfe Schere da? Dann versuch ich, es ein bisschen gleichmäßiger zu schneiden.« Sie tritt in den Flur und bringt den Geruch von chinesischem Essen mit herein. Summer wird davon übel. Laura stellt die Alubehälter auf dem Küchentisch ab und holt Schalen und Gabeln. Summer schaut ihr dabei zu, wie sie Essen in eine der Schalen löffelt und sie ihrem Vater in sein Arbeitszimmer bringt.

»Nachdem ich es ihm direkt vor die Nase gestellt habe, hat er jetzt immerhin angefangen, etwas zu essen«, berichtet Laura, als sie wieder da ist. »Das ist ja mehr, als man von dir behaupten kann.«

Summer verzieht das Gesicht. »Ich kriege nichts runter …«

Sie sitzt auf einem Hocker mit einem Handtuch um die Schultern, während Laura ihr die Haare kämmt, daran herumschnippelt und seufzt: »Ich gebe mein Bestes … aber ich bin kein Profi … es sieht aus wie mit der Heckenschere geschnitten.«

»Ich wollte sie einfach nur los sein.«

Laura hört auf, an den Haaren herumzuschneiden, und berührt Summer an der Schulter. »Ich weiß, alles fühlt sich gerade so sinnlos und leer an«, sagt sie leise. »Aber das Leben geht weiter.«

Sie schenkt ein Glas Wein ein und drückt es Summer in die Hand. »Effie würde nicht wollen, dass du dich so quälst«, sie kneift die Augen zusammen und schneidet eine verirrte Strähne ab. »Du hast ihr deine Niere geschenkt.«

»Aber das war nicht genug.« Summer verbirgt ihr Gesicht in den Händen.

Laura geht neben ihr in die Hocke und nimmt sie in den Arm. »Du warst eine so tolle Schwester«, murmelt sie. »Die beste.«

Summer umarmt sie ebenfalls und schluchzt, dann richtet sie sich auf: »Laura, ich muss dir was sagen … wir ziehen weg aus Cambridge.« Sie wischt sich mit dem Zipfel eines Handtuchs über die Augen. »Wir werden uns irgendwo in Suffolk an der Küste etwas mieten, für wie lange, weiß ich noch nicht.«

»Ihr zieht weg?« Laura richtet sich auf und sieht sie erschrocken an.

»Oh Mann, ich werde dich so vermissen.« Sie schluckt, muss blinzeln. »Aber … ich finde, es ist eine sehr gute Idee.« Sie beugt sich weiter vor, um das Haar an Summers Ohren kürzen zu können. »Ein Neuanfang. Aber was wird aus deinem Job – aus den Hunden?«

»Das ist alles geregelt. Sobald wir uns etwas eingelebt haben, schaue ich mich dort nach Arbeit um.«

Sie war mit den Hunden spazieren gegangen, weil es eine Arbeit war, die sich zeitlich flexibel einteilen ließ. Neben diesem Job war ihr genug Zeit geblieben, um sich um Effie und den Haushalt kümmern zu können. Jetzt, wo Effie nicht mehr da ist, weiß sie gar nicht recht, was sie als Nächstes tun soll. Ihr Traum, Tierfotografin und Autorin zu werden, erscheint ihr völlig unrealistisch – ihre einzige

Qualifikation ist der Fotokurs am örtlichen College, an dem sie ein paar Abende lang teilgenommen hatte. Ihre Schwester hatte sie immer ermutigt, ihre Fotos bewundert und war davon überzeugt gewesen, dass der *National Geographic* sie entdecken würde. Im Grunde war das aber doch alles nur eine Spinnerei gewesen, um Effie glücklich zu machen.

Laura betrachtet sie und legt den Kopf schief, dann saugt sie die Wangen ein. »Du hast deine Klamotten seit Tagen nicht mehr gewechselt.« Sie nimmt Summers Hand. »Du kümmerst dich nicht richtig um dich selbst.«

Summer zuckt mit den Schultern. Ihr erschöpfter Körper und ihr betäubter Geist sind nur noch in der Lage, die grundlegendsten Aufgaben zu bewältigen: So schafft sie es zwar gerade noch, sich die Zähne zu putzen, aber Zahnseide überfordert sie. Die Kleidung, die sie am Abend zuvor ausgezogen hat, kann sie sich morgens wieder überstreifen. Etwas anderes zum Anziehen herauszusuchen, ist ihr schon zu viel.

Sie gießen sich noch ein Glas Wein ein, während die Wasserkastanien, das Wok-Gemüse und der Jasminreis in den Aluschalen kalt werden. Der Alkohol gibt Summer ein Gefühl gelöster Schwere, er betäubt den Schmerz. Sie hebt ihr Glas und trinkt.

»Ich hab jemanden kennengelernt«, sagt sie. »Als ich in Indien war.«

Laura wirft ihr einen aufmerksamen, interessierten Blick zu.

»Kit.« Sie starrt in ihr leeres Glas. »Ich hatte ihn wirklich gern. Sogar mehr als das.« Unruhig durchsucht sie den Küchenschrank, stöbert eine weitere Flasche Rotwein auf und öffnet sie. »Wir haben nur ein paar Tage gemeinsam verbracht, aber ich hatte das Gefühl, er könnte … ›der Richtige‹ sein.«

»Der Richtige?« Laura hält ihr das Glas zum Nachschenken hin.

»Ja.« Summer lehnt sich auf ihrem Stuhl zurück, in ihrem Kopf fühlt sich alles wie Watte an. »Völlig bescheuert, oder? So was gibt es doch gar nicht. Zumindest erleben das die meisten Leute nicht, aber ich glaubte tatsächlich, zu den wenigen zu gehören, die so ein Glück haben. Tja – und dann hat mich die Wirklichkeit eingeholt, er ist einfach verschwunden. Ist zu einem Tanzfestival gefahren und nicht zurückgekommen. Zumindest nicht bis zu dem Zeitpunkt, als ich wieder im Flugzeug saß. Ich hab ihm meine Telefonnummer und Adresse hinterlassen, aber er hat sich nicht gemeldet. Absolut nichts.«

»Wo ist er denn jetzt? Weißt du das nicht?«

»Vielleicht noch in Indien«, Summer macht eine ausladende Bewegung mit dem Arm, die sich seltsam flüssig anfühlt. »Als ich in unserem Hotel angerufen habe, war er offenb…«, sie bekommt das Wort nicht richtig heraus, »also anscheinend war er zu dem Zeitpunkt noch in Varkala, er hat nicht ausgecheckt.«

»Ruf noch mal an«, drängt Laura sie und steht leicht schwankend auf. »Komm schon, du musst mit ihm sprechen – verdammt, das klingt, als wäre es was Ernstes.«

»Laura. Nein. Er hat doch meine Nummer. Was, wenn er gar nicht mit mir sprechen möchte?«

»Aber er hat sich doch auch in dich verliebt, oder nicht?«

»Ja«, flüstert sie. »Aber wenn er noch im Hotel wohnt, warum hat er mich dann nicht angerufen? Ich hab Angst, dass er mich nicht mehr mag, oder … eine andere kennengelernt hat … mit einem weiteren Rückschlag käme ich nicht klar … mit noch mehr Verlust.« Sie holt tief Luft. »Die Sache ist die – ich habe ihm nichts von Effie erzählt. Und ich habe mir auch ein paar Sachen ausgedacht, habe ihm erzählt, ich wäre Journalistin und Fotografin. Und ich hab so dahergeredet, als würde ich regelmäßig als Folksängerin auftreten.«

»Bitte, was? Warum das denn?« Laura starrt sie an. »Das ist ja gar nicht deine Art!«

»Keine Ahnung«, sagt sie mit knallrotem Gesicht und klammert sich an den Stiel ihres Weinglases. »Ich glaube, die Zeit mit ihm kam mir wie ein Traum vor – die Wahrheit hätte die Seifenblase zum Platzen gebracht – inzwischen bereue ich es.«

»Na ja«, Laura runzelt die Stirn, »du hast einen Fehler gemacht. Etwas getan, was untypisch für dich ist, aber es war ja nicht mit böser Absicht oder so. Ich bin sicher, er könnte das verstehen, wenn du die Möglichkeit hättest, es ihm zu erklären. Ich finde wirklich, dass du mit ihm reden musst.«

Mit Effies Tod hat sie alle Hoffnung verloren. Aber Laura schaut sie erwartungsvoll an, und plötzlich weiß sie, dass sie es ein letztes Mal versuchen muss.

Als sie schließlich zum Beach Hut Hotel durchgestellt wird, ist die Leitung nur schwach und voller Störgeräusche. »Kann … kann ich Kit Appleby sprechen?« Ihr Magen spielt verrückt.

Eine Pause. Ein Zischen. »Nein, Madam. Mr Appleby hat ausgecheckt.«

»Oh«, Enttäuschung erfasst sie, »hat … hat er meine Nachrichten bekommen?«, fragt sie. »Ich habe eine für ihn in unserem Zimmer hinterlassen und eine weitere an der Rezeption. Mein Name ist Summer Blythe. Wir waren zusammen dort.«

»Einen Augenblick.«

Der Mann an der Rezeption muss den Hörer neben die Gabel gelegt haben. Es herrscht geschäftige Stille, das Rauschen der Zeit, die weiterläuft, das Echo von Palmenbäumen, Wellen am Strand, das Surren grüner Flügel. Dann räuspert sich jemand. »Mr Appleby hat die Nachricht erhalten, die an der Rezeption hinterlegt war, Madam.«

»Oh«, sagt sie ein zweites Mal und umklammert den Hörer fester, »ist das so? Dann bedanke ich mich.«

Wenn er die zweite Nachricht bekommen hat, dann muss er auch die erste, ausführlichere mit ihren Kontaktdaten in der Hütte gefunden haben, oder? Er weiß also, warum sie abgereist und wo sie jetzt ist. Ihr wird schlecht. Sie hatte doch gleich recht gehabt – er hat das Interesse an ihr verloren. Sie presst sich die Hände an die Schläfen und wünscht, sie hätte nicht so viel getrunken.

»Und?«, drängelt Laura.

»Er ist weg«, sie nimmt die Hände herunter. »Es ist vorbei.«

Ihr Kopf ist voll von Gedanken an Kit. Kit, der lächelt, lacht und sie dann plötzlich ernst anblickt. Die goldene Farbe seiner Augen, die sich zur Mitte hin zu Schokoladenbraun verdunkelt. Kit unter dem Sonnenschirm am Strand, den Skizzenblock auf den Knien, sein Blick, der so intensiv ist, dass er die Welt um sie herum verbrennt, so etwas hat sie noch nie zuvor erlebt.

Das alles war nicht real gewesen, war eine andere Welt – eine, die es jetzt nicht mehr gibt. Das Hier und Jetzt ist die Realität, Effies Tod und die Pflicht, sich um Dad zu kümmern, der Umzug, der organisiert, und ein Cottage, das noch gefunden und gemietet werden muss.

20

KIT

London. Die Kälte dringt ihm in die Brust. Alles ist trüb, grau, gedämpft, und das dämmrige Licht strengt seine Augen an. Die große Reisetasche verstaut er in einem Schließfach am Flughafen Heathrow – das ist zwar teuer, aber nicht anders machbar. Sobald er wieder mobil ist, wird er sie abholen.

Die Rolltreppe mit Krücken zu nehmen, stellt eine kleine Herausforderung für ihn dar, den kompakten Rucksack hat er auf dem Rücken. Die U-Bahn-Fahrt über sitzt er still zwischen den anderen schweigenden Fahrgästen und schwankt leicht bei den Bewegungen des Zuges, der durch das Tunnelsystem rast. Als er die Seitenblicke der anderen spürt, merkt er, wie seltsam und fehl am Platz er auf sie wirken muss: in Shorts, mit dem schmutzigen Gips, der vom Fuß bis zum Oberschenkel reicht, und dem einen Flip-Flop, dem einzigen Schuhwerk, das er besitzt.

Zu Hause angekommen, schließt er nicht mit seinem Schlüssel auf, sondern läutet an der Tür. Seine Mutter öffnet, und ihrem Gesicht ist ihr Schock anzusehen, als sie ihn sieht. »Kit!« Sie mustert ihn von Kopf bis Fuß, als sie ihn begrüßt. »Du bist wieder da – aber warum in aller Welt hast du mir nicht gesagt, wann du ankommst?«

»Ich hab nur … es tut mir leid … ich hab nicht dran gedacht.«

»Ich habe mir Sorgen um dich gemacht. Hilflos im Krankenhaus auf einem anderen Kontinent!« Sie legt sich eine Hand auf die Brust und schüttelt den Kopf. »Die Straßen dort müssen ja reinste Todesfallen sein. Ich habe mich immer gefragt, was du überhaupt an einem solchen Ort willst.«

Ihre Wimpern sind schwer von schwarzer, klebriger Tusche, und er bemerkt etwas Rotes, das auf ihre Wangen und Lippen geschmiert ist, die Bluse ist aufgeknöpft und gibt den Blick auf ihr Dekolleté frei. Er überlegt, ob sie vielleicht jemand Neuen kennengelernt hat.

Sie öffnet die Tür noch ein weiteres Stück. »Komm doch rein.«

Eine kurze, feste Umarmung. Der schockierend starke und überwältigend süße, aber doch vertraute Duft ihres Parfüms, ihre Lippen streifen seine Wange und hinterlassen einen klebrigen Abdruck. »Ich glaube fast, du bist noch größer geworden«, bemerkt sie, als er ihr ins Haus hinterherhumpelt. »Wie lange warst du unterwegs? Über ein Jahr?«

Das Haus ist vollgestopft, zu stark geheizt und mit zu vielen Möbeln zugestellt. Er hat das Gefühl, dass sein Kopf fast die Decke streift und jede seiner Bewegungen ihre Ballettfigürchen von ihren Plätzen stoßen und auf den Boden fegen könnte. Vorsichtig setzt er den Rucksack ab und macht sich so klein wie möglich. Sie führt ihn ins Wohnzimmer und zeigt mit einer Geste auf das Sofa. »Tee?«

Er nickt, legt die Krücken zur Seite und lässt sich fallen, vollkommen erschöpft von der vielen Bewegung und der Reise, der Herausforderung, Treppen und Stufen zu überwinden, und von den vielen Leuten. Menschenmassen sind das Schlimmste. Jeden Moment lief er Gefahr, das Gleichgewicht zu verlieren, durch den

Stoß eines Ellbogens, wenn jemand seine Hüfte streifte, oder durch den lässigen Schwung einer Tasche. Er fühlt sich so schutzlos wie eines der ausgestellten Figürchen seiner Mutter.

Als sie zurückkommt, reicht sie ihm eine grün-weiße Tasse auf einem Unterteller. Beide gehören zu dem Service, das, solange er denken kann, im Küchenschrank stand und aus dem er schon seit seiner Kindheit trinkt.

Er sitzt ganz vorn auf der Kante des Sessels und nippt an dem heißen Getränk, während sie ihn von einem Stuhl in der Ecke aus beäugt. Der Tee verbrüht ihm die Zunge, und als er dem Blick seiner Mutter begegnet, richten sich die Härchen auf seinen Armen auf. Was macht er hier eigentlich? Wie kommt es, dass er jetzt nicht mehr mit Summer in Kerala ist, sondern mit seiner Mutter gemeinsam in diesem Haus sitzt? Die glänzenden Porzellanballerinas scheinen ihn verächtlich zu mustern. Unvermittelt zuckt seine Hand, er verschüttet den Tee, und einige Tropfen davon verfärben den hellblauen Stoff des Sofas.

Seine Mutter springt auf, verschwindet, kehrt mit einem Lappen zurück und kniet sich hin, um die Flecken aus dem Stoff zu reiben. Bis sie fertig ist und vorwurfsvoll vor sich hin murmelnd den Lappen wieder in die Küche gebracht hat, ist ihm längst klar geworden, dass er nicht hierbleiben kann.

»Was hast du vor?«, fragt sie, zündet sich eine Zigarette an und schlägt ihre noch immer eleganten Beine übereinander. »Jetzt, wo du wieder zu Hause bist?«

»Das weiß ich noch nicht. Ich habe eine Frau kennengelernt, aber … wir haben uns aus den Augen verloren. Bevor ich größere Entscheidungen treffe, möchte ich sie erst wiederfinden.«

»Wie kommst du darauf, dass sie überhaupt wiedergefunden werden will?«, fragt sie mit einer Stimme, deren Ton verrät, dass sie ihn zweifellos für einen weiteren dieser völlig verblendeten Männer hält. »Vielleicht hat sie dich mit Absicht aus den Augen verloren.« Mit den Fingern deutet sie Anführungszeichen in der Luft an.

Ihm wird unbehaglich zumute. Warum nur versucht sie immer wieder, Selbstzweifel in ihm zu säen? »Nein«, widerspricht er, »so ist es nicht. Es muss etwas passiert sein, weswegen sie spontan abreisen musste. Sie hat mir eine Nachricht hinterlassen und mich gebeten, sie am Flughafen zu treffen.«

»Menschen lügen ständig, Kit. Du bist zu gutgläubig. Jemandem, den man gerade erst kennengelernt hat, sollte man nicht gleich Vertrauen schenken.« Sie stößt eine Rauchwolke aus. »Wie dem auch sei, wenn sie hier wohnt, warum rufst du sie dann nicht einfach an?«

»Ich habe ihre Nummer nicht«, gibt er zu.

»Und ihre Adresse? Hast du die etwa auch nicht?« Sie hebt eine Augenbraue.

»Aber ihren Namen weiß ich«, entgegnet er. »Sie lebt in Cambridge. Wenn ich dein Telefon benutzen darf, kann ich ihre Nummer rausfinden.«

»Du liebe Güte, Kit«, sie verdreht die Augen in Richtung Decke. »Du bist doch eigentlich ein kluger Kopf – merkst du nicht, dass sie dich sitzen gelassen hat?« Sie drückt ihre Zigarette aus. »Lauf doch nicht irgendeiner Frau hinterher, wenn in deinem eigenen Leben Chaos herrscht.«

»Darf ich?«, fragt er. »Telefonieren, meine ich?«

»Von mir aus«, seufzt sie, »aber keine Ferngespräche – und fasse dich kurz. Was ich dir noch sagen wollte: Ich bin jetzt mit Terry zusammen, er wohnt hier – und er kann extravagantes Verhalten nicht leiden.«

Kit stellt seine Tasse auf einem der vielen Beistelltische ab, die in Grüppchen angeordnet sind. Vielleicht würde er gleich endlich wieder Summers Stimme hören. Unsicher stemmt er sich hoch und fängt sich gerade noch, indem er die Krücken fest in den Teppich drückt.

Im Flur ruft er die Telefonauskunft an und erfährt, dass es drei Blythes in Cambridge gibt. Sein Herz rast, und mit zitternden Fingern wählt er die erste Nummer. »Hier wohnt keine Summer«, sagt ein Mann. Unter der zweiten Nummer meldet sich mit hoher, flüsternder Stimme ein Kind, lacht und legt dann auf. Bei der letzten Nummer klingelt es und klingelt, aber keiner geht ran.

Er weiß nicht mal, ob sie allein oder mit anderen zusammenlebt, möglicherweise hat sie WG-Mitbewohner. Die offenen Fragen wecken neue Zweifel in ihm, eine gut vertraute Stimme flüstert ihm zu, dass er nicht in Summers Liga spielt – sie hat ihr Leben im Griff, arbeitet an zwei Karrieren, ist ehrgeizig und wunderschön, warum sollte sie jemanden wie ihn wollen?

Es macht ihn wütend, dass er die Worte seiner Mutter so nah an sich heranlässt, und er beschließt, nach Cambridge zu fahren. Er muss Summer finden, ihr Gesicht sehen und mit ihr reden.

»Kein Glück gehabt?«, fragt seine Mutter, als er wieder ins Wohnzimmer gehumpelt kommt.

Er schüttelt den Kopf.

»Du wirst also eine Weile hierbleiben?«

»Nicht lange.«

»Mach doch nicht alles so kompliziert und gib einfach zu, dass du dich mies benommen hast. Einfach so zu verschwinden und innerhalb eines ganzen Jahres nur zwei Postkarten zu schicken. Kannst du dir nicht vorstellen, wie viele Sorgen ich mir gemacht habe?« Ihre Augen verengen sich zu einem schmalen Spalt. »Die Leute fragen doch nach dir, und ich weiß nicht, was ich sagen soll. Es ist peinlich. Terry glaubt mir nicht mal, dass es dich wirklich gibt.«

Auf dem Flurtisch liegen Briefe, die an ihn adressiert sind. In drei Tagen hat er einen Termin im St.-Thomas-Krankenhaus, um den Gips abnehmen zu lassen. Kann er es noch so lange aushalten, ohne sich auf die Suche nach Summer zu machen? Er linst durch einen Spalt in den Vorhängen nach draußen, wo es stockdunkel ist und wie aus Kübeln schüttet. Mit Krücken auf den Gehwegen zu gehen wäre gefährlich, und er würde auch Rolltreppen überwinden und mit dem Zug fahren müssen. Und dabei weiß er ja nicht mal, wo sie wohnt, und auch nicht, ob überhaupt eine der beiden

Adressen korrekt ist, die er sich notiert hat. Es ist klar, dass es das Vernünftigste ist, vorerst in London zu bleiben, bis er den Gips los ist. Sobald er wieder voll beweglich ist, kann er nach Cambridge fahren.

»Bleib, solange du willst, das hier ist dein Zuhause«, sagt seine Mutter, als er zu ihr in die Küche kommt. »Ich richte das Abendessen, Terry wird wohl bald zurück sein. Sei höflich zu ihm, ja?«

Mühsam humpelt er die Treppe hoch, geht schwerfällig und polternd in sein altes Zimmer. Es ist komplett leer. Verwirrt schaut er sich im Raum um, öffnet die Schubladen und merkt, dass auch sie leer geräumt wurden. Er greift sich an die Kehle, als das altbekannte Gefühl der Enge sich meldet. Unten im Kleiderschrank stehen prall gefüllte schwarze Müllsäcke. Einen davon fischt er mit einer Krücke heraus und kramt einen Pullover hervor. In einem Wust von Stoffen weiter unten findet er noch Socken und ein Paar feste Stiefel. Er setzt sich auf die Kante der abgezogenen Matratze und müht sich damit ab, eine Socke über den linken Fuß zu ziehen, aber er hat keine Kraft mehr, der Stiefel fällt zu Boden, und er lässt sich erschöpft rückwärts auf die Matratze sinken.

21

SUMMER

Du hast abgenommen«, sagt Laura, »du musst mehr essen.«

Sie packen die Möbel zusammen, die sie einlagern wollen. Zwar ist das Cottage, das Summer gemietet hat, unmöbliert, aber sie werden trotzdem nicht viele der Möbel für das winzige Häuschen brauchen. Es hat nur jeweils im unteren und im oberen Stockwerk zwei Zimmer. Die jungen Frauen wickeln das Porzellan in Zeitungspapier, räumen Schubladen aus, stapeln Bücher in Kartons. Seit Summer aus Indien zurück ist, hat sie keinen Appetit, und es kommt ihr vor, als würde das wenige Essen, das sie sich dennoch in den Mund steckt, nach nichts schmecken. Asche. Staub. Ihre Fülle ist verschwunden, ohne dass sie es bemerkt hätte.

»Erzähl mir noch was über diesen Typen, Kit«, bohrt Laura nach, während sie Dads Jazzplattensammlung durchgeht, die alphabetisch sortiert im Regal steht. Sie hat ein Album von Bix Beiderbecke herausgenommen.

»Lass die stehen«, sagt Summer, »die wird er selbst einpacken wollen.«

Sie stellt die Platte zurück. »Was ist mit … Kit?« Laura steht auf und klopft sich den Staub von den Händen. »Oder willst du nicht über ihn sprechen?«

Summer reibt mit dem Daumen über das Zifferblatt seiner Armbanduhr. Trotz allem schafft sie es nicht, sie abzulegen. Das Ticken klingt wie ein winziger Herzschlag. »Er … ist witzig und talentiert«, sagt sie. »Ein hoffnungsloser Chaot, ein Künstler. Am Strand hat er viele Skizzen von mir gemacht.«

Laura schaut interessiert auf. »Hast du welche hier?«

»Ja, eine.«

»Darf ich sie sehen?«

Summer geht hoch in ihr Schlafzimmer und zieht die Skizze aus einem Buch. Wieder unten, reicht sie Laura wortlos das Bild. Diese betrachtet es lange und schaut dann auf. »Er hat wirklich verstanden, wie du bist, oder?«

Summer nickt nur und konzentriert sich darauf, einen Umzugskarton zuzukleben, denn auf ihre Stimme wäre gerade kein Verlass.

»Du hast erzählt, dass er nicht mehr im Hotel ist.« Laura setzt sich und stützt ihr Kinn in die Hand. »Glaubst du, er ist inzwischen wieder in England?«

»Er hat darüber nachgedacht zurückzugehen«, entgegnet Summer, »aber ich habe keinen Schimmer, wo er jetzt sein könnte – seine Eltern sind nicht mehr zusammen. Schon seit seiner Kindheit nicht mehr. Ich glaube, sie haben sich scheiden lassen. Seine Mutter lebt in London – ich kann mich nicht daran erinnern, was er zu dem Thema sagte, wo sein Vater jetzt lebt.«

»Welchen Nachnamen hat er denn – den seines Vaters oder den seiner Mutter?«

»Ich glaube, den seines Vaters … Appleby.«

»Warum schlägst du ihn nicht im Telefonbuch nach?«

»Laura, er hat sich nicht mehr bei mir gemeldet. Ich kann ihm doch jetzt nicht nachrennen? Das fühlt sich demütigend an.«

»Aber du weißt doch gar nicht sicher, ob ihm nicht etwas passiert ist oder wie es ihm überhaupt geht, oder?«

»Warum bist du so scharf darauf, dass ich ihn finde?« Sie kann den aufkommenden Frust in ihrer Stimme nicht verbergen.

»Weil du gesagt hast, dass er ›der Richtige‹ sein könnte. Und ich habe da so ein Bauchgefühl.« Sie beugt sich näher zu ihr hin. »Die letzten drei Jahre habe ich viele deiner Dates mitbekommen. Aus ihnen wurde nichts … eben, weil Effie für dich immer an erster Stelle stand. Du hast das zwar nie so direkt gesagt, aber ich habe doch gemerkt, dass du, nachdem mit Adam Schluss war, niemanden mehr so richtig an dich herangelassen hast. Du wolltest nicht, dass dich ein Freund von deinen Pflichten zu Hause abhält.«

»Effie war für mich nie eine … Pflicht«, sagt Summer leise.

»Das weiß ich doch«, antwortet Laura schnell. »So habe ich das nicht gemeint. Ich will damit nur sagen, dass ich verstanden habe, warum du dich nicht gleich wieder in eine Beziehung gestürzt hast. Aber jetzt … falls es eine Chance gibt, wieder Kontakt zu diesem Mann, also zu Kit aufzunehmen, wenn es eine Chance gibt, dass es mit ihm klappen könnte … dann solltest du sie auch ergreifen.«

Summer knabbert an ihrem Daumennagel. »Ich … ich nehme an, sein Vater müsste wohl wissen, wo er jetzt ist – vielleicht wohnt er sogar bei ihm.«

Während sie das ausspricht, fühlt sie ein Fünkchen Erregung aufflammen. Sie versucht, sich an das Gespräch zu erinnern, in dem er den Namen einer Stadt erwähnte, als er sich über Vororte lustig machte.

»Wokingham!« Sie lässt das Paketband auf den Boden fallen. »Das ist es, das ist der Ort, wo sein Vater lebt.« Sie bleibt ganz still stehen, die Fingerspitzen vor dem Mund aneinandergelegt, und möchte Laura so gern glauben. »Ich frage bei der Auskunft nach.«

»Es gibt einen Alan Appleby.«

Alan Appleby, Wokingham. Das muss sein Vater sein. Summers Körper kribbelt vor Aufregung. »Was, wenn Kit wirklich dort wäre?« Sie schaut Laura an. »Heißt das dann, ich bin eine irre Stalkerin?«

»Auf keinen Fall«, antwortet Laura und geht ein Stück zur Seite. »Ich will dich nicht stören – und fange inzwischen mal mit dem Bad an.«

Im Haus von Kits Vater läutet das Telefon, und Summer würde am liebsten den Hörer wieder auf die Gabel knallen. Sie wartet gespannt und fürchtet sich fast davor, eine Stimme am anderen Ende zu hören. Es könnte sogar Kit selbst sein, der dort abhebt. »Hallo?« Es ist ein älterer Mann.

Summer erstarrt, bekommt kein Wort heraus.

»Hallo?«, wiederholt die Stimme.

»Mr Appleby?«

»Ja.«

»Ich wüsste gerne, ob Ihr Sohn da ist?«

»Wer spricht da?«

»Sie kennen mich nicht. Mein Name ist Summer, ich habe Ihren Sohn im Urlaub kennengelernt – und … wir haben uns aus den Augen verloren.«

»Sie haben meinen Sohn im Urlaub kennengelernt?« Die Stimme klingt erstaunt.

Summer schluckt. »Ja.« Sie umfasst den Hörer fester. »Ist er denn da?«

»Ich weiß nicht, was das hier werden soll«, fährt die Stimme in eisigem Ton fort, »aber es ist nicht lustig.«

Sie zögert. »Entschuldigung, aber … ich weiß nicht …«

»Mein Sohn ist neun Jahre alt.«

Summer legt fast auf, sie zögert. »Aber ich dachte … es tut mir leid. Ich dachte, Sie sind der Vater von Kit Appleby?«

Eine Pause entsteht, und dann ist ein lang gezogenes Seufzen zu hören. »Kit wohnt hier nicht, ich lebe hier mit meinem Sohn aus einer anderen Beziehung.«

»Verstehe.« Es hat ihr die Sprache verschlagen, und die Neuigkeit sickert nur langsam zu ihr durch. »Haben Sie eine Telefonnummer oder Adresse von ihm? Ich meine, von Kit?«

»Ich bin doch nicht sein Kindermädchen«, die Stimme klingt kühl. »Das Letzte, was ich von ihm gehört habe, ist, dass er auf Reisen gegangen ist.«

Summer setzt sich. Sie starrt den Hörer auf der Gabel an.

In Alan Applebys Stimme war keine Zuneigung zu hören, als er über Kit sprach. Sollte das etwa der Vater sein, mit dem er ein so gutes Verhältnis hat? Unbehagen lässt ihre Finger zittern, und sie faltet die Hände und drückt sie fest zusammen.

Laura steckt ihren Kopf zur Tür herein. »Und?«

Summer schüttelt nur den Kopf. »Das war er zwar, also sein Vater, aber er weiß auch nicht, wo Kit steckt.«

Laura ist ihre Enttäuschung anzusehen, und Summer steht auf und umarmt ihre Freundin. »Ich weiß, was du vorhast«, sagt sie sanft. »Aber es ist schon okay, ich brauche keine Ablenkung und ihn auch nicht. Ich habe dich und Dad. Und den Umzug an die Küste.«

»Dann sollten wir wohl besser weiter packen.« Es läutet an der Tür, und Summer verzieht das Gesicht. »Oh Gott, ich bin nicht sicher, ob ich es ertrage, jetzt mit jemandem zu reden.«

»Soll ich sie abwimmeln?«

Summer schüttelt den Kopf. »Ich kümmere mich schon darum.«

Vor der Tür steht Adam mit einem Strauß weißer Rosen in der Hand. »Ich wollte nur sagen …«, er hält kurz inne, und sein schmales Gesicht verzieht sich, als sich seine runden, glänzenden, braunen Augen mit Tränen füllen, »Scheiße. Es tut mir so leid, Summer.«

»Danke.« Sie schluckt schwer und nimmt die Blumen. Er wusste noch, dass das ihre Lieblingsblumen sind. »Laura ist auch hier. Willst du nicht reinkommen?«

»Ich habe dich bei der Beerdigung gesehen«, sagt sie, als er hereinkommt. »Danke, dass du gekommen bist, das hat mir viel bedeutet.«

Er bleibt unvermittelt stehen, als er die Umzugskartons sieht. »Mensch, sag mal …« Er schaut in die halb leeren Räume. »Ziehst du um?«

»Ja.« Sie atmet den süßen Duft der Rosen ein. »Wir ziehen nach Suffolk.«

Sie bückt sich, um eine Kiste aus dem Weg zu räumen. »Hey«, er berührt sie sanft am Arm, »hast du nicht gerade eine große OP hinter dir? Lass mich das mal machen.«

Er schiebt die Kiste zur Seite, richtet sich auf und nimmt ihr verändertes Äußeres mit einem verwirrten Stirnrunzeln zur Kenntnis: »Du hast dir die Haare abgeschnitten?«

Sie streicht über ihren Kopf, noch immer überrascht, wie anders er sich jetzt anfühlt.

Laura kommt die Treppe herunter und stemmt die Hände in die Hüften. »Woher wusstest du, dass wir noch jemanden brauchen, der kräftig anpacken kann?«

Adam hält einen Arm hoch und spannt etwas zerknirscht dreinblickend seinen Bizeps an. »Ich bin nicht sicher, ob ich geeignet bin, aber falls ihr Hilfe braucht, bin ich dabei.«

»Lass dich nicht von ihr unter Druck setzen«, sagt Summer, »du bist zu nichts verpflichtet.«

»Ich möchte aber gern helfen«, antwortet er und streicht sich das dunkle Haar aus der Stirn, »wenn das für dich okay ist?«

Sie schlägt die Enden der Stiele platt und stellt die Rosen in eine Vase. Während Adam sich die Ärmel hochkrempelt, witzelt er weiter über seinen nicht vorhandenen Bizeps. Dann machen die drei sich an die Arbeit. Beim Packen unterhalten sie sich über Effie, erinnern sich an lustige Geschichten mit ihr, an die Dinge, über die sie gerne sprach, und auch daran, wie unglaublich stur sie sein konnte. An Summers Wangen laufen Tränen hinunter, aber sie macht sich nicht die Mühe, sie wegzuwischen.

Alle Uhren läuten gleichzeitig zur vollen Stunde. Eine Kakofonie aus Trillergeräuschen und Gongschlägen. Es ist neun Uhr. »Soll ich mal schauen gehen, ob ich etwas Brauchbares in deiner Küche finde, um etwas zu kochen?«, bietet Adam an.

»Ja, gern«, antworten Laura und Summer im Chor.

»Ich bin am Verhungern«, schiebt Laura hinterher.

Im Haus riecht es nach gebratener Butter, Thymian und Käse. Summer erinnert sich jetzt daran, dass Adam gut kochen kann, zumindest bekommt er ein tolles Omelett hin. Sie hatten sich oft spätnachts in die Küche seiner Eltern geschlichen. Sie saß auf dem Tisch, während er die Eier verquirlte und wie ein Chefkoch frische Kräuter hineinstreute. Nach dem Essen hatte er sie am Fluss entlang nach Hause begleitet. Wenn der Nebel über dem Wasser aufstieg und der Himmel sich über den Turmspitzen silbern färbte, fühlte es sich an, als seien sie allein auf der Welt. Eine Schulliebe, ihre erste Liebe. Die Erinnerung daran wischt sie schnell weg.

Sie stellt ein paar Teller und mit Wasser gefüllte Gläser sowie Salz und Pfeffer auf den Tisch und ruft dann nach ihrem Vater oben in seinem Arbeitszimmer. Der schlurft herein und lässt den Blick über die Umzugskartons und die nun leeren Regale wandern, er wirkt verwirrt.

»Ist alles in Ordnung?«, fragt Summer.

»Eine Tochter, die vor ihrem Vater geht. Es hat die Ordnung der Dinge auf den Kopf gestellt.« Er betrachtet die Umzugskisten, und seine Lippen zittern. »Aber wir müssen an dem Glauben festhalten, dass zu jedem Ende auch ein neuer Anfang gehört.«

Summer bekommt ein paar Bissen herunter, aber es fühlt sich seltsam an, zu kauen und zu schlucken, zu spüren, wie das Essen durch ihren Körper wandert und sich in ihrem Bauch schwer anfühlt. Effie hatte sich so danach gesehnt, alles essen zu können, worauf sie Lust hatte. Sie hatte von salzigen Pommes, reifem Brie, Guacamole und großen grünen Oliven geträumt. Zu essen ist das Privileg der Lebenden, der Glücklichen. Summer erinnert sich daran, wie sie sich Essen von Kits Teller nahm, so als würden sie sich schon ewig kennen. Verlockende Bissen, die den Gaumen kitzelten und umso besser schmeckten, weil sie sie mit ihm teilte.

Nach dem Essen machen sich Laura und Summer daran, den Abwasch zu erledigen, und ihr Vater geht zu Bett.

»Dein Dad ist eine weise alte Eule«, sagt Adam.

»Ich hoffe, ich habe die richtige Entscheidung getroffen«, Summer knabbert an einem Fingernagel. »Und dass ihm dieser Ortswechsel guttun wird.«

»Nach Suffolk ist es nicht weit von der M 11«, sagt Adam.

»Hast du's auf eine Einladung abgesehen?«, stichelt Laura. »Vergiss nicht, dass du der Ex bist.«

Adam reibt sich die Nase und schaut zur Seite.

»Ich rechne fest damit, dass ihr beiden zu Besuch kommt«, sagt Summer schnell. »Es wird komisch sein, niemanden dort zu kennen, ich habe ja immer nur hier gelebt.«

Die drei machen weiter, arbeiten bis spät in die Nacht, beschriften Kartons, verpacken Dekogegenstände und kleben die Kisten zu. In regelmäßigen Abständen setzt Laura neues Wasser für Tee auf, und Adam hält sie beide mit einer Menge fürchterlich schlechter Witze bei Laune. Summer ist für ihre Gesellschaft dankbar, für ihre zupackende Hilfe und den Trost, den alte Freunde bieten.

22

KIT

Der Gips wird ihm im St.-Thomas-Krankenhaus abgenommen. Als der Verband aufbricht, kommt sein Bein zum Vorschein, das blasser und dünner, aber geheilt ist. Eine rosafarbene Narbe, die

Haut dünn wie Wachspapier, verläuft um sein Knie und den Oberschenkel. Er bekommt Folgetermine, um das Knie ein letztes Mal röntgen zu lassen und um Physiotherapie zu machen. Er stimmt allem zu, aber das einzig Wichtige ist, dass er seine Freiheit wiederhat.

Er kann ohne Hilfe gehen, aber das Bein ist noch schwach und steif. Man hat ihm geraten, langsam zu machen, die vernachlässigte Haut jeden Tag zu baden und täglich die ihm verschriebenen Übungen zu absolvieren. Außerdem viel Ruhe.

Als er zu seiner Mutter zurückkommt, sitzt Terry im Wohnzimmer, und der Fernseher läuft brüllend laut. »Willst du mit mir Fußball schauen?«, ruft er. »Bring mir ein Bier mit, ja? Ein kaltes.«

Er nimmt eine Dose aus dem Kühlschrank und reicht sie Terry über die Rückenlehne der Couch. Er ist ein stämmiger, kleiner Mann, der Mundgeruch hat und unter dessen Hemdkragen ein Büschel grauer Haare hervorlugt. Bei dem Gedanken daran, dass er seine Mutter berührt, wird es Kit übel. Aber sie wirkt einigermaßen glücklich, wenn Terry ihr in den Hintern kneift oder sich mit der Nase an die Haut hinter ihrem Ohr schmiegt.

»Setz dich doch«, Terry klopft auf den Platz neben sich, »du kannst dir das Spiel doch auch ansehen – selbst spielen wirst du ja eine ganze Weile nicht mehr, oder?« Er lacht, als hätte er etwas Witziges gesagt.

Kit bleibt stehen. »Ich fahre nach Cambridge«, sagt er, »ich werde wohl eine Weile weg sein, aber ich melde mich zwischendurch.«

»Gehst du das Mädel suchen?«, fragt Terry. »Hör nicht auf deine Mum, ich bin sicher, dass Wie-heißt-sie-noch-mal immer noch scharf auf dich ist. Bei so einem gut aussehenden Typen wie dir.«

»Summer«, murmelt Kit. »Ihr Name ist Summer.«

In Cambridge steigt er aus dem Zug, einen Zettel in der Hand mit den zwei möglichen Adressen. Langsam geht er die Station Road hinunter und zuckt zusammen, wenn er einen Schritt hoch auf die Bordsteinkante machen muss. Im Stadtzentrum kommt er an den hellen Steinfassaden der Collegegebäude vorbei, deren Mauern vom Zahn der Zeit gezeichnet sind. Die offenen Tore geben den Blick auf begrünte Innenhöfe frei. Es sind Bilder wie aus einem Kostümfilm. Lachende Studentengruppen gehen an ihm vorbei, und die Luft ist frühlingshaft – es duftet nach Jasmin und dem feuchten Dunst des Flusses. Jeden Augenblick könnte sie ihm über den Weg laufen, hinter jeder Ecke auftauchen. Sein Mund ist vor nervöser Vorfreude ganz trocken, als er jede ihm entgegenkommende blonde Frau mustert. Manchmal blickt eines der Augenpaare zurück und schenkt ihm ein kleines, fragendes Lächeln. Er geht weiter.

Die Frau, die ihm bei der ersten Adresse die Tür öffnet, hat noch nie von ihr gehört, und ein Kind, vermutlich dasselbe, das ans Telefon gegangen war, streckt ihm, sich hinter der Mutter versteckend, die Zunge heraus. Die zweite und letzte Möglichkeit ist ein Haus am Fluss, direkt hinter einer Brücke, die auf den Midsummer Common führt. Kit geht einen mit Steinplatten belegten Gartenweg entlang und klingelt an der Tür. Im Inneren des Hauses hört er es läuten und ein hallendes Echo. Er schirmt mit den Händen das Licht ab und schaut durch die bunten Glasfenster in einen dunklen Flur. Es gibt keinen Hinweis darauf, dass hier jemand wohnt. Dann stapft er über den kleinen Streifen Rasen vor dem Haus zu einem Erkerfenster und schaut hinein, dabei fühlt er sich wie ein Spion. Der Raum ist, abgesehen von einer Rolle Paketband in einer Ecke, komplett leer, das Sonnenlicht wirft den Schatten eines Gitters auf den Holzboden.

Als er wieder auf dem Gehweg vor dem Haus steht, legt er den Kopf in den Nacken, um zu den Fenstern im zweiten Stock hinaufzuschauen. Er steckt die Hände in die Hosentaschen und wippt auf den Fersen vor und zurück. An einem der Fenster sind die Vorhänge zugezogen, aber er ist sich ziemlich sicher, dass das Haus unbewohnt ist. Seine Finger tasten nach der zarten Form des Ohrrings, der ganz unten in seiner linken Tasche steckt. »Wo bist du nur?«, murmelt er.

Ohne seine Armbanduhr muss er Fremde bitten, ihm die Uhrzeit zu sagen, oder Ausschau nach öffentlichen Uhren halten. Jetzt verrät ihm allerdings auch sein Magen, dass die Mittagessenszeit schon vorbei ist. Er betritt ein Café, bestellt ein Sandwich und eine Tasse Tee, wählt einen Tisch am Fenster, von dem aus er auf die Straße schauen kann. Er nimmt einen großen Bissen von dem Vollkornbrot, das mit Käse und Gurke belegt ist, und erinnert sich an Summers ungenierte Freude am Essen, wie sie sich Häppchen von seinem Teller nahm. Das hätte nervig sein können, aber stattdessen gab es ihm das Gefühl , sie schon ewig zu kennen. Beim Kauen starrt er durch das Fenster, und ihm wird fast schwindelig beim suchenden Blick auf die vielen Gesichter. Am Nebentisch füttert eine Mutter ihr quengelndes Kleinkind, das auf einem Kinderhochstuhl festgeschnallt ist. Die Frau schneidet eine Banane in Scheiben und bietet dem kleinen Mädchen eine davon an, indem sie Flugzeuggeräusche macht und mit der Gabel auf den Mund des Kindes zuschwirrt.

Es war etwas Besonderes, in ein Café zu gehen. Seine Füße baumelten unterhalb des Stuhls in der Luft, die Absätze schlugen mit einem dumpfen Rums gegen den Holzsitz. Vor sich hatte er eine klein geschnittene Banane auf dem Teller. Er fasste die glitschigen, klebrigen Scheiben nicht gern an. Eine davon glitt ihm durch die Finger und fiel auf den Boden, er schaute schnell zu seiner Mutter, um zu sehen, ob sie es bemerkt hatte, aber sie hat den Blick starr auf die Tür gerichtet.

»Wenn er kommt, dann antworte ihm, wenn er mit dir spricht«, schärfte Mum ihm ein, als sie sich zu ihm herunterbeugte. Sie schrubbte mit Spucke und einem zerknüllten Taschentuch an seinen Wangen herum. Er wollte sich wegdrehen, aber sie hielt sein Gesicht mit spitzen Fingern fest. »Ich weiß, dass du sprechen kannst, wenn du nur willst.«

Sie steckte das Taschentuch in ihre Tasche. »Und nenn ihn Daddy. Vergiss das nicht.«

Dann lächelte sie, den Blick leicht gesenkt, und berührte dabei zugleich ihr Haar. Ein Mann beugte sich über den Tisch und sagte: »Hallo, Margaret.«

Er zog einen Stuhl heran und setzte sich ihnen gegenüber. Seine langen, geröteten Finger öffneten die Knöpfe an seinem Mantel, dann griff er über den Tisch und kniff Kit in die Wange. »Wie geht's, mein Sohn?«

Kit starrte ihn an. Er konnte sich an seine tiefe, laute Stimme erinnern und daran, wie er wirkte, dass er das ganze Zimmer auszufüllen schien, allen Raum einnahm, und auch, wie er auf seine Schultern hochgehoben wurde, sodass er fast so hoch oben war wie der Mond, und wie sicher er sich damals fühlte, als er sich an den Ohren seines Vaters festhielt.

Daddy lachte: »Hat dir eine Katze deine Zunge gestohlen?«

Die Hand seiner Mutter schlängelte sich unter dem Tisch zu ihm hin, ihre scharfen Fingernägel kniffen ihn in den Oberschenkel. »Antworte deinem Daddy, Kit.«

Seine Zunge lag in seinem Mund und schlief. Dort gab es keine Worte, die er hätte ausspucken können, sie waren so tief in ihm verborgen, dass er nicht gewusst hätte, welche es waren und was sie sagen würden, selbst wenn sie es gewagt hätten, in seine Kehle hochzukriechen.

»Er spricht also noch immer nicht?«, fragte Daddy .

»Sei doch nicht so ungeduldig …«, Mummy entfuhr ein ersticktes Lachen. »Er hat dich ja seit zwei Jahren nicht mehr gesehen.«

Die normale Stimme seiner Mutter hatte etwas Süßliches, Flehendes angenommen, wie eine Katze, die um die Beine streicht und um Milch bettelt. Kit schaute nach unten und beschäftigte sich mit dem Bananenproblem. Er wusste, dass er Ärger bekommen würde, wenn er sie nicht aufaß.

Mummy und Daddy beachteten ihn jetzt nicht mehr und redeten mit immer schärfer und härter klingenden Worten aufeinander ein. Er schob die Bananenscheiben mit dem Finger bis über den Rand des Tellers. Dann schubste er eine nach der anderen die

Tischplatte entlang, wobei jede dabei eine Schneckenschleimspur hinter sich herzog, bis sie schließlich über den Tischrand purzelten. Weit unten bildeten sie gelblich braune Flecken auf dem Boden.

Er schüttelt sich, denn er will sich jetzt nicht in Erinnerungen an seine Kindheit verlieren. Es ist nicht gut, in der Vergangenheit zu wühlen, in Dingen, die sich nicht mehr ändern lassen.

Er zahlt an der Kasse und nutzt die Toiletten im Café. Dort betrachtet er sich im Spiegel und versucht, seine Enttäuschung nicht überhandnehmen zu lassen. Ihre Telefonnummer ist offenbar nicht gelistet oder ist nicht auf ihren Namen angemeldet. Möglicherweise wird er mehr Zeit brauchen als erwartet, um sie ausfindig zu machen, aber sie muss hier sein, irgendwo in der Stadt. Es ist ja nicht so, als wüsste er gar nichts über sie, denn er hat sich das Hirn zermartert und ist alle ihre gemeinsamen Gespräche in Gedanken durchgegangen, hat sie nach möglichen Informationen und Hinweisen durchsucht.

Wieder im Café, bittet er die Frau an der Kasse, ob sie ihm ein preiswertes BnB in der Nähe empfehlen kann.

23

SUMMER

Sie schaut dem abfahrenden Umzugswagen nach, dehnt ihre schmerzenden Finger und wischt an ihrem Gesicht herum, das ganz verschmutzt ist. Ihr neues Zuhause ist ein Cottage, das in einer Reihe von acht frei stehenden Häuschen steht, mit Aussicht auf einen trostlosen Kieselstrand und die Weite der Nordsee. Es ist ein windgepeitschter Flecken nahe der Ore-Mündung, dort wo der Fluss mit dem Meer eine Verwirbelung der unterschiedlichen Strömungen erzeugt. Hinweisschilder warnen die Badenden.

Das Cottage ist nur ein Viertel so groß wie ihr Haus in der Kimberley Road. Wenn man durch die Haustür tritt, steht man schon direkt im Wohnzimmer, mit dunklen, niedrigen Deckenbalken und einem abgetretenen Holzfußboden. Nebenan ist eine ordentlich eingerichtete Küche mit einem Fenster über der Spüle mit Aussicht auf den Strand. Eine schmale, knarzende Treppe führt von der Küche hinauf zu einem kleinen Absatz. Dort, unter dem Dach, verbergen sich zwei Schlafzimmer und ein winziges Bad. Obwohl sie die Hälfte ihrer Sachen in Cambridge eingelagert haben, wird das Häuschen wohl aus allen Nähten platzen, wenn sie erst mal alles ausgepackt haben. Dad hat seine Uhren- und Plattensammlung mitgebracht.

Als sie die Klänge von Thelonious Monk hört, rollt Summer mit den Augen. Seine Schallplatten waren eigentlich nicht auf der Liste der Sachen, die als Erstes ausgepackt werden sollten. Sie lehnt an dem weiß gekalkten Gartenzaun und hält ihr Gesicht in die leichte Brise, während sie das Spiel von Himmel und Wasser auf den Steinen am Strand beobachtet. Auf den Bildern im Prospekt sah dieser Ort idyllisch aus: ein schnuckeliges, weißes Schindelhäuschen mit Sonnenblumen im Garten, direkt am Strand, nur ein paar Schritte vom Meer entfernt. Erst jetzt, als sie die karge Landzunge auf sich wirken lässt, die von den Wellen der Nordsee umspült wird, realisiert sie, dass ihr nicht klar gewesen war, wie abgeschnitten von allem der Ort liegt.

Als sie ihren Blick auf der rechten Seite über den Strand schweifen lässt, fällt ihr ein massiger Martello-Turm ins Auge. Dad meinte, der runde Befestigungsturm sei zur Zeit der Napoleonischen Kriege als Ausguck errichtet worden. Die schmalen Fenster in der steinernen Fassade des Gebäudes erinnern an eine mittelalterliche Burg und blicken in Richtung Meer. Weiter unten am Ufer kann sie die geduckten Gestalten einiger Fischer ausmachen, und jemand bewegt sich in der Landschaft: Es ist eine Frau, die den Strand entlangwandert und sich hin und wieder bückt, um die Kieselsteine zu untersuchen. Ihr Gesicht kann Summer nicht erkennen, weil sie einen zerzausten Filzhut tief ins Gesicht gezogen hat. Die Frau hebt etwas auf und steckt es in ihre Manteltasche, richtet sich dann auf und scheint direkt in ihre Richtung zu schauen, deshalb hebt Summer eine Hand und winkt ihr zu. Die Frau reagiert nicht und wendet sich ab.

»Dann eben nicht«, murmelt Summer. »Ich wollte ja nur nett sein.«

Sie kehrt ins Haus zurück, um Dad zur Hand zu gehen. Als genug Kisten mit dem Nötigsten ausgepackt sind, setzen sich die beiden zum gemeinsamen Abendessen hin, das aus Baked Beans besteht. Da die Schränke leer sind, gibt es keinen Toast zu den Bohnen, denn die einzigen Lebensmittel, die sie mitgebracht haben, sind ein paar Büchsen und ein Päckchen Tee. Den Rest ihrer Vorräte haben sie vor ihrer Abreise an ein paar ältere Nachbarn verschenkt. Da der nächste Supermarkt einige Meilen entfernt ist, wird sie erst morgen hinfahren und ihre Vorräte aufstocken, während Dad in der Zeit weiter Kisten auspackt.

Sie stoßen mit zwei Bechern schwarzem Tee an. »Auf uns«, sagt Dad, »und darauf, dass wir es Schritt für Schritt angehen.« Sie essen schweigend, nur die Fensterläden klappern, denn es ist windig geworden.

»Wir haben hier einen Holzofen«, sagt Summer.

»Ich bin ohne Zentralheizung aufgewachsen, musste Eisblumen von der Innenseite der Fenster kratzen«, erzählt ihr Vater schmunzelnd, »und glaub es oder nicht, wir waren nie krank.«

Später, als sie im Bad steht und sich die Zähne putzt, schaut sie durchs Fenster über dem Waschbecken in die Nacht hinaus. Der Himmel ist weit und dunkel und von Sternen übersät. Am Horizont sind noch weitere helle Himmelskörper zu erkennen, die wie eine aneinandergereihte Lichterkette am Weihnachtsbaum aussehen. Sie kneift die Augen zusammen, um besser sehen zu können, und erkennt schließlich, dass es sich um die Lichter riesiger Containerschiffe handelt.

Plötzlich durchzuckt sie die Sorge, dass es ein Fehler gewesen sein könnte, an diesen windigen, steinigen Strand zu ziehen. Weit entfernt von der Behaglichkeit und Vertrautheit ihres alten Zuhauses, von den Geschäften, ihren Ärzten und Freunden. Sie spült den Mund und spuckt das Wasser aus, legt die Bürste auf den Waschbeckenrand und reibt sich die Augen. Das kommt sicher nur von der Erschöpfung, denn bis jetzt war sie doch fest davon überzeugt, die richtige Entscheidung getroffen zu haben – sie gibt sich einen Ruck – morgen früh würde sicher alles wieder besser aussehen.

Ihr Schlafzimmer hat noch keine Vorhänge, das Mondlicht fällt durch die Fenster und malt Muster auf den Boden. Nachdem sie zwischen die kühlen Laken geschlüpft ist, findet sie nicht in den Schlaf. Eine Mischung aus Aufgeregtheit und Sorge treibt sie um. Um sich abzulenken und zur Ruhe zu kommen, lässt sie sich ein paar Erinnerungen durch den Kopf gehen: Effie, die im sonnenwarmen Gras liegt und sie kichernd umarmen will. Ihr fällt auf, wie viele ihrer schönsten Erinnerungen auch mit Adam verknüpft sind. Als sie zusammen waren, hat Adam Effie nie ausgeschlossen: Zu dritt schauten sie auf dem Sofa unter einer Decke eingemummelt Filme, machten Picknicks im Midsummer Common oder fuhren im Stechkahn den Fluss hinunter bis nach Grantchester, und Adam sang unterwegs mit alberner Stimme Ständchen. Mit seinem schier unerschöpflichen Vorrat an Witzen brachte er ihre Schwester zum Lachen: »Was macht eine Wolke, die Juckreiz hat?« Effie schüttelte den Kopf und freute sich glucksend auf die Antwort. »Sie fliegt zum Wolkenkratzer!«

»Erzähl noch ein paar«, bettelte Effie, und das tat er dann so lange, bis sich Summer die Ohren zuhielt und Effie rief, dass ihr der Bauch vor lauter Lachen wehtäte.

Bevor sie zu Bett ging, hatte sie noch das Fenster aufgemacht, die Luft draußen ist salzig und bringt den frischen, sauberen Duft des Meeres mit sich. Das Geräusch der Wellen, die auf den Kieselstrand schlagen, wirkt beruhigend. Das rhythmische Wogen des Wassers, das sich hebt und senkt wie der Atem eines Riesen. Summer schließt die Augen. Morgen wird sie weiter auspacken, Lebensmittel besorgen. Der morgige Tag wird ihr Neuanfang sein.

24
KIT

Nach einer unruhigen Nacht in einem unbequemen Bett steht Kit im schäbigen Flur des BnB und telefoniert alle Lokalblätter und Magazine durch, die im Telefonbuch aufgelistet sind. »Arbeitet eine Journalistin namens Summer Blythe bei Ihnen?«

»Sie ist Fotografin und Autorin«, fährt er fort, »und sie hat sich auf Wildtiere spezialisiert.« Er wirft einige Münzen nach. Und noch mehr Münzen. Seine Taschen sind schon fast leer. »Das tut mir leid«, teilt ihm jede Person am anderen Ende der Leitung mit, »für uns schreibt sie nicht.«

Mit einem dumpfen Gefühl der Enttäuschung legt er den warmen Hörer zurück auf die Gabel, während ihn ein ungutes Gefühl beschleicht. Ihre journalistische Arbeit war sein wichtigster Anhaltspunkt gewesen. Aber es gab ja noch andere, denn sie hatte ihm doch erzählt, dass sie in Pubs auftrete. Jetzt muss er nur noch herausfinden, welche der Pubs am Ort Folkabende veranstalten. Eines davon müsste doch eine Liste der Sänger haben.

Er läuft in den fahlen, kalten Morgen hinein, ein eiskalter Wind zwingt ihn, seine Hände tief in den Taschen zu vergraben. Es ist noch zu früh, die Pubs haben noch nicht geöffnet, deshalb beschließt Kit, zunächst eine andere Spur zu verfolgen, und geht in Richtung Midsummer Common.

Dort tummeln sich überall Hunde, wohin er auch blickt. Sie schnuppern an den Bäumen, heben das Bein, spielen und bellen. Er folgt dem Weg am Fluss entlang. Über den kahlen Ästen der Bäume, die gerade erst wieder grün auszuschlagen beginnen, ragen elegante Turmspitzen auf. Ein schmales Boot, in dem vier starke junge Männer an den Rudern sitzen, gleitet auf dem Fluss dahin, ihre Körper arbeiten wie ein mechanisches Uhrwerk zusammen, um es voranzutreiben.

Die Hände tief in den Taschen, bleibt er stehen und umschließt den Ohrring fest in seiner warmen Hand. Er drückt ihn, damit er ihm Glück bringt, während er die Rasenflächen nach einer jungen goldblonden Frau mit einem Rudel Hunde im Gefolge absucht. In der Ferne sieht er zwei schwarze Labradore, die miteinander spielen, und sein Herz macht einen Sprung, als er zügig über den Rasen auf sie zueilt. Er ist schon halb über dem Fußweg, als er mitten im Gehen aus dem Augenwinkel eine Bewegung wahrnimmt und es gerade noch rechtzeitig schafft, einem Radfahrer auszuweichen, der an ihm vorbeirast und »Idiot« brüllt.

Kit bleibt stehen und presst die Hände auf die Augen, während ihm die Luft wegbleibt. Panik durchzuckt ihn, macht ihm die Brust eng, schnürt ihm die Kehle zu. Plötzlich befindet er sich wieder auf einer heißen Straße, ein Lastwagen donnert an ihm vorbei, die Zeit verlangsamt sich, und er nimmt sie nur noch in Einzelbildern wahr. Vor ihm ragt ein Bus auf, schreiende Münder, berstendes Glas.

Mit Macht verdrängt er die Erinnerungen. Als er sich wieder bewegen kann, sind die beiden schwarzen Hunde weg. Er blinzelt, schaut sich um und sucht den Park ab, dann läuft er stolpernd los, immer hektischer nach rechts und links schauend, aber er findet weder die Tiere noch eine Frau, die Summer ähnelt.

Nun läuft er wieder langsamer, humpelt, zieht seine Jacke aus und wischt sich mit dem Handrücken über die Stirn. Die Enttäuschung ist wieder da und lastet schwer auf ihm, ein letztes Mal schaut er sich um, aber sie ist nicht da.

Als Kind hatte er sich immer einen Hund gewünscht. Es sollte ein wuscheliger sein mit einem schwarzen Fleck um das Auge herum. Aber seine Mutter war der Ansicht, dass ein Hund Dreck macht, und fragte ihn, wer sich dann um ihn kümmern würde, denn sie würde das sicher nicht übernehmen. Dennoch hatte Kit weiterhin gehofft, sie würde ihre Meinung ändern. Über seinen Malblock gebeugt, zeichnete er einen quirligen, freundlichen Terrier mit kurzen Beinen und einem kleinen, wedelnden Schwanz. Er nannte ihn Scruff und malte ihm mit einem schwarzen Filzstift eine feuchte, schwarze Nase und Knopfaugen. Daneben zeichnete er sich selbst, wie er fröhlich lachend neben ihm herrannte. Dazu noch ein blaues Meer und eine dicke, runde Sonne, um das Bild zu vervollständigen. Seine Mutter war gerade von der Arbeit zurückgekommen und stellte eine Tüte mit Einkäufen auf dem Flurtisch ab. »Schau mal, Mummy«, rief er , »das bin ich mit Scruff am Meer.«

Sie verzog den Mund und riss ihm die Zeichnung aus der Hand. »Du bekommst nie einen Hund«, sagte sie mit bebender Stimme. »Kapierst du das nicht? Schluss damit.«

Sie zerriss die Zeichnung in winzige Fetzen, die auf den Boden flatterten. Zusammengekauert klaubte er die Schnipsel zusammen, Scruff war zu einem Puzzle aus Augen, Pfoten, Ohren und Schwanz geworden. Er knüllte das zerstörte Bild zu einem Ball zusammen und warf es, so fest er konnte, weg, sodass es unter das Sofa rollte.

Aus der Küche war das Klappern von Töpfen zu hören.

Kit steht am Fluss und beobachtet die Moorhühner, die mit lang gestrecktem Hals über die Wasseroberfläche flattern, um die Enten zu verscheuchen. Es fällt ihm schwer, den Verdacht, Summer könnte ihn belogen haben, beiseitezuschieben, den ihm sein Unterbewusstsein zuflüstert. Aber aus welchem Grund hätte sie das tun sollen?

Die Bar ist brechend voll mit dem Publikum eines typischen Freitagabends. Er schiebt sich durch die Menge und bestellt ein Bier. Inzwischen hat er schon sämtliche Pubs in Cambridge abgeklappert und dort gefragt, ob sie Folkabende veranstalten. Diejenigen, die solche Veranstaltungen anboten, hatten noch nie von Summer gehört. Im aktuellen Pub, dem Fox and Hounds, soll heute ein Open-Mic-Abend stattfinden, einschließlich Folkmusik. Nun steht er also hier mit einem Bier in der Hand und wartet auf den Beginn des Programms. Jedes Mal, wenn die Tür aufgeht, schaut er hin.

An den Tischen sitzen lärmende Gruppen, viele in ihren Zwanzigern, sie lachen und haben Spaß, ihre Gesichter glänzen vom Alkohol. Kit lehnt an der Bar und nippt nur gelegentlich an seinem Bier. Er will sich nicht eingestehen, dass sich langsam Enttäuschung und Verwirrung bei ihm einstellen, und versucht, optimistisch zu bleiben. Aber darunter verborgen lauert ein Schmerz, der bald die Oberhand gewinnen und ihn runterziehen könnte.

Ein Ire, der als Moderator fungiert, eröffnet den Abend mit ein paar Witzen, bevor er den ersten Teilnehmer vorstellt. Es ist ein düster dreinblickender Mann, der eine nicht enden wollende Ballade zum Besten gibt. Noch bevor er zu Ende gesungen hat, fangen ein paar Studenten an, seinen Auftritt zu stören und dazwischenzurufen. Als Nächstes betritt ein hübsches sommersprossiges Mädchen die Bühne. Sie spielt die Gitarre, singt mit dünner Stimme dazu und erntet vom erleichterten Publikum eine Runde Applaus. Einer nach dem anderen treten die Teilnehmer auf. Einige davon sind grauenvoll, die meisten halbwegs gut, zwei sind sogar herausragend, aber Summer ist nicht dabei.

Kit erinnert sich, wie ihre Stimme klang, als sie vor ihm den Weg zum Strand hinunterging, die anmutige, reine Aufrichtigkeit, die darin lag, und er denkt daran, wie er ihr ein Kompliment für ihren Gesang machte. Sie überging es, wirkte fast verschämt. Aber er ist sich absolut sicher, dass sie von Auftritten bei Folkabenden und Open Mics in Cambridge erzählt hat.

25

SUMMER

Am nächsten Morgen liegt eine Postkarte auf der Fußmatte. Summer dreht sie um und erkennt, dass sie in Lauras vertrauter Schrift an sie adressiert ist.

Guten Einzug! Komme Dich besuchen, sobald es geht, und vermisse Dich jetzt schon. Liebe Grüße an Deinen Dad, hab Dich lieb, mein Schatz. L xxx

Ganz zart fährt sie mit dem Finger über die Worte und spürt einen Stich. Sie wird sich daran gewöhnen müssen, nicht mehr mit ihr mal schnell in den Pub etwas trinken zu gehen, sie im Park auf einen Spaziergang treffen zu können oder am Sonntagmorgen beim Kaffee mit ihr zu plaudern.

Dann packt sie das restliche Keramikgeschirr ihrer Mutter aus und räumt es auf das Regal über der Kommode. Jedes Teil wischt sie sorgfältig ab, bevor sie es hinstellt. Es ist aus solidem Steingut, schwer und massiv, in den Farben Seegrün, Aquamarin, Rost und Creme glasiert. Ihre Mutter hatte das Set Stück für Stück mit ihren geschickten Händen aus Tonklumpen geformt und etwas sehr Schönes, Freundliches und Nützliches geschaffen.

Sie tritt einen Schritt zurück und bewundert die Teller, die ordentlich auf den Regalen aufgereiht stehen, darunter die Schalen, und an den Haken ganz unten hängen die Becher. Die kleine Küche wirkt gleich heimeliger, allerdings gibt es in diesem neuen Heim noch keinen einzigen Krümel zu essen. Bei einer Tasse schwarzem Tee aus ihrem Lieblingsbecher sitzt sie am Tisch und stellt eine lange Einkaufsliste zusammen.

Nachdem sie sich von ihrem Vater verabschiedet hat, geht sie auf dem knirschenden Kiesweg an den Cottages vorbei in Richtung Martello-Turm und zu der schmalen Straße, die aus dem kleinen Dorf hinausführt. Summer sieht vor manchen der Häuschen Treibholz, alte Rettungsringe und ausgeblichene Bojen liegen, sowie Sammlungen kleiner Kieselsteine, die dekorativ auf den Tischen, Treppen und Fensterbänken im Freien angeordnet sind.

Einen Augenblick bleibt sie mit weit ausgebreiteten Armen stehen und lässt sich vom Wind kräftig durchpusten. Das fühlt sich so gut an, und sie muss an Varkala denken – die Hitze, die azurblauen, kristallklaren Wellen, die gelben Roben der Hindu-Pilger. Und Kit.

Gleich darauf verdüstert sich ihr Gesichtsausdruck, und sie ruft sich zur Ordnung – sie muss ihn aus ihren Gedanken verbannen. Jetzt hat sie das Ende des kleinen Weges erreicht, wo neben dem roten Telefonhäuschen der Parkplatz ist. Der vertraute Anblick des alten blauen Renault, der dort steht, freut sie, denn er erinnert sie an zu Hause. Sie geht zu ihm hinüber, schließt die Tür auf und setzt sich hinters Steuer. Und wieder geht ihr Kit nicht aus dem Sinn. Verflixt! Sie bekommt das nicht in den Griff, schon wieder sind ihre Gedanken in das verbotene Fahrwasser geraten, und sie denkt nun daran, wie er sie unter dem Strandschirm mit Orangenstückchen fütterte und ihr mit dem Daumen den Saft vom Kinn wischte, wie seine Hände über ihre Schultern und den Rücken strichen und mit langen, geschickten kreisenden Bewegungen Öl auf ihrer Haut verteilten.

Sie startet die Zündung, der Motor stottert, springt widerwillig an. Verdammt noch mal! Erneut geht er ihr durch den Kopf, wie er sie mit seinem goldbraunen Blick fixiert und ihre Wangen mit den Händen umschließt, so als versuche er, ihr etwas zu sagen. Dann legt sie den Rückwärtsgang ein, umfasst energisch das Lenkrad mit beiden Händen und tritt das Gaspedal durch.

Der Wagen macht einen Satz nach hinten, und sie hört ein grässliches, metallisches Knirschen, den Knall eines Aufpralls. Sie ist auf etwas Hartes aufgefahren. Mist. Da muss sie wohl rückwärts an das Telefonhäuschen gestoßen sein. Sie reißt die Tür auf und steigt aus, um es sich anzusehen. Der Rahmen eines Fahrrads ist unter den Hinterrädern des Renaults eingeklemmt. Summer schnappt nach Luft und hält sich vor Schreck die Hände vor den Mund. Schnell springt sie wieder ins Auto und manövriert es langsam nach vorn, beeilt sich dann, das Fahrrad aufzustellen. Es hängt völlig windschief in ihren Händen, das Vorderrad ist verbogen, der Rahmen zerquetscht und verdreht.

Während sie es auf den Grasstreifen schleift und es dort auf die Seite legt, überlegt sie, wie sie herausfinden könnte, wem es gehört.

»Hallo! Sie da!«

Als sie aufschaut, sieht sie eine Person auf sich zustürmen, deren Regenmantel hinter ihr herflattert und die einen alten Filzhut tief ins Gesicht gezogen hat. Im Näherkommen erkennt Summer sie als die Frau wieder, die am Strand Steine gesammelt hat.

Aus der Nähe wirkt ihre Haut wettergegerbt und faltig, sie hat helle, haselnussbraune Augen, eine kräftige Nase und einen großen Mund, Strähnen von rotem Haar schauen unter ihrem Hut hervor. Summer schätzt sie auf Anfang sechzig. Als die Frau das Fahrrad sieht, stößt sie einen entsetzten Schrei aus, geht in die Hocke und legt eine Hand auf den verbogenen Metallrahmen. »Esmeralda.« Sie streichelt das verbeulte Fahrrad und richtet sich auf, während sie Summer wütende Blicke zuwirft: »Haben Sie sie überfahren?«

»Es war ein Unfall«, sagt Summer. »Es tut mir so leid. Natürlich komme ich für den Schaden auf …«

»Ach, Leute wie Sie«, faucht die Frau sie an, »Sie glauben wohl, dass man mit Geld alles regeln kann? Leute wie Sie denken, sie können sich alles kaufen – eine Gemeinschaft, ein Leben, ein … Fahrrad.« Sie tätschelt den Lenker.

»Seit zwanzig Jahren habe ich dieses Rad schon, habe es gepflegt, geölt, Teile ersetzt und es instand gehalten, bis Sie daherkamen.«

Die Worte »Leute wie Sie« hallen in Summers Kopf nach, sie fühlt die Anspannung in sich steigen.

»Wie gesagt, es tut mir wirklich leid«, sagt sie gedehnt, »wenn Sie mir verraten, wie viel Sie brauchen, um … Esmeralda zu reparieren oder zu ersetzen …«

»Wer glauben Sie denn, wer Sie sind, dass Sie sich hier wichtigmachen?«, schimpft die Frau mürrisch. »Bei uns muss man sich respektvoll benehmen, auf andere Rücksicht nehmen.«

Summer dreht sich um, öffnet die Autotür und beschließt, dass es wohl das Beste wäre, sie einfach zu ignorieren. Lauras Stimme in ihrem Kopf rät ihr, sie nicht auch noch zu bestärken – Verrückte reden gern viel.

Aber die Frau heftet sich an ihre Fersen. »Ihr kommt an den Wochenenden hierher, wenn das Wetter schön ist, und trampelt die zarten Pflanzen hier platt, hinterlasst überall am Strand Müll, und dann röhrt ihr mit euren protzigen Autos wieder davon.«

Ihr Geduldsfaden reißt schließlich. Summer fährt herum. »Sieht das hier für Sie etwa aus wie ein großes, protziges Auto?« Sie zeigt auf den Renault. »Offenbar passt es Ihnen nicht, dass wir hergezogen sind, warum, verstehe ich zwar nicht, aber eines können Sie mir glauben: Wir bleiben hier.«

Die Frau weicht einen Schritt zurück. »Sie haben das Cottage nicht nur als Wochenendhaus gemietet?«

»Wir bleiben erst mal ein halbes Jahr, eventuell verlängern wir den Vertrag danach oder kaufen uns hier etwas.« Sie runzelt verärgert die Stirn. »Nicht, dass Sie das etwas anginge.«

Die Frau fährt sich mit den Händen übers Gesicht. Ihre Fingernägel sind gelb lackiert. »Entschuldigen Sie bitte«, sagt sie mit heiserer Stimme, »mit mir gehen manchmal die Pferde durch.« Sie schüttelt den Kopf. »Ich habe das in den falschen Hals bekommen, passiert mir leider öfter. Aber als Alteingesessene ärgere ich mich über die vielen Leute aus der Stadt, die sich einbilden, sie könnten hier ein Haus kaufen, es dann leer stehen lassen, bis sie Lust haben, an den drei Wochenenden im Jahr, wenn hier mal die Sonne scheint, herzukommen.« Sie setzt ihren Hut ab. »Ich bitte um Verzeihung, dass ich Sie für eine von diesen Leuten gehalten habe. Jetzt ist mir klar, dass es nicht so ist.«

»Alles gut.« Summers Schultern entspannen sich. »Vielleicht können wir einfach noch mal von vorn anfangen?«, fragt sie und erinnert sich daran, dass Kit auf einer staubigen, indischen Straße einmal etwas Ähnliches zu ihr sagte. Sie verdrängt den Gedanken und gibt der Frau die Hand. »Summer Blythe.«

»Was für ein schöner Name«, sagt die Frau und schüttelt sie kräftig. »Ich werde ihn mir vielleicht mopsen müssen. Ich bin Loretta Miller, Katzenbesitzerin und Schriftstellerin.«

»Was schreiben Sie?«, fragt Summer.

»Liebesromane«, antwortet sie und zwinkert ihr dabei zu. »Meine Zielgruppe sind ältere Damen, die Trockenschwimmerinnen beim Thema Sex sind, sozusagen.«

Summer lacht auf: »Die Definition habe ich noch nie gehört.«

»Vermutlich deshalb, weil ich mir das gerade ausgedacht habe.« Sie stülpt sich den Hut wieder auf und blickt über die Schulter auf ihr Fahrrad. »Ich kümmere mich jetzt besser mal um dieses kleine Schätzchen, bringe es heim und schaue, ob sich noch etwas retten lässt.«

»Ich helfe Ihnen.«

»Nein, schon gut«, winkt sie ab. »Fahren Sie nur – Sie haben sicher viel zu tun. Sie sind doch gerade erst eingezogen, oder?«

»Ja, wir sind zu zweit, ich und mein Vater Donald.«

»Kommen Sie doch mal abends auf einen Drink bei mir vorbei und bringen Sie Ihren Vater mit. Ich wohne in dem blauen Cottage am Ende der Straße.«

»Ist es egal, an welchem Abend?«, fragt Summer.

Loretta nickt. »Sechs ist meine Lieblingsuhrzeit.«

26

KIT

Seine Finger sind eiskalt, es überrascht ihn, dass es so kühl ist, nach Indien hat sich sein Körper noch nicht von dem Schock erholt. Er geht auf dem Weg an den Backs, den Grünflächen am Cam, entlang, hinaus aus der Stadt durch flaches Land. Auf den Straßen herrscht nicht viel Verkehr, und von den Feldern steigt Nebel auf. Grantchester ist ein Dorf mit reetgedeckten Cottages, einem Pub und dem berühmten Tearoom. Auf der rechten Seite liegt ein breites, grünes Auengebiet, auf dem langes Gras mit silbernen Tautropfen und uralte Eichen wachsen, die ihre Äste über den gewundenen Fluss strecken. Durch ein Schwinggatter betritt er die Wiese.

Als er durch das dichte Gras geht, sind seine Schuhe und der Saum seiner Hose schnell durchnässt. Soweit er das sehen kann, ist er allein und außer ihm kein anderes Lebewesen hier – weder Tier noch Mensch. Unter einem Baum sucht er sich einen Platz und macht es sich zwischen einigen frei liegenden Wurzeln bequem, die wie gekrümmte Finger aussehen. Der Schmerz in seinem Bein ist wieder zu spüren, und er versucht, sich auf die Landschaft zu konzentrieren, auf das Schwanken des Grases, das glitzernde Licht auf dem Wasser. *Das ist der ideale Ort, um Hasen zu beobachten,* hat sie gesagt.

War vielleicht alles, was sie gesagt hat, gelogen?

Allerdings ist sie nicht die Einzige, die es mit der Wahrheit nicht so genau genommen hat. Auch er hat ihr nicht den wahren Grund verraten, warum er von seinen Ersparnissen ein Flugticket nach Indien gekauft hat.

Sein Vater vergaß, ihm zu seinem sechsundzwanzigsten Geburtstag eine Karte zu schicken. Das war nicht weiter überraschend, denn er hatte schon seit Jahren keinen Kontakt mehr zu ihm. Aber zum ersten Mal war Kit der Gedanke gekommen, dass ja eigentlich nichts dagegensprach, ihn einfach mal zu besuchen, denn er wusste, dass sein Vater in Wokingham lebte.

Er nahm den Zug und dachte während der gesamten Fahrt darüber nach, was er ihm sagen wollte, wenn er dort ankam.

Vom Bahnhof aus ging er zu Fuß. Es war Sommer – eine Hitzewelle weichte den Asphalt auf, und die Luft war erfüllt von dessen beißendem Geruch. Die Gehwege waren heiß und staubig, die Blätter hingen vertrocknet von den Bäumen. Er ging langsam, der Schweiß kribbelte im Nacken und brannte in den Augen. Nervös schaute er nach den Hausnummern und zweifelte plötzlich daran, ob er das Richtige tat – noch wäre es nicht zu spät, kehrtzumachen. Die Häuser an der geschäftigen Straße waren groß und standen etwas nach hinten versetzt hinter dichten Strauchhecken und hohen Zäunen. In den meisten der großzügigen Einfahrten parkten mehrere Autos. Er hörte in den Gärten spielende Kinder, das Plätschern aus Gartenschläuchen und das Brummen der Rasenmäher. Haus Nummer 15 hieß The Laurels, und das breite Metalltor stand offen. Kit zögerte noch, vor Aufregung drehte sich ihm fast der Magen um.

Und dann sah er ihn – einen schwarzen Ferrari Dino 246 GT, der in der Einfahrt neben einem Kombi parkte. Der Anblick verschlug ihm die Sprache. Er ging über die geschotterte Auffahrt darauf zu, und seine Aufregung war wie weggeblasen, als seine Hände über die herrlichen Kurven und Formen, die leicht ausgestellten Radläufe und die perfekten Proportionen strichen. Es war eines der schönsten Autos der Welt, aber zu Anfang wurde es von Snobs als kein wirklicher Ferrari, sondern als armseliger Abklatsch gehandelt. Kit aber kannte die Geschichte hinter dem Wagen, der von einem trauernden Vater zu Ehren seines geliebten, verstorbenen Sohnes entworfen und gebaut worden war.

In puncto Autos teilten sein Vater und er den gleichen Geschmack. Er konnte es kaum erwarten, ihm das zu erzählen, und er wusste einfach, dass es ein gutes Omen war und alles in Ordnung kommen würde. Sie würden über diesen Zufall lachen, und sein Vater würde ihn zu einer Spritztour einladen. Vielleicht dürfte er sogar mal ans Steuer. Gemeinsam würden sie dem perfekten leisen Schnurren des Motors lauschen und sich gegenseitig wissend angrinsen, während sie sich darüber austauschten, wie leichtgängig die Lenkung reagierte, wie wendig der Wagen war und wie elegant er in den Kurven lag. Und dann würde sein Vater ihm erklären, wie es passieren konnte, dass sie all die Jahre keinen Kontakt hatten. Er würde sich entschuldigen. Es wiedergutmachen.

Gerade als er am Dino vorbei auf das Haus zuging, das mehr einem großen, weitläufigen Bungalow glich, ging die Eingangstür auf.

Kit stürzte sich kopfüber in die nächste Hecke, kämpfte sich durch das Gewirr aus dünnen Ästen und wächsernen Blättern und landete auf allen vieren. Er verharrte kauernd auf der Erde, während sein

Herz wie wild in der Brust schlug. Instinkt. Furcht. Er wusste selbst nicht genau, warum er in Deckung gegangen war. Er befreite sich von ein paar Zweigen, wischte sich ein Blatt aus dem Gesicht und kam sich vor wie ein Depp. Nun würde er aus dem Gebüsch kriechen müssen und erklären, was er da machte. Durch einen Vorhang aus Grünzeug sah er seinen Vater aus dem Haus kommen, älter und kleiner zwar und mit weniger Haar, aber es war eindeutig der Mann, den er in Erinnerung hatte. Er spannte die Muskeln an, wollte schon aufstehen, als er einen kleinen Jungen sah, der hinter seinem Vater herhüpfte, ein Kind mit roten Bäckchen.

»Komm, wir ziehen unsere Rollschuhe an, Harry«, rief sein Vater, »wir kommen sonst noch zu spät.«

Der Junge schaute zu ihm auf und grinste, er konnte kaum älter als zehn sein. Dann bettelte er: »Können wir nicht mit dem Dino fahren, Daddy? Bitte?«

Sein Vater verdrehte die Augen und schaute kurz zurück zum Haus: »Von mir aus, aber sag's nicht deiner Mutter, okay?« Er streckte die Hand aus und verwuschelte ihm die Haare. »Solange sie mit ihrer Schwester telefoniert, kriegt sie es sicher nicht mit. Hast du das Geschenk?«

Der Junge – Harry – hielt eine hübsch verpackte Schachtel hoch, und beide stiegen in das schwarze Auto. Mit einem Aufheulen des 195-PS-Motors und Schotter hinter sich hochschleudernd brausten die beiden an Kits Versteck vorbei.

Die Hände flach auf den Boden gepresst und den Geschmack der Auspuffgase auf der Zunge, blieb er noch einen Moment unter den Blättern liegen. Dann stand er auf, ging zurück zum Bahnhof und nahm den nächsten Zug nach Hause. Wenige Tage später hatte er sich das Flugticket nach Indien gekauft.

Kit blinzelt im hellen Morgenlicht. Wann immer er an diesen Nachmittag zurückdenkt, wird ihm schlecht, er erträgt diese Erinnerung kaum, wünschte, er könnte sie aus seinem Gedächtnis löschen.

Der Tau ist von der Wiese aufgestiegen, der Himmel wird weit und färbt sich blau. Ein Rascheln im Gras weckt seine Aufmerksamkeit. Zunächst kann er sich nicht richtig darauf konzentrieren – das Geräusch des Dino-Motors dröhnt noch zu laut in seinem Kopf –, aber dann entdeckt er ein Paar lange, schwarze, spitz zulaufende Ohren. Sie zittern leicht und bilden ein V. Als er das Tier auf sich zurennen sieht, bleibt er ganz still und versteht jetzt, was Summer damit meinte, dass ein Kaninchen und ein Hase zwei völlig unterschiedliche Wesen seien. Der Hase ist größer, als er erwartet hatte, mit riesigen, muskulösen Hinterläufen. Kit kann die Kraft, die in dem eleganten Körper steckt, erahnen, und die bernsteinfarbenen Augen scheinen die ganze Welt zu erfassen.

Kit starrt ihn völlig gebannt an. Ein zweiter Hase nähert sich, und plötzlich tanzen sie miteinander. Die beiden stehen aufrecht auf ihren langen Hinterläufen, Brust an Brust, so nah, dass sie sich fast berühren, und sie bewegen die Vorderläufe wie Boxer. Sie werfen die seidigen Ohren nach hinten, lassen die Pfoten vor- und zurückschnellen, die Hinterläufe tänzeln und springen. Kit hält den Atem an.

Ein Platschen. Ein Schrei. Die Hasen kauern am Boden, ihre Nasen zucken, wachsam gegenüber Gefahren. Er blinzelt, und in der kurzen Zeitspanne eines Augenschlags sind sie verschwunden – wie Vögel ohne Flügel.

Drei junge Männer schwimmen im Fluss, schreien und rufen sich gegenseitig etwas zu, wirbeln das Wasser heftig mit ihren Körpern auf.

Kit springt auf, sein Bein verkrampft sich. Er hält sich an dem stabilen Baumstamm fest und massiert seine Muskeln, um die Durchblutung anzuregen.

Das einzig Wahre ist der Hase, alles andere war wohl erlogen, das wird ihm jetzt klar, und es ist unmöglich, dieses Wissen wieder zu vergessen. Die junge Frau in Indien war eine Fremde.

Der Himmel, der weite, sich jetzt drehende Himmel umfasst ihn, schnürt ihn immer fester ein, bis er nicht mehr atmen kann, keine Luft mehr in seine Lunge dringt. Das Blau knebelt ihn, verschließt seinen Blick. Sein ganzer Körper ist vollkommen erfüllt von unerträglichem Blau, und sein Herz ertrinkt darin.

Als er zu sich kommt, liegt er flach auf dem Rücken und schaut an ein paar Grasbüscheln vorbei in besorgte Gesichter. Die Schwimmer, triefnass und in Handtücher gehüllt, packen ihn an den Schultern und helfen ihm, sich aufzusetzen.

»Kumpel, ich glaube, du bist ohnmächtig geworden«, sagt einer von ihnen.

»Alles in Ordnung?«, fragt eine andere Stimme. »Sollen wir jemandem Bescheid geben, wo du bist?«

Kit schluckt. Er öffnet den Mund, aber nichts geschieht, es pfeift nur Luft durch seine Kehle. Er flüstert Geisterworte.

»Was sagst du?« Einer von ihnen beugt sich näher zu ihm hin.

Sein Freund meint: »Vielleicht ist er Ausländer?«

Kit versucht, auf die Beine zu kommen. Mehrere starke Arme ziehen ihn hoch, packen zu, richten ihn auf. Als er steht, taumelt er zur Seite, gewinnt sein Gleichgewicht wieder und schaut in die Runde der jungen Männer. Wieder versucht er zu sprechen, sich zu bedanken, aber die einfachsten Worte stecken wie Steine in seiner Kehle. Er zittert und schüttelt den Kopf, gestikuliert, um anzudeuten, dass alles mit ihm in Ordnung sei und er jetzt weitergehen wolle.

Sie stehen herum, halb nackt, ihre Körper glitzern vom Flusswasser, in ihren ahnungslosen, offenen Mienen spiegelt sich Verwirrung. Vermutlich sind sie Studenten, nur ein paar Jahre jünger als er selbst, aber er fühlt sich uralt im Vergleich zu ihnen.

Als er die Haustür öffnet, ist seine Mutter sofort zur Stelle. Ein Geschirrtuch in der Hand, redet sie auf ihn ein, bevor er Zeit hat, seine Jacke auszuziehen und seine Schuhe abzustreifen.

»Kit! Da bist du ja wieder. Du hättest mir ruhig Bescheid sagen können.« Sie zuckt enttäuscht mit den Schultern, weil er es offenbar mal wieder geschafft hat, ihren schlimmsten Erwartungen zu entsprechen. Später ruft sie über das Geräusch des laufenden Wasserhahns hinweg aus der Küche: »Terry hat erzählt, du warst unterwegs, um dieses Mädchen zu suchen?«

Widerwillig folgt er ihr ins Zimmer, denn er will nicht über Summer sprechen, aber seine Mutter hat ohnehin schon das Interesse an dem Thema verloren.

»Da muss ich wohl noch ein paar Kartoffeln mehr aufsetzen«, sagt sie, ohne ihn anzusehen. »Wahrscheinlich hast du Hunger, oder?«

Als er versucht, ihr zu antworten, kommen nur gebrochene, quietschende und raspelnde Laute heraus, schräge Silben, die an seiner Zunge hängen bleiben. »Nicht … nicht meinetwegen.« Er hustet. »Ich bin nicht hungrig.«

»Hast du dich erkältet?« Sie bleibt stehen, die Hände vorwurfsvoll in die Hüften gestemmt.

»Ich hab nur … 'nen Frosch im Hals.«

»Das kommt davon, wenn man mit den öffentlichen Verkehrsmitteln fährt«, sagt sie und beachtet ihn kaum. »Alles voller Keime. Und ich mache die Kartoffeln trotzdem, du musst doch etwas essen. Du siehst schrecklich aus.«

Ihre Gespräche sind voller Lücken und Missverständnisse. Er hat ihr nie von dem Tag erzählt, an dem er seinen Vater besuchen wollte, und hat keine Ahnung, ob sie etwas von Alans neuer Frau und dem Sohn weiß. Sie würde die Sache mit Summer ohnehin nicht verstehen, und er wünschte, er hätte sie nie erwähnt.

Er geht nach oben in sein Zimmer und stellt seine Tasche ab. Im Nachmittagslicht schimmert eines der Vierecke an der Wand, die dort zurückgeblieben sind, wo seine Mutter seine Poster heruntergerissen hat. Er fragt sich, ob sie wohl im Müll gelandet sind. Als Kind sammelte er Bilder von Oldtimern. Er bewunderte die Perfektion von Design und Funktion, die in seinen Lieblingswagen steckte, und schwärmte für die Klassiker auf seinen Postern, die Maseratis, Lamborghinis und den Ferrari 275 GTB/4, der Steve

McQueen gehört hatte. Eines Tages würde er selbst einen Oldtimer besitzen, das schwor er sich damals – und er sparte jeden Penny, den er sich mit Zeitungsaustragen und Nebenjobs am Wochenende verdiente. Das Geld kam in leere Marmeladengläser, die er in seinem Kleiderschrank versteckte.

Zwei Straßen weiter war eine Autowerkstatt. Ein kleiner Betrieb unter den Bögen der Eisenbahnbrücke, der von einem Portugiesen geführt wurde. Moteo war noch vom alten Schlag und kannte sich so ziemlich mit allem aus. Als Kind verbrachte Kit dort so viel Zeit wie möglich. Der Laden stank nach altem Öl, Bremsstaub und Schmutz, und die fensterlose Werkstatt war mit Autos vollgestopft, die Stoßstange an Stoßstange standen. Dort wurden Motoren in ihre Einzelteile zerlegt und auf Kartons ausgebreitet, um überprüft, gereinigt, erneuert und wieder zusammengebaut zu werden. Als er elf war, hatte er dort einen Nebenjob ergattert und die Samstagnachmittage damit verbracht, Tee zu kochen, Metallteile zu polieren, Reifen zu waschen und den ölverschmierten Boden aufzuwischen. Moteos Frau saß in einem winzigen Kabuff, das sie Büro nannten, strickte Babyschühchen für eine schier unerschöpflich große Anzahl von Enkelkindern und schien völlig unbeeindruckt von dem Oben-ohne-Kalender zu sein, der an der Wand über ihr hing. Wann immer das Telefon läutete, stand sie mit einem Ruck auf und legte das Strickzeug sorgfältig auf ihrem Stuhl ab. Sie war auch für die Rechnungen zuständig, die sich auf einem Bonspießer auf dem Schreibtisch sammelten, rechnete die Summen zusammen und murmelte dabei auf Portugiesisch vor sich hin. Wenn Kit am Feierabend den Laden verließ, war sein Gesicht verschmiert, Kleider und Hände waren schmutzig und stanken nach Benzin. Moteo redete nicht viel, und wenn er es tat, dann mit starkem Akzent – aber es ging immer um Autos und Motoren, und Kit hing regelrecht an seinen Lippen. Er fand es toll, wenn Moteo ihn direkt ansprach, und freute sich aufgeregt wie ein kleiner Hund, wenn der Mann ihm im Vorübergehen auf die Schulter klopfte. Frau Moteo kniff ihm so fest in die Wangen, dass es wehtat, und sagte ihm, er sei ein »guter Junge«.

Später brachte ihm Moteo alles über Automechanik bei, erklärte ihm die komplexe Funktionsweise von Motoren, ließ ihn an Zylinderbolzen und Kurbelwellen herumschrauben. Er brachte ihm auch bei, wie man schweißt, und Kit merkte bald, dass er Talent dafür hatte. Er liebte den Geruch von heißem Metall, das Zischen der Schweißzange und das Gefühl, etwas Kaputtes wieder in etwas Ganzes verwandeln zu können.

Er hatte sich darauf gefreut, mit seinem frisch restaurierten Dino zur Werkstatt zu fahren und den alten Mann zu einer Spritztour abzuholen, doch dann geschah Wokingham, und alles wurde anders.

Es kommt ihm in den Sinn, dass er Moteo mal wieder besuchen könnte, auch wenn er ihm keinen restaurierten Oldtimer präsentieren kann. Als er die Treppe hinunterhumpelt, ruft er, dass er kurz in die Werkstatt gehen wolle und gleich wieder da sein werde.

»Oh, die gibt's aber nicht mehr«, sagt seine Mutter und kommt zur Tür. »Der alte Mann ist in der Zeit, als du unterwegs warst, gestorben.«

»Gestorben?«

»Herzinfarkt. Und praktisch über Nacht begannen dann die Umbauarbeiten.«

Kit steht vor den Eisenbahnbögen. Ein brandneues Café nimmt den Platz der dunklen, ölverschmierten Höhle ein, die er in Erinnerung hat. Dort, wo das halb verblasste Schild der Autowerkstatt hing, prangt jetzt ein bekanntes Logo, und eine Getränkekarte und der Duft von Kaffee und Zucker haben den Gestank von Öl und Benzin ersetzt. An den Tischen auf dem Gehweg sitzen Gäste, die die Welt durch ihre Sonnenbrillen betrachten und Kaffee aus hohen Bechern schlürfen.

Kit wird von einem Gefühl der Trauer überwältigt. Moteo war für ihn der Mensch, der einer Vaterfigur am nächsten kam. Und jetzt gibt es ihn nicht mehr.

»Und?«, fragt seine Mutter und reicht ihm die Schüssel mit Erbsen. »Was hast du jetzt vor? Du kannst ja nicht für den Rest deines Lebens hier rumgammeln.«

»Wird wohl Zeit, Miete von dir zu verlangen«, sagt Terry und nimmt einen großen Bissen von der Bratwurst mit Kartoffelpüree.

Kit starrt auf seinen Teller hinunter. »Noch ein paar Tage, dann bin ich weg und liege euch nicht mehr auf der Tasche. Ich weiß noch nicht genau, wohin ich gehe – aber ich möchte versuchen, als Maler zu arbeiten.«

Seine Mutter schüttelt den Kopf und sieht Terry an. »Er hätte Zahnarzt werden können, hätte alles werden können, was er wollte, er hatte immer Einsen in der Schule.«

»Deine Mutter sagt, du hast handwerkliches Geschick.« Terry wischt sich den Mund mit einer Serviette ab. »Das Baugewerbe ist solide – Klempner, Elektriker, die werden immer gebraucht.«

Kit schweigt dazu, er will keinen Streit. Er schiebt sein Essen auf dem Teller hin und her. Nach der Mahlzeit deckt er den Tisch ab und trägt das Geschirr in die Küche. »Ich spüle ab«, ruft er über die Schulter. »Ihr zwei könnt euch entspannen.«

Er hört, dass der Fernseher angeschaltet wird, den eingängigen Jingle einer Werbung. Es ist schön, dass seine Mutter mit Terry glücklich ist, aber er selbst kann es kaum erwarten, von diesem Haus mit seiner sterilen Atmosphäre und den leblosen Tanzfigürchen wegzukommen. Sie waren ihm schon immer unheimlich, diese Relikte, mit denen seine Mutter an ihre enttäuschten Hoffnungen erinnerte.

Die Welt steht ihm offen. Er könnte nach Indien zurückgehen oder vielleicht durch Asien reisen. Er wollte schon immer mal nach Vietnam und Kambodscha und könnte auch eine Trekkingtour durch Patagonien machen. Allerdings fehlt ihm dafür natürlich das Geld. Er könnte zwar hier einen Aushilfsjob annehmen und genug verdienen, um sich ein Flugticket zu kaufen, aber das würde auch bedeuten, dass er in der Zeit zu Hause wohnen und seiner Mutter Miete zahlen müsste. Das will er auf keinen Fall, also bleiben England, Schottland oder Wales. Die Vorstellung, als Einsiedler in einer Hütte in den Bergen zu leben, dort zu malen und einsame Spaziergänge zu machen, gefällt ihm, aber er muss ja auch essen.

Oben in seinem Zimmer holt er die Skizzen, die er von Summer gemacht hat, aus ihrem Versteck, setzt sich aufs Bett und blättert sie durch. Dabei erinnert er sich daran, wie sie sich in seinen Armen anfühlte, an ihre seidenglatte honigfarbene Haut, an den Druck ihrer Zunge gegen seine, wenn sie sich küssten. Und auch ihre Beschreibung der Küste von Suffolk kommt ihm in den Sinn: ein Zuhause am Meer, ein Ort mit Menschen, die ähnlich ticken wie man selbst. Sie hatte eine Ortschaft erwähnt: Woodbridge. Warum eigentlich nicht dorthin gehen? Er könnte einen Job in einer Kneipe oder einem Restaurant annehmen, oder vielleicht in einer Werkstatt arbeiten. Sie hatte ihm von Künstlerkolonien erzählt. Die Lebenskosten waren dort sicher niedriger, und er brauchte ja nicht viel, wichtig war nur, dass genug Zeit bliebe, um sich auf seine Malerei konzentrieren zu können. Er fängt an, seinen Rucksack zu packen, und wirft Kleidung hinein. Als er die Schubladen ausräumt, findet er den Hasenohrring unter einem Haufen Socken und betrachtet ihn noch einen Augenblick, bevor er ihn in die Tasche steckt.

APRIL

DER VIERTE MONAT

27

SUMMER

Sie spült das Frühstücksgeschirr und wischt sich dann die seifigen Hände an ihrer Jeans ab. Ihr Vater schaut vom Tisch auf, wo er bei einer Tasse Kaffee die Zeitung liest.

»Offenbar sind achtzig Prozent der Menschen mit John Majors Regierungsstil unzufrieden«, sagt er.

»Ja, wir brauchen wirklich eine Veränderung«, stimmt sie ihm zu, »eine große Veränderung.«

»Du summst gar nicht mehr vor dich hin«, sagt er und schlägt die Zeitung zu. »Das finde ich schade.«

Sie dreht sich zu ihm um und lehnt sich gegen die Küchentheke. »Meistens merke ich nicht mal, welche Melodie ich da gerade summe.« Sie versucht zu lächeln. »Ist wahrscheinlich sehr nervig für andere.«

»Nein, überhaupt nicht, das gehört doch einfach zu dir.« Er schenkt ihr ein kleines, trauriges Lächeln.

Sie schaut aus dem Fenster hinunter zum Strand, auf die lange Böschung aus Kies, den Meerkohl und die gelben Gräser. Alles hier ist so ganz anders als in Midsummer Common mit den Radfahrern, Kindern und Hunden. Sie muss daran denken, wie es ihrer Hunderunde geht und wer wohl jetzt mit ihnen Ball spielt. Hoffentlich jemand, der gut auf sie aufpasst und ihnen viel Aufmerksamkeit und Liebe schenkt, denn sie weiß, dass Frankie sich nicht gern an den Ohren kraulen lässt und Mable erst dann kommt, wenn man ihr *Mach's gut, ich gehe jetzt!* zuruft.

»Du hast mir nie die Fotos gezeigt, die du in Indien gemacht hast«, sagt ihr Vater.

Sie bleibt mit dem Rücken zu ihm stehen und schaut weiter hinaus aufs Meer. »Ich hatte noch keine Zeit, Abzüge zu machen.« Sie ahnt, dass sie es nicht ertragen könnte – all die Erinnerungen an ihre Strandhütte, an ihn.

»Aber jetzt hast du doch Zeit«, beharrt er, »du könntest dir eine provisorische Dunkelkammer im Bad einrichten.«

»Nein«, antwortet sie, »lieber nicht.«

»Bitte«, sagt er leise, »es würde mir so viel bedeuten.«

Aus diesem Grund steht sie nun hier, umgeben von dem vertrauten Geruch der Chemikalien, und hat ihre gesamte Ausrüstung um sich herum aufgebaut: Lupe, Luftpinsel, Kornscharfsteller, Zange. Sie trägt ihre Schutzbrille und Handschuhe und hält sich an die Anweisungen, die sie im Fotokurs gelernt hat. Zwischen der Tür und dem abgedunkelten Zimmer hat sie eine Leine gespannt, die Tabletts stehen in der Badewanne in ein paar Zentimetern warmen Wassers. Auch die Negative hat sie bereits ausgesucht. Ursprünglich wollte sie gar keine Abzüge von Kit machen, aber einen erlaubt sie sich nun doch. Der Raum ist in das warme, rote Licht der Dunkelkammerleuchte getaucht, die Chemikalien riechen metallisch, stechend. Sie spürt die Erregung in ihrer Brust, es ist der Kitzel des Unbekannten, den Bildern dabei zuzusehen, wie sie auf dem Papier entstehen, das fasziniert sie immer wieder aufs Neue. Obwohl sie die chemischen Vorgänge versteht und die wissenschaftliche Erklärung der einzelnen Schritte nachvollziehen kann, steckt im Vorgang des Entwickelns für sie immer noch ein Anteil Alchemie, etwas von Magie. Und jedes Mal muss man mit Überraschungen rechnen.

Mit der Zange nimmt sie ein Stück Fotopapier aus dem Fixierbad und lässt es zum Auswaschen in eine Wanne mit Wasser gleiten. Anschließend hängt sie es mit einer Klammer zum Trocknen auf die Leine. Bis zum Spätnachmittag ist die Leine voller rechteckiger Papiere.

Sobald sie fertig getrocknet sind, nimmt sie sie ab und legt sie vorsichtig auf das Brett, das sie als breite Ablagefläche quer über die Badewanne gelegt hat. Dann nimmt sie den Verdunkelungsstoff ab und lässt Tageslicht in den Raum.

Sie beugt sich über ihre fertigen Fotos, und es überrascht sie, dass die Freude über die Bilder größer ist als die Wehmut in ihrem Herzen. Da ist der Affe in Kochi, der eine Mango isst und die Finger dabei wie eine Herzogin beim Teetrinken abspreizt. Dort ist der Hund, der nur ein Ohr hatte und sie mit schief gelegtem Kopf ansieht, hier der Stoßzahn, den sie zwischen Schatten gebenden Palmblättern flüchtig zu sehen bekam. Sie geht von einem Bild zum nächsten, um sie kritisch in Augenschein zu nehmen und zu bewerten.

Das Bild von Kit ist das letzte in der Reihe. Es ist eine Nahaufnahme, die am Strand entstanden ist, er lächelt und schaut sie dabei direkt an, sein Blick ist voller Wärme und intensivem Gefühl. Sie betrachtet seine langen, blonden Wimpern, das Strahlen seiner Augen, sein breites Lächeln, die leicht angerauten Lippen, den kleinen Höcker auf der Mitte seines Nasenrückens. Nun kehrt sie zu seinen Augen zurück und erkennt eine Person im Spiegel seiner Pupillen. Das muss sie selbst sein, winzig klein mit der Kamera vor dem Gesicht, eingefangen im Zentrum seines Blicks.

Kit.

Ihr Hals wird eng, als sie spürt, wie die Sehnsucht in ihr wächst. Sie dreht das Bild um und presst sich die Handballen auf die Augen, atmet tief durch.

Das Telefon läutet. Summer geht eilig hin und hebt ab, in der Hoffnung, eine vertraute und freundliche Stimme zu hören. Und sie wird nicht enttäuscht. »Laura!«

»Hey, wie wär's, soll ich dich mal besuchen kommen? Oder ist das noch zu früh?«

Summers Stimme versagt fast, weil ihr Tränen der Dankbarkeit kommen. »Wann? Wann kannst du kommen?«

»In zwei Wochen. Früher nicht. Bei der Arbeit ist gerade die Hölle los.«

»Kommt mir vor wie 'ne Ewigkeit, aber bei dem Gedanken, dass du bald hier bist, geht es mir schon besser. Bleibst du über Nacht? Samstagabend, vielleicht auch den Freitag?«

»Ja, gern! Ich kann's kaum erwarten.«

Erleichtert legt Summer auf und macht sich auf die Suche nach ihrem Vater, um ihm ihre Bilder zu zeigen. Alle außer dem mit Kit.

Sie steht früh auf und nimmt ihre Tasse mit Tee mit hinaus in den kleinen Vorgarten, um dort die ersten Sonnenstrahlen zu genießen und das Spiel der Wellen am Horizont zu beobachten. Im Garten liegt ein Häufchen Strandgut, denn Dad war von seinem abendlichen Spaziergang mit einigen Sachen zurückgekehrt, die er dort gefunden hatte: ein ausgebleichtes Seil, ein helles Stück gebogenes Holz, einen Plastikjoghurtbecher, der vom Druck des Wassers zu etwas kunstvollem Neuem verwandelt wurde, sowie eine Handvoll weißer Muscheln.

Sie gähnt. In der Nacht hat sie viele Stunden wach gelegen. Das Notizbuch mit dem rot-silbernen Einband, das Effie ihr mal geschenkt hatte, war ihr in die Hände gefallen. Sie blätterte die leeren Seiten durch und versprach ihrer Schwester im Stillen, es ab jetzt zum Schreiben zu verwenden. Eine Seite fehlte, und sie fuhr mit dem Finger über den zackigen Rand, der entstanden war, als sie in der Strandhütte ein Blatt für die Nachricht an Kit herausgerissen hatte.

Auf dem Kiesstrand ist jetzt jemand zu sehen, unter einer eng anliegenden, glänzenden schwarzen Bademütze schauen einzelne rote Haarsträhnen hervor. Es ist Loretta, die in einen Bademantel gehüllt und mit einem Handtuch in der Hand in Richtung Meer marschiert. Sie sieht Summer, winkt, ändert die Richtung und kommt zu ihr herüber.

»Ich geh schwimmen – hast du Lust mitzukommen?«

»Ich dachte, hier ist es zu gefährlich?«

»Ach, die Stelle ist weiter oben zur Flussmündung hin, da gibt's tatsächlich lebensgefährliche Strömungen, aber hier ist es sicher.«

Summer zögert, sie ist keine besonders gute Schwimmerin. »Wirklich … auch um diese Jahreszeit? Ist das Wasser nicht eiskalt?«

»Es wird dir guttun«, versichert ihr Loretta, »es macht den Kopf frei und verjüngt. Ich schwimme jeden Tag, sommers wie winters.« Sie grinst und zeigt auf ihr Gesicht. »Was glaubst du denn, wie ich mich so jung halte?«

Summer grinst zurück. »Na gut. Bin gleich wieder da, ich muss mich nur umziehen und ein Handtuch holen.«

Das Ufer fällt stark zum Wasser hin ab. Eine steile Kiesbank rutscht unter Summers Füßen weg, als sie sich stolpernd zum Wasser müht. Sie taucht die Zehen ins Wasser und schnappt nach Luft. »Es ist eiskalt!«

»Am besten bringt man es ganz schnell hinter sich«, ruft Loretta ihr über die Schulter zu, während sie in die Wellen eintaucht. »Und sei vorsichtig, das Wasser wird sehr schnell tief.«

Summer zwingt sich dazu, ein paar Schritte zu machen. Bald schon steht sie bis zu den Knien im Wasser, ihre Haut zuckt wegen der arktischen Temperatur. Noch ein Schritt, und das Wasser reicht ihr bis zu den Oberschenkeln. Die Kälte raubt ihrer Lunge die Luft zum Atmen, was sie zum Lachen bringt. Ein Gefühl großer Freude breitet sich plötzlich in ihr aus. Ihr Kopf ist frei, dreht sich, das Lachen sprudelt aus ihr heraus. Als sie von einer Steinbank ins Leere tritt, lacht sie noch immer. Ihre Augen öffnen sich, aber sie erkennt nur wirbelndes Grau. Sie kämpft sich an die Oberfläche, spuckt Wasser aus und keucht hektisch.

»Bleib in Bewegung!«, ruft ihr Loretta zu, während sie mit kräftigen Zügen davonkrault. Ihr glänzender Kopf sieht aus wie der einer Robbe.

Diese Erfahrung unterscheidet sich so fundamental vom Schwimmen im Arabischen Meer, dass Summer nicht länger als eine Sekunde an dem Vergleich festhalten kann. Dieses Meer erfordert all ihre Aufmerksamkeit, es betäubt ihren Körper und Geist, täuscht ihre Füße und nimmt ihr die Sicht mit seiner undurchdringlichen Tiefe. Sie macht ein paar Schwimmzüge, mal paddelt sie unbeholfen mit den Armen, dann wieder schwimmt sie vorwärts und strampelt dabei mit den Beinen. Sie bleibt dicht am Ufer und hält der Strömung stand, die sie weiter hinauszutreiben versucht. Das Kinn hoch in die Luft gestreckt, schwimmt sie auf und ab und schluckt Salzwasser, als sie nach Luft schnappt.

Schließlich stolpert sie unsicher aus dem Wasser, Loretta folgt ihr grinsend.

»Ich weiß jetzt, was du mit ›belebend‹ meinst«, sagt Summer lachend. Sie schaut auf ihre violett-blau gesprenkelten Oberschenkel. Ihre Finger sind aufgequollen, die Haut fühlt sich an wie elektrisiert, ihr Kopf ist frei.

Sie schnappt sich ihr Handtuch vom Strand, wischt sich das Gesicht ab und rubbelt den Kopf trocken. An ihr kurzes Haar hat sie sich noch immer nicht gewöhnt – aber es lässt sich deutlich einfacher trocknen.

»Kaltes Wasser heilt fast alles«, keucht Loretta, als sie sich in einen üppigen Bademantel wickelt. »Es setzt Glückshormone frei. Und das Meer ist voller magischer gesunder Wirkstoffe – Biorhythmen und so was.« Sie klappert mit den Zähnen, während sie mit zur Seite geneigtem Kopf energisch ihr Haar abtrocknet. »Hat es gewirkt?«

»Wie meinst du das?«

»Na, hat es gegen die Sorgen gewirkt, die dich vorhin gequält haben?«

»Ach so«, Summer schaut sie an. »Wie hast du das erraten?«

»Deine Gefühle sind dir ins Gesicht geschrieben, meine Liebe. Leicht für andere zu lesen. So was ist selten geworden.«

»Ich habe … an jemanden gedacht, den ich verloren habe«, gibt Summer zu. »Ich habe ihn in Kerala getroffen. Wir waren nur ein paar Tage zusammen, aber … ich hatte gehofft, dass wir zusammenbleiben würden …« Sie zittert und wickelt ihr Handtuch fester um sich. »Ich fürchte, ein Teil des Problems ist, dass ich ihn gar nicht richtig kennengelernt habe … dazu war nicht genug Zeit.«

»Wenn ich dir einen Rat geben darf«, sagt Loretta, »denk nicht zu viel über die Vergangenheit nach. Bleib nicht in der Vorstellung stecken, dass irgendein Typ der einzige Mann ist, der dich glücklich machen kann.« Sie wedelt mit der Hand. »Die Bücher, die ich schreibe, handeln nicht von der Realität, sie erzählen nicht vom wahren Leben, sind nur Märchen für Erwachsene. Aber es gibt noch viele Liebesgeschichten, die darauf warten, geschrieben zu werden. Du musst wieder raus in die Welt und etwas erleben.«

Loretta tätschelt Summers kaltes Knie. »Du bist zu hübsch, um den Kopf hängen zu lassen.« Sie kneift die Augen zusammen und schaut aufs Meer hinaus. »Schade, dass ich mein Fernglas nicht mithabe.« Dann zeigt sie auf ein paar Vögel, die über den Wellen in der Luft schweben. »Siehst du die? Rissa?«

»Was sind Rissa? Eine Art Seemöwe?«

»Nein, Seemöwen gibt es eigentlich nicht«, erklärt sie, »es gibt viele Arten von Möwen, aber nicht alle leben an der Küste. Rissa, die Dreizehenmöwe, ist eine der häufiger vorkommenden Arten, und das sind Küstenmöwen.«

»Das wusste ich nicht. Über Möwen.«

»Vögel zu beobachten ist eins meiner Hobbys. Ein guter Vorwand, lange Spaziergänge zu unternehmen, und es gibt immer etwas Spannendes zu beobachten.«

»Darf ich dich irgendwann mal begleiten?«, fragt Summer. »Aber ich möchte dich natürlich nicht stören.«

»Es wäre mir ein Vergnügen, Liebes.« Loretta stemmt sich von den Steinen hoch. »Gut«, sagt sie energisch, »wenn ich jetzt nicht bald eine heiße Dusche nehme, dann riskiere ich, ein paar Zehen und Finger zu verlieren.« Sie rubbelt sich fest ab und klopft ihren Körper, um sich zu wärmen. »Und ich rate dir, dasselbe zu tun.«

Das Handtuch eng um sich gewickelt, geht Summer zügig die Kiesböschung hinauf, weiter durch das offene Tor und die taubengraue Tür, von der die Farbe in Fetzen abblättert, als sie sie berührt.

Mit den Zähnen klappernd läuft sie durchs Wohnzimmer und freut sich auf die heiße Dusche, als das Telefon läutet. Sie zieht die Stirn kraus, geht aber dennoch ran.

»Summer?«, fragt eine vertraute Stimme. »Hier ist Adam.«

Sie drückt den Hörer fest ans Ohr, um seiner Stimme näher zu sein.

»Wie geht es dir?«, sagt er und dann: »Entschuldige, was für eine blöde Frage.«

»Nein, das ist schon okay«, beruhigt sie ihn. »Wir kommen ganz gut zurecht, Dad und ich haben eine Art Pakt geschlossen, gemeinsam weiterzumachen und die Dinge einen Schritt nach dem anderen anzugehen«, sagt sie. »Ich war gerade schwimmen, es ist unglaublich kalt.«

»Im April im Freien schwimmen?« Er klingt beeindruckt. »Da möchte ich nicht mit dir tauschen, aber deine Schwester hätte es sicher toll gefunden.«

Sie wickelt sich noch fester in das Handtuch. Es tut gut, mit jemandem zu reden, der Effie kannte.

»Anderes Thema«, fährt er fort. »Ich wollte dich fragen, ob du eventuell bald mal ein freies Wochenende hast? Ich würde dich gern besuchen kommen.«

Sie vereinbaren einen Tag, und nachdem sie aufgelegt hat, merkt sie, dass sie zum ersten Mal seit langer Zeit wieder richtig Hunger hat. Sie geht in die Küche und lässt ihren Blick über Mums Keramikteller, den alten Herd, einen AGA-Rangecooker, und den bunten Flickenteppich auf den mattroten Fliesen schweifen. Das fühlt sich schon wie ein richtiges Zuhause an, besonders mit dem Ticken von Dads Uhren, die an den Wänden hängen und in den Regalen stehen. Sie nimmt die Keksdose und schnappt sich daraus einen Keks, beißt in den süßen, mürben Teig. Nicht mehr an Kit denken, befiehlt sie sich streng, als sie durchs Fenster zum Strand hinunterschaut. Selbst wenn sie sich jeden Tag in die Nordsee stürzen muss, sie ist zu allem bereit, wenn sie nur nicht mehr ständig an ihn denken muss.

Eine Woche später findet sie Dad auf allen vieren, als sie in den kleinen, kiesigen Vorgarten kommt. Er verteilt weiße Muscheln auf dem Boden und legt damit Muster aus Wirbeln und Linien. Neben ihm steht ein ganzer Eimer mit Muscheln, und er ist so vertieft, dass er sie erst bemerkt, als ihr Schatten auf ihn fällt.

Sie hockt sich dazu und betrachtet die Muster. »Wie schön.«

Er lächelt. »Ich habe so viele davon gesammelt, damit sollte ich etwas machen, dachte ich mir.«

Er versucht aufzustehen, und sie stützt ihn dabei mit einer Hand am Ellbogen. Als sie auf die Welt kam, war er schon fünfzig, frisch mit einer fast zwanzig Jahre jüngeren Frau verheiratet. Er hatte an der Universität gelehrt und war immer Junggeselle gewesen, mit Mum wurde das alles anders.

»Ich habe versprochen, dass wir später auf einen Drink bei Loretta vorbeischauen. Ist das okay?«

Er nickt abwesend. »Ich muss dir etwas sagen, Summer.« Er tritt unruhig von einem Fuß auf den anderen. »Lass uns mal reingehen.«

Sie treten aus dem hellen Tageslicht ins Haus, sie zwinkert, ihre Augen müssen sich erst an das Dunkel gewöhnen. Dad bleibt im winzigen Wohnzimmer mit der niedrigen Zimmerdecke stehen und faltet die Hände. »Der Makler hat sich gemeldet«, sagt er dann. »Sie haben einen Kaufinteressenten für das Haus gefunden, sie mussten es nicht mal inserieren, und man bietet uns einen guten Preis dafür. Einen sehr guten Preis sogar.«

»Das Haus ist verkauft?«

»Bis jetzt nicht«, sagt er schnell, »noch kann ich Nein sagen.« Er schaut sie an. »Was sollen wir tun?«

Sie geht zu ihm und nimmt seine Hände, hält sie fest in ihren. »Wir sollten es verkaufen, es ist Zeit. Den schwersten Teil haben wir schon hinter uns, und mein Gefühl, dass es das Richtige ist, hier zu sein, wird jeden Tag stärker.«

»Gut. Gut«, sagt er und geht zum Sofa. Er beugt sich hinunter und holt etwas dahinter hervor. Ein mit braunem Papier verpacktes Paket. Ein schwerer Karton. »Und weil wir ja deshalb bald ein hübsches Sümmchen erwarten können, habe ich mir erlaubt, das hier für dich zu besorgen. Ich habe dich öfter darüber reden hören … und weil ich mir denken kann, dass du es dir nicht selbst kaufen würdest, hab ich es eben getan.«

Er überreicht ihr den Karton. Verblüfft reißt sie das Papier auf, sieht die Abbildung auf der Verpackung und öffnet sie mit klopfendem Herzen.

»Dad«, sie schnappt nach Luft, »das ist … eine Canon SLR. Mit einem Tele-Objektiv!«

»Das ist die richtige, oder?«

Sie fällt ihm um den Hals »Sie ist perfekt, genau das, was ich mir immer gewünscht habe.«

Er drückt sie. »Ich weiß, dass du, seit wir hier sind, noch nicht mit deiner Kamera gearbeitet hast – aber die Bilder, die du in Indien gemacht hast, sind fantastisch, Summer. Du hast wirklich Talent.«

Es juckt sie in den Fingern, den schönen, glänzenden Apparat auszuprobieren. Am liebsten würde sie jetzt gleich nach draußen gehen und sich auf Motivsuche begeben.

Es ist sechs Uhr, und mit den surrenden und schlagenden Geräuschen von Dads Uhren im Rücken gehen sie über den knirschenden Kies zu Lorettas kornblumenblauem Cottage. Es ist größer als ihres und hat Glasschiebetüren, die auf die Terrasse hinausführen. Als Summer durch das Gartentor tritt, bemerkt sie einen Tisch, auf dem viele unterschiedliche Kieselsteine ausgebreitet sind, in Häufchen nach Farben sortiert, sowie ungewöhnlich geformte Stücke Treibholz und türkisfarbene Seeglasscherben. Sie streicht mit den Fingern darüber.

Loretta sitzt in einem Korbsessel mit einem aufgeschlagenen Roman auf dem Schoß. Eine schwarze Katze rekelt sich in der Sonne, eine andere sitzt im Schatten einer Topfpflanze.

»Deine Sammlung gefällt mir«, sagt Summer.

Loretta legt ihr Buch zur Seite und steht auf. »Ich sammle alles, was mir bei meinen Spaziergängen ins Auge fällt«, lächelt sie. »Du wirst es dir wahrscheinlich auch bald angewöhnen, denn alle, die hier leben, machen es so.«

»Ich bin Donald – Summers Vater.« Er kommt einen Schritt näher, und Loretta nimmt seine Hand. »Ich habe das jetzt schon übernommen«, sagt er, »bei mir sind es Muscheln. Die weißen.«

»Wellhornschnecken.« Loretta trägt ein langes, fließendes fliederfarbenes Kleid und grellpinke Ohrringe, die sich auf spektakuläre Art mit ihrem roten Haar beißen. »Wie seltsam, ausgerechnet die zu sammeln, wo es doch so viele schöne, einzigartige Steine gibt. Sind die nicht ein bisschen langweilig?«

»Jede unterscheidet sich von der anderen ein winziges bisschen«, widerspricht Dad, »und die Präzision der Wirbel und Spiralen fasziniert mich.«

»Dad ist Mathematiker«, erklärt Summer.

»Mathematik ist eine Sprache, die ich nicht verstehe«, sagt Loretta und schüttelt leicht den Kopf. »Zahlen rieseln durch meinen Kopf wie Sand durch ein Sieb.« Sie berührt einen ihrer Ohrringe. »Also, wie sieht's aus? Martinis für alle?« Und sie verschwindet durch die Terrassentür. Summer schaut ihr nach und wirft dabei einen Blick ins Wohnzimmer. Soweit sie es erkennen kann, scheint Lorettas Haus eine gemütlich wirkende Ansammlung aus Antiquitäten, Bücher- und Zeitschriftenstapeln, Katzenklos, Dekorationsgegenständen und überall herumliegenden, farbenfrohen Decken zu sein.

Loretta kommt mit einem silbernen Cocktailshaker zurück. Summer macht es sich auf einem Sessel bequem, und Loretta drückt ihr einen kalten, mit einer Zitronenspirale garnierten Drink in die Hand.

»Auf euch beide – ich bin so froh, interessante Nachbarn zu haben.«

Kurz herrscht Schweigen, während sie an ihren Drinks nippen. »Du hattest erwähnt, dass du Liebesromane schreibst?«, fragt Summer.

»Allerdings. Schon seit … meine Güte!« Loretta kichert und wirft ihr rotes Haar über die Schulter zurück. »Ach, ich habe aufgehört zu zählen … aber gute zwanzig Jahre werden es wohl sein.«

»Und davon können Sie leben?«, fragt Dad, als eine weitere Katze aus dem Haus kommt und auf seinen Schoß springt. Das Tier stupst seine Hand mit dem Kopf an, und er beginnt geistesabwesend, es hinter den Ohren zu kraulen.

»Das könnte man sagen.« Loretta wirft ihm einen unterkühlten Blick zu. »Ich habe fünf Mal die Auszeichnung des Jahres als beliebteste Autorin in der Sparte ›Liebe und Romantik‹ gewonnen. Meine Bücher wurden in fünfundzwanzig Sprachen übersetzt, und eins wurde vor ein paar Jahren mit Debra Winger verfilmt. Die Verfilmung war ziemlich gut.«

Dad sieht etwas befremdet aus. »Ja, gut«, murmelt er halblaut vor sich hin, »dann weiß ich ja jetzt Bescheid.« Die Katze springt von seinem Schoß und macht sich davon, um sich in den Schatten zu legen.

Es entsteht eine peinliche Stille. Summer klammert sich an den dünnen Stiel ihres Glases und versucht, ein neutrales Thema zu finden, auf das sie das Gespräch lenken könnte. »Ich lege dann mal ein bisschen Musik auf«, sagt Loretta und klingt dabei etwas angespannt. Sie geht ins Haus, und schon bald dringt die Stimme von Ella Fitzgerald zu ihnen heraus, die *Lady be Good* singt.

Ihr Vater prostet Loretta zu, als sie zurückkommt. »Einer meiner Lieblingssongs von Ella«, sagt er.

»Aha«, erwidert sie, während sie sich auf ihren Stuhl fallen lässt, »ich ahne, da habe ich einen Jazz-Fan gefunden?«

»Das kann man wohl sagen«, antwortet Summer mit einem erleichterten Lächeln.

»Allerdings ist die Version aus dem Jahr 1947 die einzige, die es sich anzuhören lohnt«, fährt Dad fort, »ihr improvisiertes Scatting ist genial – diese Version hier finde ich ziemlich lahm.«

»Ach so?«, sagt Loretta mit einem süßlichen Lächeln. »Da bin ich aber ganz anderer Ansicht.«

»Ich versuche, Dad zu überreden, mit ins Meer zu kommen«, lenkt Summer schnell ab, »Loretta geht zu jeder Jahreszeit schwimmen«, fügt sie hinzu. »Du bist total begeistert davon, oder?«

»Ich schwöre darauf«, antwortet sie. »Wären Sie mutig genug dafür«, erklärt sie Donald, »könnten Sie feststellen, dass man sich anschließend wie ein neuer Mensch fühlt.« Sie wendet sich an Summer. »Bist du morgen wieder dabei?«

»Ich würde gern mitkommen«, bedauert Summer, »aber das geht leider nicht, weil ich morgen ganz früh mit meiner neuen Kamera losziehen will. Aber Dad? Können wir dich nicht überreden? Es ist ein unglaublich belebendes Gefühl.«

»Ich will gar kein neuer Mensch werden«, brummt er, »und mit festem Boden unter den Füßen fühle ich mich noch immer am wohlsten.«

Loretta neigt sich zu Summer hinüber. »Kieselstrand und kaltes Wasser sind nicht jedermanns Sache.«

»Wie viele Katzen haben Sie eigentlich?«, fragt Dad, als er eine große, getigerte Katze hereinspazieren sieht.

»Das letzte Mal, als ich nachgezählt habe, waren es zwölf«, antwortet Loretta. »Ich nehme ausgesetzte und streunende Katzen auf und versuche, sie in ein neues Zuhause zu vermitteln.«

»Zwölf?«, wiederholt er mit matter Stimme. »Na, ein Glück, dass das mit Ihren Büchern so gut läuft, da haben Sie eine Menge Mäuler zu stopfen.«

»Mit Glück hat das rein gar nichts zu tun, mein lieber Donald«, zischt sie ihm über den Rand ihres Glases hinweg zu.

Sie reden über andere Dinge, aber Summer ist die Spannung zwischen den beiden älteren Menschen sehr unangenehm. Es scheint kein Thema zu geben, bei dem keine Tretminen lauern.

»Weißt du was, ich glaube, es wird Zeit, nach Hause zu gehen«, sagt sie und steht auf. »Morgen muss ich ganz früh raus.«

Dad müht sich von seinem Stuhl hoch, und sie hält ihn am Ellbogen, bis er schließlich steht. Erst wenn sie in Gesellschaft sind, wird ihr bewusst, wie ungeübt er in puncto Umgangsformen und

Höflichkeit ist. Er ist in seinen Gewohnheiten so festgefahren, man könnte ihn fast eigenbrötlerisch nennen.

Sie verabschieden sich und trotten über den Kiesweg zurück.

»War sie dir nicht sympathisch?«, fragt Summer. »Ich hätte erwartet, dass ihr euch gut versteht.«

»Bisschen zu forsch für meinen Geschmack«, knurrt er.

»Wie schade. Es wäre gut für dich, hier neue Freundschaften zu schließen.«

»Ich brauche niemand anderen. Ich hab doch dich«, sagt er und geht voraus, und sein weißes Haar wird von einer plötzlich aufkommenden Windböe hochgewirbelt. Er scheint es eilig zu haben, nach Hause zu kommen.

Sie muss sich sputen, um ihn einzuholen.

28

KIT

Er steigt am Bahnhof Woodbridge aus, hievt sich den Rucksack auf den Rücken und versucht, sich seine zusammengeklappte Staffelei unter den Arm zu klemmen. In Richtung Zentrum geht es einen sanften Hang hinauf. Es ist ein kleiner Marktflecken mit hübsch bemalten Häusern, manche davon aus Elisabethanischer Zeit und einer Vielzahl von Antiquitätengeschäften. Auf dem Weg erkundigt er sich in den Cafés und Kneipen, ob sie noch Aushilfen brauchen, ohne Erfolg. Immerhin behält man in einem Lokal seinen Lebenslauf und meint, er solle in ein paar Wochen noch mal nachfragen. Er hat zwar noch genug Geld, um ein paar Tage über die Runden zu kommen, aber langsam gehen seine Ersparnisse zur Neige, und er muss einen Job und eine Unterkunft finden.

In der Bibliothek, einem modernen Gebäude, das im Vergleich zu der verblassten Pracht des restlichen Örtchens mit seiner unverputzten Betonfassade fast wie brutalistische Architektur wirkt, setzt er sich ans Fenster, blättert in den Lokalzeitungen und geht die Kleinanzeigen und Stellenangebote durch. Automechaniker werden nicht gesucht, aber er notiert sich ein paar Alternativen. Das Schwarze Brett an der Ausleihe hängt voller Zettel – auf der Suche nach interessanten Infos überfliegt er das Angebot eines Flügels und einer Waschmaschine, die kostenlos an Selbstabholer abgegeben werden. Er entdeckt eine Suchanfrage nach einem Gärtner und reißt sich die Telefonnummer ab. Etwas Unkraut jäten und den Rasen mähen, das müsste doch machbar sein.

Als er wieder draußen vor der Bibliothek steht, sieht er an der Straßenecke ein Telefonhäuschen und zieht die schwere Tür auf. Er ruft bei der Gärtnerstelle an, aber sie ist nicht mehr frei, dann fragt er noch bei ein paar weiteren Stellenangeboten nach, aber auch sie sind schon weg. Als er die Telefonzelle verlässt, denkt er, dass ihm wohl nichts anderes übrig bleiben wird, als sich ein preiswertes BnB zu suchen und morgen mit der Suche weiterzumachen. Möglicherweise hätte er in einer größeren Stadt wie Ipswich mehr Erfolg und eine bessere Chance, einen Job in einer Autowerkstätte zu ergattern, aber er hat es sich in den Kopf gesetzt, einen Ort zum Leben an der Küste zu finden. An der wilden Nordsee, die Summer ihm beschrieben hat. Dabei hat er das Meer hier noch gar nicht zu Gesicht bekommen.

Er geht den gleichen Weg, den er auf dem Hinweg genommen hat, wieder zum Bahnhof und zum Fluss zurück. Bei der Ankunft hatte er aus dem Zugfenster heraus durch einen kleinen Wald tanzender Bootsmasten einen Blick auf das Wasser erhascht und auch Möwen gehört. Auf einer hohen, schmalen Eisenbrücke überquert er die Bahngleise und klettert auf der anderen Seite vorsichtig nach unten, dort findet er sich an einem kleinen Jachthafen wieder, in dem Boote und Lastkähne am Kai festgemacht sind und wackelige Holzplanken den Weg über das Wasser ermöglichen. Manche Schiffe sehen aus, als lägen sie schon seit Jahren bewegungslos dort vor Anker – er entdeckt Blumentöpfe mit Geranien an Bord, ausgeklappte Liegestühle, Fahrräder, eine getigerte Katze, die durch ein Bullauge schaut.

Neben der Metallbrücke steht ein Imbisswagen. Als er den Geruch von frittiertem Essen riecht, fängt sein Magen an zu knurren, und er stellt sich in die kurze Schlange, bestellt Tee und eine gegrillte Wurst mit Brötchen. Dann lässt er sich auf einer Bank nieder, stellt die Staffelei neben sich und den Rucksack zu seinen Füßen ab und nippt an dem Styroporbecher mit dem heißen Getränk. Der Fluss ist breit, Bojen und Boote tanzen darauf, und es wimmelt nur so von Enten und Schwänen. Hinter ihm schlendern Paare die Ufermauer entlang, und er schnappt ein paar Gesprächsfetzen auf, eine Mutter mit einer Schar kleiner Kinder kommt vorbei, ein Mann, der seinen Hund ruft. Solange er im Ausland unterwegs war, genoss er das Gefühl von Freiheit und Anonymität, das man als Fremder an einem unbekannten Ort hat. Aber jetzt geben ihm die lebhaften Gespräche in seiner Muttersprache und die vertrauten Alltagsgeräusche eher das Gefühl, einsam und unsichtbar zu sein.

Er beißt ein großes Stück von seinem Brötchen ab und kaut. Mit vollem Magen sieht die Welt immer viel besser aus. Er wird auf eine Stimme im Hintergrund aufmerksam, deren Tonlage sich verändert hat und die zunehmend angsterfüllt klingt: »Grandpa, pass auf!«

Auf der rechten Seite sieht er einen älteren Mann, der unsicher auf einem Haufen Steine balanciert und versucht, das Gleichgewicht zu halten. Offenbar sollen die Steinbrocken als Schutz vor Hochwasser dienen. Es herrscht Flut, und um die Füße des Mannes schwappt schon dunkles Wasser. Eine Frau hat seine Hand gepackt und versucht, ihn zurück ans Ufer zu führen, aber er wehrt sich, schwankt, und sein Gesicht ist vor Panik ganz verzerrt.

Kit stopft seinen Rucksack unter die Bank, lässt den Rest seines Mittagessens liegen, eilt zu ihnen hinunter und springt auf den flachsten Stein in der Nähe des Mannes. Bei der Landung durchzuckt ein scharfer Schmerz sein Bein – der Steinhaufen liegt fast einen Meter weiter unten, und er fragt sich, wie der alte Mann es überhaupt dorthin geschafft hat. »Brauchen Sie Hilfe?«, ruft er.

Die Frau dreht sich um, ihr Gesicht ist rot, und er sieht jetzt, dass sie jung ist, vermutlich erst Anfang zwanzig. Ihre schwarzen Haare fallen ihr über die Schultern. »Können Sie seine andere Hand nehmen?«, ruft sie ihm aufgeregt zu. »Komm, Gramps, lass uns weitergehen. Hier ist es zu gefährlich.«

Kit nimmt die Hand des alten Herrn und lächelt ihn an. »Hallo. Wollen wir nicht zusammen von den Steinen runter zurück zum Weg gehen?«

»Ich muss doch die Schwäne füttern«, beharrt der Mann mit zittriger Stimme. »Wissen Sie, das hat sie sonst immer gemacht. Jeden Samstag.«

»Ich gehe vor, und Sie treten genau dorthin, wo ich gegangen bin.« Die Knochen des Mannes sind dünn und zerbrechlich. Mit sanftem Druck gelingt es Kit, ihn über die Steine zur etwas erhöhten Seite des Ufers zu führen. Dort lässt er ihn kurz los und klettert hoch auf den Weg, greift dann erneut nach seinen Händen. »Ich zähle bis drei«, sagt er. »Sind Sie bereit?«

Kit schaut in ein Paar wässrig blasse Augen, der Mund klafft zwischen den eingefallenen Wangen. Er zieht, und die junge Frau, die noch unten auf den Steinen steht, schiebt zugleich von hinten. Gemeinsam bringen sie ihn so zurück auf den Weg. Kit stützt ihn und hilft ihm dabei, sich auf ein niedriges Mäuerchen zu setzen. Anschließend greift er nach unten, nimmt die Hand der Frau und zieht auch sie hoch. Sie ist leicht und gelenkig, und der unerwartete fehlende Widerstand lässt ihn rückwärtstaumeln. Da er ihre Hand noch festhält, stoßen sie schließlich zusammen, und ihr Gesicht wird dabei an seine Brust gepresst.

Sie lacht und streicht sich die Haare aus den Augen. »Danke. Weiß Gott, ohne deine Hilfe hätte ich ihn niemals wieder auf den Weg zurückgebracht.« Und zu dem älteren Herrn: »Du hast mir einen ziemlichen Schrecken eingejagt, als du plötzlich rumgesprungen bist wie jemand, der nur halb so alt ist wie du.«

Kit schaut zu der Bank, um sicherzugehen, dass sein Rucksack und die Staffelei noch da sind. Dort hockt eine große Möwe und erhebt sich wie in Zeitlupe mit dem halb aufgegessenen Brötchen im Schnabel in die Luft. Kit schneidet eine Grimasse und brüllt sie an, während sie davonfliegt. »Du gieriges Mistvieh! Das war mein Mittagessen!«

Er geht zurück, um sein Gepäck und die Staffelei zu holen, und wirft seinen Becher in den nächsten Mülleimer. »Und das alles wegen uns«, sagt die junge Frau bedauernd. »Komm, ich kauf dir ein neues.«

»Schon okay«, sagt Kit. »Ich hatte es ja fast aufgegessen.«

»Sei doch nicht albern«, sagt die Frau, »das ist das Mindeste, was ich tun kann.« Sie klopft sich etwas Schmutz von der Jeans. »Ich heiße Sally-Ann Fisk, und das ist mein Grandpa, David.«

Kit gibt ihr die Hand. »Kit«, erwidert er, »Kit Appleby.«

Sie kneift die Augen zusammen und mustert ihn. »Du kommst aber nicht von hier, oder?«, fragt sie.

Er schüttelt den Kopf. »Bin erst heute angekommen.«

»Hast du vor, in Woodbridge zu bleiben?«

Wieder schüttelt er den Kopf. »Eigentlich will ich ans Meer, an einen Ort, der direkt an der Küste liegt.«

»Um Urlaub zu machen, oder was? Willst du wandern gehen oder Vögel beobachten?«

»Nein, malen.« Er schaut zu der Staffelei, die er in der Hand hält. »Ich will eine Weile hierbleiben und suche deshalb auch einen Aushilfsjob und eine Unterkunft.«

»Echt?« Sie neigt den Kopf, als würde sie nachdenken »Und wie wär's mit einem Dorf an einem Fluss, das ganz nah am Meer liegt? Wäre das auch in Ordnung?«

»Ja, klar«, sagt Kit zögernd, weil er nicht weiß, worauf sie hinauswill. »Genau so was in der Art.«

»Einen Job suchst du auch, zum Beispiel in einem Pub am Tresen?«

»Hm, ja, schon.«

Sie gehen jetzt an der Flussmauer entlang in Richtung Bahnhof. Ihren Großvater hat sie fest untergehakt. »Mein Vater hat einen Pub in Orford, und wir suchen gerade zusätzliche Aushilfen.«

»Ist das dein Ernst?«

Sie muss lachen, als sie seinen Gesichtsausdruck sieht. »Ja, klar – und wenn du magst, dann lege ich ein gutes Wort für dich ein.«

»Kannst du mir die Adresse aufschreiben und die Telefonnummer?«

»Noch besser«, sagt sie und streichelt die Hand ihres Großvaters, »wir sind gerade auf dem Weg nach Hause, stimmt's, Gramps?«, und zu Kit: »Ich kann dich im Auto mitnehmen, dir das Pub zeigen und dich meinem Dad vorstellen.«

»Das wäre ja …«, vor Überraschung beginnt er zu stottern, »das ist … nett.«

Sie zuckt mit den Schultern. »Ein glücklicher Zufall, oder wie immer man es nennen will – am richtigen Ort zur richtigen Zeit. Manchmal läuft es doch im Leben so, oder?«

»Ja, manchmal schon«, stimmt er zu und muss an Summer denken und den unglaublichen Zufall, dass ein wütender Mann und ein paar streunende Hunde sie zusammenführten.

Sie bietet ihm noch einmal an, ihm aus dem Café einen Ersatz für seine Wurst im Brötchen zu holen, aber er winkt ab, das sei nicht nötig. Sie schüttelt den Kopf. »Beschwer dich aber nachher nicht, wenn du noch Hunger hast.«

Er folgt ihnen zu einem verbeulten, schlammbespritzten Land Rover Defender, der auf dem Bahnhofsvorplatz geparkt ist. Zuerst wirft er seinen Rucksack auf die harte Rückbank und klettert dann selbst hinterher. Der Großvater hievt sich auf den Beifahrersitz, und Sally-Ann steigt auf der Fahrerseite ein. Sie ist zierlich, mit Schultern, die so schmal sind wie die eines Kindes, ihre schlanken Beine stecken in engen Jeans, und sie ist so klein, dass sie kaum über das Lenkrad schauen kann. Aber den Gang legt sie mit Schmackes ein und manövriert den Wagen sicher wie ein Profi aus der Parklücke. Der Motor röhrt wie der eines Dieselbusses und macht es ihnen unmöglich, sich zu unterhalten, also hält er sich fest und reckt den Hals, um die am Fenster vorbeiziehende Landschaft sehen zu können. Jedes Mal, wenn sie durch ein Schlagloch fahren, schlagen seine Zähne aufeinander.

Sie verlassen die Stadt, fahren über eine Brücke und durch einen Kiefernwald, auf schmalen Landstraßen, die unter dem Blätterdach uralter Eichen hindurchführen. Auf den weiten Feldern sieht er Schweine, die im Schlamm wühlen. Es geht weiter durch winzige Dörfer, die nur aus wenigen Höfen bestehen. Vor manchen werden Gemüse und Eier angeboten, mit einer kleinen Dose dabei, in die man das Geld dafür einwerfen soll.

Nach ungefähr einer halben Stunde kommen sie in ein größeres Dorf mit einem hübschen Marktplatz und einer schmucken Steinkirche mit eckigem Turm. Die Häuser mit ihren Fassaden aus roten, verblassten Backsteinen scheinen größtenteils im Georgianischen Stil zu sein, und in den Vorgärten wachsen Kletterrosen und große Lavendelbüsche. Der Land Rover schlängelt sich einen Hang hinunter zum Kai, und jenseits der Dächer kann er schon einen Streifen Wasser erkennen. Sie halten schließlich neben dem Anchor, einem kleinen, weiß getünchten Pub, auf dessen hohen Schornsteinen Möwen hocken.

»Das ist es«, sagt Sally-Ann beim Aussteigen.

Kit hilft ihrem Großvater von dem hohen Beifahrersitz herunter. »Mum ist in der Küche, Gramps«, sagt sie zu dem alten Herrn. »Sie macht dir eine Tasse Tee. Komm mit«, ruft sie Kit zugleich über ihre Schulter zu. »Mal schauen, ob Dad da ist.«

Das Pub ist innen nur schummrig beleuchtet, mit niedrigen Decken, dunklen, vom Rauch geschwärzten Balken und einem riesigen gemauerten Kamin, dessen Rost sauber gekehrt ist. Im Moment sind zwar keine Gäste da, aber der Raum ist genau so, wie man sich ein gemütliches, traditionelles Pub auf dem Land vorstellt, denkt Kit, als er sich umschaut.

»Man kann hier auch essen – einfache Gerichte wie eine Vesperplatte, Bratwurst mit Kartoffelpüree und Fish and Chips natürlich«, sagt Sally-Ann, während sie ihm alles zeigt. »Dein Job wäre es, hinter der Bar zu bedienen und in der Küche auszuhelfen. Gläser auskippen, den Müll rausbringen, das Übliche eben. Jack, ein Typ aus der Nachbarschaft, arbeitet hier an den Wochenenden, und Mum und ich sind für die Küche zuständig.«

»Das klingt gut«, antwortet Kit und fragt sich, ob er wohl in der Nähe ein günstiges Zimmer finden kann. Keinen fahrbaren Untersatz zu haben könnte hier zum Problem werden, denn der Ort liegt ziemlich abseits.

Sie öffnet die Tür zu einem Hinterzimmer, und zwei Hunde preschen heraus an ihr vorbei und auf ihn zu. Er hört ihre Krallen auf dem Boden, spürt den heißen Atem und sieht ihre scharfen Zähne, bleibt aber ganz ruhig stehen, bis das Durcheinander aus Zähnen, Haaren und Gebell sich als zwei Deutsche Schäferhunde entpuppt, die sich nun an seine Knie drücken und aufgeregt an seinen Schuhen schnuppern und schnauben. Er wartet, bis sie ruhiger werden, bevor er ihnen seine Hand hinhält, damit sie sie beschnüffeln können.

Sie schnippt mit den Fingern, und die beiden trotten zu ihr hinüber. »Das sind Sneezy und Doc.« Sally-Ann zeigt nacheinander auf die beiden und nickt ihm dann anerkennend zu. »Diesen Test hättest du also bestanden.«

Ein kleiner Mann mit einer glänzenden Glatze und den krummen Beinen eines Jockeys kommt geschäftig durch die Eingangstür und sieht Kit mit einem fragenden Blick an.

»Dad«, sagt sie schnell, »das ist Kit. Er hat mich und Gramps eben gerettet, als wir in Woodbridge waren. Er ist ein Held und gerade auf der Suche nach einem Job.« Und sie wirft Kit einen bedeutsamen Blick zu. »Er hat jede Menge Erfahrung am Tresen.«

Kit ist sich nicht sicher, ob hier überhaupt wirklich eine Aushilfe gesucht wird, denn ihr Vater wirkt verwirrt und ein wenig irritiert, dass sich ein fremder junger Mann mit großem Rucksack und einer sperrigen Staffelei hier in seinem Pub breitmacht. Aber offensichtlich ist er in seine Tochter vernarrt, und es gelingt ihr mühelos, ihn mit ihrer Charme-Offensive um den Finger zu wickeln. Nachdem er Kit nach seinen bisherigen Erfahrungen als Barkeeper ausgefragt hat, schlägt er schließlich mit einem Knochenbrecher-Händedruck ein. »Paul«, stellt er sich vor. »Dann kann ja deine Probezeit beginnen.« Mit einer Kopfbewegung weist er zur Zimmerdecke. »Wir haben ein Zimmer frei, das du haben kannst, wenn du willst. Kost und Logis ziehe ich dir dann vom Lohn ab.«

Sally-Ann begleitet ihn nach oben. »Wir wohnen nicht hier«, erklärt sie ihm. »Nachts hättest du die Etage also für dich allein. Wir haben ganz in der Nähe ein Haus, und Gramps ist im Heim untergebracht. Dahinten ist noch ein Zimmer, das wir manchmal an Gäste vermieten, alle anderen Räume benutzen wir als Lager.« Sie stößt eine Tür auf. »Das hier ist das schönste Zimmer, mit Aussicht auf den Fluss.«

Er schleppt seine Sachen hinein. »Ich weiß gar nicht, wie ich dir danken soll«, sagt er. »Du bist mein rettender Engel.«

Sie grinst. »Warte erst mal ab, bis du hier ein paar Samstagabende überlebt hast, danach kannst du dich immer noch bedanken.«

Kit packt aus und räumt seine wenigen Habseligkeiten in eine wackelige Kommode. Den größten Teil der Tasche nehmen seine Stifte, Farben, Pinsel und Skizzenblöcke ein. Er baut die Staffelei auf und platziert sie in der Ecke, damit sie ihn immer daran erinnert, warum er hier ist, ein Symbol für sein Vorhaben. Er reibt sich den schmerzenden Oberschenkel und setzt sich auf das schmale Bett. Das einfache Zimmer liegt unter dem Dach und ist in einem ausgewaschenen Blümchenmuster tapeziert. Eines der Fenster geht auf den Kai hinaus. Auf der anderen Seite des Flusses kann er eine Landzunge oder eine Insel sehen, und die dunkel wogende Welle dahinter muss wohl die Nordsee sein. Er lehnt sich aus dem Fenster, weg vom Hundegeruch und dem Dunst von Alkohol und frittiertem Essen, um etwas frische Luft zu schnappen. Tief atmet er den sauberen, herben Duft von Salz und die jodhaltige Note von Seetang ein. In seiner Hosentasche schließt sich seine Hand um den winzigen, silbernen Hasen, der sich durch die Wärme seiner Haut geschmeidig und fast lebendig anfühlt.

29
SUMMER

Sie wartet am Bahnhof von Woodbridge. Der kurze Bahnsteig ist menschenleer, und der Zug, der sich träge auf den Gleisen entlang des Flusses hierher geschlängelt hat, fährt pünktlich ein. Als Summer den Fahrgästen beim Aussteigen zusieht, ballt sie vor Aufregung die Fäuste. Sie stellt sich auf die Zehenspitzen, um über die Köpfe hinwegsehen zu können, und entdeckt schließlich die kleine, dunkelhaarige Frau in Jeans, Chambray-Shirt und weißen Turnschuhen, die strahlt, als sie Summer sieht.

In ihrem Beruf als Anwältin trägt sie Businesskleidung, aber in ihrer Freizeit gibt sich Laura gern so leger wie möglich – meist lässige Jeans und Herrenhemden. Sie läuft ihr schnell entgegen und zieht eine Tasche auf Rollen hinter sich her.

Die beiden fallen sich in die Arme, und Laura drückt sie noch fester an sich. Summer atmet den vertrauten, moschusartigen Duft ihrer Freundin ein.

»Ich hab dich so vermisst«, sagt Laura.

»Ich dich auch«, erwidert Summer lachend.

Sie steigen in den Renault, und Summer lenkt den Wagen aus dem Städtchen hinaus und weiter über Landstraßen, die von Wiesenkerbel, wuchernder Vogelmiere und Margeriten gesäumt sind.

Als sie durch einen Kiefernwald auf die Küste zufahren, tauschen sie sich darüber aus, was es Neues in ihrem Leben gibt. Laura fallen immer neue Fragen ein, und Summer erzählt ihr von Loretta und ihren Katzen und ihrem gemeinsamen Schwimmen frühmorgens in der grauen Nordsee.

»Zu dieser Jahreszeit gehst du schwimmen!«, ruft Laura überrascht. »Bist du irre?«

»Ich weiß, es klingt verrückt.« Summer lacht. »Aber hinterher geht es einem fantastisch.«

»Also, ich werde mich da sicher nicht anschließen«, sagt Laura, »das kannst du dir gleich mal abschminken.« Sie lächelt. »Warst du hier schon mit deiner Kamera unterwegs?«

»Dad hat mir eine neue geschenkt, die mit dem Zoom, die ich mir schon immer gewünscht habe.«

Sie ist mit ihren neuen Bildern sehr zufrieden: eine Robbenfamilie im Schlamm, die sich in der Sonne rekelt; ein Fuchs, der durch den Nebel läuft; eine Möwe, aus der Froschperspektive aufgenommen, die mit weit ausgebreiteten Flügeln einen Fisch in den Krallen trägt, wobei das Licht und der Winkel der Aufnahme es so wirken lassen, als hätte der Vogel eine winzige Mondsichel gefangen.

Summers Blick ist nach vorn auf die Straße gerichtet, aber sie spürt Lauras prüfenden Seitenblick. »Wie kommst du klar?«, fragt Laura leise.

Summers Griff um das Lenkrad wird fester. »Ich vermisse sie so schrecklich. Immerzu.« Sie holt tief Luft. »Aber Dad und ich – wir beide schaffen das schon.«

Sie sind am Ziel angekommen, und Summer stellt das Auto neben dem Telefonhäuschen ab. Laura steigt aus, schaut sich zunächst die mächtige Fassade des Martello-Turms an und lässt dann die weiten Kiesstrände und die Brandung auf sich wirken. »Wow, dieser Ort ist ja wirklich abgelegen«, sagt sie, während sie sich noch einmal umschaut. »Es ist wie das Ende der Welt.«

»Komm«, Summer hakt sich bei ihr unter und nimmt ihre Reisetasche, »gehen wir rein, ich will dir alles zeigen, und Dad wartet auch schon sehnsüchtig auf dich.«

Sie schlendern den Kiesweg entlang auf das kleine, weiß getünchte Cottage zu. Als sie schließlich aus dem sonnigen Garten in die Küche treten, schwärmt Laura noch immer von den Mustern aus Muscheln im Garten und wie bezaubernd und schnuckelig das Häuschen sei.

Dad sitzt am Küchentisch und liest die Samstagszeitung, im Hintergrund läuft entspannter Jazz. »Laura! Wie schön, dich zu sehen!«

»Geht mir genauso, Dr. Blythe.« Sie gibt ihm einen Kuss auf die Wange. »Sie sehen richtig gut aus, die Seeluft scheint Ihnen zu bekommen.«

Dad lacht und verdreht die Augen. »Seit fast zwanzig Jahren bitte ich dich jetzt, mich Donald zu nennen. Komm, ich bringe deine Tasche in dein Zimmer«, sagt er und ignoriert Lauras Protest, dass das doch nicht nötig sei. Er zieht den Kopf etwas ein und trägt die Tasche die schmale Treppe hinauf.

In Summers Zimmer steht ein zusätzliches Feldbett, Summer besteht aber darauf, dass Laura in ihrem Bett schläft. »Es ist frisch für dich bezogen«, sagt sie, setzt sich darauf und beobachtet Laura, die zum Fenster geht, um die Aussicht zu bewundern.

Als sich die Freundin wieder zu ihr umdreht, fällt ihr Blick auf die Schachtel mit den Fotos auf der Kommode. »Sind das die neuesten Bilder?« Sie wühlt darin herum. »Du und deine Hasen«, sagt sie, »die hast du schon immer geliebt.«

»Es sind magische Wesen.«

Laura schaut sie an. »Aber du trägst ja deine Ohrringe gar nicht?« Ganz automatisch wandert Summers Hand zu den Ohrläppchen. »Ich habe einen davon in Indien verloren.«

Laura fällt das letzte Foto im Karton auf. »Und was haben wir hier?«

Sie nimmt es, bevor Summer sie davon abhalten kann. Es ist das Bild von Kit. »Das ist er, stimmt's?« Sie schaut Summer mit einem intensiven Blick an, aber Summer kann ihr nicht in die Augen schauen. »Du bist noch nicht über ihn weg, oder?«, fragt sie, und ihre Stimme wird weicher, klingt ein wenig vorwurfsvoll.

»Doch, das bin ich«, Summer schaut auf, »ich brauche nur Zeit.«

Laura nickt. »Aber wie willst du hier mitten im Nirgendwo jemanden kennenlernen?« Sie macht große Augen.

»Schau nicht so besorgt«, lacht Summer, »ich bin noch nicht bereit für eine neue Beziehung.« Sie nimmt ihr das Foto aus der Hand und schiebt es zuunterst in den Bilderstapel, dann drückt sie den Deckel der Schachtel fest zu. »Ich bin Single, und das ist auch gut so.«

Laura geht schließlich doch mit ihr schwimmen, aber es hat viel Überredungskunst gekostet, und sie kreischt dabei so laut, dass Summer Angst hat, jemand könnte die Polizei rufen. Später sitzen sie auf ausgebreiteten Decken am Meer, ihr Haar ist strähnig vom Salzwasser, sie haben sich nur flüchtig abgetrocknet und sich dann schnell in etliche Lagen von Pullovern und Jacken eingepackt. Laura zittert.

»Kaum zu fassen, dass ich das wirklich getan habe«, sagt sie grinsend, »niemand außer dir hätte es geschafft, mich dazu zu überreden.«

»Fühlt sich aber toll an, oder?«, fragt Summer, in ihren Pullover gekuschelt. »Es ist wie eine Art Glücksdroge.«

Gemeinsam verputzen sie Sandwichs und Chips, gießen sich heißen, gesüßten Tee aus einer Thermoskanne ein und wärmen sich die blau gewordenen Finger an den warmen Bechern. Summer entdeckt eine weiße Muschel zwischen den Steinen, hebt sie auf und steckt sie sich als Ergänzung für Dads Sammlung in die Tasche.

»Jetzt erzähl mal von dir«, fordert Summer Laura auf, als sie den letzten Bissen hinunterschluckt, »was ist bei dir los?«

»Ich habe jemanden kennengelernt«, sagt Laura, und ein Lächeln huscht über ihr Gesicht.

»Was, und das sagst du erst jetzt? Und weiter?«

»Sie heißt Charlie und ist auch Anwältin.«

»Bist du schon lange mit ihr zusammen … warum hast du mir das nicht schon längst erzählt?«

»Erst seit ein paar Wochen. Ich wollte nicht damit angeben und es so vielleicht verderben. Und wir halten uns bei der Arbeit sehr bedeckt – du weißt ja, wie die Leute sind, viele haben Vorurteile.«

Summer nickt. Sie weiß, wie schwer es für Laura ist, in der Öffentlichkeit zu sich zu stehen – ganz besonders, seit sie in der Kanzlei arbeitet.

»Aber es ist … richtig gut. Weißt du, wir passen einfach zusammen. Ich meine nicht nur körperlich, sondern auch emotional und im Kopf. Diesmal bin ich zuversichtlich.«

Summer berührt Lauras Arm. »Ich freue mich so für dich – das ist schön.«

Laura lächelt und streckt sich. »Ja, und ich möchte, dass ihr euch kennenlernt. Du wirst sie mögen, sie ist so cool. Clever. Witzig. Und sie hat einen Wolf auf den Rücken tätowiert. Und ohne zu sehr ins Detail gehen zu wollen – aber sie ist auch im Bett unheimlich gut. Sie hat ein besonderes Talent für …«

»Aufhören!« Summer tut so, als wolle sie sich die Ohren zuhalten. »Du vergisst wohl, dass ich hier wie eine Nonne lebe?«

»Genau deshalb wird es ja Zeit, jemanden kennenzulernen«, entgegnet Laura mit einem frechen Grinsen.

»Ich habe doch schon gesagt, dass ich es nicht eilig habe.« Summer gibt ihr spielerisch einen Klaps aufs Knie. »Und wie du selbst schon festgestellt hast, ist das hier mitten in der Pampa gar nicht so einfach.«

»Glaub aber nicht, dass du dir alle Zeit der Welt lassen kannst, du wirst nicht immer so jung und sexy bleiben.« Laura hebt die Hände. »Ich sag's ja nur.«

Summer steht auf. »Wenn du jetzt nicht bald die Klappe hältst, zerre ich dich zurück ins Wasser.« Sie greift nach ihr, als hätte sie das wirklich vor.

Laura tut so, als wolle sie sich wehren, fuchtelt mit den Armen und packt dann lachend Summers Hand und zieht sie zurück zu sich auf den Boden. Summer lacht ebenfalls, lässt sich neben sie auf den Kies fallen und setzt sich schließlich auf. »Du bist ganz schön durchtrieben.«

»Es tut dir gut, hier zu sein«, sagt Laura, als ihr Lachen zum Schluckauf wird. »Du bist zwar immer noch zu dünn, aber du hast Farbe im Gesicht bekommen und siehst gut aus. Es war richtig, umzuziehen, auch wenn es hier kaum Männer gibt.«

»Ich wünschte, du würdest auch hier wohnen, dann wäre es perfekt.«

»Leider ist das Leben eben nicht immer perfekt«, sagt Laura bedauernd, »aber so wie es gerade ist, ist es schon ziemlich gut.«

»Hmm«, stimmt Summer ihr zu und wirft einen Kieselstein ins Meer.

»Was kommt denn als Nächstes, nachdem du dich jetzt etwas eingelebt hast?«, fragt Laura. »Willst du deine Bilder veröffentlichen?«

»Das wäre schön. Vielleicht versuche ich, ein paar davon an lokale Zeitschriften zu schicken.«

»Ich dachte immer, du würdest später etwas machen, das mit Schreiben zu tun hat«, überlegt Laura. »Ich weiß noch, dass du in der Schule die Beste in Englisch warst und immer gerade an etwas geschrieben hast.«

»Witzig, dass du das erwähnst … Effie hat mich auch immer ermutigt zu schreiben … ich habe vor Kurzem wieder damit angefangen, mir Gedanken und Erlebnisse zu notieren«, gibt sie zu. »Ich habe eine Kladde wiedergefunden, die sie mir geschenkt hat, bevor ich nach Indien gereist bin. Das hat mich auf die Idee gebracht, wieder zu schreiben.«

»Das ist ja toll. Woran arbeitest du gerade? An einem Roman?«

Summer schüttelt den Kopf. »Hauptsächlich an Landschaftsbeschreibungen, Gedanken zu Tieren und Vögeln.« Sie zuckt mit den Schultern. »Es macht mir richtig Spaß, und ich würde später gern Artikel zu solchen Themen verfassen. Aber ich bin mir nicht sicher, ob mein Geschreibsel gut genug ist, ob das überhaupt jemand lesen will.«

»Ich auf jeden Fall«, sagt Laura entschlossen.

Summer hat sie vermisst. Ihr das Haus und den Strand zu zeigen und sie herumzuführen – das hatte noch gefehlt, um ihr das Gefühl zu geben, hier angekommen und zu Hause zu sein. Und dann fällt Summer mit einem kleinen Nervenflattern ein, dass Adam nächstes Wochenende herkommen wird.

30
KIT

Er hat zwar schon häufiger hinter der Bar ausgeholfen, aber hier ist ihm dennoch vieles neu. Die Einheimischen verlangen die seltsamsten Mixturen, von denen er noch nie etwas gehört hat. Portwein und Zitrone zum Beispiel: ein Glas Ruby Port auf Eis, aufgefüllt mit Zitronenlimo und mit einer Zitronenscheibe serviert. So etwas bestellen meistens Frauen, die im hinteren, gedrängten Teil des Pubs sitzen, ihre Handtasche auf dem Schoß, den halben Abend an einem Drink nippen und sich dabei gedämpft miteinander unterhalten, während ihre Männer an der Bar hocken und missmutig in ihr starkes dunkles Ale stieren. Unter der Woche ist das Pub hauptsächlich von dieser Sorte äußerst wortkarger Gäste bevölkert, die aus der unmittelbaren Nachbarschaft kommen und ihre Abende damit verbringen, schweigend ihr Bier zu schlürfen und dabei ins Leere zu starren. Allerdings haben sie auch die Marotte, Kit ab und an mit ironischen Seitenhieben zu überraschen, die sie mit ausdrucksloser Miene und in einem starken Suffolk-Dialekt vorbringen. Die beiden Hunde liegen am Kaminfeuer, ein Haufen wogenden Fells. Wenn Sally-Ann an ihnen vorbeigeht, wedeln sie mit den Schwänzen und klopfen damit auf den Boden. Offenbar wechseln sie sich auch dabei ab, Schwaden, die nach fauligen Eiern riechen, an den Raum abzugeben. Aber so tief ihr Schlaf auch zu sein scheint, linsen die beiden doch mit einem Auge zu jedem neuen Gast, der hereinkommt.

An den Wochenenden kommen die Touristen und Wochenendausflügler dazu, die leicht an ihren nagelneuen Barbourjacken und ihrer Vorliebe für Gin Tonic zu erkennen sind. Mitglieder des örtlichen Segelklubs strömen herein, die Gesichter rot und die Hände geschwollen. Sie stehen in Grüppchen beisammen, und Kit schnappt nur Bruchstücke ihrer Gespräche auf … *ganz ordentlicher*

Seegang heute … wir hatten richtig Schräglage … die Flut kam sehr schnell. Das Pub ist gerammelt voll, laut, aufgeheizt von dem Feuer im Kamin, und die Luft ist erfüllt von den Kochgerüchen und dem Atem der Hunde.

Die Abende verbringt Kit zur Hälfte hinter der Bar, in der restlichen Zeit hilft er bei den Essensbestellungen und rennt, jeweils mehrere Teller mit Bratfisch und Pommes frites auf den Armen balancierend, aus der Küche. Den ganzen Abend hat er damit zu tun, das gebrauchte Geschirr abzutragen, die Spülmaschine zu befüllen, Bier zu zapfen und nach Feierabend alles aufzuräumen. Morgens nimmt er die Anlieferungen entgegen, füllt Fehlendes nach und putzt. Paul stellt sich als energischer, wortkarger, aber gerechter Chef heraus. Jenny, Sally-Anns Mutter, ist groß, hat blondierte Haare, raue, von der Arbeit mit der Fritteuse vernarbte Hände und ein freundliches Lächeln. Er hat sie noch nie ohne Lippenstift in leuchtenden Farben gesehen, und oft verirren sich korallen- oder scharlachrote Flecken auf ihre großen Vorderzähne.

Die Nachmittage hat er zur freien Verfügung, aber leider hat er sich bisher noch nicht zum Malen aufraffen können. Immerhin hat er seine Farben und Pinsel ausgepackt und stand auch schon an der Staffelei, mit dem Pinsel in der Hand. Aber sein Zimmer ist klein, und nachmittags gibt es dort zu wenig natürliches Tageslicht, auch hat er Angst, dass die Farben auf den Teppich tropfen könnten, und überlegt sich, ob es nicht möglich wäre, einen anderen Ort zum Arbeiten zu finden – vielleicht einen alten Stall oder einen Schuppen.

Er hat schon herumgefragt, ob nicht jemand einen Raum weiß, den er mieten könnte, aber bisher ohne Erfolg. An einem gewöhnlichen Abend unter der Woche – Kit poliert gerade die Gläser auf Hochglanz – kommt er mit ein paar Stammgästen darüber ins Gespräch, und einer davon erzählt ihm: »Na ja … Digby hat 'n paar Künstlertypen auf seiner Farm untergebracht.«

»Digby?«

»Gerald Digby. Hat viele Äcker hier in der Gegend.«

»Heißt das, er verpachtet auch Land oder Gebäude an diese … Künstlertypen?«

»Ganz genau«, stimmt der andere Mann zu und stiert in sein Bier. »So was kann ja nur schiefgehen.«

»Also … wie genau läuft das?« Kit versucht, sich nicht allzu große Hoffnungen zu machen. »Ist das so eine Art Kollektiv oder eine Künstlerkolonie?«

Einer von ihnen reibt sich nachdenklich das Kinn: »Von so was weiß ich nichts.« Die beiden Männer schauen sich an und schütteln die Köpfe, dann mustern sie Kit misstrauisch. »Alles, was wir wissen, ist, dass Gerald ein paar von seinen Scheunen vermietet hat – das sind solide Hofgebäude, komplett verschwendet.«

»Das macht der nicht ewig«, brummelt der andere, »der kommt schon wieder zur Vernunft.«

Kit räumt das Glas und den Lappen zur Seite und räuspert sich. »Könnten Sie mir seine Adresse geben?«

Am nächsten Tag leiht ihm Sally-Ann ein verrostetes altes Fahrrad. In seiner Tasche steckt ein zusammengefaltetes Blatt Papier mit einer Wegbeschreibung. Er radelt den Hügel hinauf und vorbei an der Burg. Als er auf der schmalen Straße aus dem Ort hinausfährt, hört er von hinten das Dröhnen eines sich nähernden Lastwagens, sofort schießt ihm Adrenalin durch den Körper und bringt ihn zum Schwitzen. Er muss absteigen und das Rad auf den Seitenstreifen ziehen, um das schwere Fahrzeug vorbeizulassen. Das Grauen des Unfalls steckt ihm noch tief in den Knochen, versetzt ihn unmittelbar in einen Alarmzustand und bringt sein Herz zum Rasen. Zitternd steht er knietief in Brennnesseln, seine Knöchel sind weiß.

Instinktiv spürt er den Drang, umzukehren und das Fahrrad zurück zum Pub zu schieben, aber er darf sich nicht von seiner Angst bestimmen lassen. Also steigt er wieder auf und tritt mit zitternden Knien in die Pedale. Er muss sich doch diesen Hof von Digby ansehen. Als Übergang ist es zwar in Ordnung, seine Brötchen als Barkeeper zu verdienen, aber wenn er nicht aufpasst, bleibt er wieder in einem Job hängen, der ihm keinerlei Perspektiven bietet. Genau das, so hatte er sich geschworen, wollte er unbedingt vermeiden.

Schafe grasen auf den akkurat eingezäunten Wiesen, und er biegt bei einem Schild, das den Weg zu Digbys Farm weist, von der Landstraße ab und fährt einen Feldweg hinunter. Als er auf den Hof kommt, fallen ihm einige neben dem Zaun abgestellte Landmaschinen auf, die schon von Gras zugewachsen sind. Ein Mann mit rotem Gesicht steht an der Scheune, er hat die Ärmel hochgekrempelt, sodass seine sommersprossigen Unterarme zu sehen sind. Er beaufsichtigt einen anderen Mann, der auf einer Leiter steht.

»Hallo«, grüßt Kit und steigt vom Rad, »ich bin auf der Suche nach Gerald Digby.«

»Den haben Sie schon gefunden«, sagt der Mann, ohne Kit anzuschauen. »Wie kann ich Ihnen helfen?«

»Ich habe gehört, dass Sie wohl Ihre Scheunen an Künstler vermieten?«

Gerald ruft dem anderen Mann zu: »Kannst du kurz runterkommen, Bob? Ich muss mal kurz mit diesem jungen Mann sprechen.«

Gerald dreht sich zu Kit um. »Ja, da haben Sie richtig gehört. Ich zeige Ihnen mal das Gelände.« Er führt Kit in die erste Scheune. Der große, offene Raum ist in mehrere, kleinere, weiß getünchte Räume unterteilt.

»Tolle Ateliers«, sagt Kit.

»Mein Plan ist, sie zu einem fairen Preis an Kunsthandwerker aus der Umgebung zu vermieten. Ich habe schon zwei Interessenten an der Hand. Einen, der Holzschnitte macht, und einen Goldschmied.«

»Niemanden, der mit der Landwirtschaft zu tun hat?«, fragt Kit und muss an die beiden Typen im Pub denken.

Gerald schüttelt den Kopf. »Meine Frau war Malerin – sie wollte hier immer eine Künstlerkolonie einrichten.«

»In welchem Stil malt sie?«

»Sie ist gestorben.« Er kratzt sich am Ohr. »Letztes Jahr schon. Aquarelle waren ihr Ding.«

»Mein Beileid«, sagt Kit leise.

»Ich dachte, das hier wäre in ihrem Sinn.«

»Ganz bestimmt«, erwidert Kit. »Ich male auch. Mit Ölfarben.«

»Falls Sie an einem der Räume interessiert sind«, Gerald schaut ihm in die Augen, »verlange ich nur so viel Miete, wie Sie zahlen können.«

»Danke!« Kit ist Feuer und Flamme. »Ich würde gern einen mieten«, sagt er. »Und ich könnte meine Sachen auch direkt vorbeibringen.«

»Das hätte meiner Frau gefallen«, sagt Gerald und hält Kit seine Hand zum Einschlagen hin.

Es fühlt sich alles wie vom Schicksal vorherbestimmt an, denkt er, als er in gemütlichem Tempo zum Pub zurückradelt. Sein Glück scheint sich gewendet zu haben, seit er in Suffolk ist und alles sich irgendwie findet.

Inzwischen hat er den größten Teil seiner Malausrüstung in die Scheune geschafft, sogar seine Staffelei, die er auf dem Lenker des unsicher schwankenden Fahrrads balancierend hierhertransportiert hat. Er schaut sich in dem kleinen Atelier um und stellt fest, dass noch ein Tisch und Stuhl fehlen. Draußen auf dem Hof fischt er eine weggeworfene Zeitung aus einem Mülleimer und findet eine alte Holzkiste, an deren rauer Oberfläche noch Heu hängt. Er nimmt sie mit und breitet die Zeitung darauf aus, packt seine Farben aus und ordnet sie darauf an. Sowohl Ultramarin als auch das dunkle Anthrazit gehen ihm langsam aus. Dann füllt er etwas Terpentin in ein leeres Marmeladenglas, nimmt die vorgrundierte Holzfaserplatte, die er mitgebracht hat, und stellt sie auf die Staffelei. Er ruft sich Summers Gesicht ins Gedächtnis, ihre Stupsnase und ihre kräftigen Augenbrauen, die Art, wie ihre Augen je nach Lichteinfall oder ihrer Kleidung die Farbe wechselten – mal wirkten sie hellgrau, dann wieder kobaltblau oder grün-goldschimmernd.

Mit einem weichen Bleistift skizziert er zunächst die Umrisse ihres Gesichts, anschließend nimmt er einen schmalen Pinsel und beginnt, direkt auf die Platte zu malen. Bei dieser konzentrierten Arbeit wird sein Herzschlag ruhiger. Jetzt gibt es nur noch den Pinsel und ihr Gesicht, das sich langsam aus einzelnen Farbtupfern und Pinselstrichen zusammensetzt und aus dem Spiel von Licht und Schatten entsteht. Vielleicht wird es zu einem therapeutischen Prozess werden, denkt er, eine Möglichkeit, sie mit dem Malen aus seinem Herzen zu vertreiben.

Er wirft den Blick auf den kleinen Taschenwecker, den er seit einiger Zeit mit sich herumträgt, damit er weiß, wie viel Uhr es ist. Eigentlich müsste er sich einen Ersatz für seine Armbanduhr anschaffen, aber sie war ein Unikat, eine klassische Uhr der Marke Seiko aus dem Jahr 1976. Der weiße Streifen an seinem Handgelenk ist längst verschwunden und hat sich dem Farbton seines restlichen Arms angepasst.

Zur Mittagszeit setzt er sich auf den Rand eines alten Steintrogs, der als Viehtränke diente, jetzt aber geleert und bepflanzt ist – Salbei, Rosmarin und Minze. Als er die Blätter streift, geben sie einen süß-herben Duft ab. Er packt das Sandwich aus, das er sich mitgebracht hat.

»Hallo!« Ein großer Mann mit wettergegerbtem Gesicht kommt um die Ecke. Er trägt einen Stetson und Cowboystiefel, und in seinem Mundwinkel hängt eine Zigarette. Er bleibt stehen, nimmt einen letzten Zug, drückt die Zigarette an der Wand der Scheune aus und steckt den Stummel in die Tasche. »Bist du einer von den Künstlern?«

»Ja«, sagt Kit. »Ich bin Maler und bin gerade in ein Atelier in der hinteren Scheune gezogen.« Er lächelt. »Du auch?«

Der Mann schüttelt den Kopf: »Ich bin Automechaniker, meine Werkstatt ist da um die Ecke.« Er nickt in Richtung der ersten Scheune. »Hab früher in den Raffinerien gearbeitet, jetzt bin ich in Rente und hab ’ne kleine Werkstatt. Nur was so in der Nachbarschaft an Aufträgen anfällt.«

»Klingt so, als wärst du schon eine ganze Weile hier?«

»Zehn Jahre.« Er deutet hinter sich. »Ich wohne in einem Wohnwagen gleich da drüben. Gerald ist ein guter Vermieter.«

»Das ist gut zu wissen.« Kit steht auf und gibt ihm die Hand. »Ich heiße Kit«, sagt er lächelnd. »Kit Appleby.«

»Die meisten hier sagen Blue zu mir.« Der Mann drückt Kit fest die Hand und zieht den Hut.

»Ich hab früher auch Autos repariert«, sagt Kit. »Wenn ich Motoröl rieche, fühle ich mich immer gleich zu Hause.«

»Na, dann komm mal mit«, fordert Blue ihn auf.

Kit folgt ihm um die vordere Scheune herum, auf einem Weg mit Furchen aus getrocknetem Schlamm. Dort steht ein einfaches Gebäude mit einem Wellblechdach. Blue geht hinein. Über einer Werkstattgrube ist ein alter BMW aufgebockt. Kit schnuppert und nimmt erfreut den satten, feuchten Mief von Motoröl, den typischen Geruch von Metall und von süßlichem Benzin wahr. An der Wand hängen riesige Geweihe, und statt der üblichen Oben-ohne-Kalender gibt es Poster von Cowboys, die in den Sonnenuntergang reiten und Rinder über staubige Steppen treiben.

Blue bemerkt Kits Blick. »Manche Leute kommen einfach im falschen Leben zur Welt«, sagt er grinsend. »Ich beschwer mich nicht, aber hätte mich Gott gefragt, dann wüsste ich, wo ich lieber wäre.«

Kit schaut sich den BMW an. »Falls du mal Hilfe brauchst«, sagt er, »sag einfach Bescheid.«

Blue klopft ihm auf die Schulter. »Das Angebot weiß ich zu schätzen.«

Kit kehrt zu seinem Platz auf dem Trog zurück und isst weiter, dabei fallen ihm ein Teil einer grünen Motorhaube und eine Stoßstange in einem Unterstand gegenüber ins Auge. Noch kauend, geht er hinüber und schaut sich das an. Er zieht eine alte Plane beiseite, entfernt ein paar Heuballen und entdeckt einen verrosteten alten Mini Moke. Bei dem Anblick stößt er einen leisen Pfiff aus und fährt mit den Händen über die stumpf gewordene Stoßstange und die kaputte Windschutzscheibe. Im Boden sind kleine

Löcher, das weiche Faltdach ist verrottet, aber die Sitze sind intakt. Er öffnet die rostfleckige Motorhaube und beugt sich hinunter. Zwar sind alle Teile leicht korrodiert, mit Rost überzogen, aber sie sind vollständig vorhanden. Wenn er den Kühler reinigen, Öl und Benzin wechseln und eine Batterie anschließen könnte, würde der Wagen mit etwas Glück anspringen.

»Schau an, Sie haben das alte Mädchen entdeckt.«

Kit richtet sich auf, Gerald steht hinter ihm.

»Ich hoffe, es macht Ihnen nichts aus, wenn ich sie mir ansehe. Ein absolutes Kult-Auto. Wie lange haben Sie den Wagen schon?«

»Fast zwanzig Jahre«, antwortet Gerald, »ich konnte mich noch nicht dazu durchringen, ihn verschrotten zu lassen.«

»Was macht denn Schwierigkeiten?«

»Mehrere Sachen, aber hauptsächlich die Überhitzung. Ich habe ihn durch ein Quad und einen Land Rover ersetzt – das eine ist schneller, wenn ich um den Hof herum unterwegs bin, der andere eignet sich besser für unebenes Gelände und Schlamm.«

»Und man hat ein Dach über dem Kopf«, sagt Kit und lacht.

»Genau so ist es.«

Kit bleibt bei dem Moke stehen, und es juckt ihn in den Fingern, ihn weiter zu untersuchen. »Blue wollten Sie nicht bitten, ihn zu reparieren?«

»Das ist mir nie in den Sinn gekommen.« Gerald schüttelt den Kopf. »Ich habe einfach keine Verwendung mehr dafür.« Er schaut Kit prüfend an. »Sind Sie ein Autofreak?«, fragt er. »Falls Sie kein Problem damit haben, sich die Hände schmutzig zu machen, habe ich nichts dagegen, wenn Sie versuchen, ihn wieder fahrtüchtig zu machen. Sollten Sie das hinbekommen, dürfen Sie ihn behalten und fahren, solange Sie hier in Suffolk sind.«

Kit schaut ihn erstaunt an. »Wirklich?« Er tätschelt die staubige Motorhaube. »Abgemacht. Vielen herzlichen Dank.«

Gerald winkt ab. »Es wäre schön, wenn ihn wieder jemand fahren würde.«

Kit gibt dem Wagen einen letzten Klaps. Ich komme wieder, verspricht er, dann wischt er sich die Hände an den Taschen seiner Jeans ab und geht zurück in die Scheune.

Zwei Stunden malt er noch, bis der Wecker ihn daran erinnert, dass es Zeit wird aufzubrechen. Er wäscht seine Pinsel aus, säubert die Palette, schlüpft aus dem Overall, faltet ihn zusammen und legt ihn neben die Kiste. Bevor er die Tür hinter sich schließt, wirft er noch einen letzten Blick auf das halb fertige Porträt von Summer. Die Oberfläche der Holzplatte scheint durch die Farbe und lässt ihr Gesicht so wirken, als schwebe es darüber und sei nicht ganz von dieser Welt, eher ein Geist oder eine Erscheinung.

Im Pub drückt Sally-Ann seinen Bizeps. »Ich hab eine Überraschung für dich«, ihre Hand verweilt weiter auf seinem Arm, »einen Auftrag.«

Kit schaut sie verwirrt an. An Tisch fünf wartet man auf die Vesperplatte und Pommes, und an der Bar hat sich schon eine Schlange gebildet.

»Meine Grandma. Gramps fühlt sich ohne sie vollkommen verloren – aber wenn du ein Bild von ihr nach einer Fotovorlage malen würdest, könnte meine Familie ihm ihr Porträt als Überraschungsgeschenk überreichen. Würdest du das machen?«

»Ja«, sagt er im Weggehen, »natürlich, es wäre mir eine Ehre. Danke.«

Sie grinst. »Super!«

»Die Einzelheiten besprechen wir später, okay?«

Als er die Teller zu dem Paar an Tisch fünf bringt, bemerkt er, dass er gedankenverloren vor sich hin summt, ist sich aber nicht sicher, welche Melodie es ist.

»Da ist aber einer gut gelaunt«, sagt der Mann und schaut amüsiert von seinem Glas Wein auf.

»'tschuldigung, ich habe das gar nicht gemerkt.« Kit stellt Salz und Pfeffer auf den Tisch. »Kann ich Ihnen sonst noch etwas bringen?«

Sie schütteln den Kopf und greifen nach dem Besteck. Die Melodie noch immer auf den Lippen, kehrt er zum Tresen zurück, wobei er auf dem Weg über einen der Hunde steigen muss, die ausgestreckt auf dem Boden liegen.

31

SUMMER

Vor Lorettas kornblumenblauem Cottage stehen zwei Gestalten beisammen. Summer hebt die Hand, um die Augen gegen das Sonnenlicht abzuschirmen, und erkennt, dass es Dad und Loretta sind. Sie scheinen miteinander zu sprechen. Das ist gut, denkt sie. Ihr erstes Zusammentreffen war zwar ziemlich in die Hose gegangen, aber das bessert sich ja jetzt hoffentlich. Allerdings deutet ihre Körpersprache eher auf Schwierigkeiten hin. Dad hat die Schultern hochgezogen, das Kinn vorgestreckt, und Loretta gestikuliert zu heftig.

Summer eilt hin, um die Situation zu entschärfen, und kommt leicht außer Atem bei den beiden an.

»Ach, da ist sie ja«, sagt Loretta zu ihr.

»Ist alles in Ordnung?«

»Natürlich«, antwortet Dad, weicht dabei aber ihrem Blick aus.

Lorettas Wangen sind gerötet. Summer hofft, dass Dad nicht unhöflich zu ihr war. Sie und Loretta schauen ihm gemeinsam hinterher, als er zurück zu dem weißen Cottage geht.

»Alles … gut?«, fragt Summer.

»Ja, ja.« Loretta wirkt etwas gereizt. »Gut«, wechselt sie das Thema. »Wir sollten wohl los.« Sie nickt in Richtung der Kameratasche, die Summer dabeihat. »Hoffentlich kannst du heute ein paar gute Fotos machen.«

Am Strand haben sich einige Familien mit Windschutz und Picknickdecken niedergelassen. Ein kleiner Junge läuft rückwärts, die

Schnur eines Drachens in der Hand. Der bunte Plastikvogel schwebt über ihm, und seine Schwingen knistern und rascheln im Wind.

Loretta starrt zu ihnen hinüber. »Sie trampeln überall auf den Pflanzen im Kies herum.« Sie runzelt die Stirn. »Die kommen selten vor und sind empfindlich.«

Summer schaut den Meerkohl an, dessen dicke, gummiartige Blätter wie große, grüne Rosensträuße aussehen. Fiedrige, lange gelbe Gräser, deren Samenstände in zarten, ineinander verschwimmenden Farben leuchten. Sie wundert sich, wie überhaupt etwas auf dem kargen Geröll wachsen kann. »Es ist schlimm, wenn sie beschädigt werden«, sagt sie. »Aber andererseits ist es hier so schön. Man kann es den Leuten nicht verdenken, dass sie herkommen.«

Loretta scheint nicht überzeugt. Sie gehen an der Flussufermauer entlang zwischen Feldern mit weidenden Schafen auf der einen und dem zum Meer hin abfallenden Kiesstrand auf der anderen Seite. Hin und wieder bleibt Loretta stehen und hebt den Feldstecher an die Augen. Manchmal gibt sie ihn Summer. »Genau da«, sagt sie dann leise und richtet für sie das Fernglas auf die richtige Stelle. »Siehst du das? Das ist eine Rohrweihe.«

Loretta legt ein überraschend zügiges Tempo vor und hält dann plötzlich an, wenn sie einen interessanten Vogel erblickt. Summer muss sich konzentrieren, um sich nicht auf dem unebenen, mit Grasbüscheln bewachsenen Boden den Knöchel zu brechen.

»Säbelschnäbler«, flüstert Loretta. »Hundert Jahre lang wurden sie hier nicht mehr gesichtet und kehrten 1947 zurück, nachdem die Marschen hier zur Verteidigung gegen die Deutschen geflutet wurden.«

Summer verfolgt mit ihrer Kamera den Flug der kleinen Vögel und fängt sie vor der schimmernden Wasseroberfläche im Hintergrund ein. So weit man blicken kann, erstrecken sich hier Schwemmland und Schilfgürtel, eine flache, wasserreiche Landschaft. Auf dem schmalen Fluss sind keine Segelboote zu sehen.

Loretta erklärt, dass das Flussbett seicht und für Boote schwierig zu befahren ist. Sie packt Summers Arm. »Eine Robbe«, sagt sie und zeigt auf den glänzenden Kopf, der abtaucht und dann wieder hochkommt.

Summer späht durch den Sucher der Kamera, und das Tier erscheint im Fokus, sodass sie eine Nahaufnahme von dem katzenähnlichen Kopf mit den Barthaaren machen kann. Riesige, feucht glänzende Augen sehen sie direkt an. Sie hält die Canon ruhig und drückt auf den Auslöser.

Loretta deutet auf eine Anhöhe vor ihr. »Das ist Burrow Hill«, erklärt sie. »Dort stand in der Zeit der Sachsen mal eine Wallburg, und der Hügel war damals noch eine Insel.«

Auf einem kleinen Mauervorsprung im Schatten eines verlassenen Gebäudes suchen sie sich einen Platz zum Rasten, lassen die Beine über den Rand baumeln, schauen auf den Fluss und essen in behaglicher Stille ihre Sandwichs. Überrascht stellt Summer fest, dass sie sich in diesem Augenblick zufrieden fühlt. Irgendwie hat sie die letzte Zeit bewältigt, trotz aller Verluste, von denen sie überzeugt war, sie nicht überleben zu können.

Auf dem Rückweg kommt ihnen munter ein Mann mit Hut entgegen. Summer kneift die Augen zusammen und ist unsicher, warum er so seltsam wirkt. Erst als er näher kommt, merkt sie, dass er bis auf seine Stiefel und den Hut vollkommen nackt ist. Aber als sie gerade überlegt, wie sie sich verhalten soll, nimmt er den Hut ab und hält ihn sich vor den Unterleib.

»Guten Morgen, Colin«, grüßt ihn Loretta fröhlich, als sie aufeinandertreffen.

»Guten Morgen«, erwidert er lächelnd. Seine Haut ist wettergegerbt und braun gebrannt, er hat lockiges graues Haar und einen Bart. Summer schätzt ihn auf über sechzig.

»Ich glaube, du kennst meine neue Nachbarin noch nicht«, sagt Loretta, bleibt stehen und stellt sie einander vor, als wären sie auf einer Cocktailparty. »Colin, darf ich dir Summer vorstellen. Summer, das ist Colin.«

»Ich würde ja den Hut ziehen«, sagt er mit unbewegter Miene.

»Oh, bitte nicht!«

Er und Loretta lachen beide, und er geht seines Weges. Summer schaut ihm nach und merkt, dass ihr Blick direkt auf seinen nackten Hintern gerichtet ist, der genauso braun gebrannt ist wie der restliche Körper. Es beginnt ihr zu dämmern, dass dieser Teil der Welt voller Exzentriker ist. Dad wird sich hier wunderbar einfügen. Es ist nur schade, dass er und Loretta nicht miteinander klarkommen.

»Reizender Mann«, sagt Loretta. »Er ist hier bekannt wie ein bunter Hund und weiß immer genau, wann er seinen Hut einsetzen sollte.«

Es ist Samstag, und Adam kommt nach dem Frühstück an. Sie haben einen ganzen gemeinsamen Tag vor sich, und sie hatte sich darauf gefreut. Aber jetzt ist sie doch nervös. Zwei Jahre lang galten Summer und Adam als das Vorzeigepaar – laut ihrem Jahrbuch nach Abschluss der Oberstufe schätzte man, dass sie die größte Wahrscheinlichkeit hatten zusammenzubleiben. Es folgten drei Jahre Fernbeziehung, als er studierte. Und nach ihrer Trennung versuchte sie, ihm drei Jahre so gut wie möglich aus dem Weg zu gehen. Sie hätte nicht gedacht, dass sie Freunde bleiben könnten, aber sie mag ihn noch immer und kennt ihn schon, seit sie elf war.

»Wollen wir einen Spaziergang machen?«, fragt er und schaut sich um. »Ich würde mir nach der Fahrt gern die Beine vertreten.«

Sie geht mit ihm die Strecke, die Loretta ihr gezeigt hat, zuerst am Strand, dann an der Flussufermauer entlang in Richtung Burrow Hill. Auf dem Weg macht sie ihn auf einen Löffelstör und ein paar Rohrdommeln aufmerksam, und er bemüht sich, Interesse zu zeigen, aber sie kennt ihn zu gut. Es fällt ihr auf, dass er kein einziges Mal seine Freundin erwähnt hat, Isabel, und sie überlegt, ob sie ihn aus Höflichkeit nach ihr fragen sollte, aber es fühlt sich nicht richtig an.

Als sie Burrow Hill erreichen, steigen sie den langen Hang hinauf, stehen oben in der Brise und schauen auf den schimmernden Fluss hinunter, auf dem einst die Wikinger mit ihren Langbooten anlegten. Auf der anderen Seite des Flusses gibt es in unmittelbarer Nähe einen berühmten Grabhügel. Summer hat etwas über das Boot gelesen, das dort ausgegraben wurde und das mit Schätzen gefüllt war, darunter auch der Helm eines alten angelsächsischen Königs.

»Ist dir Sutton Hoo ein Begriff?«, fragt sie. »Es ist ganz in der Nähe. Etwas außerhalb von Woodbridge.«

Adam steht dicht neben ihr, und sie spürt, wie neue Spannung in seinem Körper entsteht. Geschichte ist sein Fachgebiet, und er unterrichtet es an der gleichen Schule, die sie zusammen in Cambridge besucht haben. Alte Könige und Sachsenstämme interessieren ihn viel brennender als Pflanzen oder Vögel.

»Vielleicht könnten wir uns das beim nächsten Mal ansehen?«, meint er.

Sie bemerkt sein beiläufiges »nächstes Mal« und fragt sich, ob sie überhaupt will, dass er wiederkommt und es damit zur Gewohnheit wird. Denn jetzt, wo er hier ist, ist sie sich dessen gar nicht mehr so sicher. Ihre Beziehung und all ihre Gefühle für ihn sollten doch eigentlich der Vergangenheit angehören, nur noch ferne Erinnerungen sein. Aber allein mit ihm hier zu stehen, fühlt sich nicht so unverfänglich an wie erwartet. Der Abend, als er mit Rosen bei ihr auftauchte, war etwas anderes gewesen, denn Laura und ihr Dad waren ja auch dabei. Jetzt fühlt sie sich verletzlich und nervös.

»Issy und ich sind nicht mehr zusammen«, platzt er heraus.

Einen Moment lang herrscht peinliches Schweigen. »Das … tut mir leid.« Sie senkt den Blick, weiß nicht, was sie sonst noch sagen soll.

»Es ist okay«, sagt er achselzuckend. »Es hat schon eine ganze Weile nicht mehr gepasst.« Er sucht in seiner Tasche nach einer Zigarette, zündet sie an, nimmt einen Zug und stößt langsam den Rauch aus. »Wir wollten es beide so.«

Sie nickt. »Wir sollten zurückgehen. Ich mache uns etwas zum Mittagessen.«

»Können wir nicht eine Weile hier sitzen bleiben?«, fragt er. »Und einfach die Aussicht genießen?«

Sie setzen sich ins Gras, er mit ausgestreckten Beinen, die Zigarette zwischen Daumen und Zeigefinger, dann inhaliert er tief mit zusammengekniffenen Augen. Summer sitzt im Schneidersitz neben ihm. Sie erinnert sich daran, wie er sie zum ersten Mal küsste, damals – vor so vielen Jahren. Es war im Regen, draußen vor der Schuldisco ihrer Abschlussklasse und eine der wenigen Veranstaltungen, an denen sie teilnehmen konnte. Er stand geschützt unter einem Baum, wo sie ihm über den Weg lief, als sie nach dem wilden Tanzen ins Freie stolperte, um sich abzukühlen. Mein Gott, wie hat sie an diesem Abend getanzt, um die verlorene Zeit nachzuholen. Er bat sie um Feuer. Hatte sie nicht und wünschte, es wäre anders. Sie konnte es kaum fassen, dass er sie endlich bemerkt hatte. Er ließ sich von jemand anderem Feuer geben, kehrte aber zu ihr unter die Tanne zurück, und während sie noch darüber nachgrübelte, was sie Witziges oder Cooles sagen könnte, beugte er sich schon zu ihr herunter und küsste sie. Er schmeckte nach Rauch, es war herrlich.

Jetzt spürt sie seinen nackten Arm an ihrem, sein schwarzes Haar glänzt im Sonnenlicht, und sie erinnert sich an jedes Detail seiner Haut – das braune Muttermal unter seinem rechten Ohr, das die Umrisse von Island hat, seine langen Zehen, die straffe Kontur seines flachen Bauches.

Nachdem er seine Zigarette ausgedrückt hat, lässt er den Stummel in seine Tasche gleiten, steht auf und bietet ihr seine Hand. Er zieht sie hoch, lässt sie aber dann nicht los, und sie steht verlegen da, will ihre Finger zurückziehen, die er jedoch festhält. Als er ausatmet, riecht sie das Nikotin.

»Summer«, sagt er. »Ich habe in meinem Leben nur zwei Frauen geliebt. Und eine davon bist du.«

Ein Schock erfasst sie, Fünkchen der Erregung flammen auf. Sie schluckt. »Ich … ich weiß nicht, was ich sagen soll … ich …«

»Du musst nichts sagen«, er lässt ihre Hand los. »Ich sehe es in deinem Gesicht.« Er dreht sich weg und schaut auf das Wasser in der

Ferne. »Ich war ein Idiot. Ich wusste nicht, was ich an dir hatte.« Er zuckt mit den Schultern. »Vermutlich war ich einfach noch zu jung.«

»Das waren wir beide«, sagt sie leise. »Wir mussten unsere eigenen Wege gehen, mehr vom Leben erfahren. Ich gebe dir nicht die Schuld an dem, was passiert ist. Fünf Jahre sind eine lange Zeit in diesem Alter. Aber… wie es geendet hat … das war traurig …«

»Ja.« Er dreht sich zu ihr um, den Blick gesenkt. »Ich weiß, ich habe dir wehgetan.«

»Können wir Freunde bleiben?«, sagt sie und erklärt: »Ich meine das als Frage. Ich weiß nicht, ob wir das schaffen können.«

»Es kommt darauf an«, antwortet er. »Hast du noch Gefühle für mich?«

»Du warst meine erste Liebe.« Sie schaut auf ihre Füße und dann zu ihm. »Aber … jetzt ist alles komplizierter, weil ich jemand anderen kennengelernt habe.«

»Wen?«

»Er heißt Kit.«

»Bist du noch mit ihm zusammen?«

Sie schüttelt den Kopf.

Er sieht sie prüfend an. »Was ist schiefgelaufen?«

»Ich weiß nicht genau … wir haben uns in Kerala kennengelernt, und als er gerade nicht im Hotel war, rief mich Dad wegen Effie an …« Sie hält inne, knabbert an ihrem Daumennagel. »Er ist nicht zurückgekommen, und ich musste abreisen, ohne ihn noch mal sehen zu können.« Sie blickt auf den Fluss hinaus. »Ich habe ihm eine Nachricht hinterlassen und ihm alles erklärt, aber ich habe nie wieder etwas von ihm gehört.«

»Verdammt«, sagt er. »Er wusste also von Effie – von der Transplantation?« Er zuckt mit den Schultern. »Na gut, er muss schön dumm sein, sich nicht mehr zu melden. Eigentlich noch schlimmer. Herzlos und dumm.« Er lächelt vorsichtig. »Aber … wenn du jetzt Single bist, dann erlaube ich mir, ein kleines bisschen Hoffnung zu haben. Wenn das für dich okay ist.«

Sie schluckt. »Ich glaube nicht, dass …«

»Schh.« Er legt ihr einen Finger auf den Mund, und unwillkürlich durchläuft sie ein Schauer. »Verdirb es nicht. Lass mir das.« Er legt den Kopf schräg. »Schau doch nicht so ernst.« Dann deutet er den Hügel hinunter. »Komm, wir laufen um die Wette.«

Er gibt ihr einen Vorsprung, und sie fliegt davon, der Hang verleiht ihr einen unglaublichen Schwung, das Blut rast durch ihre Adern, und als ihre Füße auf die Erde treffen und sie den Stoß bis in die Wirbelsäule fühlt, wächst ihre Euphorie ins Unermessliche.

Unten angekommen, wirbelt sie herum und steht ihm, nach Luft schnappend, gegenüber.

Er ist vornübergebeugt und versucht keuchend, wieder zu Atem zu kommen, dann richtet er sich auf und wischt sich mit dem Handrücken über die Stirn. »Mein Gott, ich sollte wirklich weniger rauchen.«

»Das sage ich dir ja schon, seit wir uns kennen.«

»Stimmt.« Er wirft ihr einen resignierten Blick zu, dann kneift er die Augen zusammen. »Hey, du hast mich ja gar nicht gefragt, wer die andere Frau ist. Bist du gar nicht neugierig?«

»Du musst es mir nicht sagen.«

»Doch«, sagt er mit gespieltem Ernst und macht eine kleine Pause. »Es ist meine Mutter.«

Sie wirft ihm einen Blick zu, dann lachen sie beide los.

»Du bist so ein Blödmann«, sagt sie. »Kannst du nicht ein Mal ernst bleiben?«

Sie gehen zum Auto zurück, und er nimmt eine Packung Pfefferminzbonbons heraus, die extrastarke Sorte, die er immer kauft, und bietet sie ihr an. Sie schüttelt den Kopf, und er nimmt sich eins.

»Was du mich vorhin gefragt hast … kann ich mir für die Antwort Zeit lassen?«, fragt sie. »Das kam für mich unerwartet … Ich hatte mich gerade an den Gedanken gewöhnt, dass wir … Freunde sind.«

»Ja, natürlich«, fügt er schnell hinzu. »Was ich gesagt habe, war ernst gemeint. Ich liebe dich immer noch.« Er stupst sie gegen die

Schulter. »Siehst du. Wenn's drauf ankommt, kann ich auch ernst sein.«

Sie lacht. Endlich kann sie sich in seiner Gegenwart entspannen, fühlt sich fast normal. Es war wichtig, dass sie beide mal offen aussprechen konnten, was sie denken und fühlen. »In einem Dorf hier in der Nähe gibt es eine Burg«, sagt sie. »Wenn du magst, dann hätten wir nach dem Mittagessen noch genug Zeit, sie zu besuchen.«

»Das ist so richtig nach meinem Geschmack!«, ruft er aus.

Zum Lunch macht sie Tomatensalat. Als sie die reifen, roten Früchte schneidet, bleiben die gelblichen Kerne an ihren Fingern kleben. Dazu kocht sie neue Kartoffeln, die sie in einem der Cottages am Ort gekauft hat. Unter der dicken Schmutzschicht haben sie eine blasse, wachsartige Schale. Sie bestreut sie mit Minze und gibt einen Schuss Olivenöl dazu. Im Kühlschrank ist Aufschnitt, den sie auf einen Teller legt, das alles stellt sie auf ein Tablett. Es ist warm genug, um im Freien zu essen, und sie ziehen in den kleinen Vorgarten um, wo Dad den runden Tisch gedeckt hat.

Gerade als sie sich hinsetzen wollen, kommt Loretta vorbei, bleibt am Tor stehen, lässt den Blick über das Essen schweifen. »Das sieht aber köstlich aus.«

»Es ist genug da, willst du dich nicht zu uns setzen?«, fragt Summer.

»Danke«, Loretta schüttelt den Kopf, »aber ich werde schon woanders erwartet.« Sie winkt zum Abschied im Stil der Queen und geht weiter.

»Gott sei Dank«, zischt Dad verstohlen. »Ich hatte schon Angst, sie könnte dich beim Wort nehmen, und wir würden sie das ganze Essen über ertragen müssen.«

»Dad!« Summer verdreht die Augen. »Ihr zwei hattet einfach keinen guten Start.« Und dann, an Adam gewandt: »Eigentlich ist sie sehr nett – nur ein bisschen exzentrisch, aber auf eine gute Art.«

Sie essen, und Adam unterhält sie mit Geschichten über die frechsten Kinder seiner Schule, dazwischen erzählt er ein paar neue Witze, die sie zum Prusten bringen.

»Warum heißt es eigentlich Feuerzeug und nicht Phönix aus der Tasche?« Summer muss schnaubend lachen, und unmittelbar taucht eine Erinnerung an den Moment auf, als er vor der Disco über das Feuerzeug eines anderen Jungen gebeugt stand. Wie er sie dabei ansah, sich dann aufrichtete, den ersten Zug nahm und den Blick nicht von ihr abwenden konnte.

Summer nimmt die Landstraßen entlang der Küste, aber das Meer ist erst bei Orford zu sehen, wo sie auf dem Marktplatz anhalten. Sie steigen aus und schlendern zusammen die abschüssige Straße hinunter, ihre Füße im gleichen Rhythmus, ab und zu berühren sich ihre Schultern. Als der Hauptturm von Orford Castle in Sicht kommt, schnappt Adam beeindruckt nach Luft. »Mein Gott, schau dir diesen perfekten Turm an. Großartig.«

Sie lächelt, erfreut über seine Reaktion. »Sollen wir reingehen?« Sie läuft darauf zu. »Ich bin auch zum ersten Mal hier. Loretta hat mir davon erzählt.«

Als sie sich der Burg nähern, die sich auf einem niedrigen Hügel erhebt, zeigt Adam auf die sanft geschwungenen grünen Erhebungen, die sie umgeben. »Das müssen die Überreste der äußeren Festungsanlagen sein. Da gab es wohl eine Ringmauer mit einem Torhaus und Türmen zu beiden Seiten.« Er kneift die Augen zusammen. »Kannst du dir vorstellen, wie es damals ausgesehen haben muss?«

Sie zuckt mit den Schultern. »Ich glaube schon, aber erzähl weiter … was siehst du denn da?«

»Soldaten in Kettenhemden und Frauen in langen mittelalterlichen Gewändern. Ziegen, ein Schwein, Pferde im Stall da drüben.« Er zeigt auf einen Busch. »Kinder, die im Matsch herumrennen. Kleine Hütten, wo ein Schmied arbeitet. Wahrscheinlich Vorratsräume.«

Seine Begeisterung ist ansteckend. Seine Schüler haben Glück, denn der Unterricht bei ihm macht bestimmt Spaß. Sie steigen die äußeren Steintreppen hinauf und betreten das modrige, muffige

Innere des Gebäudes. Die Mauern sind dick, das Licht schummerig, die meisten Fenster bestehen aus offenen Schlitzen, aber es gibt auch größere Fenster mit Glasscheiben, damals der höchste Luxus, wie Adam erklärt. Summer fällt es schwer, sich vorzustellen, wie es ausgesehen haben mag, als es bewohnt war. Sie vermutet, dass es Wandbehänge gab, aber trotzdem muss es im Winter eiskalt und sehr zugig gewesen sein. Im oberen Teil des Gebäudes erklimmen sie eine steile Wendeltreppe, müssen sich unter einem Türsturz hindurch ducken und treten auf ein kleines, flaches Dach hinaus. Dort stehen sie außer Atem an der niedrigen Mauer und schauen über den Fluss bis auf das Meer.

Einen Arm um sie gelegt, drückt er sie fest an sich und dreht den Kopf, um sich mit dem Gesicht an ihre Haare zu schmiegen. Sie schließt die Augen und spürt seinen Atem, riecht seinen vertrauten Duft nach frisch gebügelter Baumwolle. Es kommt ihr so selbstverständlich vor, wie sie dastehen, es bedarf keiner Worte.

»Wir sollten wohl besser zurückfahren«, sagt sie leise, während sie sich von ihm löst, um sich unter der niedrigen Türöffnung zu bücken und die schwindelerregend steile, schmale Treppe hinunterzusteigen.

»Sei vorsichtig auf diesen Stufen«, warnt er, ganz nah hinter ihr. »Die sind tückisch.«

Der Treppenschacht ist wie ein Tunnel: eng, dumpf und moderig. Sie stützt sich mit der flachen Hand an der kalten Steinmauer ab, um nicht das Gleichgewicht zu verlieren. Kits Uhr sitzt schwer und silbern glänzend an ihrem Handgelenk. Als sie die Burg verlassen und in das unvermittelt strahlende Licht blinzeln, ist Adam hinter ihr. Sie dreht sich um, wartet kurz auf ihn und nimmt dann seine Hand.

MAI

DER FÜNFTE MONAT

32

SUMMER

Der Wetterbericht kündigt eine frühe Hitzewelle an, und die Temperatur steigt jetzt schon. Summer geht in die Hocke und legt die Hände auf die Kieselsteine – jeder einzelne ist so warm wie ein frisch gelegtes Ei. Mit zusammengekniffenen Augen späht sie den Strand entlang. Sie findet es schön, wie der Kies, aus der Entfernung gesehen, zu einem blassen Braun verschwimmt, aber zugleich jeder einzelne Stein, aus der Nähe betrachtet, eine individuelle Färbung hat – durchscheinend weiß, tintenschwarz, rötlich terrakottafarben, jadegrün, hellbraun oder altrosa.

Sie sitzt auf den Steinen, schaut auf die Wellen, hat die Arme um die hochgezogenen Knie geschlungen und denkt an den Moment, als Adam seine Lippen an ihre Schläfe drückte. Sie wünschte sich diese Verbindung, den Trost, den sie bot, aber kann sie ihm vertrauen? Er hatte sie damals sehr verletzt. Und als sie sich erlaubte, Kit ihr Vertrauen zu schenken, war sie schließlich wieder verletzt worden. Vielleicht sollte sie lieber Single bleiben und sich auf ihre Fotografie und ihre Schreibversuche konzentrieren. Aber Adam hat um Entschuldigung gebeten, und sie merkt, dass es ihm aufrichtig leidtut. Nachdem sie so viele Jahre zusammen waren, hat ihre Beziehung da nicht eine zweite Chance verdient? Sie erinnert sich, wie er an dem Abend, als er dablieb, um beim Packen zu helfen, schnell für alle Omeletts zauberte. Sie denkt daran, wie liebevoll er mit Effie umging, an seine albernen Witze, auch daran, dass er an Samstagen morgens eine Kinder-Fußballmannschaft trainiert, obwohl er es hasst, früh aufzustehen.

Sie erhebt sich, schaut hinaus auf den Horizont und beginnt, ohne ein bestimmtes Ziel vor Augen langsam an der Küste entlangzuschlendern.

Fünf Minuten später hat sie sich schon weit von den Fischern und den Leuten auf ihren Picknickdecken entfernt. Dieser Teil des Strandes ist menschenleer. Sie fragt sich, ob sie wohl die Robben an der Flussmündung sehen wird. Weiter vorn nimmt sie Bewegung in den Wellen wahr und reckt den Kopf, zwinkert ins Gegenlicht und erkennt zwei Personen, die dort schwimmen. Ein Stück entfernt fallen ihr auf dem Kiesstrand zwei farbige Kleckse auf.

Eine der Schwimmenden bewegt sich auf den Strand zu, es ist eine Frau, die die flachen Wellen durchwatet und sich taumelnd aufrichtet. Trotz des Sonnenlichts, das sie blendet, erkennt sie Lorettas vertraute energische Bewegungen, ihre schwarze Badekappe und die nassen Haarsträhnen, die an ihren Schultern kleben. Summer will ihr gerade etwas zurufen, da bemerkt sie die andere Person, einen Mann, der fröstelnd durchs wadentiefe Wasser strauchelt und sich abmüht, sie einzuholen.

Summer schnappt nach Luft.

Der Mann, der die Hand ausstreckt, um die von Loretta zu ergreifen, und dabei kichert wie ein Teenager – das ist ihr Vater.

Loretta hilft ihm über das letzte Stück der Steigung herauf. Sie hebt sein Handtuch auf und drückt es ihm in die Hand.

Der Anblick erscheint Summer so seltsam, dass sie erstarrt. Ihr Herz pocht heftig, warum hat ihr Vater ihr nichts davon erzählt, dass er sich mit Loretta zum Schwimmen trifft? Er hatte doch Lorettas Einladung ausgeschlagen. Die beiden mögen sich ja nicht einmal. Mit unsicheren Schritten nähert sie sich ihnen.

Etwas wackelig steht das Paar auf den Steinen, sie trocknen sich ab, lachen und plaudern miteinander, als wären sie schon immer beste Freunde. Und dann beugt sich ihr Vater vor und küsst Loretta.

Summer bleibt schockiert stehen. »Dad?«, ruft sie mit schriller Stimme.

Sie drehen sich um, ihre Gesichter sind verlegen. Instinktiv will sie davonrennen, macht auf dem Absatz kehrt, stolpert in die entgegengesetzte Richtung, zurück zum Cottage, blinzelnd, als könne sie den Anblick der beiden so loswerden, ihre Vertrautheit, ihr komplizenhaft gehütetes Geheimnis.

»Summer!«, hört sie Dads Stimme.

Ihr Gesicht ist heiß, ihre Kehle wie zugeschnürt. Wie konnten sie nur? Hinter ihrem Rücken? Ihre Lüge schließt sie aus, hält sie zum Narren. Schnell geht sie weiter, weiß nicht recht, wohin. Sie kann ihnen unmöglich entgegentreten, noch nicht.

Sie eilt am Cottage vorbei, vorbei am Martello-Turm. Der Parkplatz füllt sich mit den Autos der Feriengäste. In Scharen steigen sie aus, die Kinder tragen ihre Schwimmringe, die Eltern schleppen Picknickkörbe und zusammengefaltete Windschutzsegel.

Wie lange treffen sie sich schon so? Fanden sie es etwa lustig, ein solches Schmierentheater aufzuführen? Lachen sie hinter ihrem Rücken darüber?

Summer läuft weiter, Wut und Demütigung treiben sie voran. Als sie sich vom Strand entfernt, nimmt die Brise vom Meer her ab, und die Hitze brennt wie glühendes Eisen auf ihrer Kopfhaut. Sie hätte einen Hut aufsetzen sollen. Ihre Füße tragen sie weiter auf der heißen Teerdecke der Straße. Zu ihrer Linken dösen ein paar Schafe im Schatten eines Baums auf der Wiese, und auf der gegenüberliegenden Straßenseite kommen ihr Autos entgegen, die zum Strand unterwegs sind, aus den offenen Fenstern dringt Musik.

Sie duckt sich unter einem Zaun durch und stapft über eine Wiese, die mit Kuhfladen übersät ist. Keine Kaninchen oder Feldhasen zu sehen, auch keine anderen Lebewesen. Die Hitze hat alle außer den Insekten unter den Erdboden oder in den Schatten getrieben. Etwas schwirrt gegen ihren Mund und dreht dann summend in einem Bogen ab. Sie wischt sich die Lippen ab, schmeckt Schweiß.

Als sie den Zaun auf der anderen Seite erreicht und durchschlüpft, hört sie ein Geräusch. Dann noch einmal. Ein leises Wimmern. Sie bleibt stehen, all ihre Sinne sind hellwach. Es klingt wie ein Tier, das in Not ist. Ihr Magen krampft sich vor Angst zusammen. Das Winseln scheint von rechts aus dem Gebüsch zu kommen. Sie bückt sich unter die dichten Zweige der Stechpalmen und flucht leise vor sich hin, als die Blätter ihre nackten Schultern und Arme zerkratzen. Das Pflanzengewirr gibt den Weg zu einer kleinen, schattigen Lichtung frei, auf der in der Mitte ein Hund mit einem Strick an einem Ast festgebunden ist.

Es ist ein grauer, rauhaariger Mischling mit einem edlen, schmalen Gesicht. Sogar durch sein dichtes Fell kann sie seine Rippen erkennen.

»Hey du«, sagt sie leise und nähert sich langsam. »Was machst du denn hier?«

Sie hockt sich neben das Tier und streicht mit der Hand über seine staubigen Flanken. Er wedelt leicht mit der langen, dünnen Rute, ein schwacher Versuch, sich freundlich zu zeigen. Bei ihrer Berührung lässt er den Kopf hängen, sein Rückgrat fühlt sich an wie eine knotige Kordel. Sie fragt sich, wie lange er wohl schon hier liegt und wann er zum letzten Mal Futter und Wasser bekommen hat. Sie löst den Strick, und der Hund hält den Kopf schief und schaut sie mit zuckenden Ohren an.

Als sie sein abgenutztes Halsband genauer untersucht, findet sie weder einen Namen noch eine Adresse oder Telefonnummer. Das Halsband sitzt eng. Sie öffnet den Verschluss, und als sie das Band lockert, sieht sie die wunde, rote Haut darunter. Geballter Zorn steigt in ihr auf.

»Willst du mit mir nach Hause gehen?«

Behutsam führt sie den Hund aus den Büschen heraus, und er trottet ruhig und unterwürfig neben ihr her. Als sie zu ihm hinunterschaut, sieht sie, dass er nicht mehr jung sein kann. Seine Haltung strahlt aus, dass es ihm gleichgültig geworden ist, was mit ihm geschieht. Draußen auf dem Feld setzt er sich plötzlich hin und kratzt sich ausgiebig, schrappt sich mit den Hinterläufen unter der Schnauze und hinter den Ohren. Dann steht er wieder auf und schüttelt sich.

Langsam gehen sie über die Felder auf den Weg zu, und sie hält nach einem möglichen Besitzer Ausschau, jemandem, der winkt, ruft und ihr vorwirft, sie hätte ihm den Hund gestohlen. Ihre Finger umschließen den Strick fester. So schnell wird sie ihn nicht herausgeben, und schon gar nicht an die Person, die ihn dort angebunden und mit einem zu engen Halsband zurückgelassen hat.

Sie muss ihn über Zäune heben, er lässt sich bereitwillig von ihr hochnehmen und schmiegt sich dabei sachte an ihr Herz. Er wiegt fast nichts, seine Knochen schieben sich zusammen wie ein faltbares Spielzeug. Sie beugt sich über den Draht und lässt ihn auf der anderen Seite auf den Boden hinuntergleiten. Während sie hindurchklettert, wartet er auf sie.

Als sie am Cottage ankommen, füllt sie eine Schüssel mit Wasser und stellt sie auf den Boden, damit er trinken kann. Er senkt den Kopf und schlabbert geräuschvoll. Sie fürchtet, dass er zu viel auf einmal trinkt, und stellt die Schüssel wieder hoch.

»Dad?«, ruft sie.

Summer hört ihn auf dem Treppenabsatz oben, knarrende Schritte, sieht seine untere Hälfte die Treppe heruntersteigen, dann erscheint der Rest, und er macht schon den Mund auf, um sich zu erklären. Als er den Hund sieht, bleibt er stehen.

»Den hab ich gefunden«, sagt sie. »Er war angebunden.«

Dad bückt sich und streichelt ihm den Kopf. »Armer Kerl.«

Sie ist fassungslos. »Er ist kurz vorm Verdursten. Sein Halsband hat am Hals eingeschnitten … und schau mal!« Sie kniet sich neben das Tier und berührt seine Vorderpfote und die Flanke, schiebt das Fell mit den Fingern zur Seite. »Er hat überall Narben und Wunden.«

»Na«, sagt Dad grimmig, »mal sehen, ob wir was zu fressen für ihn finden.«

Summer brät etwas Hackfleisch an und gibt einen Löffel Joghurt dazu. Der Hund frisst hastig und ohne den Kopf zu heben.

Sie setzt sich auf die Couch ins kühle Wohnzimmer und lockt ihn auf den Platz neben sich. Dort steht er auf den Polstern und schaut sie unsicher an, will wieder hinunterhüpfen, aber als sie leise auf ihn einredet, legt er sich hin, den Kopf auf ihrem Schoß, seufzt einmal schwach und schließt die Augen.

Dad ist losgegangen, um Loretta zu holen. Vielleicht kennt sie den Hund ja. Sie kommt leise herein, setzt sich auf den Sessel und neigt den Kopf zur Seite. »Nein, den hab ich noch nie gesehen.« Sie beugt sich vor und betrachtet ihn nachdenklich. »Das arme Ding, halb verhungert.« Sie richtet sich wieder auf und nickt. »Ich fürchte, den hat jemand ausgesetzt. Das kommt hier manchmal vor, wenn ein Jagdhund sich verletzt oder zu alt wird.«

Summer hat einen Kloß im Hals, immer wieder streichelt sie das drahtige Fell. »Dann behalten wir ihn. Was meinst du, Dad, das geht doch?«

»Er scheint sich ja schon wie zu Hause zu fühlen.«

»Wollen wir ihn Freitag nennen?«

Loretta steht auf und wirft ihrem Vater einen kurzen Blick zu. »Ich lasse euch jetzt mal allein.« An der Tür bleibt sie stehen. »Aber ihr wisst ja, wo ich bin … wenn ihr irgendwas braucht.«

Sie verschwindet im hellen Licht, dann fällt die Tür hinter ihr zu.

Dad setzt sich auf den Sessel, auf dem sie bis eben noch saß. »Es tut mir leid«, sagt er. »Ich hätte es dir früher sagen sollen.« Er reibt sich die Nase. »Das mit mir und Loretta. Es hat mich selbst überrumpelt, und ich wollte noch nichts sagen, für den Fall, dass ich mich in … meinen Gefühlen getäuscht habe.«

»Aber das hast du nicht? Dich getäuscht?«

Er schüttelt den Kopf. »Ich mag sie. Sehr sogar.«

Summer atmet tief ein und nickt. »Mir tut es auch leid. Ich hätte nicht einfach so weglaufen sollen. Aber … es war ein Schock … besonders weil ich doch dachte, dass ihr euch nicht leiden könnt.« Sie überlegt kurz, versucht, sich zu erinnern. »Hast du nicht gesagt, du fändest sie frech?«

Er windet sich ein bisschen. »Ich fühlte mich von ihr provoziert und habe kindisch reagiert.«

»Wann hast du deine Meinung geändert?«

»Seit wir angefangen haben, miteinander zu reden, sehe ich sie mit anderen Augen. Statt sie kompliziert zu finden, habe ich festgestellt, wie leidenschaftlich sie ist, wie kompromisslos. Von da an konnte ich nicht mehr aufhören, an sie zu denken, und sehnte mich immer öfter nach ihrer Gesellschaft.« Er lächelt. »Wenn ich mit ihr zusammen bin, erscheint mir alles heller.« Er lacht kurz auf. »Aber Loretta meint, das sei bei Liebesgeschichten eine ganz typische Konstellation. Die Hauptfiguren können sich nicht riechen – dabei verlieben sie sich in Wirklichkeit gerade ineinander.«

»Und das bist du?«

Er schaut sie verdutzt an.

»Du meinst, ob ich dabei bin, mich zu verlieben?«

Er senkt den Blick, und als er wieder aufschaut, ist sein Gesichtsausdruck traurig. »Keine wird jemals deine Mutter ersetzen. So eine Liebe ist … einzigartig, gibt es nur einmal im Leben. Aber mit Loretta habe ich eine Freundin gefunden, Leichtigkeit und Lachen. Eine andere Art der Liebe.«

Sie nickt.

»Aber … wie geht es *dir* damit?« Er runzelt die Stirn. »Weil, weißt du, ich lasse es sein, wenn es dich stört.«

»Nein«, sagt sie schnell. »Ich will doch, dass du glücklich bist, Dad.«

Er atmet auf und lässt die Schultern sinken. Summer sieht, wie erschöpft er aussieht, und hat ein schlechtes Gewissen, weil sie ihm Sorgen gemacht hat. Sie war egoistisch.

Seit Mums Tod hat er komplett zurückgezogen gelebt. Sie waren ein seltsames Paar – Mum schön und gesellig, Dad älter, gebildet und kauzig. Aber die beiden hatten eine ganz besondere Verbindung. Summer war gar nicht auf die Idee gekommen, dass er vielleicht eine andere Frau kennenlernen wollte, oder dass er all diese Jahre einsam gewesen sein könnte. Loretta hat recht: Viele Liebesgeschichten warten nur darauf, geschrieben zu werden. Sie wird Adam sagen, dass sie es gern noch einmal mit ihm versuchen will, um herauszufinden, ob ihre Beziehung gelingen kann. Sie sind jetzt beide älter und klüger, haben ein solides Fundament, auf dem sie weiter aufbauen können, gemeinsame Erfahrungen und Freunde. Manche Liebesgeschichten fangen nicht bei null an, denkt sie, sondern sind schon halb fertig geschrieben, es fehlen nur noch ein paar Kapitel, eine letzte Wendung, damit alles gut werden kann. Sanft streichelt sie mit den Fingern den knochigen Kopf des Hundes, krault seine weichen Ohren. Ein einsamer Ton steigt in ihrer Kehle auf, ein leises Summen wie von Bienen, und das Summen wird zu einer Melodie. Dad schaut sie an und lächelt. »Jetzt summst du wieder.«

Sie macht weiter, ohne zu wissen, welches Lied es ist, spürt nur, dass es sich gut anfühlt.

33

KIT

Kit hat den Moke aufgebockt. Er liegt flach auf dem Rücken und studiert mit halb zusammengekniffenen Augen den dreckverkrusteten Unterboden. Der Auspuff ist voller Spinnweben und heruntergefallener Rostflocken, und hinter einem der staubigen Vorderräder steckt etwas fest, das wie ein Mäusenest aussieht. Er robbt unter der Karosserie hervor, indem er die Schultern und Hüften hin und her bewegt, hält sich am Rahmen des Autos fest, um sich vollends herauszuzwängen und hochzukommen. Er steht auf, bürstet sich den Dreck vom Rücken und aus den Haaren. Blue hat ihm einige Ersatzteile besorgt, und er hat den Kühlerlüfter ersetzt. Er ist zuversichtlich, dass er den Wagen wieder straßentauglich machen kann. Zwar ohne Dach, aber die nächsten paar Monate wird sich das heiße Wetter ja sicherlich halten.

Er schlendert zu dem halb überwachsenen Haufen ausrangierter Landmaschinen, den er gesehen hat, als er hier ankam. Mit dem Fuß stößt er ein Teil an und geht in die Hocke, um es genauer unter die Lupe nehmen zu können. Das muss ein alter Pflug sein, denkt er. Er kniet sich in den Dreck und zeichnet mit den Händen die Wölbungen und Kanten des schweren Materials nach. Dabei kommt ihm eine Idee.

In seinem Atelier tritt er einen Schritt zurück und betrachtet das Porträt, das er gerade fertiggestellt hat. Sally-Anns Großmutter schaut ihn von der Leinwand herab an. Oben an der Staffelei stecken noch drei Fotos von ihr, die er sich ausgeliehen hat, und er hat gut aufgepasst, dass sie nicht beschädigt wurden oder Farbspritzer abbekamen. Er nimmt sie ab und steckt sie in einen Umschlag, um sie Sally-Ann zurückzugeben, sobald sie vorbeikommt, was sehr bald der Fall sein dürfte. Noch hat er ihr das Porträt nicht gezeigt, hat ihrem Bitten und Schmeicheln – *Nur mal ganz kurz draufschauen!* widerstanden. Sie straffte die Schultern und fügte in gespielt strengem Ton hinzu: *Wir zahlen schließlich dafür!* Tatsächlich tun sie das nicht, denn er würde ihr Geld nicht annehmen. Nicht, nachdem Sally-Ann ihn damals, am ersten Tag so herzlich aufgenommen hat. Dank ihr ist er im Pub untergekommen, hat dort einen Job und eine Wohnung unter demselben Dach und jetzt sogar noch einen Raum zum Arbeiten.

Als er sich in seinem Atelier umschaut, ist er zufrieden und voller Hoffnung. Er liebt die schlichten weißen Wände und das einzelne Fenster, das einen Streifen Sonnenlicht hereinlässt. In einem Trödelladen hat er einen passablen Stuhl aus Biegeholz und einen stabilen Eichentisch aufgetrieben. Sally-Ann hat ihm geholfen, beides im Land Rover zu dem Raum zu transportieren, der jetzt einer Mönchsklause ähnelt. Er geht zu dem Tisch und streicht mit den Fingern über seine Farbtuben, die Lappen zum Reinigen, das leere Schraubglas mit den Pinseln, Leinöl, Gesso-Grundierung und eine Flasche mit Terpentin. Ein Waschbecken gibt es hier nicht, aber zum Wasserhahn im Freien ist es nicht weit.

Er wartet vor der Scheune auf Sally-Ann, lehnt sich gegen das verwitterte Holz und lässt sich die Sonne aufs Gesicht scheinen. Die Ateliers sind jetzt fast alle an Künstler und Kunsthandwerker vermietet, so wie Geralds Frau sich das vorgestellt hatte. Es entsteht bereits ein Gefühl der Zusammengehörigkeit, eine sanfte, lebendige Energie, wenn die Leute kommen und gehen und jeder seine eigene besondere Kunstfertigkeit mitbringt. Oft macht gerade irgendjemand im Hof eine Zigarettenpause oder begutachtet eine Holzarbeit oder ein halb fertiges Gemälde im Tageslicht. Kit vermutet, dass manche der Alteingesessenen im Ort weiterhin lästern, dass sie in ihren Kitteln und farbbeschmierten Overalls einen einwandfreien Hof in Beschlag genommen hätten und dort ihre Zeit damit verschwendeten, dummes Zeug über Farben und Inspiration zu reden. Kit weiß jedoch, dass sich Gerald von der Meinung anderer nicht beeinflussen lässt.

Und kaum hat er an ihn gedacht, erscheint Gerald wie gerufen auf der anderen Seite des Hofs. »Wie kommst du voran?«, fragt er beim Näherkommen.

»Gut. Danke. Und ich wollte etwas fragen …«, dabei zeigt er auf den alten Pflug. »Ob ich dir den vielleicht abkaufen kann … ich habe gedacht, ich will mal sehen, ob ich aus dem Metall was machen kann. Blue hat mir angeboten, seine Werkstatt zu nutzen.«

»Nimm ihn«, antwortet Gerald. »Der steht da schon seit Jahren rum.«

Der Land Rover biegt in den Hof. Sally-Ann parkt neben der vorderen Scheune und grinst Kit breit an, als sie ihn sieht.

»Ich mache jetzt die Augen zu«, sagt sie, als sie bei ihm ist. »Sag mir, wann ich sie wieder aufmachen soll.«

Er lacht. Immer ist sie so voller Begeisterung. Sie dreht ihm den Rücken zu. »Halt mir die Augen zu, dann kann ich nicht schummeln.« Sie nimmt seine Hände und legt sie sich über die Augen. Ihre Wimpern kitzeln an seinen Handflächen.

»Ich habe vielleicht irgendwo frische Farbe an mir«, protestiert er.

»Och, das ist mir egal.«

Er hält sie in den Armen, ihr Hinterkopf an seiner Brust, und nimmt einen süßlichen Duft an ihr wahr. Erdbeeren, denkt er, vielmehr das künstliche Imitat davon.

Langsam führt er Sally-Ann zur Scheune und in sein Atelier. Es ist unbequem für ihn, so zu gehen, sie an seine Brust gepresst und er mit den Händen über ihren Augen, aber er schafft es, ihr nicht in die Hacken zu treten. Wie sehr sie ihm vertraut, merkt er daran, dass ihr Körper ganz entspannt ist und dass sie den Kopf still hält.

»Okay«, sagt er, als sie dem Porträt gegenüberstehen. »Das ist es.«

Als er seine Hände wegnimmt, ist er dann doch ganz schön nervös.

Sally-Ann kreischt, und ganz kurz kann er nicht deuten, was dieser schrille, hohe Ton zu bedeuten hat. Dann schnappt sie nach Luft. »Wahnsinnig toll.« Dabei wirbelt sie auf den Zehenspitzen herum, fällt ihm um den Hals und drückt ihm ihre Lippen auf die Wange.

Es ist das erste Mal seit Summer, dass ihn jemand küsst. Das erste Mal, dass er von einer anderen Frau umarmt wird. Ihr Mund ist feucht, ihr Haar streift ihn, und die kleinen Strähnen kitzeln ihn. Er spürt, wie sich ihre kleinen Brüste gegen seine Rippen drücken. So sanft wie möglich macht er sich aus ihren Armen frei und schafft zwei Schritte Abstand zwischen ihnen. »Na, da bin ich aber froh!« Er bemüht sich, nüchtern zu klingen. »Wann willst du es ihm geben?«

»So bald wie möglich«, sagt sie.

»Morgen Abend vielleicht? Es muss vollständig getrocknet sein, bevor wir es transportieren können, normalerweise warte ich vierundzwanzig Stunden, um ganz sicherzugehen.«

»Ich kann's kaum abwarten, sein Gesicht zu sehen.« Sally-Ann hakt sich bei ihm unter. »Meine Eltern werden sich so freuen.« Sie legt fragend den Kopf zur Seite. »Wie wär's? Hast du Lust, vor der Arbeit noch schnell eine Runde zu schwimmen?«

Kit nickt. Während sie zum Auto gehen, hängt sie weiter an seinem Arm. Er fühlt sich wie ein Gefangener, so wie sie sich an ihn klammert. Sein Ellbogen steht unbeholfen vom Körper ab, und er weiß nicht, wohin mit seiner Hand, die schlaff herunterhängt. Meine Güte, denkt er, mach dich mal locker. Aber er ist erleichtert, als sie loslässt.

In Leiston weht eine kühle Brise vom Meer her, und als Kit sein T-Shirt auszieht, bekommt er an den Armen Gänsehaut. Sally-Ann streift mit einer einzigen, schwungvoll geschmeidigen Bewegung ihr Jeanskleid ab und läuft schon in die Brandung. Die Nordsee wogt in düsteren, trüben Wellen. Er watet hinein und zuckt zusammen, als er an ein paar Steine stößt. Schaudernd weicht er vor der Kälte zurück.

»Komm schon!«, ruft Sally-Ann von weiter draußen und winkt.

Er taucht unter ins trübe Dunkel, dann stößt er sich mit den Füßen ab und kommt hoch, atmet erleichtert die frische Luft ein und fängt an zu kraulen. Er prüft die Kraft seiner Beine und spürt, wie die Muskeln in den Armen zu brennen beginnen. Er schwimmt, bis er erschöpft ist.

Gemeinsam kommen sie aus dem kühlen Nass an Land. Sie hustet. »Zu viel Wasser geschluckt«, keucht sie, schnappt sich ihr Handtuch und wickelt es um ihren schmalen Leib. Auch er nimmt seines, rubbelt sich die Schultern trocken, seine Haut ist leicht klebrig vom Salz. Sie hält sich das Handtuch als Sichtschutz vor und versucht, im Stehen in ihren Slip zu schlüpfen, während er in die andere Richtung schaut.

»Du bist so ein Gentleman«, sagt sie. »Der Tag, als Gramps auf den Steinen gestrandet war … das war mein Glückstag.«

Während er auf sie wartet, starrt er geradeaus auf das Kernkraftwerk. Eine unwirkliche, blasse Halbkugel am Horizont.

Sally-Ann erscheint plötzlich in seinem Blickfeld, ihr nasses Haar hinterlässt dunkle Flecken auf ihrem Kleid. »Ich glaube, ich muss dir etwas gestehen.« Mit einem koketten Augenaufschlag beißt sie sich auf die Unterlippe. »Wir haben eigentlich gar keine Aushilfe für das Pub gesucht.«

Er ist etwas bestürzt, obwohl er es insgeheim vermutet hatte, und schaut auf seine Füße. »Ich hoffe, dein Dad bereut nicht, dass er mich eingestellt hat.«

»So ein Quatsch, überhaupt nicht.« Sie hakt sich wieder bei ihm unter. »Erst neulich hat er gesagt, dass er ohne dich gar nicht mehr auskäme.« Sie blinzelt. »Das geht uns allen so.«

Kit tritt verlegen von einem Bein aufs andere und weiß nicht, was er darauf antworten soll.

»Kein Ding«, sagt sie leichthin. »Ich wollte dich das nur wissen lassen. Du musst auch nichts darauf antworten. Wirklich nicht.«

»Danke.« Er schluckt. »Ich weiß das zu schätzen … und bin so dankbar, dass du mir den Job besorgt hast.«

»War doch klar.« Sie gibt ihm einen kleinen Knuff. »Hey. Ich würde dir auch gern meine Freunde und Bekannten vorstellen«, sagt sie. »Du würdest sie mögen. Nächste Woche grillen wir, am Strand. Willst du mitkommen?«

Sein Gesicht hellt sich auf. »Könnte Spaß machen.«

Es ist kaum möglich, sich in Sally-Anns Gegenwart lange befangen zu fühlen, denn sie trägt das Herz auf der Zunge und ist immer offen. Erfrischend anders. Er kann sich nicht vorstellen, dass sie überhaupt fähig ist, andere anzulügen, sie würde nie vorgeben, jemand zu sein, der sie nicht ist.

Der Mini Moke ist endlich auf der Straße. Die erste Fahrt ging durch einen Kiefernwald, wo Kit eine Herde Damwild ins Unterholz flüchten sah. Er nahm schmale Feldwege, um die Gegend zu erkunden, und schließlich führte ihn die Fahrt unmittelbar an die Nordseeküste in hübsche Städtchen, in denen Fischerboote auf den Kiesbänken lagen. Einmal, bei einer Fahrt ins Blaue, stieß er auf einen kleinen Flecken mit Cottages, einen Ort, der sich Shingle Street nennt. Das Meer ist dort wilder und bricht sich an einer steilen, steinigen Küste. Als er Sally-Ann davon erzählte, meinte sie, dort zu schwimmen sei nicht ungefährlich.

Jetzt, wo er den Moke hat, ist er von der Angst beim Fahrradfahren befreit und hat auch die Möglichkeit, seine Zeit zwischen seinem Atelier, Blues Werkstatt und dem Pub besser aufzuteilen. Er hatte noch nie so viel zugleich zu tun. Seine Fingernägel sind schwarz vom Öl, seine Hände mit Farbklecksen gesprenkelt. Wenn er in den Spiegel schaut, sieht er, wie gebräunt seine Haut ist, die Arme sind von der körperlichen Arbeit athletisch und muskulös geworden. Und das Schwimmen im Meer baut seine Beinmuskulatur auf – jeden Tag spürt er, dass es etwas besser geht.

34
SUMMER

Nachdem sie Adam gesagt hat, dass sie ihre Beziehung wieder aufnehmen wolle, haben sie sich mit bestimmten Gewohnheiten eingerichtet. An den Wochenenden kommt er zu ihr, und unter der Woche telefonieren sie miteinander. Sie hat auch angefangen zu schreiben. Der Platz in Effies Heft reicht schon nicht mehr aus, um alles aufzunehmen, was sie zu Papier bringen will, und sie möchte es auch nicht ganz füllen. Ein paar Seiten unbeschrieben zu lassen, ist für sie eine Art Brückenschlag zu ihrer Schwester, ein laufendes Projekt, das sie verbindet. Sie hat ein neues Heft gekauft und füllt es zügig mit Beobachtungen und Ideen. Shingle Street ist reich an Tieren und Vögeln, das Wetter verändert immer wieder die Strandlinie, und das Meer ist dauernd in Bewegung. Es gibt so viel zu sehen, so viel zu erzählen. Sie weiß nicht, ob das, was sie zu Papier bringt, überhaupt etwas taugt, aber inzwischen schlägt sie ganz automatisch jeden Tag das Heft auf, und Stunden verstreichen, in denen sie vollkommen ins Schreiben vertieft ist.

Sie kommen angehoppelt, mümmeln Gras, die Ohren mit den schwarzen Spitzen bewegen sich im Wind wie Antennen, um auch noch das leiseste Zeichen von Gefahr, das Schleichen des Fuchses, das Atmen eines Menschen, das Klicken eines Auslösers auszumachen. Ich beobachte alles durch den Sucher, der auf die bernsteinfarbenen Augen fokussiert ist, ihre Ohren sind durchscheinend, wenn das Sonnenlicht auf sie trifft.
Der Hase war das heilige Tier der germanischen Frühlingsgöttin. Er war der ursprüngliche Osterhase, bevor das niedlichere, kuscheligere Kaninchen an seine Stelle trat. Es erweist sich, dass der Hase eine Mischung sich widersprechender Eigenschaften hat, er gilt als heilig, wird aber auch von den Hexen

verehrt, er steht für Reinheit und ist zugleich ein Symbol für Fruchtbarkeit, Sex und Liebe. Ich mag diese komplexe Fülle, all diese sich widersprechenden Bedeutungen, die der Mensch diesem einen Wesen zuschreibt.

Bevor sich Summer in der Morgendämmerung aus dem Cottage schleicht, steckt sie noch ein Honigbrot ein, die Kameratasche trägt sie über der Schulter, das neue, klappbare Einbeinstativ unter den Arm geklemmt. Sie geht über die Felder, hat eine alte Plane dabei, die sie im nassen Gras ausbreitet. Es ist die goldene Stunde, die Natur ringsum schimmert im aufsteigenden Dunst, alles Harte erscheint gemildert und wie weichgezeichnet. Summer kauert sich auf den Boden, bringt sich in Position gegen den Wind, reinigt das Objektiv, und das Warten beginnt.

Wieder zu Hause in der provisorischen Dunkelkammer, sieht sie dabei zu, wie die Umrisse auf dem Papier entstehen, hängt die Bilder zum Trocknen auf, prüft dann, was sie hat, und sortiert nach Kategorien. Wenn sie schreibt, fotografiert und Abzüge macht, sind das die Momente, in denen sie ganz in sich selbst ruht, und sie erinnert sich dann an das Versprechen, das sie Effie gegeben hat.

Ihre besten Aufnahmen schickt sie an Naturzeitschriften, regionale Magazine und Zeitungen. »*Sehr geehrte Damen und Herren, beiliegend finden Sie eine Auswahl meiner Fotos.*« Sie leckt den Klebestreifen, verschließt die Umschläge, wirft jeden einzelnen aufgeregt durch den Schlitz des roten Briefkastens im Dorf. Und wartet.

Eine Woche später ist noch keine Antwort da, es hat sich einfach gar nichts getan. Sie gibt ihr Bestes, sich nicht entmutigen zu lassen. Bei den regelmäßigen Telefonaten mit Laura, bei denen sie sich gegenseitig auf den neusten Stand bringen, vermeidet sie es, darüber zu sprechen, aber Laura scheint sich ohnehin mehr für Summers Liebesleben zu interessieren. Bei jedem Gespräch hakt sie nach, wie es mit Adam läuft.

Als Summer ihr erzählt, dass sie wieder mit ihm zusammen ist, überrascht sie das.

»Im Ernst? Er hat dich doch angelogen. Betrogen.«

»Das ist schon lange her«, sagt Summer, und Laura schnaubt. »Ach wirklich? Mir kommt es vor, als hättest du erst gestern heulend in meinen Armen gelegen.«

Aber Summer lässt sich nicht beirren. »Er hat sich geändert, Laura. Er hat eben einen Fehler gemacht, und er liebt mich noch immer.«

»Das glaube ich gern, aber viel wichtiger ist doch eigentlich, ob *du* ihn liebst?«

Laura stellt die harten Fragen, das war schon immer so, auch schon bevor sie Anwältin wurde. »Es ist nicht so einfach, zu verstehen, was ich fühle«, antwortet Summer zögernd. »An manchen Tagen … fühle ich mich einfach … wie betäubt. Es ist zu früh nach Effies Tod. Aber ich fange langsam an, wieder ins Leben zurückzufinden.« Sie hat das Telefonkabel fest um ihr Handgelenk geschlungen. »Du warst es doch, die behauptet hat, es sei unmöglich, hier jemand Neuen kennenzulernen.«

»Ich habe ja wohl nur gesagt, es könnte schwierig werden«, widerspricht Laura kleinlaut. »Nicht, dass es unmöglich ist.«

»Na ja, der Punkt ist doch, dass ich gar niemanden kennenlernen muss.« Summer lässt das Kabel los. Um ihr Handgelenk ziehen sich weiße Abdrücke. »Es war immer schon Adam.«

Der Gedanke, nach Kit wieder mit ihm zu schlafen, hat ihr etwas Sorgen gemacht, aber als er zum ersten Mal über Nacht geblieben ist und in ihrem Bett lag, war Dad im Zimmer nebenan, und die Notwendigkeit, keinen Lärm zu machen, hatte sie beide in Gekicher ausbrechen lassen und sie an ihre Oberstufenzeit erinnert, als sie heimlich einen Ort suchten, an dem sie ungestört waren. Das Gekicher hatte das Eis gebrochen, und danach fühlte es sich ganz natürlich an, in seinen Armen zu liegen und nackt mit ihm zu sein. Sie kennt die Beschaffenheit seiner hellen Haut, die Form seiner

Knochen, erinnert sich an die Sommersprossen an seinem Halsansatz. Und er war sanft gewesen, hatte ihr Gesicht gestreichelt und ihr gesagt, dass er sie liebe. Danach wurde ihr bewusst, dass sie eine Grenze überschritten hatte. Die Luft um sie herum fühlte sich anders an. Die Erinnerung an Kit auf ihrem Körper war verschwunden, wie ausradiert, als wäre ein Fenster geöffnet worden und eine Brise hätte sie fortgeweht. Bevor sie mit Adam ins Bett ging, nahm sie Kits Uhr ab. Da sie nicht richtig wusste, was sie damit machen sollte, legte sie sie in eine ihrer Schubladen, unter Lagen von zusammengefalteten T-Shirts. Manchmal kommen ihre Finger bei der Suche nach einem Oberteil damit in Berührung, und die unerwartete Kühle des Metalls verursacht einen kleinen Schock.

Summer kehrt von einem frühen Ausflug mit ihrer Kamera zurück. Die Beschaffenheit des Lichts hier ist besonders, nirgends sonst hat sie so etwas gesehen. Der weite Himmel, das spiegelnde Meer und die Formen der Kieselsteine – das alles erschafft bei jeder Witterung eine visuelle Spannung.

Sie ist seit der Morgendämmerung unterwegs, und als sie sich dem Cottage nähert, knurrt ihr Magen, sie freut sich auf Kaffee und Toast. Am Strand vor dem Cottage kauern zwei Personen, und sie erkennt, dass es sich um Dad und Loretta handelt. Sie geht auf dem knirschenden Kies zu ihnen hinüber.

Sie haben die Köpfe zusammengesteckt und sind in etwas auf dem Boden vertieft. Als Summer näher kommt, sieht sie eine Reihe von Schneckenhäusern, die sich über die Kiesfläche erstreckt. Sie muss fast fünfzig Meter lang sein, und die beiden sind gerade dabei, die Krümmung für konzentrische Kreise zu ziehen. Das ausgeblichene Weiß sieht auf dem Kies wunderschön aus.

»Was macht ihr da?«, fragt sie, während sie die Linie fotografiert und dann die Kamera auf Dad und Loretta richtet und auch sie ablichtet.

Loretta schaut auf. »Wir haben gerade hier gesessen und uns unterhalten«, erklärt sie, »als dein Dad ein paar Schneckenhäuser aus seiner Tasche nahm und anfing, ein Muster auf dem Kies zu legen – wie in eurem Garten …«

»Und dann hat Loretta das Muster ergänzt und zu einer Linie verlängert«, unterbricht Dad sie. »Wir haben damit angefangen, ohne groß darüber nachzudenken.«

»Und haben meine Eimer mit Schneckenhäusern aus dem Cottage dazugeholt.«

Loretta grinst und sieht plötzlich wie ein Schulmädchen aus. »Wir sind schon stundenlang damit beschäftigt.«

»Wunderschön, oder?« Dad erhebt sich mit einem Ruck.

»Ja, das ist es wirklich«, stimmt Summer zu und muss über die Begeisterung ihres Vaters schmunzeln.

»Er hatte die ganze Zeit schon recht mit den Schneckenhäusern, und ich lag falsch«, gibt Loretta zu. »Ich fand sie langweilig, aber wenn man sie zusammen anordnet, wird daraus etwas Einzigartiges.«

»Erzähl Summer, was du gesagt hast«, fordert Dad sie auf, »vorhin.«

»Oh, na ja …« Sie rückt ihren Hut zurecht »Als wir die Linie gelegt haben, kam mir ein Gedanke. Ich habe mich daran erinnert, dass Donald mir erzählt hat, du und er, ihr würdet versuchen, Schritt für Schritt einen Tag nach dem anderen anzugehen, um so den Tod deiner Schwester besser verarbeiten zu können.« Lorettas Stimme ist ernst geworden. Sie zeigt auf die Schneckenhäuser. »Ich habe darin eine Ähnlichkeit erkannt.« Sie streckt eine Hand aus, und Dad hilft ihr auf die Beine.

Loretta hakt sich bei ihm unter. »Sie ist sehr klug.« Er tätschelt ihre Hand und schaut dabei lächelnd zu ihr hinunter. »Als Schriftstellerin hat sie die Metapher darin gesehen – nämlich, dass wir die Macht haben, uns unser Leben schön zu gestalten, auch wenn wir nur verletzliche, schwache Menschen sind. Und dass es im Leben auf eine sanfte Beharrlichkeit ankommt. Ein Schritt, ein Tag nach dem anderen.«

»Und eine Muschel nach der anderen.« Loretta schmiegt sich an ihn. »Es geht dabei eigentlich um Hoffnung, die so mit jedem weiteren Tag wachsen kann.«

»Aber wird das nicht zerstört werden?«, fragt Summer besorgt. »Durch Menschen und durch Tiere? Den Wind …«

»Das ist ja gerade der Sinn dahinter«, sagt Dad. »Nichts ist von Dauer. Aber vielleicht werden auch andere Leute daran weiterbauen, es reparieren und verändern.«

»Ich verstehe«, sagt Summer zögernd. »Mir gefällt der Aspekt des Wachstums. Ich mache noch ein paar Fotos, um den Moment der Entstehung festzuhalten.« Sie tritt zurück, um den richtigen Blickwinkel zu finden, und geht in die Hocke, konzentriert sich darauf, die kleinen Gebäude der Küstenwache am fernen Horizont mit aufs Bild zu bekommen, und im Vordergrund die Schneckenhäuser.

»Zeig mir die Fotos, wenn du sie entwickelt hast, ja?«, bittet Loretta. »Übrigens … hast du eigentlich mal irgendwelche an Zeitschriften geschickt? Donald hat erzählt, dass du das vorhast.«

»Ja, aber bis jetzt hat es noch nicht geklappt.«

»Erinnerst du dich an Colin?«

Summer nimmt die Kamera herunter und sieht sie fragend an.

»Der nackte Wanderer?«, hilft Loretta nach.

»Ach ja.« Summer lächelt. »Den vergisst man ja nicht so schnell.«

»Es wird dich sicher freuen zu hören, dass er bei der Arbeit Kleidung trägt«, grinst Loretta. »Ihm gehört eine Buchhandlung in Woodbridge, aber er gibt auch ein Lokalblatt heraus. Es hat zwar keine hohe Auflage, aber es ist recht angesehen. Warum versuchst du's nicht mal bei ihm?«

Summer berührt die Kamera, die sie sich um den Hals gehängt hat. »Danke, das mach ich.«

Adam kommt am Freitagabend auf ein Wochenende. Sie sitzen im Pub in Orford und trinken etwas in dem lauten, überhitzten Raum. Er wollte die Burg noch einmal besichtigen, aber sie war geschlossen, also waren sie nur auf den Erdwällen herumgelaufen, die steilen Grashänge hinauf und hinunter, wo Kaninchen davonhuschten. Freitag jagte ihnen begeistert hinterher, war aber zu langsam, um ihnen gefährlich zu werden. Jetzt liegt er schnarchend zu ihren Füßen, mit der Schnauze auf Summers Schuh.

»Ich verstehe, warum du dieses Fleckchen Erde so magst«, sagt Adam. »In dieser Landschaft wird die Vergangenheit spürbar. Auch dieses Pub ist uralt. Ich habe nachgelesen, dass es im späten sechzehnten Jahrhundert aus dem Holz von Schiffswracks gebaut wurde.«

»Loretta sagt, dass es früher ein Treffpunkt für Schmuggler war.«

»Ja, ich könnte mir vorstellen, dass sich hier noch ein paar alte Piratengeister herumtreiben.« Er schmunzelt, beugt sich zu ihr und küsst sie. »Auf uns, Baby. Auf die Zukunft.«

Dann prostet er ihr zu, und sie grinsen sich an.

Baby. So hatte er sie genannt, als sie zu Schulzeiten miteinander gingen – es war ihr damals sexy und erwachsen vorgekommen. Jetzt ist es lieb und vertraut.

»Weißt du noch, wie wir in meinem alten Zimmer gelegen haben, Händchen hielten und *Tubular Bells* gehört haben?«, fährt er fort und klingt dabei etwas wehmütig.

»Wie könnte ich das vergessen?« Sie lacht. »Deine Mutter ist ja meistens im Flur auf und ab gegangen und hat dabei so viel Lärm wie möglich gemacht. Einmal hat sie sogar angefangen, direkt vor der Tür staubzusaugen. Sie mochte mich wirklich nicht.«

Er verdreht die Augen. »Sie fand, ich solle mir lieber die Hörner abstoßen. Ich glaube, sie war eifersüchtig.«

»Damals ist es mir schwergefallen, es nicht persönlich zu nehmen, aber du hast vermutlich recht. Sie wäre wohl auf jede deiner Freundinnen eifersüchtig gewesen.«

»Und jetzt habe ich eine wunderschöne Wohnung ganz für mich allein.« Er lehnt sich auf seinem Stuhl zurück und seufzt theatralisch. »Mit einem Doppelbett. Und du bist nicht da, um das auszunutzen.«

»Schade«, sie zuckt mit den Achseln, »aber so ist das Leben nun mal, oder? Murphys Gesetz. Aber ich könnte dich ja trotzdem besuchen kommen.«

»Was hast du denn beruflich vor, jetzt, wo du hier wohnst?«, fragt er und nimmt einen Schluck Bier. »Wieder Gassirunden anbieten?«

»Mit dem Geld ist es seit dem Hausverkauf bei uns nicht mehr so knapp, da wollte ich mal sehen, ob ich meine Sachen veröffentlichen kann, bevor ich mich auf einen Job festlege.« Sie klopft mit einem Finger auf den Tisch. »Ich habe schon einige Fotos an Zeitschriften und Zeitungen geschickt.«

Ihre Augenlider flattern, und sie wird rot vor Verlegenheit und Freude darüber, dass sie ihm von ihrem Plan erzählt hat.

»Das ist toll, Summer!« Er nimmt ihre Hand und drückt sie. »Ich bin sicher, dass das klappen wird. Du hast so viel Talent.«

»Danke.« Sie atmet erleichtert auf, weil er ihre Idee nicht abgetan hat.

»Was ist mit dem Schreiben? Ich weiß, dass du ständig an irgendwas arbeitest, aber sendest du auch etwas ein?«

Sie schüttelt den Kopf. »Noch lange nicht, ich bezweifle, dass es schon gut genug ist, um es jemandem zu zeigen.«

»Ja. Wahrscheinlich lässt du dir am besten noch ein bisschen Zeit.« Er grinst sie an. »Übung macht den Meister. Das sage ich meinen Schülern auch immer.« Er schaut zur Bar. »Lust auf 'ne Packung Chips? Ich bin am Verhungern.«

Er steht auf und verschwindet in der Menge. Sie schaut sich in dem Pub um. Das ganze Lokal ist voller Segler. Ein zierliches, dunkelhaariges Mädchen flitzt von Tisch zu Tisch und stellt Teller mit Essen ab. Hinter dem Tresen sieht sie flüchtig den Rücken eines hochgewachsenen Mannes, er hat einen verwuschelten Schopf dunkelblonder Haare. Ihr Blick auf ihn wird sofort von einer Gruppe rotgesichtiger Männer versperrt, die sich über Boote unterhalten. Einer der Männer tritt etwas zur Seite, und sie erkennt wieder den Hinterkopf des großen Barkeepers. In ihrem Inneren krampft sich etwas zusammen, denn er erinnert sie an Kit. Sie hält den Atem an und wartet darauf, dass er sich umdreht, aber jetzt lehnt sich ein anderer Segler vor und versperrt ihr erneut die Sicht.

»Summer?« Adam ist zurück. »Ich habe Salt and Vinegar genommen – das ist dir doch recht, oder?«

»Oh!« Sie schreckt auf und nickt. »Ja, klar. Danke.«

Sie reißt die Packung auf und steckt einen Chip in den Mund, aber in Gedanken ist sie noch bei dem Mann hinter dem Tresen, sie reckt den Hals und dreht sich, um ihn sehen zu können, aber jetzt steht ein älterer Mann dort und zapft Bier. Er streicht sich mit der Hand über seine glänzende Glatze. Ein paar Augenblicke starrt sie noch hin, aber der große Barkeeper kommt nicht wieder. Natürlich ist es nicht Kit. Soweit sie weiß, ist er entweder noch in Indien oder sonst wo auf Reisen oder in London. Er wird ja wohl kaum in Orford sein und in diesem Pub arbeiten. Fast muss sie laut über sich selbst lachen.

Adam erzählt ihr von der Kinderfußballmannschaft, die er trainiert, aber sie kann sich nicht darauf konzentrieren und spielt mit einem Flyer auf dem Tisch, dreht ihn nervös in den Händen und knickt die Kanten.

»Tut mir leid, wenn ich dich langweile.« Er schaut etwas beleidigt und wirft einen Blick auf den Flyer.

Jetzt erst liest sie den Text:

Demnächst!

Nur im Anchor – der beliebte Folkmusik-Abend

Lassen Sie sich für einen eigenen Auftritt vormerken!
Oder reservieren Sie als Zuschauer frühzeitig einen Tisch!

»Sorry.« Sie knüllt das Blatt zu einem Knäuel zusammen und schaut hoch. »Du langweilst mich doch nicht.« Sie lehnt sich zu ihm hinüber und gibt ihm schnell einen Kuss. »Es ist hier nur so laut, dass ich keinen klaren Gedanken fassen kann.«

»Ja.« Adam steht auf. »Du hast recht. Lass uns aufbrechen.«

Sie gehen zum Kai, Freitag trottet neben ihr her, seine Leine hat sie sich um die Hand geschlungen. Mondlicht fällt auf den dunklen

Fluss, kleine, silbrige Wellen kräuseln sich im Wind. Die Boote, die an den Bojen vertäut sind, sehen wie Scherenschnitte aus.

Adam und sie stehen eng umschlungen da und schauen aufs Wasser.

»So ist es besser«, sagt er leise. »Jetzt hab ich dich für mich allein.«

Er zieht sie an sich, um sie zu küssen, sie schließt die Augen und verbannt Kit aus ihren Gedanken. Sie verdrängt alles außer dem Gefühl von Adams Hand auf ihrem Rücken und seinem warmen, nach Bier schmeckenden Mund – er konnte schon immer gut küssen, sanft und hingebungsvoll. Ein plötzliches Verlangen steigt in ihr auf, sie verwuschelt sein Haar, ihr Atem geht schneller, seine Finger gleiten unter ihr Top und streicheln ihre Haut.

35

KIT

Heute Abend ist im Pub viel los. Die Seglerclique ist wieder da, nach einem Tag der Wettbewerbe mit Segeldingis ist ihre Zahl durch andere Segler von lokalen Vereinen noch angestiegen. Vor der Bar drängt sich eine Menge, drei Reihen hintereinander, die meisten sind Fremde. Paul arbeitet gerade mit ihm an der Bar, als Sally-Ann auftaucht.

»Mum hat sich ziemlich schlimm in den Finger geschnitten«, sagt sie. »Kannst du heute Abend die Fritteuse übernehmen? Dad hat an der Bar die meiste Routine. Jack und ich servieren das Essen und machen den Rest.«

Er ist gerade dabei, jemanden zu bedienen, einen dunkelhaarigen Mann mit weichen Händen und hellem Teint, mit Sicherheit keiner von der Seglertruppe, denkt Kit, als er das Geld für zwei Packungen Salt-and-Vinegar-Chips abkassiert. »Danke, Kumpel«, sagt er und lässt die Münzen in die Kasse fallen. »Was ist mit den anderen Essensbestellungen?«, fragt er Sally-Ann über die Schulter.

»Mum hat alles vorbereitet – die Sachen in die Mikrowelle zu stellen und auf die Teller zu legen, das schafft sie.«

Er geht durch die Pendeltür in die Küche. Jenny sitzt am Tisch, ihre linke Hand ist verbunden, und leuchtendes Rot hat den Verband durchtränkt. »Muss das nicht genäht werden?«, fragt Kit.

»Ganz sicher nicht an einem Samstagabend«, brummelt sie entschlossen und schöpft vorgeschnittene Tomatenscheiben aus einer großen Schüssel.

Kit macht sich an die Arbeit, senkt die Frittierkörbe mit den rohen Pommes in das heiße Öl, wobei die Flüssigkeit zischt und spuckt. Sobald der Timer abgelaufen ist, hebt er den Korb an, kippt die Pommes frites in eine Abtropfschale über der Fritteuse und füllt den nächsten Korb.

Am nächsten Morgen liegt ein Brief für ihn auf der Matte, der Anblick der Handschrift, in der er adressiert wurde, macht ihm zu schaffen. Nur widerstrebend öffnet er ihn.

Lieber Kit,
ich hoffe, du hast dich in Suffolk eingelebt und alles läuft nach Plan. Ich habe nicht viel von dir gehört und hoffe einfach, dass keine Nachrichten gute Nachrichten bedeuten. Wann kommst du mal nach Hause auf Besuch?
Alles Liebe
Deine Mum

Er faltet den Brief zusammen, es graut ihm beim Gedanken daran, zurück nach London zu fahren. Dann würde er sich freinehmen müssen, auf seine Malerei und seine Schweißarbeiten verzichten und hätte nicht das Meer direkt vor der Tür, in dem er jederzeit schwimmen gehen kann. Es widerstrebt ihm, sein Leben hier aufzugeben, und sei es nur für ein paar Tage.

»Welche Laus ist dir denn über die Leber gelaufen?«

Er zuckt zusammen. Sally-Ann steht hinter ihm im dunklen Flur. »Hoffentlich keine schlechten Nachrichten?«, fragt sie mit einem Blick auf den gefalteten Brief. Er schüttelt den Kopf. »Nur meine Mutter. Sie will wissen, wann ich sie besuchen komme.«

»Willst du das nicht?«

»Eigentlich nicht. Wir verstehen uns nicht so gut.«

»Na ja, dann lass es doch sein.« Sie zuckt die Achseln. »Das Leben ist zu kurz, stimmt doch?«

Er nickt, aber der gefaltete Brief in seiner Hand fühlt sich wie ein Vorwurf an. Dann stopft er ihn in die Tasche, das schlechte Gewissen bleibt jedoch. Er muss sie anrufen, denkt er. Bald.

In Blues Werkstatt fühlt er sich zu Hause – die Gerüche, die Hitze, das lärmende Hämmern und Schleifen der Arbeitsgeräte und das Motordröhnen. Er steht über die Wölbung eines Eisenstücks gebeugt und schaut durch sein Visier dabei zu, wie das Schweißgerät sich langsam durch das Metall frisst. Das intensive Glühen, das dabei entsteht, begeistert ihn immer wieder, türkise und goldene Funken wie bei einem Feuerwerk.

Er tritt einen Schritt zurück und klappt sein Visier hoch. Die Skulptur nimmt langsam Gestalt an. Die wesentlichen Umrisse des Pflugs sind noch erhalten, aber daraus entsteht auch eine andere Form. Ein Hase. Ein laufender Hase, dessen Ohren nach hinten fliegen. Das Werk reicht Kit bis zum Knie. Er stellt es sich vor, wie es aussehen wird, wenn es fertig ist – draußen im Freien, im hohen Gras, wo es nach und nach als ein Teil der Natur in Wind und Wetter verwittert.

Er hat keine Ahnung, ob die Skulptur überhaupt gut ist. Als Sally-Ann ihn letztes Mal in der Werkstatt besuchte, rümpfte sie die Nase. »An was bastelst du denn da herum?«, fragte sie. »Ich dachte, du wolltest malen?«

Er versuchte, ihr zu erklären, dass er nach wie vor auch Maler sei, ihn aber immer schon die körperliche Herausforderung beim

Schweißen reize, die Anstrengung und Schwere der Arbeit mit Metall, die Bodenständigkeit. Während seines Grundstudiums hatte er sich kurz mit Bildhauerei beschäftigt, und jetzt genießt er es, damit zu experimentieren und herumzuspielen. Aber er geht auf in dieser Arbeit – genau wie beim Malen. Es ist der gleiche schöpferische Antrieb, der gleiche Drang, nur mit anderen Materialien.

Aber vielleicht hat sie recht, vielleicht ist es wirklich Zeitverschwendung.

Blue ist auf der anderen Seite der Werkstatt und flickt ein Loch in einem Auspuffrohr. Zu der Skulptur sagt er nichts. Aus den Lautsprechern, die über die Balken unter dem Wellblechdach verkabelt sind, ist Dolly Partons Stimme zu hören, die Jolene anfleht, ihr nicht den Mann zu stehlen.

Kit hastet durch die Eingangstür des Pubs zur Küche, denn er ist spät dran. Jenny blickt kurz zu ihm herüber, während ihre Hände weiter Petersilie hacken. Die Fritteuse zischt, und in der Luft hängt der Geruch von heißem Frittierfett. »Sally-Ann macht gleich auf, leg mal einen Zahn zu.«

»Ja, tut mir leid«, sagt er.

»Aber, Kit«, sagt sie, wischt sich über die Stirn und hinterlässt dabei etwas Grünes auf ihrer Haut. Ihr Finger ist mit Heftpflaster umwickelt. »Ich wollte dir mal sagen, wie gut uns allen das Bild von Pauls Mutter gefällt. Gramps ist ganz aus dem Häuschen, der Gute. Es hängt neben seinem Bett.«

Ein Glücksgefühl erfüllt ihn, und er spürt, wie seine Ohren rot werden. »Danke«, murmelt er und eilt in die Bar.

»Wo warst du denn?« Sally-Ann zieht die Augenbrauen hoch. »Gleich fällt hier die Meute ein.«

Er setzt eine entschuldigende Miene auf und holt einige Gläser unter dem Tresen hervor.

»Ich mach nur Spaß«, sagt sie. »Es ist doch Montag, da haben wir den ganzen Abend über höchstens ein gutes Dutzend Gäste. Wenn überhaupt.«

Er schmeißt das Geschirrtuch nach ihr.

Sie fängt es mit einer Hand auf. »Ich habe tolle Nachrichten für dich«, sagt sie, wirft sich das Handtuch über die Schulter und schlüpft zu ihm hinter den Tresen. »Gramps hat das Porträt den anderen alten Leuten im Seniorenheim gezeigt – und rate mal, was? Ganz viele haben gesagt, dass sie auch eins haben wollen. Also, von sich selbst, meine ich natürlich. Obwohl – einer oder zwei wollen vielleicht auch eins von ihrem verstorbenen Partner.«

»Im Ernst?« Er starrt sie an.

Sie nickt, vor Freude ist sie rot geworden. Er nimmt sie in die Arme und drückt sie. Dabei denkt er sich nichts – es ist einfach eine Reaktion auf den Moment, sein starker Körper umfängt ihre zierliche kleine Gestalt.

Als er sie loslässt, wischt sie über ihre Kleidung, als hätte er dort Staub hinterlassen, und streicht sich eine dunkle Haarsträhne aus der Stirn. »Schon gut. Schon gut. Jetzt werd mal nicht gleich gefühlsduselig.« Aber als sie zur Tür geht, um sie aufzuschließen, sind ihre Wangen gerötet, und sie strahlt.

Was den Abend betrifft, hat Sally-Ann recht gehabt – es war nicht viel los. Nachdem sie geschlossen haben, holt sie den Dienstplan heraus. »Du hast die Abende angestrichen, an denen du diesen Monat freihaben willst, oder?«

Er nickt.

Sie schaut auf den Terminkalender und blättert darin. »An unserem nächsten Abend mit Folkmusik arbeitest du nicht«, sagt sie. »Bist du sicher, willst du das nicht ändern? Die sind normalerweise ein Riesenspaß.«

»Nein.« Er schüttelt den Kopf. »Das passt so schon.«

»Ach komm, sei doch kein Spielverderber!«

Wieder schüttelt er den Kopf. »Ich bin … ich steh nicht besonders auf so was – offene Bühnen – da treten doch hauptsächlich irgendwelche Trauerklöße auf, und immer ist irgendein Mädchen dabei, das sich für Joan Baez hält.«

Sally-Ann klappt den Planer zu. »Ach, schau mal an, ein Musiksnob. Na gut, wer nicht will, der hat schon.«

Seine Worte spiegeln nicht seine wirkliche Meinung wider. Sie waren schäbig und überheblich, aber er will nicht an den Abend im Pub in Cambridge erinnert werden, als seine Blicke an der Tür hingen, sooft sie geöffnet wurde. Er würde ständig nur an Summer denken müssen. An ihre Lügen.

»Ich weiß etwas, das dich aufmuntern wird«, sagt Sally-Ann. »Morgen, der Grillabend bei Shingle Street, von dem ich dir erzählt habe. Ich habe dich aus dem Dienstplan genommen. Es wird Zeit, dass du mal ein paar Leute in deinem Alter kennenlernst und ein bisschen Spaß hast, verdammt.«

36

SUMMER

Der Tag geht in den kühlen Abend über. Sie bindet sich eine Jacke um die Hüften und nimmt ihre Kameratasche. Am Strand sind noch viele beim Picknick. Lorettas und Dads weiße Muschellinie ist nach wie vor da. Sie ist auf etwa zweihundert Meter Länge angewachsen und schlängelt sich über den Kies, weicht Pflanzen aus, formt Bögen und Herzen. Summer hat bemerkt, dass auch andere Leute sie ergänzt und Fotos davon gemacht haben. Sie hat sich zu einem Gesprächsthema gemausert.

Auf dem schmalen Weg, der parallel zur Küste verläuft, entfernt sie sich von dem Dörfchen. Felder und Hecken, Bäume und Gesträuch, alles wuchert noch üppig, ist noch nicht vertrocknet, sondern voller Kraft und Leben. Sie steigt über einen Zaunübertritt, um von der Straße wegzukommen, und überquert einen Acker mit Schafen. Genau genommen betritt sie damit unbefugt fremdes Eigentum. Aber Loretta hatte sie im Dorfladen von Hollesley dem

Bauern vorgestellt, dem er gehört, einem Mann mit rotem Gesicht in der universellen Kluft aus rostroter Cordhose und kariertem Hemd. »Der ist schwer in Ordnung«, hatte Loretta ihr zugeflüstert, bevor sie die beiden einander vorstellte. »Seine Frau ist letztes Jahr gestorben. Jetzt hat er sich zu einem Förderer der Künste entwickelt, und mir war klar, dass er dir auf jeden Fall erlauben würde, auf seinem Land zu fotografieren.«

Sie erreicht das andere Ende des Ackers, kriecht unter einem Stacheldrahtzaun durch und steht plötzlich vor einer Böschung mit faserigem Schilfrohr. Die Halme überragen sie, und sie versucht, die steifen, glatten Stängel nicht abzuknicken, als sie sich einen Weg durch sie hindurchbahnt. Vor sich erkennt sie jetzt glitzerndes Wasser und bleibt stehen, um abschätzen zu können, wie breit die schwarze, von Algen durchsetzte Fläche ist, die reglos wie der Tod daliegt. Bevor sie der Mut verlässt, springt sie mit Schwung aus dem Stand darüber, und der eine Fuß landet dabei mit einem Platschen im kalten, matschigen Wasser.

Auf der anderen Seite findet sie sich in einem brachliegenden Feld wieder, auf dem keine Tiere weiden. Es ist von Gänseblümchen und Wiesenschaumkraut bedeckt und leuchtet in den letzten Strahlen des Abendrots. Ein Schwalbenschwarm über ihr fliegt seine Sturzflugmanöver, und die Vögel schnappen sich die winzigen Fliegen. Ein Dickicht aus Kreuzkraut und Disteln, um deren lila Blüten die Bienen summen, dient ihr als Sichtschutz, und sie geht dahinter in die Hocke. Dann holt sie ihre Kamera heraus, prüft die benötigte Belichtungszeit, stabilisiert das schwere Zoomobjektiv mithilfe eines Baumstumpfs und wartet.

Sie vergisst vollkommen die Zeit, während sie eine Rolle Film füllt und bereits die nächste einlegt. Ein großes Kaninchen klopft warnend mit dem Hinterlauf auf den Boden, und sie beobachtet, wie der Rest der Gruppe sich zerstreut. Kurz hält sie den Atem an und löst dann aus. Ein Fuchs trottet geduckt durchs Gras. Ein großes Wiesel mit weißer Brust taucht auf, zu beiden Seiten seines kleinen, neugierigen Gesichts zucken aufmerksam die Schnurrhaare. Es hat etwas gesehen – vielleicht eine Maus – und springt plötzlich mit gewölbtem Rücken hoch über das Gras, ein flinker Jäger.

Das Licht nimmt ab, und als sie sich dessen bewusst wird, wechselt sie zu einem lichtempfindlicheren Film, denn unscharfe Fotos kann sie nicht gebrauchen. Selbst mit dem 300-mm-Zoom sind die Möglichkeiten der Technik begrenzt.

Ihre Schulter ist eingeschlafen, und sie ändert ihre Position. Die Dämmerung bricht herein, und der Himmel ist jetzt mehr stahlgrau als blau. Über allem schwebt hoch oben der Mond, nur begleitet von den Sternen und dem Flattern der Fledermäuse in der Dunkelheit. Ohne noch etwas sehen zu können, packt sie ihre Kamera ein, schiebt die einzelnen Teile der Ausrüstung blind an ihren jeweiligen Platz und vergewissert sich, dass die belichteten Rollen sicher in den Filmdöschen verwahrt sind. Sie hatte gar nicht vorgehabt, bis nach Einbruch der Nacht unterwegs zu sein, und Dad wird sich Sorgen machen. Den Bach im Dunkeln zu überqueren wäre keine besonders gute Idee, und sie will lieber versuchen, von der anderen Seite des Feldes aus zum Weg zurückzukehren.

Die Hände nach vorn gestreckt und jeden Schritt prüfend geht sie langsam los. Die Wolken haben sich vor den Mond geschoben und lassen sie nur noch Schwärze vor sich erkennen. Es ist kalt geworden, und sie bleibt kurz stehen, um ihre Jacke anzuziehen, dann macht sie den Reißverschluss zu, überprüft noch, ob die Kameratasche sicher verschlossen ist, und hängt sie sich quer über die Brust, damit nichts passieren kann.

Ein weiterer Stacheldrahtzaun, sie schlüpft auf halber Höhe hindurch und bleibt dabei am oberen Draht mit ihrer Jacke hängen, die mit einem leisen Ratschen reißt. Sie richtet sich auf und versucht, das Feld zu überblicken. Die Dunkelheit lässt alles fremd erscheinen. Neben undefinierbaren, tintenschwarzen, gedrungenen Formen erkennt sie auch größere, die beruhigenderweise wie Bäume aussehen. Eine Eule ruft. An einer besonders dunklen Stelle kommt etwas auf sie zu, und die Schatten verdichten sich zu einem Lebewesen. Sie erstarrt, und ihr Herz beginnt zu rasen, als sie den Glanz eines Auges erkennt, aber dann nimmt sie den süßlichen Dunggeruch eines Pferdes wahr.

Erleichtert streckt sie die Hand aus, berührt eine weiche Schnauze, streicht an dem großen Kopf entlang, tätschelt den langen, muskulösen Hals und ertastet eine dicke, verfilzte Mähne. »Ich wünschte, du könntest mir sagen, in welche Richtung ich gehen muss«, flüstert sie. »Ich hab mich verirrt.« Als sie es ausspricht, wird ihr klar, dass es stimmt.

Es bleibt ihr nichts anderes übrig, als einfach weiterzugehen. Wenigstens sind die Wolken weitergezogen, und sie kann jetzt im Mondlicht besser sehen. Sie hält an. Weiter vorn ist noch ein anderes Licht. Ein von Menschen gemachtes, elektrisches. Sie atmet erleichtert auf. Ein heller Lichtschein streift über die Felder, hebt Einzelheiten wie Grashalme und Erdfurchen hervor und färbt alles silbern ein. Das muss jemand mit einer Taschenlampe sein, denkt sie und geht darauf zu. Der Wind trägt ihr Geräusche und das aufgeregte Bellen eines Hundes zu.

Als sie näher kommt, stellen sich ihre Nackenhaare auf. Ihr Herz rast, schwere Schläge wirbeln ihr Blut auf. Irgendetwas stimmt hier nicht. Sie kann nahe beieinander am Feldrand drei oder vier abgestellte Fahrzeuge erkennen. Männer stehen gedrängt in einer Gruppe beisammen, ihr Atem sieht in der feuchten Luft wie Rauchschwaden aus, und sie haben Hunde dabei, große, schlanke Hunde mit langen Ruten. Einer davon winselt. Der Lichtstrahl wandert weiter zur Seite, und sie duckt sich, um nicht davon erfasst zu werden. Als sie den Kopf hebt, erkennt sie im Lichtkegel eine vertraute Silhouette. Es ist ein Hase, er flieht, seine Ohren nach hinten angelegt, aber zwei der Hunde sind an ihm dran, und der vordere reißt sein Maul auf. Ein schriller Schrei.

Sie presst die Hände vor den Mund. Das Licht geht aus, und sie sieht die Hunde zu den Männern zurücklaufen. Sie lachen, und der Lichtstrahl leuchtet wieder auf, wie ein böses Auge in der Dunkelheit findet es seine Beute, die vor Schreck im hellen Licht erstarrt. Die Hunde jagen wieder und wieder davon. Ein Hase entkommt, aber zwei weitere werden von einem heißen Maul erwischt. Es ist unerträglich, mit anzusehen, wie ihre schlaffen Körper hin und her baumeln.

Irgendwo hinter ihren Autos muss ein Weg sein. Eine Straße in der Nähe. Heiß steigt der Zorn in ihr auf. Sie würde am liebsten zu ihnen hinlaufen, sie anschreien, dass sie aufhören sollen. Aber als Frau allein von Jägern umringt zu sein, hat ihr Adrenalin mobilisiert, lässt sie vorsichtig und scheu werden. Sie hat den Umriss eines Gewehrs erkannt, das schräg über einem Arm getragen wird und nach unten zeigt.

Auf allen vieren kriecht sie weiter, alle paar Sekunden kauert sie sich hin und hebt vorsichtig den Kopf. Sie will versuchen, in einem Bogen an den Männern vorbeizukommen und sich hinter den Autos zu verstecken. Ihre Knie sind klatschnass, ihre Hände eiskalt. Sie hört einen Schuss, und ihr Körper erstarrt. Ihr Instinkt befiehlt ihr, sich hinzulegen, aber sie weiß, sie muss weitergehen. Sie rappelt sich auf und huscht vornübergebeugt vorwärts. Das grelle Licht schwenkt herum und erfasst sie eine Sekunde lang. Rufe, eine zornige Stimme. Jemand läuft auf sie zu – die verwischte Silhouette prescht aus einem Durcheinander von Lichtern heraus.

Wie ein Hase schießt sie davon – blind, verzweifelt. Schluchzen bricht aus ihr heraus, jeder Muskel brennt. Sie stürzt durch eine Hecke, die Dornen zerren an ihr, schneiden in Gesicht und Hände. In einem Graben stolpert sie und fällt auf die Knie, dann kommt sie wieder hoch, schiebt sich durch Grasbüschel und knickt um. Schließlich bleibt sie im schützenden Schatten einer Hecke stehen.

Dann hört sie das Aufheulen von Motoren, weitere Rufe. Zwei Scheinwerfer erhellen das Feld vor ihr. Weiter rechts bemerkt sie zwei weiter entfernte kleine Rücklichter, die rot blinken und gleich darauf verschwinden. Über ihrem dröhnenden Puls und ihrem keuchenden Atem hört sie das Rauschen des Meeres. Es ist die Straße, die nach Hause führt. Sie muss jetzt losrennen, hoffen, dass sie den Lichtkegeln und den Männern entkommen kann. Was, wenn sie die Hunde auf sie hetzen? Zwischen ihr und der Freiheit liegt ein Weizenfeld, eine helle Fläche, die im Mondlicht wie ein fremder Ozean wogt. Sie rennt los, die Kameratasche schlägt gegen ihre Hüfte, während sie mit ihrem Körper eine Bresche durch die hüfthohen Getreidehalme schlägt. Die trockenen Weizenhalme rascheln, schwanken und zerbrechen unter ihr. Sie erreicht den Rand des Feldes, schliddert unter einem Drahtzaun hindurch und stürzt auf die Straße. Das Scheinwerferlicht blendet sie. Räder knirschen auf Steinen, Bremsen quietschen, als das Auto zum Stehen kommt. Sie bleibt auf der Fahrbahn sitzen und schirmt ihre Augen mit einer Hand gegen das gleißend helle Licht ab. Die Autotür geht auf, und sie sieht jemanden aussteigen. Zwei Füße auf dem Asphalt.

»Summer!«

Mühsam rappelt sie sich auf. Dad nimmt sie in die Arme. »Mein Gott! Ich habe mir solche Sorgen gemacht!«

Loretta ist auch da, schlingt ihre Arme um die von Dad und drückt Summer. »Was ist denn bloß passiert?«

»Erst mal ins Auto mit dir.«

Summer klettert auf den Rücksitz und beobachtet aus dem Heckfenster, wie jenseits der Felder die Umrisse von zwei Vans und einem Jeep in der Dunkelheit verschwinden.

Eine dampfende Tasse Tee mit einem Schuss Whisky vor sich, sitzt sie jetzt in der Küche. Loretta behandelt die Kratzer in ihrem Gesicht mit verdünnter Jodtinktur, die sie sanft mit Watteböllchen auftupft.

»Das klingt, als wären sie auf der Hasenjagd gewesen, Jagd mit künstlichem Licht«, sagt sie. »Leider gibt es ein paar Leute in der Gegend, die bei Dunkelheit jagen, meistens Hasen und Kaninchen. Angeblich macht die Hatz auf Hasen den Hunden größeren Spaß.«

Summer schaudert. »Es war schrecklich.« Sie schaut auf. »Ist das denn überhaupt erlaubt?«

»Nicht, wenn unbefugt fremdes Land betreten wird, sonst schon.«

»Kann man denn nichts dagegen machen?«, fragt Dad. »Es vielleicht der Polizei melden?«

»Ach, bis dahin sind die doch längst über alle Berge«, winkt Loretta ab. »Man muss sie schon auf frischer Tat ertappen. Aber ich werde Gerald Bescheid geben. Klingt, als wäre es auf seinem Acker gewesen.«

Freitag ist aus seinem Körbchen aufgestanden und drückt sich an ihr Bein, sein Körpergewicht an ihrem Knie hat etwas Beruhigendes. Summer streichelt ihm den Kopf und nimmt einen großen Schluck Tee, der Whisky brennt in der Kehle und wärmt den Magen.

Das Sterben der Hasen, die durch einen Lichtstrahl ausgetrickst wurden, macht ihr das Herz schwer und erfüllt sie mit Schmerz. Sie starrt auf ihre Tasse Tee. »Eine Sache, die ich allerdings schon machen könnte«, sagt sie langsam und schaut Dad und Loretta an, »ist, darüber zu schreiben.«

»Über die Hetzjagd bei Nacht?«, fragt Dad.

»Über Hasen«, sagt sie und beginnt dabei schon den Inhalt des Artikels zu umreißen. Darüber, dass sie mit offenen Augen geboren werden, vom ersten Augenblick an bereit zur Flucht. Auch darüber, dass sie keinen Bau haben, keinen sicheren Ort, in den sie sich zurückziehen können. Allein ihre Schnelligkeit kann sie retten. Es soll ein Liebesbrief an die flüchtige Schönheit der Natur sein, und ihre Leser sollen das Gleiche empfinden wie sie, die Welt durch ihre Augen sehen. Sie wird gleich anfangen, daran zu arbeiten.

37

KIT

Im Moke fährt er Sally-Ann zum Grillabend, ein Kasten Bier zu ihren Füßen, Brötchen und Päckchen mit Burgerpatties in einer Kühltasche. Am Rand des Dorfes halten sie an, um Freunde von ihr mitzunehmen. Zwei junge Männer steigen hinten ein und bewundern lautstark das Auto, klopfen Kit auf die Schulter und sagen ihm, dass sie sich freuen, ihn kennenzulernen.

»Mike und Stuart«, sagt sie, während die beiden sich bequem hinsetzen.

»Hi.« Er schaut in den Seitenspiegel, legt den Gang ein und fährt los.

»Schön, dich endlich kennenzulernen, Sally-Ann redet über nichts anderes als dich«, brüllt einer von hinten über das Dröhnen der Reifen und den Fahrtwind hinweg. Sally-Ann dreht sich um und wirft ihnen einen durchdringenden Blick zu, daraufhin ertönt gut gelauntes Gelächter.

Nachdem sie das Auto im Schatten des Martello-Turms abgestellt haben, schleppen die vier das Bier und die Lebensmittel über den Kiesweg an den Cottages vorbei, dann über den Strand zum Meer, wo eine kleine Gruppe schon ein ansehnliches Lagerfeuer angefacht hat. Beim Näherkommen hört Kit Musik und Lachen, riecht den Duft von brennendem Holz.

Sally-Ann stellt ihn allen nacheinander vor, und als sie ihm jeweils die Hand schütteln oder ihn zur Begrüßung umarmen, strengt er sich an, sich alle Namen zu merken. Er sieht die Neugierde in ihren Augen und muss an das denken, was Mike und Stuart während der Fahrt im Moke gesagt haben. Sie steht nicht weit von ihm entfernt über einen Grill gebeugt, der neben dem Feuer aufgestellt wurde und auf dem Würstchen und Burger brutzeln. Sie scheint seinen Blick zu spüren und schaut auf, da wirft er ihr ein Lächeln zu, und sie erwidert es und zwinkert ihm dabei zu.

Sie ist lustig und nett, und er mag ihre unbeschwerte Art. Ihre Taille ist so schmal, dass er sie mit zwei Händen umfassen könnte. Außerdem mag sie ihn und zeigt das auch, daran gibt es keinen Zweifel.

Die Gruppe macht es sich zum Essen auf Decken gemütlich, man kippt hin und wieder einen Schluck aus der Bierflasche hinunter, reicht Hamburger und Chipstüten herum. Am Himmel ist alle Farbe verschwunden, er ist nur noch ein mit Sternen besetztes, dunkles Segel über ihren Köpfen. Die Flammen erhellen die Gesichter und tauchen alles in flimmerndes Gold und Bronze. Er spürt die Hitze im Gesicht, genießt das kalte Bier in seiner Kehle. Alle unterhalten sich in kumpelhaftem, lässigem Ton, denn sie kennen einander schon seit Schulzeiten, aber sie lassen ihn an ihren Witzen teilhaben, erklären die Geschichte dahinter, wenn nötig. Sally-Ann hat sich an ihn gekuschelt, und er spürt, sie wünscht sich, dass er diese Leute mag und die Zeit mit ihnen genießt. Er beugt sich zu ihr und flüstert: »Danke für die Einladung. Ich kann deine Freunde gut leiden«, und wird dafür mit einem breiten Lächeln belohnt.

Als *Everybody Dance* im Radio kommt, springen manche auf und fangen an, um das Feuer herumzutanzen. Auch Sally-Ann macht mit, schwingt die Hüften, und das Haar weht ihr ums Gesicht. Er sieht zu ihr auf, im Schein des Feuers wirkt ihr Gesicht überirdisch schön. Der treibende Rhythmus der Musik weckt auch in Kit die Lust zum Tanzen. »Steh auf, du Faulpelz«, sie beugt sich zu ihm herunter und fasst seine Hand. Aber sie muss ihm das ohnehin nicht zwei Mal sagen.

Er ist schon auf den Beinen, tanzt wild und ausgelassen mit ihr und atmet dabei den berauschenden Duft des Holzrauchs ein. Beim Tanzen am Strand schaut er zum Mond hinauf. Jemand macht das Radio lauter. Das übermütige Feiern geht weiter, dazwischen immer mal wieder Bierpausen, während das Feuer bis hoch zum Mond zu lodern scheint und das Meer auf die Steine am Strand schlägt. Kits Stirn ist schweißnass, und er ist völlig außer Atem.

Der DJ im Radio geht jetzt zu einer anderen Stimmung über und spielt ruhige, romantische Titel. Das Feuer brennt langsam herunter, die Glut flackert blau und rot. Bei *Everybody Hurts* von R.E.M. machen einige es sich auf den Decken gemütlich, aber Sally-Ann dreht sich zu ihm um und kuschelt sich an seine Brust, sodass es natürlich ist, sie in den Arm zu nehmen. Sie wiegen sich im Rhythmus des Liedes, sie hat ihre Arme um seine Taille geschlungen, und seine Lippen ruhen auf ihrem nach Rauch riechenden

Haar. Dann streckt sie das Kinn vor, hat die Augen schon geschlossen, und er beugt sich hinunter, um sie zu küssen. Sie schmeckt nach Bier und Ketchup.

Er hält sie fest an sich gedrückt, ihre schmalen Schultern an der Wölbung seiner Brust, ihr Kopf schmiegt sich unter sein Kinn. Es wird ihm bewusst, dass er sich gerade so glücklich fühlt wie lange nicht, eigentlich schon seit Indien nicht mehr. Um sie herum wirbeln die Musik und der Rauch.

Plötzlich durchschneidet eine wütende Stimme die schöne Stimmung und zerstört den Zauber des Augenblicks. Sally-Ann schreckt zusammen und schaut sich um. Eine Fremde ist aus der Dunkelheit aufgetaucht, offenbar, um sie wegen des Feuers zurechtzuweisen. Die Hände in die Hüften gestemmt, steht sie da und wirkt dabei wie eine zornige Oberlehrerin. Die anderen stehen auf und löschen mit ein paar Handvoll Steinen die letzte Glut, während sie die Reste der Party zusammenräumen. Kit und Sally-Ann helfen mit, sammeln den Müll in Tüten ein und schütten noch mehr Steine auf das glühende Holz.

»Das ist unverantwortlich«, meckert die Frau sie wütend an. »Die Pflanzen hier am Strand können leicht zu Schaden kommen. Sie sind sehr selten und empfindlich.«

»Was für eine dumme, alte Schnepfe«, flüstert Sally-Ann, als sie das Leergut in der Dunkelheit über den Strand hinaufschleppen. »Als ob ihr der Strand allein gehört.«

»Wahrscheinlich hätten wir nicht so ein großes Feuer machen sollen.«

»Wir waren ja nicht mal in der Nähe von Pflanzen«, erwidert Sally-Ann. »Wir waren nur auf dem Kies beim Wasser. Die Steine liegen da schon seit Tausenden von Jahren. Die werden ja wohl ein bisschen Asche überleben.«

Aber die Stimmung ist verdorben, und die Gruppe löst sich langsam auf, während sie sich laut Abschiedsgrüße zurufen. Er fährt nach Hause und nimmt Sally-Ann und die beiden anderen im Auto mit, setzt Mike und Stuart zuerst ab. Sie gibt ihm einen kleinen Kuss, bevor sie ins Haus geht, und er kehrt ins leere Pub zurück, schafft die Flaschen weg und fällt ins Bett, den Kopf noch voller R.E.M.-Songs. Es war eine nette Clique, und er hatte sich bei ihnen willkommen gefühlt. Er denkt an Sally-Ann, ihren straffen Körper, der in seiner Umarmung ganz weich und anschmiegsam wurde. Aber war es klug gewesen, sie zu küssen? Sie arbeiten doch zusammen, und ihr Vater ist sein Chef. Unruhig dreht er sich auf den Rücken und starrt hinauf in die Dunkelheit. Er will nichts tun, was zum Problem werden oder Sally-Ann verletzen könnte. Dann reibt er sich die Augen und muss daran denken, wie ihre Zunge seinen Mund erkundete. Sie lässt keinen Zweifel daran, was sie sich wünscht, und für ihn wird es langsam Zeit, sagt er sich. Zeit, ein neues Kapitel aufzuschlagen.

38

SUMMER

Es ist der erste Abend, an dem sie das Cottage ganz für sich haben. Summer trägt ihre schönsten Dessous und hat das Bett frisch bezogen. Sie hat Lasagne gemacht und in der Küche Kerzen angezündet. Adam kommt gerade an, als Dad und Loretta aufbrechen, um sich einen Film in Aldeburgh anzuschauen. Er hat eine Flasche Wein und ihre Lieblingspralinen mitgebracht und tritt mit einem Lächeln durch die Tür, das aber so schnell verschwindet, wie es gekommen war.

»Mein Gott«, ruft er erschrocken und starrt sie an. »Was ist mit deinem Gesicht passiert?«

Sie erinnert sich an die Kratzer und hält die Hand vors Gesicht, um sie zu verstecken. Er stellt den Wein ab, nimmt ihr Handgelenk und dreht es nach oben, um die kreuz und quer verlaufenden Kratzspuren zu betrachten. »Mein Gott! Summer!«

Sie zieht ihre Hand zurück. »Ich bin Wilderern über den Weg gelaufen.«

»Wilderern?«

»Ich erklär dir's gleich. Komm erst mal rein.«

Er zieht den Kopf ein und folgt ihr – er ist nicht so groß, aber im Cottage sind die Balken und Decken sehr niedrig.

»Was für Wilderer?«, fragt er. »Was zum Teufel? Wovon redest du?«

»Leute, die nachts auf die Hetzjagd gehen, sie blenden ihre Beute mit hellen Lampen und lassen dann die Hunde auf alles los, was sich im Licht zeigt. Meistens Kaninchen. Oder Hasen.« Sie öffnet den Wein und schenkt zwei Gläser ein.

»Mist.« Dann erstarrt sein Gesichtsausdruck. »Haben … haben sie … dir das angetan?«

»Nein.« Es ist ihr peinlich. »Nein. Ich hatte Angst, ihnen über den Weg zu laufen, weil ich allein unterwegs und es schon so dunkel war. Ich habe Angst bekommen und bin abgehauen.«

»Das erstaunt mich nicht. Klingt wie eine Szene aus dem Film *Beim Sterben ist jeder der Erste*.« Er verzieht das Gesicht, hebt eine Augenbraue, und sie ahnt, dass er gleich anfangen wird, aus dem Film zu zitieren.

»Lass es bitte«, sagt sie, »du weißt doch, wie sehr ich diesen Film hasse.«

»Wollte ich doch gar nicht«, protestiert er und hebt beschwichtigend die Hände. Er geht auf sie zu, streichelt ihr mit einer Hand über die Wange und wird ganz ernst. »Ich finde es nur so schrecklich, dass man dir so eine Angst gemacht hat und du dich verletzt hast.«

»Ein Gutes hatte es aber«, sagt sie leise. »Es hat mich inspiriert, etwas darüber zu schreiben. Einen Artikel. Ich war so wütend und musste einfach etwas tun.« Sie schaut zu ihm auf. »Ich habe ihn sogar an eine Regionalzeitung geschickt.«

Loretta hatte ihr eine alte mechanische Schreibmaschine geliehen, und trotz der Tipp-Ex-Kleckse und einem schadhaften »b«, das immer etwas höher als alle anderen Buchstaben auf der Seite landete, wirkte es einigermaßen professionell. Sie erzählt Adam aber nichts davon, denn sein Gesichtsausdruck ist jetzt noch ernster geworden, sein Blick verschleiert.

Ihre Gläser bleiben auf dem Tisch zurück, unberührt. Sie gibt seiner Berührung nach und schmiegt sich an ihn. »Ich habe uns etwas zum Abendessen gekocht«, murmelt sie.

»Ich will jetzt nicht essen«, flüstert er mit belegter Stimme.

Ein Schauer überläuft sie. Dann küsst er sie, und sie erwidert seinen Kuss.

»Summer«, stöhnt er. »Mein Gott … ich will dich!«

»Lass uns nach oben gehen«, sagt sie. Obwohl sie allein im Haus sind, fühlt es sich für sie nicht richtig an, sich in der Küche auszuziehen.

Adam kommt mit einem lauten Schrei zum Höhepunkt, während er noch bebend niedersinkt. Sie hatte keinen Orgasmus, es war alles zu schnell gegangen. Aber sie hatte das Gefühl gehabt, der reine körperliche Akt, das Stoßen und Zurückziehen, der salzige Film aus Schweiß auf ihrer Haut, das Prickeln und Kribbeln überall an und in ihrem Körper seien unaufschiebbar.

Eng umschlungen liegen sie auf der schmalen Matratze, und er spielt mit ihren Haaren, fährt mit den Fingern durch die kurzen Strähnen. »Ich war am Boden zerstört, als du sie dir abgeschnitten hast«, murmelt er. »Aber … es steht dir. Du wirkst damit anders … irgendwie stärker.«

»Mhm«, antwortet sie leise und ist schon dabei einzuschlafen.

»Baby … ich habe mir gedacht«, fährt Adam fort und weckt sie damit auf, »wir sind doch jetzt wieder ein Paar, könntest du dir vorstellen, zurück nach Cambridge zu ziehen?«

»Nach Cambridge?« Sie erschrickt. »Aber … das war doch nie der Plan. Ich habe dort kein Zuhause mehr und könnte es mir auch nicht leisten, eine Wohnung zu mieten.«

»Das weiß ich ja«, sagt er schnell. »Ich habe nur laut nachgedacht. War nur so eine Idee … es ist eine ziemlich weite Strecke, wenn man sie regelmäßig fahren muss.«

Sie beißt sich auf die Lippe. »Ich könnte dich ja auch manchmal besuchen. Wir könnten uns die Fahrten aufteilen.«

»Nein, das ist schon okay. Mir ist es lieber, ich fahre, als mir um dich Sorgen zu machen, wenn du unterwegs bist.«

Sie will protestieren, aber er spricht schon weiter. »Eine andere Möglichkeit wäre natürlich, wenn du zu mir ziehen würdest. Klar, nicht sofort. Später. Wenn wir der Sache«, er stützt sich auf einen Ellbogen und deutet auf sich und sie, »noch etwas Zeit gelassen haben.«

»Ich weiß nicht«, sagt sie, setzt sich auf und schlingt die Arme um ihre Knie. »Ich finde es hier wirklich sehr schön.«

»Okay.« Er küsst sie aufs Ohr. »Ich will dich nicht drängen. Reden wir ein andermal drüber. Für den Moment macht mir das Pendeln nichts aus.«

Es ist dunkel geworden, und die Vorhänge sind zurückgezogen, das Fenster weit geöffnet. Neben dem vertrauten Rauschen und Seufzen des Meeres glaubt sie, Musik zu hören. Sie zieht sich Adams Hemd über und steht auf, um nachzusehen. Unten am Strand lodert ein Lagerfeuer, und um die Flammen herum sind junge Leute.

»Da feiert jemand eine Party«, sagt sie.

Er steht auf und stellt sich neben sie. »Sieht aus, als hätten sie Spaß«, sagt er. »Dürfen die das, so ein Feuer machen?«

»Ich weiß nicht … aber falls sie noch da sind, wenn Loretta zurückkommt, wird sie dazu sicher ein paar Worte zu sagen haben.«

Adam legt den Arm um sie, und sie schauen hinaus auf die glühenden Funken, die in den Nachthimmel steigen, und auf die Bewegungen der Menschen, die durch die flackernden Schatten tanzen. Sie ist neidisch und wäre gern dabei. Seit Urzeiten hat sie nicht mehr getanzt. Das letzte Mal, dass sie diese Art von Freiheit spürte, war damals mit Kit. Von dem Augenblick an, als sie zustimmte, mit ihm zur Strandhütte zu fahren, fühlte sie sich lebendig, richtig lebendig, nahm alles intensiver wahr, eine Fülle des Schmeckens und Fühlens, das Leben in all seinen vielen Facetten. Irgendwie war ihr Körper durch sein Verlangen neu erweckt worden.

»Wie wär's mit einem Schluck Wein?«, schlägt Adam vor. »Und in der Küche duftet es köstlich.«

»Lasagne«, sagt sie und wendet sich vom Fenster ab. »Dein Leibgericht.«

»Super, ich bin fast am Verhungern.«

Sie gehen gemeinsam in die Küche hinunter, halb angezogen und Hand in Hand.

JUNI

DER SECHSTE MONAT

39

SUMMER

Sie sitzt am Küchentisch, vor sich einen Becher mit frisch aufgebrühtem Kaffee. Es ist ihr Lieblingsbecher, der moosgrün gesprenkelte mit der blassen, grünlich blauen Glasur, dessen Form perfekt in ihrer Hand liegt. Dad ist mit Loretta unterwegs, also hat sie das Haus für sich allein. Morgenlicht strömt durchs Küchenfenster.

Jetzt, wo sie den Artikel über Hasen an Colins Zeitschrift geschickt hat, beginnt sie, sich auch Notizen zu Ideen für weitere Texte zu machen. Sie übt auf Lorettas riesiger Schreibmaschine und flucht, wenn ihre Finger auf den Tasten abrutschen und den Mechanismus blockieren. Sie muss so fest auf jeden Buchstaben hauen, dass der ganze Tisch bebt. Von Colin hat sie noch nichts gehört, aber von anderen Zeitungen und Magazinen kamen Antworten – allerdings ausschließlich Absagen. Sie fühlt sich hilflos, ein nagender Zweifel sagt ihr, dass sie nicht gut genug ist. Nur Effie, die treue Effie, hatte immer gesagt, dass sie es schaffen würde, sich als professionelle Journalistin und Fotografin durchzusetzen.

Sie setzt den Becher ab und kaut an ihrem Daumennagel. Vielleicht sollte sie nachhaken, ob Colin ihren Artikel überhaupt bekommen hat – vielleicht muss sie auch mehr Eigeninitiative zeigen? Sie hat keine Ahnung, wie das alles läuft. Schließlich ruft sie sein Büro an, ihre Nerven liegen blank. Eine junge Frau nimmt ab. »Colin ist nicht da«, sagt sie. Nein, sie weiß auch nicht, wann er zurück sein wird. Summer fragt, ob er ihren Artikel gelesen habe. »Kann ich Ihnen nicht sagen, tut mir leid.«

Sie legt den Hörer auf und stellt sich einen riesigen Berg Post vor, der sich auf seinem Schreibtisch türmt. Es ist so frustrierend, nicht einmal zu wissen, ob er den Artikel überhaupt gelesen hat. Wenn sie doch nur irgendwie auf ihren Text aufmerksam machen könnte, um zumindest ein Feedback zu bekommen.

Ein rotes Katzenjunges wälzt sich unter Summers Stuhl auf dem Rücken, spielt mit ihren Knöcheln und den Fransen an ihrer Jeans. Loretta hat es ihr gestern gebracht, es ist eines von mehreren, die kürzlich gerettet wurden. Dad hatte das Fellbündel hochgenommen, es sich vors Gesicht gehalten und gesagt: »Ich glaube, dazu können wir nicht Nein sagen.« Er schaute mit seinen eigenen blassen Augen in die großen blauen des Kätzchens. »Aber ich habe auch das Gefühl, dass du, so klein du auch bist, bei uns ein Riesenchaos anrichten wirst.«

Das Kätzchen, das Annabelle getauft wurde, hat schon ein Lieblingsspiel: Es krabbelt rasend schnell an den Vorhängen hoch und hängt unterhalb der Decke, wo es sich mit seinen winzigen Krallen festhält, die spitz wie Angelhaken sind. Schon baumeln lange Fäden herunter wie die Arme eines Kraken und wehen im Wind. Innerhalb weniger Stunden nach ihrer Ankunft hatte sie bereits in Summers Hausschuhe gepinkelt, eine Teekanne zerbrochen und sich in der Waschmaschine schlafen gelegt. Dad bemerkte es gerade noch rechtzeitig , nachdem er die Maschine angeschaltet hatte, denn er sah Annabelles miauendes Gesicht zwischen den Wäschestücken hinter der Glastür. Summer schaut zu ihr hinunter. »Aber selbst das hat dir die Neugier nicht ausgetrieben, oder?«

Freitag liegt in seinem Korb und ignoriert die Katze. Inzwischen sind seine Rippen unter dem Fell nicht mehr zu sehen, und die Angst ist aus seinem Blick gewichen. Summer ist froh, dass er seine letzten Jahre in einem behaglichen Zuhause verbringen kann und geliebt wird. Unterdessen zeigt Annabelle ihre Zuneigung auf anstrengende Art und Weise, indem sie nach seinem Schwanz schlägt und ihm in die Ohren beißt. Er seufzt tief, die Schnauze auf die Pfoten gelegt, leidgeprüft.

Vor den Cottages ist das Knirschen gleichmäßiger Schritte auf dem Kiespfad zu hören, aber Summer achtet nicht weiter darauf, denn Dad und Loretta werden noch einige Stunden weg sein, und sie selbst erwartet keinen Besuch. Das Klopfen an der Tür schreckt sie auf, und sie setzt sich ganz aufrecht hin. Ihr Herzschlag beschleunigt sich zu einem leichten Flattern, als wäre sie in die Enge getrieben. »Verdammt«, flüstert sie, während sie aufsteht und zögerlich den Riegel an der Tür zurückschiebt.

»Adam?« Sie starrt ihn an. »Ich dachte, du kommst erst morgen.«

»Das ist ja eine nette Begrüßung!« Er beugt sich zu ihr runter und gibt ihr ein Begrüßungsküsschen. »Darf ich meine Freundin nicht mal überraschen?«

»Entschuldige.« Sie gibt ihm auch einen Kuss, aber einen langen, leidenschaftlichen, um ihre anfängliche Reaktion wiedergutzumachen. »Ich war gerade mit den Gedanken woanders.«

Er folgt ihr in die Küche, und sie nimmt einen Becher herunter, legt einen Teebeutel mit Earl Grey hinein und gießt Wasser dazu. Er zieht sich einen der Küchenstühle aus Kiefernholz heran und nimmt Platz, dann reicht sie ihm seinen Tee und setzt sich, die Tasse mit beiden Händen umfassend, der Rest ihres Kaffees ist inzwischen kalt geworden.

»Ich wollte dich einfach sehen«, sagt er, und seine Stimme klingt belegt. »Du fehlst mir.« Er schaut sie ernst an. »Ich habe mir noch mal unsere letzte Unterhaltung durch den Kopf gehen lassen und … ich hatte eine Idee, die alle unsere Probleme lösen wird.« Seine Augen leuchten vor unterdrückter Vorfreude.

Jetzt hält sie ihren Becher fester. Eigentlich hatte sie fest damit gerechnet, den gesamten Vormittag für sich zu haben. Als sie sein erwartungsvolles Gesicht sieht, kommt sie sich schäbig vor. Es ist ja nicht so, als hätte sie wichtige Termine einzuhalten oder wirkliche Arbeit zu erledigen. »Erzähl mal«, ermuntert sie ihn. »Was ist das denn für eine Idee?«

»Ich suche mir eine neue Stelle in Suffolk«, verkündet er, und seine Augenbrauen führen einen kleinen, begeisterten Tanz auf. »Ganz hier in der Nähe.«

Sie schnappt hörbar nach Luft. »Aber … ich dachte, du liebst deinen Job?«

»Tue ich auch, aber es wird Zeit für eine Veränderung. In Ipswich habe ich schon eine Stelle gefunden, auf die ich mich bewerben könnte. Fachbereichsleiter für Geschichte an einer Mädchenschule.«

Sie starrt ihn an. »Das würdest du wirklich tun? Deinen Job und dein Zuhause aufgeben … für mich?«

»Ja, natürlich«, antwortet er. »Ich will doch nicht, dass du unglücklich bist.«

»Ich hätte gar nicht gedacht, dass du es überhaupt in Erwägung ziehen könntest zu wechseln.« Seine Nachricht hat ihr fast die Sprache verschlagen, es erscheint ihr als ein so großer Schritt. »Ich weiß, dass du deine Schule wirklich magst.«

»Es ist nicht nur deinetwegen«, sagt er schnell. »Du brauchst dich nicht verantwortlich zu fühlen. Ich kann nicht ewig an der gleichen Stelle kleben und wünsche mir auch mehr Verantwortung im nächsten Job.«

Er muss lachen, als er ihren Gesichtsausdruck sieht, zieht sie an sich und umarmt sie. Sie vergräbt ihre Nase in seiner Halskuhle, ist überwältigt, dankbar, fast ein wenig unsicher. Aber sollte er eine Stelle in der Nähe finden, könnten sie sich häufiger sehen, es wäre einfacher, und sie müsste nicht aus dem Cottage ausziehen. Es war fast so, als könnte sie das Beste aus beiden Welten haben. Diese Redewendung geht ihr durch den Sinn. Aber sie verwirft sie gleich wieder. Sie fand den Spruch schon immer unrealistisch, denn kein Mensch konnte doch alles haben, oder?

Adam und sie machen mit Freitag einen langen Spaziergang entlang der Ufermauer. Wieder zu Hause, plaudert er mit Dad im Wohnzimmer, während sie die Tiere füttert und schnell Spaghetti Bolognese kocht, Zwiebeln schneidet, eine Dose Tomaten und etwas Oregano hinzufügt. Ihr Lachen zu hören, macht sie glücklich. Loretta erscheint pünktlich zum Essen, und die vier sitzen gemeinsam an dem gekalkten Kieferntisch, Adam schenkt ihnen Wein ein, und Summer serviert das Essen.

»Hast du Colin deinen Artikel schon geschickt?«, fragt Loretta.

»Ja«, antwortet sie, »aber ich habe noch nichts von ihm gehört.« Sie legt ihre Gabel hin. »Ich habe versucht, sein Büro anzurufen, nur um sicherzugehen, dass er ihn bekommen hat. Aber Colin war nicht da.«

»Es gibt einen Ort, wo man ihn gewöhnlich antreffen kann«, sagt Loretta. »Er liebt Folkmusik, genau wie du.«

Summer erinnert sich an den Flyer im Pub. Sie krault Freitags weiche Ohren, und dabei kommt ihr eine Idee, ein Plan, allerdings einer, für dessen Umsetzung sie erst ihre Angst überwinden müsste. Dann allerdings könnte es funktionieren, denkt sie. Das Tischgespräch dreht sich inzwischen um den neuen Eurotunnel, der im nächsten Jahr eröffnet werden soll.

»Ich mag die Vorstellung nicht, unter solchen Wassermassen zu sein«, sagt Loretta schaudernd. »Ohne mich.«

»Ich finde es spannend«, meint Adam. »Ich bestelle Tickets, sobald er eröffnet ist.« Und dann grinst er Summer an. »Wir könnten ein Wochenende in Paris verbringen, was meinst du, Baby?«

»Da bin ich dabei«, antwortet sie lächelnd und nickt. »Hört sich wunderbar an.«

Dad räuspert sich, schiebt seinen Stuhl zurück, der auf den Fliesen kratzt. »Da wir hier alle beisammen sind«, beginnt er und strafft die Schultern, »Loretta und ich … wir, wir haben euch etwas mitzuteilen.« Er blickt Loretta an, und sie lächelt und nickt ihm leicht zu. Und durch die diskrete kleine Pause, die im Gespräch entsteht, kann Summer schon ahnen, was kommt.

»Ich habe sie gebeten, mich zu heiraten …«

»Und ich habe Ja gesagt«, beendet Loretta seinen Satz.

Dad legt besorgt die Stirn in Falten. »Wir wollten, dass du die Erste bist, die es erfährt.« Er schaut Summer in die Augen. »Um sicher zu sein, dass wir deinen Segen haben.«

Summer ist jedem, der ihren Vater glücklich macht, von ganzem Herzen dankbar. Sie streckt beide Hände über den Tisch und nimmt je eine Hand der beiden. »Ich finde es wunderbar!« Sie drückt ihnen die Hände. Dads Gesicht entspannt sich.

»Ja«, stimmt Adam nun auch zu. »Eine wundervolle Neuigkeit!«

»Wir feiern aber nur im engsten Kreis«, sagt Dad.

»Na, das werden wir noch sehen«, meint Loretta mit einem Grinsen. »Du weißt doch, wie sehr ich gute Partys mag.«

»Wann wird es sein?«, fragt Summer. »Habt ihr schon ein Datum festgesetzt?«

»Wir wollen eine Trauung unter freiem Himmel«, sagt Loretta. »Und anschließend eine Party am Strand vor meinem Cottage. Ende Juli.«

»Diesen Juli?«, staunt Adam. »Ihr legt aber Tempo vor.«

»Wir werden schließlich nicht jünger«, sagt Dad achselzuckend.

»Können wir helfen?«, fragt Summer. »Mit den Vorbereitungen und so?«

»Danke«, antwortet Loretta. »Das meiste schaff ich schon allein … aber um einen Gefallen wollte ich dich doch bitten … möchtest du so etwas wie meine Brautjungfer werden? Wir wollen keine traditionelle Trauung«, sie nimmt einen Schluck Wein, »aber wir brauchen zwei Zeugen, und ich fände es schön, wenn du mich zum Altar führen könntest, obwohl«, sie unterbricht sich kurz und zwinkert, »es in dem Sinne ja gar keinen Altar geben wird.«

Summer spürt, dass Loretta aufgeregt ist. »Natürlich, liebend gern«, sagt sie deshalb schnell.

»Und ich habe überlegt, ob du mir wohl die Ehre erweisen würdest, mein Trauzeuge zu sein?«, fragt Dad Adam.

»Das wäre mir eine Ehre.« Adam lächelt stolz.

»Wunderbar!«, sagt Loretta und schenkt Wein nach. »Dann wäre das ja geklärt.«

»Nur … eine Sache noch … ich finde es wichtig, das zu sagen.« Dad nimmt die Brille ab und putzt sie mit seiner Serviette, dann setzt er sie wieder auf. »Zu Beginn dieses schrecklichen

Jahres haben wir unsere wundervolle Effie verloren.« Er schluckt. »Wir vermissen sie und ihre Mutter an jedem einzelnen Tag. Aber diese Hochzeit schenkt mir Hoffnung – Hoffnung für die Zukunft.« Er hebt sein Glas und prostet ihnen zu. »Gerade dann, wenn das Leben am trostlosesten ist und man die Liebe am wenigsten erwartet, kann sie einem begegnen.« Er schaut Loretta an. »Ich danke dir von Herzen, dass du meine Frau werden willst.«

Loretta beugt sich zu ihm hinüber und nimmt seine Hand. Mit feucht schimmernden Augen küsst sie seine Fingerknöchel.

Dad und Loretta sind mit ihren Weingläsern ins Wohnzimmer gegangen und hören Jazz. Adam und Summer haben angeboten, das Geschirr zu spülen. Sie spült, und er trocknet ab. Adam rückt näher. »Wusstest du vorher Bescheid?«

Sie schüttelt den Kopf.

»Und du bist dafür?«

»Ja, doch«, sagt sie. »Wirklich.«

»Gut, das finde ich cool.« Er trocknet einen Teller ab. »Hey, vielleicht sind wir die Nächsten?« Er wirft ihr einen Blick zu und zieht vielsagend die Augenbrauen hoch.

Im Zimmer herrscht plötzlich Stille, es sind nur noch die gedämpften Klänge eines Saxofons aus dem Wohnzimmer und Freitags Schnarchen zu hören. Summer weiß nicht, was sie dazu sagen soll, und ihr steigt heiße Röte ins Gesicht. Schnell wendet sie sich ab und bückt sich, um einen Topf in den Schrank zu stellen. »Wir haben doch noch so viel Zeit«, sagt sie zaghaft, richtet sich wieder auf und streicht eine Haarsträhne hinters Ohr.

Adam sieht ganz kurz sehr enttäuscht aus, strafft aber dann die Schultern. »Wo werden sie wohnen?«, fragt er.

»Ich weiß es nicht. Lorettas Cottage ist größer. Und sie wohnt da schon viele Jahre. Möglicherweise zieht er zu ihr.«

»Dann hast du das Cottage für dich allein«, sagt er. »Das scheint mir eine Verschwendung zu sein, wenn ich dann hier in der Nähe arbeite.« Grinsend taucht er seine Finger in die Abwaschschüssel und bespritzt sie mit Seifenwasser.

Sie ist erleichtert, dass seine Stimmung wieder heiterer ist, zieht eine Grimasse und bespritzt ihn ihrerseits. »Jetzt geht es nicht um uns«, flüstert sie. »Und vielleicht ziehen sie auch nach China, was weiß denn ich.«

»Ha!« Er packt sie an der Taille und kitzelt sie durch. »Das halte ich aber für höchst unwahrscheinlich.«

Sie dreht und windet sich beim Kitzeln, macht sich los und schöpft noch eine Handvoll Seifenlauge, um ihn zu bespritzen. Ihr Lachen soll die entstandene Spannung zwischen ihnen auflösen. Aber seine Frage steht noch immer zwischen ihnen, und sie weiß keine Antwort darauf. Er wird sie zu einem späteren Zeitpunkt sicher erneut fragen, und beim nächsten Mal wird er vielleicht direkter sein. Und dann wird es keine Wasserschlacht geben, um davon abzulenken.

40
KIT

Während der Arbeit an den Porträts für die Bewohner des Seniorenheims muss Kit an seine Mutter denken, deren frühere Schönheit verblasst ist – weniger durch das Altern selbst als durch das Gefühl, um das Leben betrogen worden zu sein, von dem sie glaubte, es hätte ihr zugestanden. Obwohl diese Menschen viel älter sind als sie, spiegeln sich in ihren Gesichtern natürliche Schönheit, Würde und Lebenserfahrung, die entstehen konnten, weil sie ihr Leben akzeptierten und versuchten, das Beste daraus zu machen. Darin steckt eine tiefe Weisheit, aus der man nur lernen kann, denkt er.

Das strahlende Sonnenlicht der letzten paar Wochen ist schwächer geworden, aber die weißen Wände seines Ateliers reflektieren genug Licht, um weiter malen zu können. Er verwischt mit dem Finger etwas Violett auf dem Porträt, an dem er gerade arbeitet, um die Konturen verschwimmen zu lassen. Als die Tür geöffnet wird, ist er so in die Arbeit vertieft, dass er es nicht bemerkt.

Plötzlich steht Sally-Ann neben ihm. Er zuckt leicht zusammen, und die Spitze seines Pinsels hinterlässt eine winzige, gezackte Linie.

»Oh, das wollte ich nicht!«, sagt sie. »Ich wollte dich nicht erschrecken.« Sie betrachtet das Bild. »Donnerwetter – das ist so realistisch. Ich weiß nicht, wie du das machst.«

Er schaut zum Wecker auf dem Tisch. Es ist sein freier Abend, und er will das Porträt fertig bekommen, bevor es dunkel wird.

»Ich will dich gar nicht lange stören«, sagt sie, als könne sie seine Gedanken lesen. »Ich war nur gerade in der Gegend und dachte, ich schau mal rein.«

Sie geht in dem kleinen Raum umher, berührt verschiedene Gegenstände, streicht mit den Fingern über die Farbtuben, spielt an den Pinseln herum, und Kit spürt, wie sich seine Schultern anspannen. »Du hast angefangen, Landschaften zu malen?« Sie wendet ihren Blick von der Pastellskizze ab, die an der Wand hängt, und schaut ihn fragend an.

Er legt seine Palette ab. »Im Moment probiere ich Verschiedenes aus. Es käme mir wie Verschwendung vor, das Licht und die Landschaften hier nicht als Inspiration zu nutzen.«

»Du solltest deine Sachen in den Galerien in der Umgebung vorstellen, vielleicht würde man dir dort eine Ausstellung ermöglichen?«

Er nickt, denn sie hat ja recht. Er sollte wirklich seine Arbeiten anderen zeigen, um herauszufinden, ob jemand Interesse hat, ihn zu vertreten, ein Agent oder eine Galerie.

»Und wer ist *das?*« Sally-Anns Stimme klingt angespannt.

Sie betrachtet das fertige Porträt von Summer, das an der Wand lehnt. »Sie ist … hübsch. Wer ist sie?«, hakt sie nach.

»Eine Frau, die ich in Indien kennengelernt habe.«

Sie betrachtet ihn nachdenklich. »Und … warst du mit ihr zusammen?«

Ohne aufzuschauen, macht er ein zustimmendes Geräusch und konzentriert sich darauf, seine Pinsel zu reinigen. »Es war eine Art Urlaubsflirt.« Er holt Luft und bekommt dabei den scharfen Geruch des Terpentins in die Nase.

Ihr Blick ruht weiterhin auf Summers Porträt. »Also … habt ihr keinen Kontakt mehr, oder?«

»Nein.«

»Wie heißt sie?«

»Summer.«

»Was ist passiert?«, fragt sie. »Ich meine, du musst sie schon sehr gemocht haben, wenn du sie jetzt noch malst.«

Sein Herz fängt an zu rasen, bis er glaubt, es werde ihm gleich aus der Brust springen. Er reinigt die Pinsel weiter, obwohl sie eigentlich schon tadellos sauber sind. »Es … ist kompliziert«, sagt er. »Aber es ist vorbei. Ich habe keine Ahnung, wo sie jetzt ist, und später habe ich auch herausgefunden, dass sie mich angelogen hat.«

Sally-Ann entspannt sich. Sie legt ihm einen Arm um die Taille und nähert sich für einen Kuss. »Ich sorge dafür, dass du nicht mehr an sie denkst.«

Ihre Lippen sind klebrig von ihrem Lipgloss. Sie schiebt ihm ihre Zunge in den Mund, schmiegt sich an seine Brust und löst sich dann lächelnd von ihm. »Kann ich dich wirklich nicht überreden, heute Abend zu kommen … zum Folkabend?«

Er schüttelt den Kopf. »Nein, nimm's mir bitte nicht übel.«

»Ein paar von den Leuten von neulich werden auch da sein.«

»Es ist … so was ist einfach nicht mein Ding.«

»Okay.« Ihre Blicke treffen sich, dann schaut sie weg. »Also, ich geh dann besser – es wird bestimmt voll. Bis später.« Sie wirft ihm einen letzten verführerischen Blick zu.

Er hätte Summers Porträt wegpacken sollen. Er hätte wissen müssen, dass Sally-Anns neugierige Blicke es aufstöbern würden. Noch dazu, da all seine anderen Modelle über siebzig sind, denkt er zerknirscht. Er hält das Bild vor sich hin und schaut in Summers meergrüne Augen. Es ist ihm bewusst, dass er Sally-Anns Fragen zu Summer nicht ganz aufrichtig beantwortet hat, aber wie hätte er erklären sollen, warum ihre Beziehung beendet ist, wenn er es doch selbst nicht mal weiß? Er stellt das Bild auf den Boden und dreht es zur Wand. Sie hat mich schließlich angelogen, ruft er sich ins Gedächtnis. Und es ist vorbei. Das stimmt jedenfalls. Und vielleicht ist es auch gar nicht so schlecht, wenn Sally-Ann über Summer Bescheid weiß. Es ist normal, jeder hat eine Vergangenheit, hat emotionale Altlasten.

Er schließt Blues Werkstatt auf. Seine Hasenskulptur ist fast fertig und hockt auf dem schmierigen, schwarzen Boden. Er holt das Schweißgerät heraus, setzt den Helm auf und klappt das Visier herunter – heute Abend will er sich in der Arbeit verlieren, will nicht daran denken müssen, was im Anchor los ist. Dann konzentriert er sich vollkommen auf die Arbeit mit dem Schweißgerät und freut sich an dem Zischen, den fliegenden Funken und der Alchemie des schmelzenden Metalls. Ohne dass Blue an einem Motor arbeitet, ohne die lauten Country & Western Songs herrscht Stille in der Werkstatt. Nur das beruhigende Raspeln der Drahtbürste ist zu hören, wenn Kit die Kanten glättet.

Er tritt einen Schritt zurück und betrachtet seine Skulptur. Die nackte Glühbirne an der Decke wirft seltsame Schatten und lässt den Hasen fast lebendig erscheinen. Er berührt seine glänzenden, klaren Konturen. Was ihn dazu bewegt hat, ihn zu erschaffen, weiß er nicht, aber er möchte unbedingt mehr Altmetall besorgen, um weiter damit zu experimentieren. Später schließt er ab und geht nach draußen. Der Himmel ist blauschwarz und sternenklar. Er schaut nach oben, spürt die Luft auf seiner Haut und riecht Tabakrauch.

»Bist du immer noch da?« Blue tritt in den Schein der Außenbeleuchtung, seine brennende Zigarette war als glühender, tanzender Punkt auch im Dunkeln zu sehen.

»Ich wollte nur noch meine Skulptur fertig machen«, sagt Kit. »Ich hoffe, das war okay. Ich habe abgeschlossen.«

»Willst du einen Drink?«

Kit schätzt, dass der Folkabend noch nicht vorbei ist. Er nickt. »Klar. Das wäre cool. Danke.«

Blues Wohnwagen steht nur einen Steinwurf von der Werkstatt entfernt hinter einem Buchenwäldchen. Als er hinter Blue und dem tanzenden runden Lichtschein seiner Taschenlampe hergeht, hört er das leise Wiehern eines Pferdes. Ein großer Schimmel ist im hohen Gras angebunden. Blue tätschelt seinen Hals. »Das ist Texas«, sagt er. »Sie ist zwar schon ein altes Mädchen, aber sie hat noch ganz schön Ausdauer.«

Kit streichelt das weiche Maul der Stute, und sie streift mit den feinen Tasthaaren seine Handfläche.

»Die will Karotten«, lacht Blue. »Hörst du auf!« Mit einem gutmütigen Klaps auf die Flanke drängt er das Pferd zurück.

Er öffnet die Tür zu seinem Wohnwagen, und Kit tritt nach ihm ein. Das Innere ist tadellos aufgeräumt. Ein Paar abgetragene Cowboystiefel steht ordentlich neben der Tür, Zaumzeug hängt an einem Haken, darunter ein amerikanischer Sattel. Ein ramponierter Stetson liegt auf der Bank neben einem kleinen Tisch und auf dem Bett am anderen Ende des Raums eine akustische Gitarre.

»Setz dich.« Blue zeigt auf die Eckbank am Tisch, greift sich den Hut und legt ihn auf ein Regal. Dann öffnet und schließt er Schränke, und Kit hört Gläserklirren.

»Spielst du Gitarre?«, fragt Kit.

Blue rutscht auf die Bank auf der anderen Seite und stellt ein Tumbler-Glas mit einer bernsteinfarbenen Flüssigkeit vor sich ab, dazu ein zweites für Kit. »Einfache Akkorde, Songs, die leicht zu spielen sind. Nichts allzu Ausgefeiltes.« Dann zündet er sich eine neue Zigarette an der alten an und inhaliert tief.

»Stehst du schon immer auf den Wilden Westen?« Kit nimmt einen Schluck, und seine Augen fangen an zu tränen.

»Seit meiner Kindheit, da hab ich mal einen Cowboyfilm im Kino gesehen«, erwidert Blue und stößt eine Rauchwolke aus.

»Ich hatte nie einen Vater, und diese Männer da oben auf der Leinwand schienen ideale Vorbilder für mich zu sein – hart, aber fair, stark und großmütig.« Er leert sein Glas und schenkt sich nach. »Ich habe davon geträumt, in die Staaten zu gehen, aber meine Jugendliebe wurde schwanger, und ruckzuck war ich im Hamsterrad gefangen, Miete zahlen, das Essen auf den Tisch bringen … Ich hab einen Job auf 'ner Bohrinsel bekommen. Super bezahlt, aber die Beziehung ging vor die Hunde.«

»Wie schade«, sagt Kit.

»Ich rede viel zu viel für einen echten Cowboy«, sagt Blue lachend. »Kannst du dir vorstellen, dass John Wayne so ohne Punkt und Komma gefaselt hätte wie ich eben?«

Kit lächelt. »Jetzt bist du nicht mehr mit deiner Frau zusammen?«

Blue schüttelt den Kopf. »Sie hat sich mit einem anderen zusammengetan. Und meine Tochter Darleen, die ist verheiratet und lebt jetzt in Australien.«

»Das tut mir leid«, murmelt Kit, weil er nicht weiß, was er sonst sagen könnte.

Blue winkt nur mit seiner großen, wettergegerbten Hand ab, seine Zigarette hat er in den Mundwinkel geklemmt. »Alles Schnee von gestern«, sagt er mit zusammengekniffenen Lippen. »Mir geht's hier ganz gut. Und was ist mit dir? Mir ist aufgefallen, dass Sally-Ann sich ganz schön an dich ranschmeißt.«

Kit zuckt zusammen. »Ja … wir sind … ich weiß auch nicht … irgendwie wohl zusammen.«

»Irgendwie?« Er legt fragend den Kopf schief. »Sie ist ein hübsches kleines Ding.«

»Ja, sie ist süß. Ein wunderbarer Mensch«, räumt Kit ein. »Ich mag sie schon gern, aber …«

»Es gibt eine andere?« Blues Augen werden schmal.

»Es gab eine«, gesteht er. »Eine Frau, die ich im Urlaub kennengelernt habe.«

»Du denkst immer noch viel an sie?« Blue senkt das Kinn. »Hör dir mal Chris LeDoux oder Tanya Tucker an, die haben allerhand zum Thema Liebe zu sagen. Schon komisch, wie besessen wir Menschen von diesem einen Gefühl sind, oder?«

Kit lächelt. »Das Leben wäre einfacher, wenn es nicht so wäre.«

»Aber langweilig«, grinst Blue zurück. »Stinklangweilig sogar.«

Er drückt seine Zigarette aus und schwenkt aufmunternd die Tequilaflasche. Kit lehnt mit einem Kopfschütteln ab. Er muss doch noch fahren. Blue nimmt seine Gitarre und beginnt, ein paar Akkorde zu spielen, dazu brummt er den Text von *Take Me Home, Country Roads*. Kit summt bald die nostalgische Melodie mit und ist froh, hier bei Blue zu sein und nicht im Pub.

41
SUMMER

Sie schaut in den Spiegel und fährt sich durchs Haar. Der neu nachgewachsene Teil ringelt sich weich am Nacken. Die Sonne und das Salzwasser haben es fast weiß gebleicht. Ihr Gesicht hat seine Weichheit verloren. Sie überlegt, ob das nur an der Frisur liegt, daran, dass sie abgenommen hat, oder am Verlust von Effie. Ihr Ausdruck ist verändert, ist ein bisschen trauriger, etwas weiser geworden.

Unten wartet Laura auf sie. »Und du willst das jetzt wirklich tun, oder?«, fragt sie, während Summer ihre Tasche nimmt.

Summer nickt.

»Gut!«

Summer fährt, und Laura sitzt auf dem Beifahrersitz. An der Kreuzung in Hollesley blinkt Summer und biegt in Richtung Orford ab.

»Also, das mit deinem Dad und Loretta«, sagt Laura, »das war ja mal eine Überraschung!«

»Ja«, meint Summer und schaltet in den dritten Gang. »Sozusagen von null auf hundert. Sie sind wie ein junges Liebespaar.«

»Und was ist mit dir und Adam? Wie läuft es da?«

»Ganz gut.« Ihre Finger umklammern das Steuerrad fester. »Er bewirbt sich jetzt auf Stellen in Suffolk.«

Sie hört, wie Laura nach Luft schnappt. »Wow«, sagt sie. »Und wie geht es dir dabei?«

»Na, ich denke, dass er es ernst meint. Und wenn Dad zu Loretta zieht, könnten wir das weiße Cottage haben.«

»Ihr wollt zusammenziehen?«

»Vielleicht nicht sofort, aber es wäre doch Quatsch, wenn er irgendwo Miete zahlt und ich allein im Cottage wohne.«

»Es scheint ja alles bestens zu laufen …«, sagt Laura.

»Ja«, bestätigt Summer. »Scheint so.« Sie erlaubt sich einen kurzen Blick auf ihre Freundin. »Ich weiß, was du denkst«, sagt sie. »Mach dir nicht so viele Gedanken. Ich überstürze nichts – wir reden doch erst mal nur davon, zusammenzuziehen.«

»Okay.« Laura berührt Summers Arm. »Entschuldige. Ich weiß, ich bin manchmal eine aufdringliche Kuh, die sich überall einmischt.«

Das Pub ist brechend voll, alle Tische besetzt, an der Bar drängen sich jede Menge Leute, die bedient werden wollen oder sich mit einem Drink in der Hand an den Holztresen lehnen. Der kleine Raum ist erfüllt von Stimmengewirr, klirrenden Gläsern und dem Geruch nach Essen und Alkohol.

Laura packt sie am Arm. »Glaubst du, dass er hier ist?«

Summer schaut sich um. »Ich weiß nicht … aber ich hoffe es.«

Laura kämpft sich durch die Menge bis zur Bar vor. Summer wartet auf sie, beobachtet die eifrigen Bedienungen, die Drinks servieren, und macht sich Gedanken über den großen Mann mit dem dunkelblonden Haar. Sie ist so gespannt darauf, diesmal vielleicht einen Blick auf sein Gesicht zu erhaschen. Aber er ist nirgends zu sehen. Es sind nur der kahlköpfige Typ und ein schlaksiger Junge da, offenbar ein Teenager. Laura kehrt triumphierend mit zwei Drinks in den Händen zurück.

Die Frauen prosten sich zu. »Auf deinen Plan«, sagt Laura.

In dem Moment sieht Summer den nackten Wanderer. Er sitzt mit einem anderen Mann an einem Tisch. Sie erkennt sein braun gebranntes Gesicht und sein dichtes, eisengraues Haar. Mit Kleidung wirkt er irgendwie kleiner. Sie versucht, das Bild von ihm aus dem Kopf zu bekommen, wie er sich mit seinem flachen, sonnengebräunten Hintern von ihnen entfernt.

Sie schubst Laura an und flüstert: »Das ist er.«

»Dann wirst du es wohl wagen müssen«, grinst Laura.

Summer nimmt einen Schluck Wein. Die Angst steigt in ihr hoch, ihre Beine fühlen sich wackelig an. Sie wünscht, sie könnte sich hinsetzen. Jetzt fällt ihr noch ein, dass sie ihren Namen nicht auf die Teilnehmerliste hat setzen lassen. Sie hat das alles nicht richtig durchdacht, es war eine ganz blöde Idee.

Als eine Frau Mitte vierzig mit gebleichten blonden Haaren eine Glocke anschlägt, wird es still im Pub. »Danke, dass ihr zu unserem Folkabend gekommen seid«, sagt sie in breitem Suffolk-Dialekt. »Und jetzt gleich zur Sache, ich stelle euch die erste Sängerin vor, die ein Lied mitgebracht hat, das ihr sicher alle kennt.«

Eine schlanke Frau mit einer Gitarre erscheint in dem Bereich vor dem Tresen und nimmt auf einem Barhocker Platz. Sie neigt den Kopf über ihr Instrument, ihr langes, graues Haar fällt nach vorn. Nach ein paar einleitenden Akkorden stimmt sie *Scarborough Fair* an.

Außer dem Klirren von Gläsern und dem gedämpften Scharren der Füße herrscht im Pub respektvolle Stille. Nachdem die Sängerin fertig ist, kündigt die Moderatorin, die wohl hier die Wirtin ist, einen Mann und dessen Sohn an, die zweistimmig singen. Summer wartet, ihr ist heiß, und sie ist ganz starr vor Angst. Wenn sie das jetzt wirklich machen will, dann muss sie als Nächste auftreten, sonst gehen ihr die Nerven durch.

Als sich der Applaus gelegt hat und bevor die Wirtin den nächsten Künstler vorstellen kann, macht Summer einen Schritt nach vorn. Ihr Herz klopft wie verrückt, der Schweiß juckt in den Achselhöhlen. Sie öffnet den Mund, und der Text eines alten Folksongs erklingt.

Sie schließt die Augen. Die Worte strömen aus ihr heraus. Ihre Nervosität legt sich, ihr Herz schlägt ruhiger, und es fühlt sich an, als wäre sie wieder in Cambridge und würde für ihre Schwester singen. Am Ende des Auftritts erschrickt sie fast, als der Beifall aufbrandet. Sie schaut in strahlende Gesichter, die applaudierenden Hände verschwimmen bei der Bewegung ineinander.

Die Wirtin lächelt und klatscht ebenfalls. »Das war ein Bonusauftritt von einem Überraschungsgast«, sagt sie. »Wie ist Ihr Name, meine Liebe?«, ruft sie.

Summer schüttelt den Kopf und schaut nach unten. »Zu schüchtern«, fährt die Frau fort. »Wir fragen sie nachher noch mal … Und jetzt eine kurze Pause. Zeit, um sich noch etwas zu trinken zu holen, bevor Mike Gooderham uns mit *The Whole of the Moon* erfreut.«

Laura nimmt sie am Arm und drückt ihn. »Du warst verdammt gut.«

Summer schaut hinüber zu Colin. Er sieht sie direkt an und hebt sein Glas. Sie lächelt ihm zu, ist aufgeregt, aber glücklich, dass sie es geschafft hat, seine Aufmerksamkeit zu gewinnen. Nun muss sie nur noch den richtigen Moment abpassen, um ihn auf den Artikel anzusprechen.

»Ehrlich … du hast mich fast zum Heulen gebracht«, sagt Laura und macht dann große Augen, als sie etwas hinter Summer sieht.

Colin steht plötzlich neben Summer. »Das war ein wunderschöner Auftritt«, sagt er. »Noch dazu einer meiner Lieblingssongs.«

»Danke«, antwortet sie. »Es ist auch einer von meinen liebsten.«

»Colin«, damit streckt er ihr die Hand entgegen. »Colin Black. Ich habe Sie hier noch nie gesehen.«

»Nein«, sagt sie. »Es war auch mein erster Auftritt. Ich bin Summer Blythe, bin erst kürzlich nach Suffolk gezogen. Eigentlich«, sie errötet leicht, »kennen wir uns schon, von einem Spaziergang mit Loretta.«

Er muss lachen. »Ja, klar, jetzt erinnere ich mich auch. Ich hoffe, es hat Sie nicht allzu sehr aus der Fassung gebracht, dass ich keine Kleider anhatte.«

»Ich war ein bisschen erschrocken«, gesteht sie. »Aber wie Loretta sagt, Sie wissen ja rechtzeitig Ihren Hut zum Einsatz zu bringen.«

Wieder lacht er. »Ich geh schon einige Jahre nackt spazieren. Die Leute in der Umgebung hier tolerieren meinen Spleen.«

»Wie kam es dazu? Ich glaube, ich hätte für so was nicht den Mut.«

»Ich bin Nudist, schon seit vielen Jahren, und eines Tages bin ich am Ufer eines FKK-Strands spazieren gegangen und einfach immer weitergelaufen. Es war … ein unglaublich befreiendes Gefühl. Ab da habe ich das regelmäßig gemacht.«

»Ich wusste nicht mal, dass es erlaubt ist«, sagt sie, »in der Öffentlichkeit nackt zu sein.«

»Oh doch, doch«, sagt er. »Es ist in Ordnung, solange man es nicht mit der Absicht tut, andere zu schockieren oder zu beleidigen. Ich halte mich meistens an ruhige Wege und gehe oft ganz frühmorgens. Das Gefühl, im Einklang mit der Natur zu sein, wird dadurch, dass man keine Kleidung trägt, noch verstärkt.«

Sie spürt Lauras Finger, die sie von hinten anstupsen. »Apropos Natur«, sagt sie und räuspert sich, »ich … ich habe Ihnen kürzlich einen Artikel geschickt. Hatten Sie denn schon Zeit, ihn zu lesen?«

»Einen Artikel?« Er denkt nach. »Worum geht es darin?«, fragt er und kratzt sich am Bart.

»Um Hasen«, sagt sie. »Ich habe auch ein paar Fotos beigefügt.«

»Ich schau mal nach, wenn ich wieder an meinem Schreibtisch bin. Leider ist meine Assistentin neu, und alles noch ein bisschen durcheinander.« Er gibt ihr die Hand. »Ich melde mich …«

»Summer«, erinnert sie ihn.

»Wunderschöner Name.«

Sie zittert, erfüllt von einem Hochgefühl. Die Melodie des nächsten Liedes, begleitet von Gitarrenakkorden, erklingt schon.

»Und?« Laura steht neben ihr.

Summer zeigt in Richtung Ausgang, und die beiden Frauen schlüpfen hinaus in die stille Nacht.

»Es sah so aus, als wärst du gut mit ihm ins Gespräch gekommen?«

»Er hat versprochen, den Artikel zu lesen.«

»Zwei Fliegen mit einer Klappe!« Laura hakt sich bei Summer unter. »Und wie war es zu singen?«

»Unheimlich schön! Jedenfalls nach dem ersten Schock, als ich wieder Luft bekommen habe!«

»Jetzt gibt es kein Zurück mehr!«, sagt Laura. »Es wird bestimmt noch viele solche Abende geben.«

Zu Hause angekommen, erzählt sie ihrem Vater die Neuigkeiten, während Laura Tee für sie macht. Summer ist noch etwas zittrig, aber sich zu trauen, mit dem Lied aufzutreten, hat sich herrlich angefühlt. Als tanze sie über den Rand einer Klippe hinweg und merke plötzlich, dass die Schwerkraft keine Macht über sie hat und sie durch die Luft schweben kann, beflügelt, und von Licht durchströmt. Fliegen.

Annabelle macht einen Katzenbuckel und stürzt sich auf ihre Knöchel, aus ihrer Kehle kommt lautes Schnurren, viel lauter, als man bei einem so winzigen Körper für möglich halten würde. Summer nimmt sie hoch, streichelt ihre Ohren und drückt ihr Gesicht in ihr geflecktes Fell.

»Ich hoffe, du hast vor, wieder zu singen?«, fragt ihr Vater. »Ich würde dich so gern mal hören.«

Das Kätzchen hat schon keine Lust mehr, gehalten zu werden, es windet sich und zappelt, und Summer setzt es sanft wieder ab.

»Entschuldige, Dad. Ich verspreche, dir nächstes Mal vorher Bescheid zu geben. Adam will sicher auch dabei sein.«

»Das feiern wir dann so richtig«, lächelt Dad. »Weißt du«, sagt er und legt seine Hand auf ihre. »Ich habe Adam immer schon gemocht. Er gehört inzwischen zur Familie. Er hat mir erzählt, dass er vorhat, nach Suffolk zu ziehen. Das finde ich ganz wunderbar und freue mich so für dich.«

Die Jalousie am Küchenfenster ist hochgezogen. Sie muss vorsichtig an den Keimgläsern mit Bohnensprossen und einer Sammlung von Kieselsteinen vorbeigreifen, die aufgereiht auf dem Fensterbrett stehen, um sie herunterlassen zu können und damit ihr Spiegelbild im Fensterglas und die wilde Brandung in der Ferne auszublenden.

42

KIT

Kit steigt aus Blues Wohnwagen und kehrt zum Pub zurück, das jetzt geschlossen hat. Sally-Ann und ihre Mutter stellen die Stühle auf die Tische und fegen den Fußboden. Paul steht hinter der Bar und rechnet die Einnahmen des Abends zusammen. Die Hunde liegen auf dem Boden und warten hoffnungsfroh darauf, dass es jetzt bald nach Hause geht.

»Ich helfe dir«, sagt er und nimmt Jenny den Besen ab. »Scheint ja viel los gewesen zu sein?«

»Wir haben uns den ganzen Abend die Hacken abgelaufen«, sagt Jenny, »es war proppenvoll. Ein Tollhaus.«

Sally-Ann verschwindet hinter dem Tresen, um die Geschirrspülmaschine einzuräumen.

»Der beste Abend seit Monaten«, sagt Paul. »Vielleicht sollten wir solche Abende regelmäßig veranstalten. Das bringt viele Gäste.«

»Was waren für Künstler da?« Kit fegt den Schmutz auf eine Kehrichtschaufel und schüttet ihn dann in einen Müllsack.

»Größtenteils die üblichen Verdächtigen. Mikes Version von *The Whole of the Moon* hat sie umgehauen«, sagt Jenny. »Es war sogar ein Typ dabei, der den langen Weg aus Norwich hierhergefahren war. Der hatte auch gar keine üble Stimme … und dann war da noch diese Fremde – eine ganz junge Frau – war nicht mal auf der Liste – aber das Lied, das sie gesungen hat, war wunderschön …«

»Mum«, unterbricht Sally-Ann sie scharf, »kannst du mir mal helfen?«

»Was denn, Liebes?« Jenny geht zu Sally-Ann hinüber.

»Eine Fremde?« Kit horcht auf, sein Herz schlägt schneller. »Eine junge Frau?«

»Eine unglaubliche Stimme«, sagt Paul. »Aber ihren Namen haben wir nicht mitbekommen. Sie war schon weg, bevor es zu Ende war.«

»Wie sah sie denn aus?« Sein Herz setzt einen Schlag aus, als er auf die Antwort wartet.

»Blond«, sagt Jenny.

»Blond?« Er bekommt das Wort kaum heraus.

»Na, auf mich wirkte sie eher … verzweifelt«, wirft Sally-Ann schnippisch ein. »Und ich verstehe auch nicht, dass ihr alle sie so toll fandet – unterer Durchschnitt, würde ich sagen.«

»Du bist eine knallharte Kritikerin, Sally-Ann Fisk«, neckt sie ihre Mutter.

»Sie war ein zierliches, kleines Ding«, sagt Paul. »Sah aus, als könnte der nächste Windstoß sie umpusten, und ich hätte nicht im Traum gedacht, dass eine so kraftvolle Stimme in ihr steckt.«

Kit fällt der Besen fast aus der Hand, und er muss sich zwingen, die Arbeit zu Ende zu bringen. Er schubst die Borsten planlos über den Boden, verteilt Staub und Sand überall, übersieht die leeren Chipstüten. Ganz kurz war er sich sicher, dass sie über Summer sprachen. Er hatte das Gefühl gehabt, sie fast körperlich zu spüren, das Echo ihrer Stimme zu hören, als hätte sie gerade erst den Raum verlassen. Aber die Beschreibung passte dann überhaupt nicht.

»Komm, lass das mal, Kit«, sagt Paul. »Heute ist doch dein freier Abend.«

Er kippt den Rest Kehricht in den Müllsack, und anders als sonst schlägt er auch nicht vor, den Müll noch rauszubringen oder eine der anderen Aufgaben zu erledigen, die üblicherweise am Feierabend anfallen.

Oben in seinem Zimmer öffnet Kit seinen Geldbeutel und lässt den kleinen silbernen Ohrring in seine Hand fallen. Er betrachtet den laufenden Hasen auf seiner Handfläche. Die Summer, die er in seinen Armen gehalten hatte, war stark gewesen und kurvig, fühlte sich geschmeidig und glatt wie ein Delfinrücken an, mit Muskeln, die fest und kräftig waren.

Er lässt den Hasen in sein Portemonnaie zurückfallen, als es an der Tür klopft. »Herein.«

Sally-Ann schlüpft ins Zimmer und schließt die Tür hinter sich. »Alles okay bei dir?«, fragt sie.

»Ja«, sagt er und fährt sich durch die Haare. »Warum?«

»Du hast etwas … mitgenommen ausgesehen, als du zurückkamst.«

»Bin nur müde, glaube ich.«

»Aber nicht zu müde … hoffentlich?«, fragt sie mit gedämpfter Stimme, kommt dann näher und legt ihm eine Hand auf die Brust. Ihre Knöchel sind rosa, ihre Fingernägel glänzend violett lackiert.

Er nimmt ihre schlanken, kühlen Hände und führt sie zu seinem Mund. Sie zittert. »Kit«, flüstert sie. »Du weißt aber schon, dass ich verrückt nach dir bin, oder?«

»Was ist mit deinen Eltern?«, fragt er, denn er weiß, dass sie noch unten sein könnten.

»Ich bin doch schon groß«, antwortet sie und stellt sich dabei auf die Zehenspitzen. Das entbehrt nicht einer gewissen Ironie, und er kann sich kaum ein Grinsen verkneifen, als er sie hochhebt. Sie wiegt fast nichts, mühelos zieht er sie in seine Arme, und sie quietscht und fällt ihm um den Hals. Er trägt sie zu seinem schmalen Bett, und sie kichert, während sie sich schon aus ihrer Jeans herauswindet und ihr Oberteil über den Kopf zieht, sodass ihr rabenschwarzes Haar von der statischen Aufladung knistert.

Summer gehört der Vergangenheit an, ist nur noch eine Erinnerung, die ihm Rätsel aufgibt und ihn nicht mehr loslässt. Trotz aller Versuche, sie zu vergessen. Aber das Leben muss ja weitergehen – und hier und jetzt gibt es Sally-Ann, vielleicht wird sie sogar Teil seiner Zukunft. Sie ist eine tolle Frau, und sie will ihn. Was gibt es da eigentlich noch zu zögern?

»Na, komm schon«, sagt sie mit belegter Stimme, als würde sie seine Zweifel spüren. Und sie streckt ihm die Arme entgegen.

Er knöpft seine Jeans auf, lässt sie fallen, der Gürtel klappert, als er auf den Boden fällt, und er legt sich zu ihr ins Bett. Sie schauen sich in die Augen, während er sanft über ihre Rippen und ihren Bauch streicht. »Kit«, murmelt sie und küsst seinen Hals, seine Brust. Er seufzt und schmiegt sein Gesicht an ihren Nacken. Es fühlt sich gut an, mit einem anderen Menschen nackt zu sein, ihren warmen Atem zu schmecken und ihren schnellen Herzschlag zu spüren, während sie sich an ihn kuschelt.

43

SUMMER

Colin führt sie in einen offenen Raum mit vielen Bücherregalen. Vor einem bodentiefen Fenster steht ein langer Tisch mit Papierstapeln und einer Schreibmaschine, in die ein Blatt eingespannt ist. »Das ist sowohl mein Büro als auch mein Zuhause«, sagt er und bittet sie weiter in den Raum hinein, wo ein Sofa steht und etwas, was Summer als den dänischen Egg-Sessel erkennt. Colin kippt ihn leicht, damit eine weiße Katze Platz macht, und bietet ihr den Sessel an. Er zieht einen Couchtisch aus Glas heran und sagt, er werde Tee machen.

Sie sieht ihn in der winzigen Büroküche verschwinden, einen bestickten Schal um die Schultern, dann hört sie das Pfeifen des Teekessels.

»Wie ich schon am Telefon sagte, der Artikel hat mir gefallen«, hört sie ihn aus der Küche rufen, und kurz darauf kommt er mit einem Tablett zurück. »Ich wusste gar nicht, dass die Römer die Hasen ursprünglich mit nach England gebracht haben.«

»Zusammen mit dem Huhn«, fügt sie hinzu. »Und man geht davon aus, dass beide Tiere damals verehrt und als heilig angesehen wurden«, erklärt sie weiter. »Gegessen wurden sie nicht.«

»Wie faszinierend.« Er stellt seine Tasse auf dem Glastisch ab. »Ich habe ein bisschen redigiert und dachte, vielleicht möchten Sie das mit mir durchgehen.« Er gibt einen Löffel Honig in seine Tasse. »Zweifellos können Sie schreiben.« Er rührt den Tee um. »Und Ihre Fotografien sind hinreißend, die sprechen für sich selbst.«

»Sie meinen … also«, sie schluckt, »Sie meinen, Sie möchten den Artikel veröffentlichen?«

»In der nächsten Ausgabe. Wir geben ja jährlich nur vier Ausgaben heraus.«

»Das … ist ja großartig«, haucht sie und traut sich nicht, weitere Fragen zu stellen, aus Angst, er könnte seine Meinung ändern.

»Leider können wir nicht viel zahlen«, sagt er. »Aber ich wäre an Ideen für weitere Beiträge interessiert. Und Sie sollten auf jeden Fall auch bei anderen Zeitschriften anklopfen.«

»Das hab ich schon«, gesteht sie. »Leider ohne Erfolg.«

»Nun, jetzt können Sie ja erwähnen, dass etwas von Ihnen in der *Suffolk Countryside* erschienen ist«, sagt er. »Das könnte helfen.«

Summer steigt in den Renault und lässt den Motor an, stößt rückwärts aus der Einfahrt, während ihr die Gedanken nur so durch den Kopf rasen. Es tut sich wirklich etwas. Ihre Artikel werden gedruckt und die Fotos in einer Zeitschrift erscheinen – ihre Arbeiten! Jemand wird ihre Ideen lesen – und sie wird anderen ihre Leidenschaft für Hasen näherbringen können. Idealerweise könnte sie mit ihrem Text vielleicht sogar etwas bewirken, dabei helfen, sie zu schützen. So viele Gedanken, alles noch ganz ungeordnet, aber ihr Grundgefühl ist, dass sie am liebsten vor Freude in die Luft springen und ihr Glück in die Welt hinausschreien würde.

Als sie bei der Kreuzung ankommt, die auf die Straße nach Woodbridge führt, fällt ihr ein, dass sie keinen Kaffee mehr haben, und sie biegt links ab, um nach Orford hineinzufahren. Dort parkt sie auf dem Marktplatz und geht auf den kleinen Dorfladen zu.

Beim Näherkommen bemerkt sie zwei Deutsche Schäferhunde, die vor der Tür angebunden sind. Ganz ruhig geht sie auf die Hunde zu und streckt ihnen die Hand hin, damit sie daran schnuppern können. Das Kennenlernritual läuft ganz gut, einer der beiden schnüffelt neugierig an ihren Taschen. Sie lacht. »Schade, leider keine Leckerli dabei. Aber du bist bildschön. Ihr alle beide seid das.« Sie streichelt sie und krault ihre weichen Köpfe, als sie sich schwanzwedelnd an ihre Beine schmiegen.

Hinter sich hört sie, wie die Ladentür geöffnet und mit einem Klingeln wieder geschlossen wird, und bemerkt, dass die Hunde voller Wiedersehensfreude die Ohren stellen. Sie dreht sich um und sieht eine zierliche junge Frau mit einer Papiertüte unter dem Arm auf sich zukommen. Die Frau stutzt, als sie Summer sieht. Ihre Reaktion wirkt übertrieben, fast unfreiwillig komisch.

Summer lächelt ihr zu. »Entschuldige bitte, ich konnte nicht widerstehen und musste einfach deine Hunde begrüßen. Was für prächtige Tiere, sie können aber sicher auch ganz schön anstrengend sein, oder?«

»Ja«, stimmt das Mädchen mit dünner Stimme zu. »Schon.«

Sie richtet sich auf und streicht sich eine verirrte schwarze Haarsträhne aus dem Gesicht. »Du ... bist doch neulich im Pub aufgetreten, oder?«

Summer lächelt. »Das war eine ganz spontane Aktion.«

Die Frau starrt sie an, schiebt sich die Papiertüte unter den Arm und tritt von einem Bein auf das andere. »Wie heißt du?«

»Summer ... Summer Blythe. Und dein ...?«, will sie fragen, aber die Frau drängt sich plötzlich an ihr vorbei und murmelt, sie habe es eilig. Schnell bindet sie die Schäferhunde los, zwischen den beiden großen, zotteligen Tieren wirkt sie winzig und ist kurz darauf auch schon weg.

Summer schaut ihr nach. Das Mädchen hatte irgendwie verärgert oder irritiert gewirkt, und dann noch der überstürzte Aufbruch. Befremdlich. Sie zuckt mit den Achseln. Jetzt muss sie aber ganz schnell Dad und Loretta von Colin erzählen und ihnen berichten, dass er ihren Artikel veröffentlichen wird. Anschließend dann mit Adam und Laura telefonieren, um auch ihnen die ganze Geschichte zu erzählen.

44

KIT

Er stellt den Moke vor einem Kino ab, zieht den Zündschlüssel ab und steigt aus. In Aldeburgh war er noch nie. »Dort wimmelt es von Londonern«, hat Sally-Ann ihn vorgewarnt. »Die sind vor allem ganz verrückt nach den hübschen kleinen, bunten Häusern entlang der Strandpromenade, den Feinkostgeschäften und den Gastropubs. Unseren Dialekt hört man dort allerdings kaum mehr«, hat sie grinsend gesagt. »Und in der Innenstadt gibt es vier Kunstgalerien.«

Sie haben die letzten zwei Wochen miteinander verbracht, zusammen im Pub gearbeitet, waren in Leiston schwimmen und auf einer Party von Freunden, und jede Nacht hat sie bei ihm übernachtet. Anfangs machte er sich noch Sorgen, Paul und Jenny könnten etwas dagegen haben, aber ihr Verhältnis zu ihm blieb genauso herzlich wie zuvor. Sally-Ann wollte ihn heute gern begleiten und hätte es lustig gefunden, sich als seine Agentin auszugeben. Aber er ist der Ansicht, dass er da allein durchmuss. Er konnte sich noch nie gut verkaufen und befürchtet, dass das, was er für Bescheidenheit hält, in Wirklichkeit nur Angst vor dem Scheitern sein könnte. Er hat seine besten Arbeiten dabei, einige Porträts, die neuen Landschaftsbilder, und im letzten Moment hat er noch ein Foto von der Hasenskulptur eingesteckt.

»Vielleicht solltest du ihnen das lieber nicht zeigen«, hat Sally-Ann gesagt und die Augenbrauen kritisch zusammengezogen. »Das bringt nur Verwirrung in die Sache, du bist doch Maler, und eine Skulptur passt nicht dazu. Die Leute wissen dann nicht, in welche Schublade sie dich stecken sollen.«

»Mich in was … reinstecken?«

»In eine Schublade.« Sie machte eine erklärende Handbewegung. »Also das, was dich definiert. Die Leute wissen gern, in welche Kategorie du gehörst.«

Kit gefällt der Gedanke nicht, in eine Schublade gesteckt zu werden, aber das ist nicht der Grund, weshalb er zögert, das Foto zu zeigen. Die Skulptur ist nur ein erster Versuch, und er würde zwar sehr gern eine professionelle Meinung dazu einholen, aber sie zu verkaufen – dazu ist er noch nicht bereit. Mit Leinwand und Farbe wiederum arbeitet er schon seit vielen Jahren und wünscht sich, dass die Galeristen ihn als ernsthaften Künstler anerkennen.

Sally-Ann war der Meinung, er solle einen Anzug tragen, aber er besitzt gar keinen. Er trägt ein blaues Hemd und eine relativ saubere Jeans, hat sich gekämmt und versucht, sein Haar zu bändigen, dann verwuschelt er es doch wieder, denn von Künstlern wird schließlich nicht erwartet, dass sie aussehen, als arbeiteten sie im Londoner Finanzdistrikt.

Seine Präsentationsmappe ist schwer. Er hängt sich den Gurt über die Schulter und hält sie seitlich schützend mit der Hand fest, während er durch die Glasscheibe der ersten Galerie schaut und erleichtert feststellt, dass keine Kunden da sind. Er öffnet die Tür, das laute Summen eines Türöffners lässt ihn erschreckt zusammenzucken. Die sperrige Mappe knallt gegen die kleine Bronzeskulptur einer Meerjungfrau, und er wirbelt herum, um sie aufzufangen.

Eine hochgewachsene Frau im Lagenlook kommt aus dem hinteren Bereich der Galerie und wirkt nicht gerade erfreut.

»Hi, mein Name ist Kit Appleby«, stellt er sich vor, während er die Meerjungfrau schnell auf ihren Sockel zurückstellt und sich dann einen Schritt davon entfernt. »Ich bin Maler aus der Umgebung hier und würde Ihnen gern einige meiner Arbeiten präsentieren.«

»Haben Sie denn einen Termin?«, fragt sie und berührt die lange Bernsteinkette, die kunstvoll um ihren Hals drapiert ist.

Er starrt sie ratlos an und wird rot. Warum hatte er nicht daran gedacht, vorher anzurufen?

»Nein, leider nicht. Aber wenn Sie vielleicht einen Moment Zeit hätten?« Er vermeidet es, sich in dem leeren Raum umzuschauen, damit sie nicht den Eindruck bekommt, er meine das ironisch.

Sie seufzt und gibt ihm mit einer Geste zu verstehen, er solle seine Mappe auf den Schreibtisch in der Ecke des Raums legen. In sicherem Abstand und die Hände hinter dem Rücken verschränkt, wartet er wie ein Schuljunge bei der Rektorin, während sie sich jedes Bild anschaut.

»Hmm.« Sie klappt die Mappe zu. Ihr Gesichtsausdruck ist leer, unergründlich. »Das ist nichts für uns, bedaure.«

Er geht und spürt dabei den Stachel der Demütigung. Kein einziges Wort zu seiner Arbeit. Er steht draußen auf dem Bürgersteig und wischt sich mit dem Handrücken über die Stirn. Es müssen fast 30 Grad sein, und dazu kommt die Aufregung – er hat das Gefühl, förmlich zu glühen. Sein Kragen ist innen klamm, und ihm läuft der Schweiß unangenehm juckend den Rücken hinunter. Es war ein Fehler zu erwarten, man werde ihn ernst nehmen.

Bei der nächsten Galerie muss er sich zwingen, sie zu betreten. Ein paar Kunden schauen sich darin um, und er entdeckt einen Mann, der an einem Schreibtisch sitzt und in einem Katalog blättert. Kit geht auf ihn zu. »Ich habe leider keinen Termin«, sagt er schnell. »Aber da ich schon mal da bin, wollte ich fragen, ob Sie Zeit hätten, sich meine Arbeiten anzusehen?«

Der Mann hebt den Blick, er trägt eine Brille im Elton-John-Stil mit getönten Gläsern und einer riesigen rosa Fassung, dann klappt er den Katalog zu. »Sie können Ihre Mappe hier ablegen. Ich mach mal kurz Platz.«

Er schiebt das Durcheinander auf seinem Schreibtisch zur Seite – einen Becher, eine halb leere Packung Kekse, eine Zimmerpflanze und das gerahmte Foto eines lächelnden jungen Mannes – dann gibt er Kit ein Zeichen, seine Arbeiten auszulegen.

Kit wartet, während er seine Bilder durchgeht. Manchmal verharrt der Galeriebesitzer bei einem, legt den Kopf schief, gibt Laute von sich, die Interesse bekunden. Kits Mund ist trocken. Er tritt unruhig von einem Fuß auf den anderen, fährt mit einem Finger an seinem Kragen entlang, streicht sich die Haare aus der Stirn.

Als der Mann fertig ist, schaut er auf. »Sie haben die inneren Welten Ihrer Sujets wirklich gut eingefangen.« Er nimmt die Brille ab, blinzelt mit seinen kleinen Augen. »Aber ich bin nicht sicher, ob ich Ihre Porträts verkaufen könnte. Mir persönlich gefallen sie, aber ehrlich gesagt, Ihr Stil … liegt nicht im Trend.« Er setzt die Brille wieder auf. »Auch die Landschaften sind gut. Aber wir bekommen so vieles in der Richtung, und ich fürchte … Ihre Bilder sind nicht … einzigartig genug, dass wir sie ausstellen wollen.«

Die Enttäuschung ist Kit deutlich anzusehen, sein Gesicht fällt förmlich in sich zusammen, und er muss sich dazu durchringen, dankbar und höflich zu lächeln. »Danke für Ihre Zeit«, stammelt er. »Und Ihre Offenheit.«

»Wie ist Ihr Name?«, fragt der Galeriebesitzer.

»Kit Appleby.«

»Benjamin King.« Der Mann gibt ihm die Hand. »Lassen Sie mir trotzdem mal Ihre Karte da.«

Kit kämpft mit der Tür, schafft aber seine Mappe unfallfrei nach draußen, und gerade als die Tür sich schließt, glaubt er Benjamin etwas rufen zu hören. Wahrscheinlich »Auf Wiedersehen« oder »Viel Erfolg«.

Bei der nächsten Galerie schickt man ihn weg und sagt, er müsse einen Termin vereinbaren, ihr Terminkalender sei auf Wochen hinaus ausgebucht. In der letzten ist man freundlicher, er darf auch dort eine Karte dalassen mit dem Hinweis, dass man vielleicht zu einem späteren Zeitpunkt auf ihn zurückkommen werde.

Es ist ein kleiner Hoffnungsschimmer, an den er sich klammert, aber als er bei seinem Moke ankommt, geht ihm auf, dass er eigentlich gar nichts erreicht hat – nichts außer vier Absagen. In die Galerien zu gehen und die Werke anderer Künstler an den Wänden ausgestellt zu sehen, hat ihm Lust auf Erfolg gemacht. Aber das war der falsche Ansatz. Er muss offensichtlich umdenken, einen prägnanteren Ausdruck finden, einen interessanteren Stil. Im Moment fühlt er sich mutlos.

Als er seine Autoschlüssel herausholt und dabei das Kinoprogramm im Glaskasten betrachtet, um zu sehen, welche Filme laufen, fällt ihm ein kleines Plakat ins Auge, das einen Folkabend in einem Pub in Framlingham ankündigt. Er merkt sich den Termin, denn es wird höchste Zeit, dass er über sein Problem mit Folkmusik hinwegkommt. Es würde sicher Spaß machen, mit Sally-Ann hinzugehen. Außerdem könnte er damit die Enttäuschung abschwächen, die er ihr neulich bereitet hat, denn er weiß, dass sie gekränkt war, als er an dem Abend im Anchor nicht dabei sein wollte.

45

SUMMER

Als sie Adam von ihrem Auftritt im Pub erzählte, sagte er, sie müsse unbedingt wieder auftreten, allerdings nur unter der Bedingung, dass er nächstes Mal eine Einladung bekäme. Dann berichtete Loretta davon, dass in zwei Wochen auch in Framlingham ein Folkabend stattfinden werde. »Es ist ein größerer Veranstaltungsort«, fügte sie hinzu. »Du solltest dich also unbedingt dafür anmelden – und dein Dad und ich werden auch da sein. Keine Widerrede.« Dads ursprünglicher Plan, den nächsten Auftritt mit allen zusammen zu feiern, begann also Gestalt anzunehmen.

Am Samstagabend kommen Adam und Laura zum weißen Cottage. Geplant ist, dass sie sich alle, einschließlich Dad und Loretta, nach dem Abendessen in *ein* Auto zwängen und gemeinsam zum Pub in Framlingham fahren. Adam gibt einen Witz nach dem anderen zum Besten. Sie hatte noch nie darüber nachgedacht, warum er das eigentlich tat. Vielleicht fühlt er sich verpflichtet, andere ständig unterhalten zu müssen, oder es hilft ihm, mit den Witzen anderer Leute und deren Humor seine eigenen Gefühle der Unzulänglichkeit zu überspielen. Sie legt ihm den Arm um die Taille, und er wirft ihr einen dankbaren Blick zu.

Sie quetschen sich an den Küchentisch, essen gemeinsam zu Abend und sprechen hauptsächlich über die Hochzeit.

»Wir haben vor, einen kleinen Pavillon zu mieten«, sagt Loretta, »den stellen wir über meiner Terrasse auf.«

»Vielleicht könnte Summer singen?«, schlägt Adam vor. »Bei der Party?«

»Oh, ja!« Loretta klatscht in die Hände. »Würdest du das tun, Summer?«

Sie ist hin- und hergerissen zwischen dem Ärger darüber, dass Adam es vorgeschlagen hat, ohne sie vorher zu fragen, und der Freude, zu den Feierlichkeiten beitragen zu können. »Ja … wenn du das wirklich willst«, antwortet sie, »natürlich gern.«

»Macht ihr auch Flitterwochen?«, fragt Adam.

»Wir verbringen eine Nacht in einem Hotel in der Nähe«, sagt Loretta. »Wir brauchen ja nicht weit wegzufahren, wenn wir doch so viel Schönheit direkt vor der Haustür haben.«

»Und wird es auch Kuchen geben und Reden?«, will Laura wissen.

»Na, auf jeden Fall«, antwortet Dad.

»Das wird ein Fest, das niemand so schnell vergisst«, lächelt Loretta. »Darauf könnt ihr euch verlassen.«

Loretta schenkt allen Wein nach. Aber Summer hält die Hand über ihr Glas. Für den Auftritt muss sie einen klaren Kopf bewahren. Da sie ihre Angst schon einmal überwunden hat, hoffte sie, es würde ihr beim zweiten Mal leichter fallen. Aber dem ist leider nicht so.

Sie entschuldigt sich und steht auf. »Ich brauche mal ein paar Minuten für mich«, murmelt sie.

Oben im Badezimmer putzt sie sich die Zähne und gurgelt, kontrolliert ihr Make-up, frischt die Wimperntusche auf und trägt etwas Lipgloss auf. Dann atmet sie tief durch, legt sich die Hand auf den Bauch und macht ein paar Stimmübungen.

Sie sitzt gerade auf der Toilette, als es klopft und Laura hereinkommt. »Spül nicht«, sagt sie, »ich muss auch.«

Summer zieht ihren Schlüpfer hoch. »Kann ich so gehen?«

Sie trägt ein langes Kleid mit Klatschmohn auf cremefarbenem Grund. Der Rock ist schräg geschnitten und von der Hüfte ab ausgestellt. Vorn ist er geknöpft, und sie hat die drei unteren Knöpfe geöffnet.

»Eine richtige Heldin der Folkmusik«, sagt Laura, die sie von der Toilette aus betrachtet. »Entwaffnend mädchenhaft – und deine Stimme wird sie aus den Socken hauen.«

Dad hat angeboten, heute Abend den Chauffeur zu spielen. Während der Fahrt erzählt Adam einen Musikerwitz nach dem anderen: »Ein Musiker hat sich verlaufen und fragt einen Passanten um Rat: ›Wie komme ich in die Philharmonie?‹ ›Üben, üben, üben!‹«

Laura stöhnt. »Die werden immer schlimmer«, sagt sie.

»Ich versuche doch nur, Summer abzulenken.« Er nimmt ihre Hand und drückt sie.

Summer starrt aus dem Fenster auf die goldenen Felder hinaus, die im Abendlicht rosa schimmern. Die Hitze ist drückend, und ein Gewitter braut sich zusammen – die Ruhe vor dem Sturm.

Loretta erzählt, dass sie als junges Mädchen in Framlingham aufs Gymnasium gegangen ist. Summer kurbelt das Fenster ganz herunter, hält den Kopf in den Fahrtwind und hört das Trommeln der Reifen auf der Straße. Sie riecht den heißen Asphalt und genießt diesen intensiven schweren Geruch.

Als sie ankommen, findet Dad einen Parkplatz in der Nähe von The Plough, und gemeinsam gehen sie auf dem staubigen Weg den Hang hoch. Geflügelte Ameisen schwärmen aus den Ritzen und schwirren ihnen um die Köpfe. Eine verfängt sich in Lauras Haar, und Summer bleibt stehen, um sie aus den dichten Locken ihrer Freundin zu befreien.

»Sie suchen nach einem Partner«, sagt Adam. »Das ist ihre einzige Chance, sich zu paaren.«

»Im freien Flug?«, fragt Loretta.

»Ganz genau. Das hat mir Lucy erzählt, die Biolehrerin. Sie gibt immer gern irgendwelche Fun-Facts der Biologie an mich weiter. Wenn man ganz genau hinschaut, erkennt man, dass manche größer sind. Das sind die Weibchen.«

Die Ameise surrt in Summers geschlossener Faust. Sie öffnet die Hand und beobachtet, wie sie in die Freiheit fliegt. Der Luftdruck steigt, und in ihren Ohren pfeift es. Aus der Ferne ist ein schwaches Donnergrollen zu hören.

The Plough ist ein weißes Eckhaus am Marktplatz. Am anderen Ende der menschenleeren Einkaufsstraße erkennt Summer die Festungsmauern einer Burg. Der Himmel hinter den Türmchen hat sich scharlachrot gefärbt. Die Röte durchbricht das Blau des Himmels, der Abendhimmel scheint in Flammen zu stehen, die Wolken sehen aus, als ob sie glühen.

»Da scheint ganz schön was los zu sein«, sagt Dad und bietet ihr seinen Arm an.

Wie oft hatte ihre Schwester sie gebeten, auch mal vor Publikum zu singen. Könnte sie doch nur fröhlich plaudernd hier bei ihnen sein, sie würde mit ihrem Lachen die Welt zum Strahlen bringen. Früher hatten Leute oft gestaunt, dass ein so ausgelassener Klang aus einem so zerbrechlichen, schwachen Körper kam. Effie hat in Summers Leben eine Lücke hinterlassen. Sie wird sich niemals füllen lassen. Und gerade bei Gelegenheiten wie diesen wird ihr Fehlen noch schmerzlicher zu spüren sein. Sie fasst Dad fest am Ellbogen, als sie zusammen hineingehen.

Loretta, Dad und Laura machen sich auf die Suche nach einem freien Tisch, und Summer zwängt sich durch die Menge, um denjenigen zu finden, der für die Teilnehmerliste zuständig ist. Er hakt ihren Namen ab. »Sie sind als Vierte dran, Schätzchen«, sagt er. »Heute bitte nur *ein* Lied, die Liste ist voll.«

»Willst du dir ein bisschen Mut antrinken?«, fragt Adam und drängelt sich dabei etwas in der Warteschlange an der Bar vor. »Vielleicht einen kleinen Weißwein«, ruft sie.

Die anderen haben sich inzwischen einen winzigen Tisch und genügend Sitzplätze gesichert. Sie hocken auf unbequemen Barstühlen, die Ellbogen eng an den Körper gelegt, während sie ständig von hinten geschubst werden, als sich der Raum immer weiter mit Leuten füllt, die keinen Sitzplatz mehr abbekommen haben.

Summers Handflächen sind feucht, sie wischt sie am Rock ab und presst sie gegen ihre Oberschenkel. Als Erste tritt eine junge Frau auf, und sie ist gut. Sie spielt recht ordentlich Gitarre und singt dazu. Das Publikum ist still und klatscht anerkennend, als sie fertig ist.

Von den nächsten beiden Auftritten bekommt Summer kaum etwas mit. Sie versucht, sich an den Text ihres Liedes zu erinnern. Der Moderator, der gestresst wirkt, ruft sie ans Mikrofon. Wie im Traum steht sie auf und bahnt sich einen Weg durch die Menge. Man lässt sie durch, damit sie zu dem kleinen freien Platz vor der Bar gelangen kann.

Sie befeuchtet sich mit der Zunge die trockenen Lippen, und das Herz schlägt ihr bis zum Hals. Rundum stehen Gäste, ein dicht gedrängter Pulk von Zuschauern. Erwartungsvolles Scharren mit den Füßen und Räuspern ist zu hören.

Die Gedanken an Effie geben ihr Kraft, das Versprechen, das sie ihr gegeben hat.

I sowed the seeds of love,
And sowed them in the spring …

Sie schließt die Augen, findet zur Melodie, taucht tief in das Wesen des Liedes ein, lässt sich von ihm tragen und weit über die Köpfe der Zuhörer erheben. Es ist das Lied, das sie an jenem Abend in Indien für Kit gesungen hat.

The willow tree will twist
And the willow tree will twine…

Gegen Ende des Liedes schaut sie in die Gesichter ringsum.

I oftentimes have wished I
Were in that young man's arms
That once had the heart of mine.

Ihr Blick wandert über die fremden Menschen, bei dem Text muss sie an Kit denken, und als sie seinem Blick begegnet, ist es, als hätte sie ihn mit ihren Worten herbeigezaubert. Er steht weiter hinten, in der Nähe der Tür. Eine Lücke zwischen den Zuschauern gibt den Blick auf ihn frei. Ganz aufrecht steht er dort und hört ihr aufmerksam zu. Sie starrt ihn an in der Erwartung, dass er gleich wieder verschwinden wird, sich in Luft auflösen. Sein Haar ist verwuschelt, seine Augen schauen sie ruhig an. Jedes Detail an ihm wirkt so echt.

That once had the heart of mine …

Bei der letzten Zeile stockt sie kurz, und dann herrscht Stille.

Das Publikum bricht in tosenden Applaus aus, und Kit, oder die Erscheinung, die sie von Kit hat, klatscht ebenfalls. Diese großen Hände, die schlanken Finger, die sie gehalten, ihr Gesicht berührt haben.

Plötzlich wird sie von Angst überwältigt, die sich wie ein Feuer in ihr ausbreitet und ihre Gedanken zerreißt.

Er ist es. Das ist er wirklich. Nach all diesen Monaten. Er ist hier. Es ist zu unwirklich, zu seltsam. Als ob ihr Lied ihn irgendwie über die Zeit hinweg zu ihr getragen hat. Wie einen Geist aus einer anderen Welt.

Von der anderen Seite des Raums ertönt ein ohrenbetäubender Pfiff. »Summer!« Ihre Familie jubelt ihr zu.

Sie schaut zu ihnen. Adam hat die Finger am Mund und pfeift, und hinter ihm stehen Laura, Dad und Loretta – alle klatschen und strahlen.

Ihre Augen wandern zu Kit zurück, aber er ist verschwunden.

Sie sucht das Publikum nach ihm ab. Aber warum, in aller Welt, sollte er überhaupt hier sein? Was wäre das für ein verrückter Zufall?

Als sie durch die Menge zu ihrem Tisch geht, zittern ihre Knie. Adam packt sie und küsst sie auf den Mund. Seine Lippen verweilen auf ihren, und er ist etwas unsicher auf den Beinen, schmeckt nach Bier und Zigaretten. Die anderen klopfen ihr auf die Schulter, sagen ihr, wie stolz sie auf sie sind, sie sei unglaublich gewesen.

»Summer?«

Sie wirbelt herum, ihr Herz schlägt bis zum Hals. Diese Stimme würde sie überall wiedererkennen.

»Was machst du hier?« Er steht so nah, dass sie ihn berühren könnte, sieht unsicher aus, die Stirn tief in Falten gelegt. Dann streicht er sich durchs Haar, genauso wie sie es in Erinnerung hatte, und ihr fallen die Farbkleckse auf seinen Fingern auf.

»Was … was machst *du* denn hier?« Ein Schock durchfährt ihren Körper. Der Raum beginnt zu schwanken. Sie streckt die Hand aus, um sich an einer Stuhllehne festzuhalten.

»Baby«, meldet sich eine andere Stimme neben ihr. Adam beugt sich an ihr vorbei und gibt Kit die Hand. »Hey«, sagt er. »Ich glaube, wir kennen uns noch nicht. Ich bin Adam, Summers Freund.«

Kit wirft ihr einen verlegenen Blick zu, als er Adam die Hand schüttelt. Seine Ohren sind rot geworden.

»Woher kennt ihr zwei euch?« Adam schaut zu Kit und dann wieder zu ihr, sein Blick ist neutral, doch die Augen verengen sich.

»Wir haben … uns im Urlaub kennengelernt«, sagt Kit. »In Indien.«

»Und jetzt bist du hier?«, fragt Adam. »Das ist ja mal ein Zufall, hm?« Er nimmt Summers Hand und drückt sie, schaut sie dabei an. »Hast du sie gerade eben gehört? Sie ist einfach super. Ich bin so stolz auf sie.«

»Ja, sie war großartig«, stimmt Kit mit schwacher Stimme zu. »Na gut.« Seine goldbraunen Augen sind leer. »Ich bin mit ein paar Bekannten hier … also dann …« Er schaut sich um und will offensichtlich nur noch weg.

»War nett, dich kennenzulernen«, sagt Adam schnell.

»Tschüss«, presst Summer hervor und schaut ihm nach, wie er zu einer fröhlichen Gruppe junger Leute geht, sich dazustellt und ein Glas von jemandem entgegennimmt. Es wird gelacht, und er schaut sich nicht mehr nach ihr um.

»Na, das war ja mal seltsam«, meint Adam. »Ist das der Typ, von dem du mir erzählt hast?« Er starrt auf Kits Hinterkopf. »Was macht der überhaupt hier?«

»Ich weiß es nicht«, antwortet sie und ballt ihre zitternden Hände zur Faust. »Können wir … können wir jetzt gehen?«

»Er ist dir aber hoffentlich nicht gefolgt, oder?« Adam klingt verärgert. »Das ist doch nicht irgend so ein unheimlicher Stalker?«

»Natürlich nicht. Ich glaube, ich habe mal von Suffolk erzählt und erwähnt, dass es ein guter Ort für Künstler ist«, sagt sie. »Ich nehme mal an, er ist hier, um zu malen.«

»Mach dir keine Sorgen«, beruhigt Adam sie und zieht sie näher zu sich heran. »Wir brauchen ihn nie wiederzusehen.«

»Ja … es war … schon ein Schock«, antwortet sie, und ihr wird übel. »Adam, ich bin fix und fertig. Ich muss wirklich heim.«

»Okay, Baby, gehen wir«, antwortet er und dreht sich weg, um die anderen zu rufen.

Dad, Loretta und Laura scharen sich um sie, lebhaft ins Gespräch vertieft, verlassen sie gemeinsam das Pub. Sie schaut noch einmal zu der Stelle, wo Kit steht, ein wuscheliger Kopf, der die anderen überragt. Er unterhält sich mit seinen Freunden, ohne sie zu beachten.

46

KIT

Irgendwie schafft er es, so zu tun, als feiere er mit dem Rest der Gruppe, hört sich noch ein paar Auftritte an, lacht über die Geschichten, die erzählt werden, und gibt eine weitere Runde aus. Aber seine Gedanken wandern zu dem Augenblick zurück, in dem er vor ihr stand. Er weiß nicht mehr genau, was er gesagt hat, ist dann nur durch die dichten Grüppchen von Gästen davongestolpert. Der Lärm des Pubs hat sich aufgelöst und in eine dröhnende Stille verwandelt.

Sally-Ann hat mit verkniffenem Gesichtsausdruck auf ihn gewartet, greift nach seiner Hand und drückt sie fest. »War sie das?«, fragt sie. »Das Mädchen auf deinem Bild? Was hat sie gesagt?«

Jemand reicht ihm ein Bier. »Nichts.« Er nimmt einen Schluck und zwingt seinen Mund weiterzusprechen. »Ihr Freund hat die ganze Zeit über geredet.«

»Ihr Freund?« Sally-Ann zieht die Augenbrauen hoch und lächelt zögernd.

Er kippt den Kopf nach hinten, lässt die Flüssigkeit in großen Schlucken durch die Kehle rinnen.

Sie wiederzusehen, hat sich angefühlt wie ein Sprung in eiskaltes Wasser – Schock, Schmerz, Atemlosigkeit. In seiner Lunge schien nicht mehr genug Sauerstoff anzukommen. Es ist nicht zu fassen, dass sie da war, im selben Raum wie er. Ihr inzwischen kurz geschnittenes Haar betont die Konturen ihres Gesichts und lässt sie verletzlich und älter aussehen. Sie ist dünner, zerbrechlich, und er hätte sie am liebsten in den Arm genommen.

Und sie hat einen Freund.

Der dunkelhaarige Mann plauderte scheinbar locker mit ihm, aber seine Augen sagten etwas anderes, die Heftigkeit seines Blicks war wie ein Schlag, während Summer stumm in seiner Umarmung dastand.

Scheiße. Kit trinkt ein Bier nach dem anderen, um die Erinnerung an das Versagen und den Schock auszulöschen.

Als sie sich endlich zum Gehen bereit machen, schaut er sich noch einmal um. Aber sie ist nicht mehr da.

Draußen ist das Gewitter losgebrochen. Sally-Ann und er laufen durch den Sturzregen, stolpern zu ihrem Auto. Die nasse, schwarze Welt schwankt und schlingert um ihn herum. Er ist betrunkener, als er dachte. »Ich hab dir doch gesagt, dass es bald anfangen wird zu schütten«, sagt sie lachend, als sie in den Land Rover steigen. »Gott sei Dank, dass wir nicht den Moke genommen haben – da hätten wir praktisch in einem Planschbecken gesessen!«

Sie fährt zurück nach Orford, der Regen prasselt gegen die Windschutzscheibe und lässt alles in der Dunkelheit verschwimmen.

Sie rennen zum Hintereingang des Pubs, und Sally-Ann kreischt laut, als sie in eine Pfütze patscht. Jenny kommt aus der Küche, einer der Hunde trottet neben ihr her. »Wie war's im Plough? Nicht so gut wie unser Folkabend, hoffe ich?«

»Nicht mal annähernd …« Sally-Ann grinst.

Kit steht neben ihr, zwinkert, geblendet vom hellen Deckenlicht, nickt, und kann nur hoffen, dass es ihm gelingt, so auszusehen, als sei er nüchtern, die Hand flach auf dem Flurtisch, um sich abzustützen und nicht das Gleichgewicht zu verlieren. Er muss jetzt dringend ins Bett. Der Boden unter ihm schwankt, und ihm wird übel.

»Jemand hat vorhin für dich angerufen, Kit«, fährt sie fort. »Eine Galerie.«

Das Wort lässt ihn aufhorchen, und er versucht, sich zu konzentrieren. »Galerie?«

»Benjamin Soundso. Ich hab seine Nummer aufgeschrieben.« Jenny gibt ihm einen Zettel, und er kneift die Augen zusammen, um die hingekritzelte Nachricht entziffern zu können. Einen Herzschlag voller Hoffnung. Fahrig stopft er den Zettel in seine Gesäßtasche.

»Also, ich geh jetzt heim.« Nachdem sie ihnen fröhlich zum Abschied gewunken hat, kehrt Jenny ihnen den Rücken, mit dem Hund im Gefolge. »Nacht.«

»Nacht«, sagen sie ebenfalls.

»Komm«, sagt Sally-Ann und nimmt seine Hand. »Wir müssen raus aus den nassen Sachen.«

Mit wackeligen Beinen schwankt er hinter ihr die Treppe hinauf und muss sich am Geländer festhalten, um nicht rückwärtszufallen. Er schließt die Augen, und Bruchstücke des Abends kommen zurück. Natürlich ist sie jetzt mit einem anderen zusammen.

Er denkt an ihr einsilbiges Gespräch. Sie hatten nichts zueinander gesagt. Nach all diesen Monaten. Gar nichts. Sie ist hier, in Suffolk. Aber … wohnt sie hier, oder ist sie nur auf Besuch? Diese Frage geht ihm durch den Kopf und lässt ihn jetzt nicht mehr los.

Dann steht er vor seinem Zimmer, und Sally-Ann schüttelt den Kopf. »Du bist ja stockbesoffen, du Vollidiot!« Aber er hört das Lachen in ihrer Stimme. »Komm her. Ich helfe dir.«

Er torkelt in sein Zimmer, stößt sich den Zeh am Kleiderschrank, fällt aufs Bett und kann sich nicht mehr rühren, als hätte jemand eine Tonne Backsteine auf seine Brust gekippt. Ganz vage bekommt er noch mit, dass sie ihm die Schuhe auszieht und die Decke über ihn breitet. »Schlaf gut.« Ein Kuss landet auf seiner Stirn. »Schlaf jetzt erst mal deinen Rausch aus.«

Die Tür fällt klickend ins Schloss. Dunkelheit. Aber das Bett scheint einfach nicht stillstehen zu wollen. Es hat sich von der Schwerkraft losgelöst, wirbelt durch den Raum. Er klammert sich an die Matratze, die sich dreht und wendet. In seinem Magen rumort die Übelkeit, und in seiner Kehle brennt der Geschmack von saurer Milch. Blitzlichtartig erscheint ihm Sally-Ann für einen kurzen Moment, dann Summer, und beide schauen ihn enttäuscht an.

Das Bett bäumt sich auf und stürzt dann abwärts, und er wird mitgerissen, die Augen fest geschlossen, auf den Aufprall gefasst. Und auf die Besinnungslosigkeit.

47
SUMMER

Adam liegt quer auf der Matratze in Summers schmalem Doppelbett, schnarcht laut und hat sie an den Rand gedrängt. Sie gibt ihm einen Stups, und er wälzt sich mit einem Stöhnen auf seine Seite hinüber. Der Wind heult ums Haus. Etwas schlägt und klappert oben auf dem Dach. Das Kätzchen hüpft hoch und kuschelt sich schnurrend in ihre Armbeuge. Summer starrt in die Dunkelheit. Die Ereignisse des letzten Abends laufen wieder und wieder vor ihrem inneren Auge ab. Wie sie sich anschauten, verdattert, die wenigen, vollkommen bedeutungslosen Worte, die sie austauschten. Und dann ging er, ohne sich noch einmal umzuschauen. Wäre es anders abgelaufen, wenn Adam nicht dabei gewesen wäre? Hätten sie dann miteinander gesprochen, alles aufklären können? Sie hatte Kit angemerkt, dass er schockiert war, sie zu sehen. Aber sie konnte nicht deuten, was er dachte oder fühlte, als sie Hand in Hand mit Adam dastand und vor Verlegenheit und Frust wie gelähmt war.

Kaum lagen sie im Bett, war Adam auch schon eingeschlafen. Sie weiß, dass er sich morgen früh dafür entschuldigen wird, aber in diesem Gefühlschaos wäre es ihr ohnehin kaum möglich gewesen, mit ihm zu schlafen. Sie hatte im Brustton der Überzeugung auf die Frage geantwortet, warum Kit in Suffolk sei, aber in Wirklichkeit hatte sie keine Ahnung. Kit hatte Farbspritzer an den Händen, also liegt ihre Vermutung nah, dass er zum Malen hier ist. Aber er schien auch mit einer Gruppe von Freunden unterwegs zu sein, so als würde er schon ewig hier wohnen.

Sie wacht in der Morgendämmerung auf, und Kit ist ihr erster Gedanke. Das Gewitter ist vorbei. Leise schlüpft sie aus dem Bett und schaut aus dem Fenster zum Strand. Das Licht ist violett, silbrig, dunstig, und sie erkennt auf dem Kies angeschwemmtes Treibgut, eine dunkle Masse verschiedener Gegenstände, die die

Wellen in der Nacht angespült haben. Verlorene Dinge, die wieder zurückgekehrt sind.

Sie zieht eine Jeans und ein altes Sweatshirt an, schleicht auf Socken nach unten und ruft leise nach Freitag. Er regt sich in seinem Korb und steht auf, ein bisschen steif, aber schwanzwedelnd und bereit für ein Abenteuer.

Verstohlen wirft sie einen Blick ins Wohnzimmer. Laura schläft auf der Couch. Sie hat Kit gestern Abend auch bemerkt, hat die Szene zwischen ihnen im Pub mitbekommen. Summer macht sich schon auf die Befragung gefasst, der Laura sie bestimmt unterziehen wird, sobald sie allein sind. Aber sie will nicht darüber sprechen, nicht mal mit Laura, die ihr die Fragen stellen wird, die Summer versäumt hat, sich selbst zu stellen.

Freitag und sie gehen langsam den Weg entlang, der parallel zum Strand verläuft. Er schnuppert und hebt das Bein, um zu pinkeln. Alle paar Schritte bleibt er stehen, um mit halb geschlossenen Augen ein neues Potpourri von Gerüchen aufzunehmen. Während sie auf ihn wartet, lässt sie den Blick über die flachen Felder schweifen, die sich zu ihrer Linken erstrecken. An Hecken und Zweigen hängen glänzende Regentropfen. Die Rücken der Schafe auf dem Feld sind noch nass, Dampf steigt aus ihrem dichten Fell auf.

Kit nach dieser langen Zeit so nahe zu sein, hat ein Gefühlschaos in ihr ausgelöst – Freude und Angst, Zorn und Verwirrung – das alles hat sie vollkommen überwältigt. Es war schwer gewesen, ihn nicht zu berühren, nicht ihre Finger auf seine Haut zu legen, nur um sicherzugehen, dass er es wirklich war. Ist er wütend auf sie? Hat er überhaupt noch Gefühle für sie? Sie schlägt die Hände vors Gesicht, muss damit aufhören, sonst macht sie noch alles kaputt. Jetzt hat sie ein neues Leben, eines, von dem Kit nichts weiß, eines, in dem er nicht vorkommt.

Zwei Tage später ruft Colin an und betraut sie mit einem weiteren Beitrag. Ihr erster Auftragsartikel. Das Hochgefühl, das sie in diesem Moment zu empfinden erwartet hatte, wird jetzt von der Verwirrung über den Abend ihres Auftritts getrübt. Aber sie ist zutiefst dankbar für den Auftrag, und es ist genau das, was sie gerade braucht, um sich abzulenken. Mit Lorettas klobiger, alter Schreibmaschine vor sich sitzt sie am Küchentisch und beginnt einen Artikel über die Freuden eines angehenden Vogelbeobachters. Ihre Finger hämmern auf die Tasten ein, nur ab und zu beugt sie sich vor, um einen Fehler mit einem Tropfen Tipp-Ex zu überdecken. Zur Probe liest sie die Sätze beim Schreiben laut vor:

> … mein Körper entspannt sich, eine Zen-ähnliche Ruhe kehrt ein, das Warten auf Vögel in der freien Natur ist eine Sache, die viel, viel Zeit braucht. Während man ausharrt, wird man ein Teil der Umgebung, man zwingt sich, unsichtbar zu werden, konzentriert sich ganz auf das, was um einen herum ist. Und unter anderem ist auch das wunderbar an diesem Hobby: Vögel stehen in direktem Wechselspiel mit der Insekten- und Pflanzenwelt, sie werden vom Wetter und den natürlichen Gegebenheiten beeinflusst. Mit anderen Worten, wenn man Vögel beobachtet, lernt man schnell, dass alles miteinander verbunden ist …

Sie macht eine kleine Pause und nimmt einen Schluck Kaffee. Dieser Text fordert sie mehr als der Artikel über Hasen, der vergleichsweise einfach zu schreiben war, weil sie darin ihre Leidenschaft hat einfließen lassen. Sie hat ihn nicht geschrieben, um einen Redakteur zu beeindrucken. Jetzt erwischt sie sich laufend dabei, dass sie ihre Formulierungen hinterfragt. Skeptisch geht sie ihre Sätze noch einmal durch. Hoffentlich, denkt sie, kommt es nicht zu belehrend rüber.

Freitag schnarcht in seinem Korb am Herd. Seine Pfoten zucken, während er in seinen Träumen rennt. Sie fragt sich, ob er gerade einen Phantomhasen verfolgt. Annabelle streift in der Küche umher und bleibt mit aufgestelltem, flauschigem Schwanz stehen, fasziniert von den zuckenden Pfoten des Hundes. Man sieht ihr an, dass sie darauf lauert, sich gleich auf die Pfoten zu stürzen, und Summer schnippt mit den Fingern, um sie abzulenken. »Lass ihn in Ruhe«, sagt sie zu dem Kätzchen. »Er macht sein Nickerchen.«

Annabelle springt auf ihren Schoß und schnurrt. Summer seufzt. »Wie soll ich denn arbeiten, wenn du mir im Weg bist?«

»Huhu!«

Es ist Loretta. Summer seufzt noch ein zweites Mal und schiebt ihren Stuhl zurück, um durchs Wohnzimmer zur Haustür schauen zu können. »Komm rein«, ruft sie.

Loretta sieht die Schreibmaschine. »Tut mir leid, wenn ich störe«, sagt sie. »Ich bleib auch nicht lang. Die Zeit zum Schreiben ist heilig.«

Sie streichelt Annabelle und liest über Summers Schulter das Geschriebene. Summer spürt, wie sich ihre Schultern und der Nacken anspannen. »Du hast da 'n Apostroph vergessen«, murmelt Loretta.

Summer holt Luft. »Wolltest du … etwas Bestimmtes?«

»Ich möchte dir mein Hochzeitsoutfit zeigen, solange dein Vater noch unterwegs ist«, sagt sie in einem gekünstelten Flüsterton. Sie stellt ihre riesige Einkaufstasche auf den Boden, raschelt darin herum und zieht etwas heraus. Dann schüttelt sie es aus und hält es mit gespreizten Fingern vor sich hin. »Was meinst du?«

Es ist ein seidener Kaftan mit dazu passender Hose in einem Regenbogen aus leuchtenden Farben, die wie auf einem abstrakten Bild ineinander übergehen. »Zu wild?«, fragt sie und blickt mit einem kritischen Blick auf das Outfit hinunter.

»Es ist wunderbar. Passt genau zu dir.«

Loretta lächelt. »Bringt ja nichts, jetzt noch so zu tun, als sei man ein Mauerblümchen.« Sie faltet die Kleidungsstücke sorgfältig zusammen und packt sie wieder ein. »Ich habe einen schönen, alten Bentley organisiert, der uns nach der Hochzeit zum Hotel bringt – es soll eine Überraschung für Donald sein.«

Summer lächelt. »Er wird begeistert sein.« Sie glaubt zwar nicht, dass Dad sich viel aus Autos macht, aber er wird den Gedanken, der dahintersteht, zu schätzen wissen. Sie empfindet eine herzliche Verbundenheit zu dieser Frau.

»Weißt du, ich hab mich geirrt«, fügt Loretta hinzu.

»Bitte?«

»Als ich dir meinen Rat in Bezug auf Männer gegeben habe. Erinnerst du dich, als ich dich zum ersten Mal überredet habe, mit mir schwimmen zu gehen?« Sie schaut auf ihre verschränkten Finger. »Weißt du, ich hatte vergessen, wie es sich anfühlt. So viele Liebesgeschichten, aber ich selbst hatte dabei aufgehört, an die Liebe zu glauben.«

Summer spürt einen Stich ins Herz. Sie kann nichts antworten, bringt schließlich ein leichtes Achselzucken zustande.

»Oh, und noch etwas.« Loretta richtet sich auf und greift wieder tief in die Einkaufstasche. »Ich wollte dir das hier geben.« Sie hält Summer eine steife, weiße Karte mit geprägter Schrift hin.

»*The Suffolk Summer Art Show*«, liest Summer.

»Das ist eine Einladung zur Vernissage«, sagt sie. »Es ist immer sehr vergnüglich. Sowohl mit etablierten als auch mit neuen Künstlern. Dein Dad und ich werden hingehen, willst du uns begleiten?«

Summer sieht sich die Einladung an. »Toll – danke.«

»Abgemacht«, sagt Loretta. »Je mehr kommen, desto besser. Ich bin mit den Organisatoren befreundet – bring gern Adam mit, wenn er mag.« Sie klopft Summer auf die Schulter. »Aber jetzt lasse ich dich in Ruhe.«

Summer erinnert sich an die Farbspritzer auf Kits Händen und fragt sich, ob er ebenfalls als einer der ausstellenden Künstler oder als Besucher bei der Vernissage anwesend sein wird. Bei dem Gedanken wird ihr flau. Es wäre eine Qual, ihm noch einmal mit Adam zusammen in der Öffentlichkeit über den Weg zu laufen. Das könnte sie nicht noch einmal ertragen. Aber es gibt ja keinen wirklichen Grund, warum er dort sein sollte, redet sie sich ein. Suffolk ist schließlich groß. Langsam wird sie ja schon paranoid.

Sie steht auf und stellt die Einladung auf den Kaminsims.

48

KIT

Am nächsten Morgen wacht er mit ausgetrocknetem Mund auf. Noch bevor er die Augen öffnet, drängen sich die Ereignisse des gestrigen Abends in sein Bewusstsein. Genervt stöhnt er auf und vergräbt seinen Kopf in den Händen. Wie ein Ohrwurm spukt ihm der Text ihres Liedes im Kopf herum, während er sich benommen und groggy aus dem Bett wälzt. Halt doch die Klappe, sagt er sich selbst. Schluss jetzt. Er kennt diesen Text und weiß, dass er von Verrat handelt. Aber *sie* hat doch *ihn* angelogen.

Erst als er in die Jeans vom vorherigen Abend schlüpft, fällt ihm der Zettel wieder ein, den er in die Tasche gestopft hat.

»Ich wollte nur nachfragen, ob die Skulptur eine Ihrer eigenen Arbeiten ist«, fragt Benjamin, als Kit ihn anruft.

Sein Schädel brummt von dem Kater und den Nachwirkungen des gestrigen Abends. »Wie bitte?« Er ist verwirrt, denn er hat doch gar keinem der Galeriebesitzer das Foto des Hasen gezeigt. »Das muss … ein Missverständnis sein«, sagt er zögernd.

»Das Kaninchen?«, beharrt Benjamin weiter. »Sie haben ein Foto davon fallen lassen – es scheint mir wiederaufbereitetes Material zu sein?«

»Der Hase?« Kit versucht, Bens Worten einen Sinn abzugewinnen – er hatte gar nicht bemerkt, dass ihm das Foto dort heruntergefallen war.

»Kaninchen. Hase. Was auch immer. Ich wollte fragen, ob ich es mir anschauen könnte?«

Am Nachmittag fährt Kit hinaus, um Benjamin bei den Scheunen zu treffen. Er ist froh, dass es etwas gibt, das ihn von den vielen offenen Fragen ablenkt, die weiter in einer wirren Endlosschleife in seinem Kopf herumschwirren. Er steht noch immer unter dem Schock,

Summer zuerst singen zu hören und dann zusammen mit ihrem Freund zu sehen. Er fragt sich, wie lange sie wohl schon zusammen sind. Vielleicht hatte sie die ganze Zeit einen Freund, sogar schon, als sie sich in Kerala kennenlernten. Bei dem Gedanken wird ihm noch schlechter, aber wenn sie bei allem anderen gelogen hat, warum nicht auch in diesem Punkt? Immer wieder sieht er ihr Gesicht vor sich, während sie sang, und ihren Ausdruck, als sie ihn im Publikum entdeckte. Das alles kommt ihm inzwischen so unwirklich vor, aber er weiß, dass es geschehen sein muss, weil Sally-Ann nicht müde wird, ihn dazu auszufragen. Ob er wirklich nichts gefühlt habe, als er sie wiedersah, und ob er nicht beabsichtige, sie wieder zu treffen. »Ich weiß doch nicht mal, wo sie wohnt«, beschwichtigt er sie. »Möglicherweise war sie nur übers Wochenende hier.«

Kit führt Benjamin um die Ecke zu Blues Werkstatt, wo Benjamin unter riesigen Geweihen und Postern mit in den Sonnenuntergang reitenden Cowboys langsam um die Skulptur herumgeht. Aus den Lautsprechern wehklagt Crystal Gayle und wird zeitweise vom Lärm des Winkelschleifers übertönt, aber Benjamin blendet sämtliche Ablenkungen aus und begutachtet den Hasen aus allen Blickwinkeln durch die rosarote Fassung seiner Brille. Er gibt Kit ein Zeichen, ihm nach draußen zu folgen.

»Ich organisiere die Suffolk Summer Art Show im Maltings-Kulturzentrum«, sagt er und streicht sich mit den manikürten Fingern über sein Hemd, als hätte die Luft in der Werkstatt dort Flecken hinterlassen. »Ihr Kaninchen würde ich gern auch dort zeigen.« Er nickt. »Sorry. Ich meine natürlich, Ihren Hasen.«

»Wirklich?« Kit schüttelt den Kopf. »Irre.«

Drei Tage später verkündet Sally-Ann, dass sie zur Feier seiner guten Neuigkeiten ein Picknick geplant hat. Es soll bei Shingle Street stattfinden. »An dem Ort, wo wir uns zum ersten Mal geküsst haben«, sagt sie und wirft ihm einen vielsagenden Blick zu, dann verdreht sie die Augen. »Hoffentlich taucht der alte Drache nicht wieder auf.«

»Da wir diesmal ja kein Feuer machen«, sagt er grinsend, »sollten wir vor ihr sicher sein.«

Er weiß, sie hat bemerkt, dass sich seine Stimmung seit Framlingham verändert hat, und er versucht, sich seine wahren Gefühle nicht anmerken zu lassen. Aber oft ist er unaufmerksam und gereizt. Dabei ärgert er sich vor allem über sich selbst, denn sie ist so begeistert wegen der Ausstellung, und – typisch Sally-Ann – sie scheint ihren ursprünglichen Rat, niemandem das Foto des Hasen zu zeigen, vollkommen vergessen zu haben.

Der Moke ist bepackt mit einer Picknickdecke und einem Korb mit Essen. Kit hat die Schlüssel in der Hand und ist schon auf halbem Weg aus dem Pub, als sie atemlos angerannt kommt. »Sekt«, sagt sie und schwenkt eine Flasche.

Sie halten neben der alten roten Telefonzelle und steigen aus, gehen über knirschende Kieselsteine an sprießendem Meerkohl vorbei hinunter ans Meer und vermeiden dabei die Flecken mit Flechten. Das Wasser ist glasklar, fast spiegelglatt, ein blaues Wogen wie das Atmen einer riesigen Lunge. Auf dem Kies verläuft eine einzelne Linie aus weißen Muscheln in Schleifen und Wirbeln über Hunderte von Metern und schimmert im Sonnenlicht. Sie endet in einem Pfeil, der auf ein weißes Cottage zeigt.

Kit bleibt stehen, geht in die Hocke, um sich die Schalen der aufgereihten Wellhornschnecken genauer anzusehen. »Was für eine tolle Idee!«

»Kapier ich nicht, warum sich jemand diese Mühe macht«, meint Sally-Ann achselzuckend. »Das wird ja dann doch nur zertreten und geht kaputt.«

Er macht vorsichtig einen Schritt über die zerbrechliche Linie und breitet dann etwas entfernt davon die Decke aus, die er immer im Wagen hat. Sie setzen sich, futtern Würstchen im Schlafrock und Chips und trinken den Sekt direkt aus der Flasche. »An den Lebensstil wirst du dich gewöhnen müssen«, sagt sie und hält die Flasche hoch, »wenn du erst mal ein reicher und berühmter Bildhauer bist.«

»Ein Bildhauer?« Er grinst. »Ich sehe, du hast mich in eine neue Schublade gesteckt?«

Sie lacht und knufft ihn gegen die Schulter. »Ich will doch nur, dass die Welt dein Talent erkennt, ganz egal, in welcher Schublade du steckst.«

Sie essen zu Ende, lecken ihre fettigen Finger ab, trinken die letzten Tropfen Schampus. Er hat darauf geachtet, ein gewisses Maß nicht zu überschreiten, also hat Sally-Ann den größten Teil der Flasche allein geleert. Er lehnt sich zurück, auf die Ellbogen gestützt, und schaut aufs Meer hinaus, dann setzt er sich auf. Da draußen ist irgendetwas. Es bewegt sich. Wippt auf und ab. Dunkle Köpfe, die im Sonnenschein glänzen. Vielleicht Robben? Dann erkennt er, dass es Menschen sind, die dort schwimmen. Er hört Stimmen und Lachfetzen, beobachtet, wie sie auftauchen, sich durch die Wellen kämpfen, an den Händen fassen und sich gegenseitig das rutschige Kiesufer hinaufhelfen.

Es ist ein älteres Paar, eine Frau mit rotem Haar, das unter einer schwarzen Badekappe hervorquillt. Sie stapft die Steigung hinauf, und das Wasser rinnt ihr dabei von den kräftigen Oberschenkeln. Der Mann ist sehnig und blass, seine Schultern voller Sommersprossen.

Sie stehen beisammen, trocknen sich lachend ab.

»Die scheinen ja zu glauben, dass man hier gefahrlos schwimmen kann«, sagt er und stupst Sally-Anns Knie an.

Sie blickt zu dem Paar hinüber, zieht die Augenbrauen zusammen und schaut dann noch genauer hin. »Ist das nicht die … die Frau von neulich abends?«, ihre Sprache klingt leicht verwaschen. »Die, die uns beschimpft hat?«

Auch Kit schaut noch einmal genauer hin und nickt. »Du hast recht – das ist sie.«

Der Mann rubbelt der Frau mit seinem Handtuch zügig die Schultern ab. Sie lacht und wirft ihm ein großes Handtuch über. Dann zieht sie es um beide herum, sodass sie darin eingewickelt sind.

»Diese alte Schreckschraube«, grummelt Sally-Ann.

»Jetzt gerade sieht sie aber nicht wie eine Schreckschraube aus«, sagt Kit und grinst.

Das Paar umarmt sich zärtlich und lange und wiegt sich unter dem Handtuch hin und her.

»Ist ja eklig«, schnauft Sally-Ann. »Die sind doch viel zu alt für so was. Und das noch am helllichten Tag.«

In diesem Moment stellt Kit den Zusammenhang her und erschrickt. Ist das nicht das ältere Paar, das mit Summer zusammen in Framlingham war? Bei einem kurzen Blick über ihre Schulter hat er sie als Teil der Gruppe an ihrem Tisch registriert. Das muss dann wohl ihr Vater sein? Sie hat doch erzählt, ihre Mutter sei schon gestorben. Er beobachtet das Paar, wie es Hand in Hand über die ansteigende Kiesböschung hinaufgeht, die Handtücher über die Arme geschlungen, und er fragt sich, ob sie wohl zu einem Auto oder zu einem der Cottages am Strand wollen.

Summer könnte auch hier wohnen, in Shingle Street.

Sein Herz hämmert heftig gegen die Rippen. Ohne darüber nachzudenken, beugt er die Knie und ist schon dabei, aufzustehen.

»Hey, Mister«, sagt Sally-Ann. »Was soll das denn jetzt werden?« Sie greift seine Hand und verschränkt ihre Finger mit seinen.

Er sieht das Paar verschwinden.

»Ich will ein Eis«, sagt sie und zerrt an seiner Hand.

Kit muss daran denken, wie Summer stumm vor ihm stand, der Arm ihres Freundes war eng um ihre Taille geschlungen. Die peinliche Stille zwischen ihnen füllte der andere Mann mit geheuchelter Freundlichkeit. Kits Magen krampft sich zusammen, ihm wird schlecht. Was ist nur los mit ihm? Es ist doch vollkommen egal, wo sie wohnt.

»Klar«, sagt er mit einem gezwungenen Lächeln und zieht Sally-Ann hoch. »Dein Wunsch ist mir Befehl. Aber hoffentlich haben sie Pistazie.«

»Du bist so ein Spinner.« Sie schüttelt den Kopf und lacht. »Warum sollte irgendjemand etwas anderes als Schokoladeneis wollen?«

Sie ist betrunkener, als er dachte. Sie schiebt ihre Hand in seine Gesäßtasche, schnappt sich seine Autoschlüssel, läuft damit weg und hält sie in die Höhe. »Und ich darf den Moke fahren«, ruft sie ihm über die Schulter zu, während sie kichernd davontorkelt.

Er läuft ihr schnell nach, sie kreischt und weicht seiner ausgestreckten Hand aus, bis er die Träger ihrer Latzhose zu fassen bekommt und sie zurückzerrt. »Ich glaube nicht, dass du in dem Zustand fahren kannst«, sagt er und nimmt ihr die Schlüssel ab.

Sie stolpert in seine Arme und zieht ihm lachend seine Mütze über die Augen. »Spielverderber.«

Er holt tief Luft. Neulich am Abend hatte sie sich mit ihm herumschlagen müssen, und jetzt ist er dran, geduldig und verantwortungsvoll zu sein. Aber eigentlich will er jetzt nur hoch zu der Reihe der Cottages am Rand des Strandes laufen und an jede einzelne Tür klopfen, um zu sehen, ob Summer die Tür öffnet.

»Du bist unverbesserlich«, sagt er zu Sally-Ann und bemüht sich, locker zu klingen. »Und ganz schön beschwipst.«

»Aber du liebst mich trotzdem«, antwortet sie, umarmt ihn und kuschelt sich unter seine Achselhöhle.

JULI

DER SIEBTE MONAT

49

KIT

Es ist der Abend der Vernissage – und er steht im Badezimmer und putzt sich die Zähne. Die Hasenskulptur ist zum Maltings-Kulturzentrum gebracht worden, wo er geholfen hat, sie aufzustellen. In unmittelbarer Nähe ist eine Henry-Moore-Skulptur dauerhaft zu sehen. Nachdem der Hase sicher auf seinem Sockel platziert war, ging Kit um ihn herum, und vor lauter Aufregung krampfte sich sein Magen zusammen. Niemals hätte er sich vorstellen können, am selben Ort ausgestellt zu werden, an dem ein Werk eines Künstlers wie Henry Moore gezeigt wird. Der Standort ist perfekt: eine ebene, lang gestreckte Rasenfläche, im Hintergrund das zarte Rot der Backsteinwände einer Konzerthalle und einer Galerie, und davor raschelnde Schilfgürtel, die sich in die schimmernde Weite erstrecken.

Er wünscht sich, Summer könnte das alles sehen, und er könnte die Neuigkeit mit ihr teilen. Er stockt, seine Zahnbürste steht still. Ein Gedanke kommt ihm, der gleichermaßen schrecklich und wunderbar ist – es wäre doch denkbar, dass Summer an diesem Abend auch bei der Vernissage ist? Aber dann fällt ihm ein, falls sie käme, würde auch ihr Freund dabei sein, und er selbst ist doch mit Sally-Ann zusammen. Er spuckt das Wasser aus, spült nach und stellt die Zahnbürste zurück in den Becher.

Er hat ein sauberes Hemd angezogen und ein paar seiner Visitenkarten in die Brusttasche gesteckt. »Heute wird viel los sein«, hat Benjamin zu ihm gesagt. »Natürlich kommen die Leute aus der

Nachbarschaft, die nur tratschen und sich alles anschauen wollen, aber es werden auch einige wichtige Sammler da sein.«

Sally-Ann wird ihn in fünf Minuten abholen. Der Lärm vom Pub dringt von unten durch die Decke, es klingt wie ein riesiger Bienenstock unter seinen Füßen, gelegentlich hebt sich ein schrilles Lachen von der allgemeinen Geräuschkulisse ab. Für heute Abend haben Paul und Jenny zwei Aushilfen aus der Gegend engagiert, die für ihn und Sally-Ann einspringen. Als er ihnen von der Ausstellung erzählte, sagten sie ihm, wie stolz sie auf ihn seien. Zum ersten Mal im Leben hat er das Gefühl, dazuzugehören.

Er betrachtet sich in dem kleinen Spiegel über dem Waschbecken. Die Krawatte, die er sich umgebunden hat, gibt ihm das Gefühl, gleich zu ersticken, also nimmt er sie wieder ab und macht den obersten Knopf des Hemdes auf.

»Hallo?«, ruft Sally-Ann vom Flur aus nach oben. »Kommst du? Du willst doch nicht zu deiner eigenen Vernissage zu spät kommen!«

Er steht oben an der Treppe. Sie wartet unten, ihr luftiges lila Kleid gibt ihrer schlanken Figur eine feminine Weichheit, der herzförmige Ausschnitt ist gerade tief genug, um die Rundung ihrer kleinen Brüste anzudeuten. Das tiefschwarze Haar fällt ihr in einer glänzenden Mähne über die Schultern, und sie hat es auf einer Seite mit einer Stoffrose zurückgesteckt.

»Du siehst … wirklich … hübsch aus.«

Die freudige Erwartung auf ihrem Gesicht verwandelt sich in einen Ausdruck der Enttäuschung. Er hätte wunderschön sagen sollen. Umwerfend. Atemberaubend. Nur hübsch?, rügt er sich. Sie hat etwas Besseres verdient.

Er geht nach unten. »Sollen wir?«, fragt er und hält ihr seinen Arm hin.

Lächelnd hakt sie sich bei ihm unter.

Der Lärm aus dem Pub ist hier noch lauter, schließlich trennt nur eine Tür den Flur von der überfüllten Bar. Sie sind schon an der Hintertür, als das Telefon im Flur läutet. Das laute Klingeln lässt sie kurz zögern, und Kit will umkehren.

»Ach, lass es doch läuten«, sagt Sally-Ann.

Kit hat schon die Hand an der Türklinke, aber das hartnäckige Klingeln hält ihn davon ab, in den lauen Abend hinauszutreten. Er lässt Sally-Anns Hand los und geht ran.

»Kann ich mit Kit Appleby sprechen?«, fragt eine Stimme.

Er schluckt, und eine böse Vorahnung lässt sein Herz schneller schlagen. »Am Apparat.«

»Margaret Cliftons Sohn?«

Als er den Namen seiner Mutter hört, krampft sich sein Magen zusammen. Der Anruf kommt vom Charing Cross Hospital. Er soll sofort kommen, wird gesagt, seine Mutter liege auf der Intensivstation, ihr Zustand sei nicht stabil.

Eine kleine, hässliche Stimme in seinem Kopf ätzt, dass sie doch immer einen Weg findet, ihm alles zu verderben. Aber er bringt sie sofort zum Schweigen. Er schaut zu Sally-Ann, die unsicher auf ihren hohen Absätzen an der Türschwelle steht.

»Schlechte Neuigkeiten?«, fragt sie und runzelt die Stirn.

Er nickt. »Tut mir leid – aber ich muss nach London. Meine Mutter – sie hatte einen Schlaganfall.«

50

SUMMER

Sie wählt ein schlichtes, gerade geschnittenes Leinenkleid, das sie schon jahrelang besitzt, aber noch nie getragen hat, weil es nicht richtig passte. Jetzt schmiegt es sich an ihren Körper, ohne zu kneifen, und ihr gefällt, wie das klare, lebhafte Zitronengelb ihre gebräunte Haut zum Leuchten bringt. Dann schlüpft sie in flache Sandalen, fährt sich mit den Fingern durch die Haare und wählt Kreolen als Ohrschmuck aus. Sie vermisst ihre silbernen Hasenohrringe, aber einer allein sieht nicht gut aus.

Als sie in die Küche kommt, unterhält sich Dad gerade mit Adam, der soeben angekommen ist und seinen dunkelblauen Anzug, ein weißes Hemd und dazu eine gemusterte Krawatte trägt. »Du siehst heute aber sehr smart aus«, sagt sie.

»Und du geradezu umwerfend«, antwortet er, legt die Arme um sie und kneift sie heimlich in den Po.

Loretta klopft ans Küchenfenster und ruft sie zu sich hinaus, wo sie in einem langen, fuchsiafarbenen Kleid und einem orangefarbenen Tuch um die Schultern auf sie wartet. Sie ist so ganz anders als Mum, die etwas Schlichtes gewählt hätte und darin ebenfalls wunderschön, aber dezent ausgesehen hätte.

Die Fahrt nach Snape ist nicht weit, und die Sonne färbt den Himmel über den Kiefern, den weiten Feldern mit Schweinen und den Dächern der Cottages aprikosenfarben.

Summer folgt einem Schild, das auf die Veranstaltung hinweist, und biegt vor einer Brücke auf den Parkplatz von The Maltings ab. Vom Wagen aus ist der Fluss nicht zu sehen, aber die Masten der vor Anker liegenden Kähne zeigen seinen Verlauf an. »Was war das hier früher mal?«, fragt Adam, als sie an hohen Lagergebäuden vorbeifahren.

»Früher wurde hier Gerste gemälzt«, erklärt Loretta.

»Und jetzt wird es für Ausstellungen genutzt?«, fragt Summer.

»Ja, es gibt hier aber auch einen wunderbaren Konzertsaal«, antwortet Loretta. »Und viele Geschäfte und Cafés natürlich.«

Der Parkplatz ist fast voll, die Rasenflächen um die Gebäude wimmeln von Besuchern. Summer findet einen freien Platz neben einem grünen Auto mit offenem Verdeck, das wie etwas aussieht, das die Militärärzte in der US-Serie *M*A*S*H* fahren würden. The Maltings hingegen wirkt durch und durch britisch: Auf den smaragdgrünen Rasenflächen hat sich eine größere Gruppe Menschen eingefunden, die Damen in Sommerkleidern und Hüten, wie man sie üblicherweise zu Hochzeiten trägt. Für die extravaganten Blumenmuster bilden die Männer in ihren Anzügen einen gedämpften Hintergrund.

Loretta führt sie über den Rasen zu einer großen, luftigen Galerie, drinnen ist der Lärm von Geplauder und Gläserklirren ohrenbetäubend laut. An den Wänden hängen Bilder in allen Größen und Stilrichtungen. Summer schaut sich um, viele Porträts sieht sie nicht.

Adam erscheint neben ihr mit einem Glas Sprudel. »Die Gratisdrinks sind das Beste daran«, sagt er eine Spur zu laut.

Mit einem strengen Blick bedeutet sie ihm, leiser zu sprechen, hält aber ihr Glas hoch und stößt mit ihm an. »*Cheers*«, sagt sie.

Als sie den Blick durch den Raum schweifen lässt, um zu sehen, wo Dad und Loretta bleiben, fällt ihr eine hübsche junge Frau in einem violetten Kleid auf. Summer ist sicher, dass sie sie schon einmal gesehen hat – das dunkle Haar, die Art, wie sie es über die Schulter zurückwirft –, aber sie kann sie nicht zuordnen. Die Frau scheint viele hier zu kennen und unterhält sich angeregt, während sie sich durch die Menge bewegt. Die ausgestellten Werke lässt sie dabei aber links liegen.

Nachdem sie eine Weile herumgelaufen sind, gibt ihr Loretta Bescheid, dass sie und Donald nach draußen gehen, um frische Luft zu schnappen. »Auf dem Gelände rundum werden oft noch zusätzlich Skulpturen ausgestellt«, sagt sie. »Und beim Schilf steht ein wunderbarer Henry Moore – er ist voller Löcher, durch die man durchklettern kann.«

Summer und Adam schlendern gemeinsam über den Rasen. »Da ist der Moore«, sagt Adam und zeigt auf drei abstrakte Metallblöcke. »Und dort ist noch eine Skulptur, die wie ein … Kaninchen aussieht.«

»Das ist kein Kaninchen«, korrigiert ihn Summer und geht auf die Skulptur zu. »Das ist ein Hase.«

Die Tierfigur ist fast abstrakt, nur eine Anordnung von geraden und gekrümmten Linien, die zusammen die Illusion eines fliehenden Hasen ergeben. Bei näherem Hinsehen erkennt sie, dass sie aus etwas hergestellt sein muss, das einmal ein Pflug gewesen sein könnte. Das ist aber raffiniert, denkt sie, vor allem aber ist es schön, poetisch. Sie beugt sich hinunter, um den Namen des Künstlers lesen zu können.

Als sie die Worte auf dem kleinen Schild sieht, bleibt ihr die Luft weg.

Verstohlen wandert ihr Blick zu Adam, aber er bekommt nichts mit, schaut sich gerade mit gelangweiltem Blick um. Noch einmal liest sie den Namen. Die Buchstaben tanzen und verschwimmen vor ihren Augen.

»Willst du noch etwas zu trinken?«, fragt Adam. »Man sollte das ausnutzen, bevor ihnen die Gratisdrinks ausgehen.«

Sie kann ihn kaum hören, denkt daran, wie Kit auf ihre silbernen Ohrringe zeigte. Sie lachte und korrigierte ihn damals: »Das sind Hasen.«

Schlagartig wird ihr klar, dass er hier sein muss. Das hier ist seine Vernissage. Sie schaut hektisch in alle Richtungen und erwartet, ihn hinter sich auftauchen zu sehen. Ihre Beine zittern, der Atem stockt, als sie sich umdreht und nach ihm Ausschau hält. Dann geht sie los, bahnt sich einen Weg durch die Menge, durchstreift das ganze Ausstellungsgelände. Dann weiter raus, um auch in den Läden und Cafés nachzusehen, aber die haben alle zu. Schließlich kehrt sie zum Rasen und zu seiner Skulptur zurück. Dort ist er nicht. Sie geht zum Infoschalter. Ein junger Mann mit rotem Gesicht sitzt dahinter und liest einen Roman. Sie räuspert sich, um auf sich aufmerksam zu machen, und bittet ihn um Information über Kit Appleby. Ein irrationaler Impuls lässt sie kurz befürchten, dass er sie abweisen und ihr mitteilen wird, Kit habe ihm untersagt, ihr Informationen über ihn herauszugeben. Doch der junge Mann am Infoschalter reicht ihr nur mit gelangweilter Miene einen Zettel, darauf ein Foto der Skulptur und eine Kurzbiografie von Kit, am unteren Rand seine Telefonnummer und die Adresse. The Anchor in Orford. Sie grübelt und erinnert sich an den dunkelblonden Haarschopf, der ihr aufgefallen war, als sie mit Adam auf einen Drink dort war.

»Aber … ist er denn heute gar nicht hier?«, fragt sie, während sie den Zettel in ihre Handtasche steckt. »Kit Appleby, meine ich?«

»Ach, ist er nicht?«, fragt der junge Mann. »Tut mir leid. Ich sitze hier nur rum, dazu kann ich nichts sagen.«

»Aha. Danke.« Sie dreht sich um und stößt mit Adam zusammen, der erhitzt und gereizt zu sein scheint und zwei Gläser Prosecco in Händen hält. »Wo warst du denn?« Damit streckt er ihr eins der Gläser entgegen. »Ich such dich schon seit einer Ewigkeit.«

»Sorry«, sagt sie. »Ich … musste mal für kleine Mädchen.«

Sie nippt an dem Getränk, das abgestanden und warm ist. In ihrem Kopf dreht sich alles, und sie berührt den Zettel in ihrer Handtasche, um sicherzugehen, dass er noch da ist. An ihren Fingerspitzen kribbelt der Zettel mit den Kontaktdaten wie elektrisch aufgeladen.

Ihre Wangen glühen, in dem engen Leinenkleid spürt sie ihr Herz hämmern. Merkt Adam denn gar nicht, dass mit ihr etwas nicht stimmt? Ist ihm nicht klar, was hier los ist?

»Na, komm schon, Baby«, sagt er und nimmt sie am Arm. »Lass uns mal deinen Dad und Loretta suchen.«

Während sie sich von ihm wegführen lässt, merkt sie, dass er völlig ahnungslos ist. Er bekommt absolut nichts von den betrügerischen Gedanken in ihrem Kopf mit, und diesen Vertrauensbruch hat er nicht verdient, aber ihr Herz macht einen Sprung bei dem Gedanken daran, dass Kit sie nicht vergessen hat. Dessen ist sie sich jetzt sicher. Der Hase ist wie eine Botschaft an sie – eine geheime Botschaft. Sie stolpert, ihr Fuß ist an einem Grasbüschel hängen geblieben, ihr Drink schwappt über ihre Hand und hinterlässt einen dunklen Fleck auf ihrem gelben Kleid.

51

KIT

Die Krankenhausflure erinnern ihn an die Zeit, als er in Indien ans Bett gefesselt war. Quälender als die Erinnerung an den körperlichen Schmerz ist jetzt im Nachhinein das schmerzliche Wissen, dass diese Wochen das Ende seiner Beziehung zu Summer bedeuten.

Sein Herz zieht sich zusammen. Er ist in der falschen Etage und steigt wieder in den Aufzug. Dreimal muss er anhalten und fragen, wie er zur Intensivstation kommt. Die Anspannung raubt ihm die Fähigkeit, klar denken und der Wegbeschreibung folgen zu können.

Seine Mutter liegt im Bett und sieht wie eine Fremde aus, eingefallen und von Apparaten umgeben. Der Anblick ihrer aschfahlen Haut schockiert ihn, und auch, wie die rechte Seite ihres Gesichts abgesunken ist, die Wange und der Unterkiefer hängen schlaff herunter, das untere Augenlid ist so weit heruntergezogen, dass der rote, feuchte innere Rand zu sehen ist.

Er setzt sich neben sie. Sie wäre entsetzt, wenn sie sich so sehen könnte – ihr ganzes Leben hat sie auf ihr Äußeres geachtet, war stolz auf ihre eleganten Beine und ihren Porzellanteint. Er berührt ihre reglose, von Altersflecken übersäte Hand. Der Anblick einer Kanüle, die auf ihrer zarten Haut festgeklebt ist, lässt ihn zurückschrecken.

Ihr Blick streift ihn, aber in ihren Augen leuchtet kein Zeichen des Erkennens auf. »Mum?«, murmelt er. »Ich bin's. Kit. Du bist zusammengebrochen. Aber du wirst wieder gesund – du bist jetzt im Krankenhaus, und sie werden sich um dich kümmern.«

Er hat keine Ahnung, ob sie ihn hören kann oder ob er ihr die Wahrheit sagt. Er weiß nur, was der Arzt ihm mitgeteilt hat: Sie habe einen ischämischen Schlaganfall erlitten. Sie bekommt Medikamente, und es werden Tests gemacht, um das Ausmaß der Hirnschädigung festzustellen.

Eine ganze Weile bleibt er noch sitzen und hofft, dass sie seine Anwesenheit spürt, es irgendwie ein Trost für sie ist.

Bevor er geht, sucht er eine Krankenschwester und fragt, wie es nun weitergeht. Sie erklärt ihm, seine Mutter müsse wahrscheinlich mindestens eine Woche auf der Intensivstation bleiben .

»Aber – sie wird doch wieder gesund?«

»Wir beginnen so bald wie möglich mit der Reha«, antwortet sie knapp. »Wir kümmern uns frühzeitig darum, also bereits auf der Intensivstation, um den Muskelschwund so gering wie möglich zu halten. Aber ihr Arzt kann Ihnen morgen mehr dazu sagen.«

Er öffnet die Tür zu seinem alten Zuhause, und als er eintritt, schlägt ihm der vertraute Geruch nach Kiefernholz und Chlorbleiche entgegen. Wie eh und je schauen ihn die Tänzerinnen, auf ihren Spitzenschuhen schwebend, die kalten Arme hoch erhoben, verächtlich an. Er fragt sich, wo Terry ist und warum er nicht im Krankenhaus war. Als er ins Wohnzimmer kommt, bleibt er stehen. Ein Set von Beistelltischen liegt umgeworfen da, grüne und weiße Porzellanscherben sind auf dem Teppich verstreut. Er kniet sich hin und berührt dunkle Flecken, die in die Fasern des Teppichs eingesickert sind, und er riecht Kaffee. Hier muss sie also gestürzt sein, und dann hat jemand den Rettungswagen gerufen. Terry, vermutlich. Kit stellt die kleinen Tische auf, stapelt sie übereinander und holt eine Schüssel Seifenwasser und einen Lappen aus der Küche. Dann räumt er die zerbrochene Tasse und den Unterteller weg und versucht, den Kaffee aus dem Teppich zu scheuern. Ganz bekommt er ihn nicht heraus. Sie wird über den Fleck nicht gerade erfreut sein. Er kniet auf dem Boden mit dem nassen Lappen in der Faust, als ihm ein Gedanke durch den Kopf schießt. Wird sie den Fleck überhaupt jemals zu sehen bekommen? Wird sie denn nach Hause zurückkehren und ihr normales Leben wieder aufnehmen können?

Er kippt die Scherben in den Mülleimer, wirft den Lappen ins Spülbecken und geht nach oben ins Zimmer seiner Mutter. Selbst jetzt noch hat er ein komisches Gefühl dabei, wenn er es betritt. Das Zimmer ist tadellos aufgeräumt und das Bett ordentlich gemacht, cremefarbene Zierkissen liegen an ihrem Platz, die gehäkelte Tagesdecke ist straff gezogen. Er überlegt, dass er ihr morgen vielleicht ein paar Dinge ins Krankenhaus bringen sollte. Auf ihrem Schminktisch steht eine verwirrend große Anzahl von Tiegeln und Döschen, darunter findet er eines, auf dem *Anti-Aging* steht. Er nimmt eine Haarbürste in die Hand, an deren Borsten graue Strähnen hängen. Die Dose mit Haarspray lässt er stehen, fügt aber ein Fläschchen Rosenwasser zu seiner Auswahl hinzu. Er hat zwar keinen Schimmer, was man damit macht, aber es klingt gut.

Im Badezimmer stutzt er, als ihm auffällt, dass nur eine einzige Zahnbürste im Becher steht. Er öffnet das Medizinschränkchen. Eine Schachtel Clairol Nice'n Easy Haarfarbe in Mahagonibraun, einige Fläschchen mit Schmerzmitteln, Sagrotan, Wundsalbe, ein paar Seifenstücke und ein Päckchen Heftpflaster. Aber wo sind der Rasierapparat, der Rasierschaum, das Aftershave? Zurück im Schlafzimmer, öffnet er den Kleiderschrank. Keinerlei Anzüge oder Hemden. Er schaut sich um. Nichts weist darauf hin, dass hier ein männliches Wesen wohnt. Nachdenklich zieht er die Stirn in Falten, dann macht sich Zorn in ihm breit. Der Dreckskerl hat sich doch tatsächlich aus dem Staub gemacht.

Er setzt sich auf ihr Bett. Der Abend ist zur Nacht geworden. Das Knacken eines Rohres ist zu hören, ein Auto, das draußen auf der Straße zurücksetzt. Bei der Vorstellung von ihrem Leben in diesem Haus überkommt ihn das Gefühl schmerzlicher Einsamkeit: das endlose Putzen, der verzweifelte Versuch, ihr Aussehen, ihre Figur zu erhalten – und wofür das alles? Sie hat nur wenige Freunde, keinen Ehemann oder Partner und einen Sohn, der versucht, sich so weit wie möglich von ihr fernzuhalten.

Er steht auf und fragt sich, wo ihr Nachthemd sein könnte, schiebt eine Hand unters Kopfkissen, aber da ist nichts. Zögernd zieht er eine Schublade auf, sie ist voller gefalteter Spitzenunterwäsche. Er scheut sich, weiterzusuchen und ihre Unterwäsche zu durchwühlen. Mit spitzen Fingern zieht er etwas Seidenartiges heraus und hält einen lila Slip in der Hand. Schlagartig fühlt er sich an Sally-Ann in ihrem violetten Kleid erinnert. Sie hatte sich ihre Enttäuschung über den abgesagten Abend nicht anmerken lassen, bot an, ihn zum Bahnhof zu fahren – sie nahm den Moke und sagte, sie hätte schon immer mal mit ihm fahren wollen. Er hatte ihn ihr unter der Bedingung ausgeliehen, dass sie ihn auch wieder vom Bahnhof abholt. Ob sie ohne ihn zur Vernissage gefahren ist? Er versucht, sich die Atmosphäre im Maltings-Zentrum vorzustellen: Die vielen Gäste mit Drinks in den Händen und miteinander plaudernd, Leute, die stehen bleiben, um sich den Hasen aus Metall genauer anzusehen – was würden sie sagen? Wurde er bewundert oder verlacht?

Er kniet sich hin und schaut unters Bett. Wenn seine Mutter wieder auf den Beinen ist, wird sie Hausschuhe brauchen. Er findet ihr altes blaues Paar, runtergetreten und speckig an den Stellen, wo die Fersen den Stoff abgerieben haben. Weiter hinten im Dunkeln stehen zusammengedrückt zwei Schachteln. Neugierig zieht er sie heraus, nimmt den Deckel der kleineren ab, es ist ein alter Schuhkarton, und seine Finger berühren gefaltetes Papier, das von einem Band zusammengehalten wird. Er erkennt, dass es sich um Briefe handelt. Obwohl ihn sein schlechtes Gewissen plagt, kann er nicht anders, er löst das Bändchen, nimmt den obersten Brief in die Hand und überfliegt die Worte. Es ist die Handschrift seiner Mutter, und er ist an seinen Vater adressiert. Er blättert den Rest durch. Das sind alles Briefe von seiner Mutter an seinen Vater. Aber wenn sie hier sind, kann sie sie nicht abgeschickt haben. Es sei denn, sie wären alle zurückgekommen? Er liest den ersten:

Liebster Alan,
bitte, tu das nicht – ich weiß, ich war wütend, aber ich habe das, was ich gesagt habe, nicht so gemeint – ich liebe Dich – das weißt Du. Es ist eben nur so, dass der Verlust mich manchmal so unendlich traurig macht …

Sie muss wohl über den Verlust ihrer Karriere sprechen. Er blättert in einem anderen Brief.

Alan,
wie kannst Du so grausam sein? Dein Schweigen bringt mich um. Ich war im Krankenhaus, aber das Untersuchungsergebnis ist das gleiche. Der Arzt sagt, ich werde nie wieder tanzen können und es sei zu gefährlich für mich, weitere Kinder zu bekommen. Aber mit alldem kann ich mich abfinden, wenn ich nur Dich und Kit habe.

Er liest weiter. Es sind die Briefe von Jahren. Er ist sicher, dass sie alle an sie zurückgingen. In diesen Briefen fleht sie seinen Vater an. Sie droht ihm. Sie wütet. Sie schreibt ihm, dass Kit aufgehört hat zu sprechen. Es gibt einen oder zwei Briefe, die sich auf ein Treffen beziehen – und darin ist sie voller Hoffnung. *Wenn wir wieder eine Familie sein können, weiß ich, dass wir glücklich werden. Kit wird wieder anfangen zu sprechen.* Aber die Hoffnung schlägt bald in Verzweiflung um. Im letzten Brief schreibt sie, er solle sich dafür schämen, dass er seinen Sohn im Stich gelassen habe. Und danach – hören die Briefe auf. Er schaut auf das Datum des letzten. Sie hat aufgehört, zu schreiben, als er fünf war. Fünf Jahre des Wartens und Hoffens.

Er wirft einen Blick auf ihren Nachttisch, der mit einem Sammelsurium von Tabletten überladen ist. Und da wird ihm schlagartig klar, dass sie bei seiner Geburt irgendeine Beeinträchtigung davongetragen haben muss, die sie daran hinderte, ihre Karriere als Tänzerin fortzusetzen. Er wusste schon immer, dass sie ihm die Schuld am Ende ihrer Karriere gab, aber er war nie auf den Gedanken gekommen, dass sie, als sie ihm das Leben schenkte, unwiderruflich Schaden genommen haben könnte. Er ist damit aufgewachsen, dass sie ständig Tabletten nahm. Es war ihm verboten, sie anzurühren, und es war normal, mit anzusehen, wie sie sie mit einem schnellen Zurücklegen des Kopfes trocken hinunterschluckte. Aber wenn sie ihr ganzes Leben unter Schmerzen gelitten hatte, würde das ihre Launen erklären, ihre Wutausbrüche, ihre Depression. Warum hat sie ihm das nie erklärt? Sie war immer zurückhaltend gewesen, wenn es darum ging, über persönliche Themen zu reden – sie mochte keine anzüglichen Witze, erwähnte weder Sex noch Menstruation oder die Wechseljahre. Nicht einmal über Krankheiten oder Geld sprach sie.

Er bringt die Briefe wieder in die richtige Reihenfolge und untersucht die andere große, runde Schachtel, wahrscheinlich enthielt sie früher einmal einen Hut, denkt er. Unter dem Deckel findet er etwas, das in weißes Seidenpapier eingewickelt ist. In den raschelnden Schichten des Papiers entdeckt er ein Paar weiche Babyschuhe aus Leder. Dabei liegen auch eine Babyrassel und eine selbst gehäkelte, sorgfältig zusammengefaltete kleine Decke aus cremefarbener Wolle. Darunter eine dünne Locke brauner Haare, ebenfalls von mehreren Schichten weißen Seidenpapiers geschützt und mit einem Schild versehen, auf dem steht: *Kit, ein Jahr alt*. Er öffnet einen Seidenbeutel und lässt zwei winzige Milchzähnchen herausgleiten. Ganz unten liegen flach gedrückt einige seiner ersten Bilder. Dabei ist auch ein Zeitungsausschnitt vom Lokalblatt mit einem Foto von ihm: Er hält eine Medaille hoch, die er mit zwölf bei einem Malwettbewerb gewonnen hatte.

Er starrt auf den Inhalt der Schachtel. Seine Mutter liebt ihn. Sie hat ihn immer geliebt. Als er das begreift, wird ihm schwer ums Herz.

Er schläft schlecht in seinem alten Zimmer und wacht zu den Geräuschen von London auf. Sirenen in der Ferne, seltsames Piepsen, das Dröhnen eines Motorrads, das allgegenwärtige Rauschen des Verkehrs. Nach der Ruhe von Orford ist der Lärm aufreibend.

Er macht sich einen schwarzen Tee und trinkt ihn, während er ins Wohnzimmer geht und das Radio anschaltet. Die Morgennachrichten, sogar die schlechten Meldungen, vermitteln eine Normalität, die tröstlich ist. Auf einem Bücherregal stehen Liebesschnulzen, aber nichts, was er als richtige Romane bezeichnen würde, und auf dem Couchtisch liegen ein paar Frauenzeitschriften. Unter der Glasplatte bemerkt er Stapel von Fotoalben. Er setzt sich und nimmt ein paar davon auf seine Knie, blättert die Seiten mit den glänzenden Bildern um, die schon so alt sind, dass sie sich ablösen. Es gibt Fotos von ihm als Baby, die er schon kennt, ein pummeliger Knirps auf einem Plastiktraktor, ein schlaksiges Kind, das grinst. Auf einem Bild ist er auf dem Arm seiner Mutter, wohl erst ein paar Monate alt, sie blickt auf sein schlafendes Gesicht. Ein anderes zeigt seine Mutter mit seinem Vater. Sie trägt ein schickes blaues Kostüm und Schuhe mit hohen Absätzen, er steht dicht neben ihr, aber sein Blick schaut nach links aus dem Bild, als hätte er bereits da über seine Flucht nachgedacht.

Das nächste Album, das er aufschlägt, kennt er noch nicht. Auf allen Fotos sind Tänzerinnen – elegante junge Mädchen mit Blumensträußen, die in die Kamera lächeln und duftige Ballettröckchen oder schlichte Trikots tragen. Sie sind wunderschön, dunkelhaarig, wie der Traum eines kleinen Mädchens von einer Ballerina. Und mit einem Mal begreift er, dass es keine verschiedenen Individuen sind, sondern die gleiche Person. Seine Mutter strahlt vor Glück. Ihr Gesichtsausdruck hat nichts von dem bitteren, missbilligenden Blick, der ihm so vertraut ist. Er berührt eines der Fotos und begreift, dass sie vor seiner Geburt ein vollkommen anderer Mensch war.

»Mum.« Er hält ihre Hand auf dem Bett.

Sie murmelt, ihr Mund hängt schlaff herunter. Er glaubt, in ihren Augen Frustration zu sehen. Und Wiedererkennen. Sie erkennt ihn.

»Ich habe gerade mit dem Arzt gesprochen«, sagt er zu ihr. »Und es besteht die Möglichkeit, dass du dich gut erholen kannst – mit Reha und Hilfe«, fügt er hinzu. Er drückt ihre Hand. »Ich hab dich lieb, Mum«, er schluckt. »Ich habe nie verstanden, wie sehr du mich liebst. Ich glaube, wir haben es nicht richtig geschafft, miteinander zu reden.«

Er nimmt ein Taschentuch aus einer Schachtel, die zu dem Zweck dort steht, und wischt ihr sanft tupfend den Sabber aus dem Mundwinkel.

»Weißt du noch, als ich nicht sprechen konnte?«, fragt er. »Aber meine Stimme ist wiedergekommen. Und so wird's auch mit deiner sein. Ich bin hier, Mum. Ich helfe dir.«

Eine Träne rinnt aus dem hängenden Winkel ihres Auges. Über Terry wird er lieber nichts sagen. Vielleicht hat sie es selbst erraten.

»Ich muss für eine Nacht nach Suffolk zurück«, erklärt er. »Muss ein paar Dinge regeln. Aber dann lasse ich dich nicht mehr allein.«

Sie versucht zu sprechen, ihr Gesicht zuckt vor Verzweiflung, und er wartet und hält ihre Hand. Worte kommen, verwaschen und entstellt, aber er versteht, was sie bedeuten. »Hab« … »lieb.«

52
SUMMER

Früh am Samstagmorgen hatte Adam Fußballtraining, deshalb war er sofort nach dem Besuch der Ausstellung nach Cambridge zurückgefahren. Sie hatte sich kaum überwinden können, ihn zum Abschied zu küssen – nur mit Lippen so hart wie Holz. Warum war Kit nicht bei seiner eigenen Vernissage gewesen?

Als sie am nächsten Morgen allein aufwacht, dreht sie sich um, tastet auf dem Nachttisch herum und schaut nach, wie spät es ist. Sechs. Sie nimmt den Zettel mit seinen Kontaktdaten und liest sie noch einmal durch. Als sie ihn das erste Mal in Händen hielt, war sie von dem Wunsch beseelt, sofort mit ihm Kontakt aufzunehmen. Aber jetzt machen sich Zweifel breit. Sie liegt auf dem Rücken und starrt an die Decke. Das Richtige wäre, ihn zu vergessen. Den Zettel zu verbrennen. So zu tun, als wüsste sie nicht, dass er nur ein paar Minuten entfernt in Orford lebt, und zu hoffen, dass sie sich nie wieder über den Weg laufen.

Sie dreht sich auf die Seite, stützt sich auf den Ellbogen und liest die Telefonnummer noch einmal, streicht mit dem Finger über die Adresse. Im Auto hinzufahren wäre ja im Nullkommanichts machbar.

Sie wird warten, sagen wir, bis neun, dann wird sie sich entscheiden – es ist zu früh, um jetzt irgendwo anzurufen. Um sich die Zeit zu vertreiben, läuft sie mit dem überraschten Freitag eine Runde über die Felder, dann füttert sie ihn und Annabelle und geht schwimmen. Das Wasser ist trotz der Morgensonne eisig. Der Schock belebt sie, und die Energie jagt durch ihren ganzen Körper. In den letzten Monaten ist aus ihr eine bessere Schwimmerin geworden, sie kann inzwischen sogar ganz passabel kraulen – es kommt dabei auf die Atmung an, hat Loretta ihr erklärt.

Nachdem sie aus dem Wasser kommt, geht sie, in einen Bademantel gehüllt, zum Cottage zurück und findet eine Nachricht von

Dad, er sei mal schnell zu Loretta rübergegangen. Weiteres Pläneschmieden für die Hochzeit. Sie nimmt kurz eine heiße Dusche, streift Kleider über und steckt Kits Infos in die Tasche.

Im Wohnzimmer kommt sie am Telefon vorbei und nimmt den Hörer ab, lauscht auf das Freizeichen. Aber sie wählt seine Nummer nicht. Sie muss sein Gesicht sehen, nicht nur seine Stimme hören. Eigentlich hat sie keine Wahl, sie muss versuchen, noch einmal mit ihm zu sprechen. Sie nimmt die Autoschlüssel und verlässt das Cottage, wo sie Freitag und Annabelle zurücklässt.

Als sie am Parkplatz beim Anchor ankommt, ist er fast leer – bis auf einen Land Rover und ein kleines grünes Auto, das einem Militärfahrzeug ähnelt und ihr bekannt vorkommt. Während sie auf das Haus zugeht, bleibt ihr bei dem Gedanken fast die Luft weg, wie groß die Wahrscheinlichkeit damals war, hier auf ihn zu treffen. An dem Abend im vollen Schankraum mit den lauten Seglern, als sie einen Blick auf seinen Hinterkopf erhaschte.

Die Tür an der Vorderseite ist abgeschlossen. Sie geht um das Haus herum zurück zum Parkplatz und sieht, dass die Küchentür offen steht. Sie späht in den dunklen Raum und klopft an. »Hallo?«

Gedämpftes Bellen setzt ein, ein grollender Lärm, der von mehr als einem großen Hund stammen muss. Es ist eine Profiküche mit glänzenden Oberflächen. Alles sieht peinlich sauber aus. Sie riecht den scharfen Geruch eines Chlorreinigers. Neben einer Edelstahlfritteuse steht ein großer Holztisch, darauf stapeln sich Kisten mit Gemüse. Sie schluckt, macht einen kleinen Schritt über die Schwelle und ruft erneut.

Eine Gestalt tritt aus den Schatten hervor. Es ist eine junge Frau, die einen großen Behälter mit etwas trägt, das Margarine sein könnte. Als sie Summer sieht, stellt sie ihn zur Seite und runzelt die Stirn. »Ja?«

Es ist die dunkelhaarige junge Frau, die sie vor dem Dorfladen getroffen hat. In dem Moment, als Summer der Zusammenhang klar wird, kommen zwei Schäferhunde bellend auf sie zugerannt.

Sie bleibt ganz still stehen und wartet, bis sie sich beruhigt und an ihr geschnuppert haben. Einer leckt ihre Hand ab.

Wieder zieht die Frau die Stirn kraus, schnippt mit den Fingern, und sie tapsen schwanzwedelnd zu ihr hinüber. »Ihr zwei«, sagt sie und zeigt ihnen die Richtung an. »Raus jetzt. Sofort.« Gehorsam verschwinden sie in das Innere des Pubs.

»Hi«, grüßt Summer lächelnd. »Ich glaube, wir kennen uns schon?«

»Ich weiß, wer Sie sind.« Die Frau hebt das Kinn. Sie beobachtet Summer genau, als hätte sie den Verdacht, dass sie vielleicht gekommen sei, um etwas zu stehlen oder Ärger zu machen.

»Oh.« Summer ist von der feindseligen Art der Frau eingeschüchtert. Das Blut rauscht in ihren Ohren. »Wirklich?«

»Er hat mir von Ihnen erzählt«, sagt das Mädchen. »Kit, meine ich.«

Die Stimmung ist gespannt. Summer schluckt, ihr Mund ist trocken. Sie weiß nicht recht, was hier vor sich geht. »Genau deshalb bin ich ja hier«, sagt sie, lächelt wieder und macht eine beschwichtigende Geste. »Ist er zu sprechen?«

»Er ist weg«, antwortet die dunkelhaarige Frau und stemmt die Hände in die Hüften. »Aber selbst, wenn er hier wäre, würde er nicht mit Ihnen sprechen wollen.«

Die Luft bleibt ihr weg, sie ist sprachlos. »Aber …«

»Sie haben ihn angelogen«, fährt sie in zornigem Ton fort. »Er hat mir alles erzählt.«

Summer blinzelt verwirrt. Ihr Gesicht glüht. »Das … das ist einer der Gründe, weshalb ich mit ihm sprechen muss … ich glaube, da hat … es ein Missverständnis gegeben …«

»Ich hab's Ihnen ja schon gesagt. Er ist nicht da.« Die Frau kommt einen Schritt näher, ihre Augen werden ganz schmal. »Was zwischen euch in Indien war … es ist vorbei. Spielt jetzt keine Rolle mehr, denn jetzt ist er mit mir zusammen. Wir sind ein Paar … und sehr glücklich. Also, bitte, da ist die Tür.« Ihr Blick wandert zum Ausgang und kehrt zu Summer zurück.

Sie ist hübsch, diese kämpferische junge Frau ohne Namen. Ihre Gesichtszüge sind zart und ansprechend, ihr glänzendes Haar ist zu einem Pferdeschwanz hochgebunden. Sie hat einen außergewöhnlich hellen Teint. Und sie ist … Kits Freundin.

Der Schmerz wühlt schwer und dunkel in Summers Innerem. Sie nickt, kann nichts sagen und geht rückwärts aus der Tür. Hinter sich hört sie, wie sie mit einem Knall zugeschlagen wird.

Ohne den Motor anzulassen, sitzt sie im Wagen. Sie beißt sich auf die Lippe. »Mist.« Dann packt sie das Lenkrad. »Verdammt.« Sie lässt den Kopf sinken, unfähig, sich zu bewegen. Es ist ein Schock. Dabei sollte es das eigentlich nicht sein. Indien liegt Monate zurück. Sie selbst ist jetzt mit Adam zusammen. Warum sollte er sich in der Zwischenzeit nicht weiterentwickelt haben? Es ist aus, denkt sie. Endgültig. Und die bittere Ironie daran ist, dass sie nur ein paar Minuten voneinander entfernt wohnen.

Mit zitternden Fingern startet sie den Wagen und rollt vom Parkplatz, blinkt rechts und fährt auf die Straße, die aus dem Dorf hinausführt.

53

KIT

In der Wohnung seiner Mutter macht er sich schon zum Gehen bereit, als ihm einfällt, dass er vielleicht seinem Vater sagen sollte, was passiert ist.

Sein Vater nimmt sofort ab und ist überrascht, Kits Stimme zu hören. Kit überspringt alle einleitenden Floskeln und kommt gleich zur Sache. Eine kurze Pause. »Das ist bedauerlich«, sagt sein Vater.

»Ich weiß, dass du sie nicht besuchen wirst«, sagt Kit. »Aber ich dachte trotzdem, du solltest es erfahren.«

»Und du«, fährt sein Vater fort. »Wie geht es dir? Gut?«

»Bisschen spät, danach zu fragen, findest du nicht?«

»Kit …« Schweres Atmen am anderen Ende. »Ich weiß, dass du mir die Schuld gibst. Aber … deine Mutter … es war einfach nicht möglich, mit ihr zu leben.«

Kit schluckt. »Ach wirklich?« Er hofft, dass sein Vater die Prise Sarkasmus heraushört.

»Ich wollte dich nicht bei ihr zurücklassen, aber ich musste weg. Ich hatte keine andere Wahl, denn hätte ich dich weiterhin besucht, dann hätte sie das ausgenutzt, um ein Teil meines Lebens zu bleiben.«

»Also hast du mich im Stich gelassen?«, fragt Kit.

»Ich fand es besser, einen endgültigen Schlussstrich zu ziehen. Für uns alle.«

Vor Wut wird ihm einen Moment schwarz vor Augen, und er muss sich zwingen, tief durchzuatmen. »Du hattest doch eine Beziehung mit ihr, hast sie geschwängert …«

»Sie hat mir erzählt, dass sie verhütet. Das hat sie mit Absicht getan, um mich in eine Falle zu locken.«

»Sie … erzählt etwas anderes.«

»Sie lügt, Kit. Sie ist eine krankhafte Lügnerin.«

»Aber sie hat ihr Kind nicht im Stich gelassen.«

Kurzes Schweigen und ein lautes Ausatmen. »Ich habe immer Unterhalt gezahlt, bis du achtzehn warst.« Der selbstgerechte Ton reizt Kit so sehr, dass er die Hände zu Fäusten ballt.

»Das ist ja einfach nur selbstverständlich.« Er lässt sich auf einen Stuhl neben dem Tisch im Flur sinken. »Du hast eine komplette andere Familie. Eine Frau. Einen Sohn, der bei dir lebt.« Er beugt sich wütend vor. »Sie wissen nichts von mir, oder?«

Schweigen.

»Feigling.« Etwas in seiner Brust löst sich, und eine Flut des Kummers und der Wut bricht los. »Du bist erbärmlich.« In seinen Augen brennt es. »Ich habe mich damit herumgequält und mich gefragt, was ich getan habe, dass du uns verlassen hast – aber ich war ja nur ein Kind. Du warst es. Du hast Schuld.«

»Ich dachte, es wäre das Beste.« Sein Vater klingt fast wütend. »Ich wollte dich nicht mit ständigem Kommen und Gehen verwirren. Pass auf, vielleicht können wir uns mal treffen, von Mann zu Mann. Etwas zusammen trinken. Und wenn du Geld brauchst …«

»Es ist zu spät«, sagt er in den Hörer. »Wenn du vorhast, mich vor deinem anderen Sohn zu verstecken, will ich dich nicht treffen. Vor meinem Halbbruder.« Er schnaubt frustriert. »Und dein Geld will ich auch nicht.«

»Das Angebot steht, solltest du deine Meinung ändern.«

Er will das Gespräch jetzt beenden. »Ich … gehe … ich muss einen Zug erwischen und noch einiges in Suffolk regeln.«

»Kit«, sagt sein Vater, »das hätte ich fast vergessen. Eine junge Frau hat hier für dich angerufen.«

Er erstarrt, sein ganzer Körper steht jetzt unter Strom. »Was? Wann denn?«

»Es muss vor ungefähr vier Monaten gewesen sein. Sie sagte, sie hätte dich im Urlaub kennengelernt.« Er holt Luft. »Wie hieß sie noch mal? Autumn?«

»Summer.«

Sein Vater spricht noch, als Kit schon längst aufgelegt hat. Die plötzliche Erleichterung beflügelt ihn. Sie muss sich daran erinnert haben, dass er ihr erzählt hat, sein Vater lebe in Wokingham. Sie hat also auch versucht, ihn zu finden. Nicht nur er. Es stimmt zwar, dass sie einen Freund hat, erinnert er sich, aber vielleicht ist es ja gar nichts Ernstes. Er kneift die Augen zusammen. Sie haben einander verpasst, vielleicht nur um Augenblicke, wie bei Trapezkünstlern, deren Finger vor dem Absturz ins Netz aneinander vorbeigleiten.

Er muss sie finden. Mit ihr sprechen. Diesmal aber richtig.

Er kommt am Bahnhof Woodbridge an, aber da steht kein Auto. Verdammt. Er hat vergessen, dass Sally-Ann sich den Moke ausgeliehen hat. Er hätte sie anrufen sollen, bevor er in den Zug stieg. Nun kann er ebenso gut auch ein Taxi nehmen, statt zu warten, bis sie hergefahren ist, um ihn abzuholen. All seine Gedanken kreisen nur um Summer. Er hat einen Nachmittag Zeit, um sie zu finden, bevor er nach London zurückfährt.

Das Taxi setzt ihn am Anchor ab, aber auf dem Parkplatz steht kein Mini Moke. Leise flucht er vor sich hin. Wie soll er die nächsten Stunden ohne Auto zurechtkommen? Paul kommt mit einer Kiste aus dem Lagerraum. »Ach, du bist wieder da, ja?«

Kit nickt. »Vorläufig – aber meine Mutter ist schwer krank.« Er hätte Paul und Jenny sofort anrufen müssen, sobald er wusste, wie ernst die Lage ist, das erkennt er jetzt. Es war ja abzusehen gewesen: Er würde nicht so bald wieder zur Arbeit kommen können, aber er hatte keinen klaren Gedanken fassen können.

»Tut mir leid, das zu hören.« Paul wartet und packt die Kiste fester.

»Ich muss leider morgen schon wieder nach London zurück.«

»So bald?« Paul runzelt die Stirn.

»Ich kann auch nicht wiederkommen, und das tut mir wirklich leid. Heute Abend kann ich noch arbeiten, aber danach packe ich meine Sachen und gehe. Mir ist klar, dass ich euch hängen lasse.«

»Gut – na ja«, seufzt er. »Da kann man nichts machen. Und wir haben ja Jack, der einspringen kann. Mach dir keinen Kopf.«

»Danke.« Kit schluckt. »Wo ist Sally-Ann?«

Paul hebt leicht die Schultern. »Da weiß ich auch nicht mehr als du.«

Kit zögert einen Moment und versucht, sich zu konzentrieren. Er hat nur ein paar Stunden und braucht jetzt einen Plan. Obwohl es seine eigene Schuld ist, ärgert er sich über Sally-Ann. Er hätte anrufen sollen. Er läuft die Treppe hinauf in sein Zimmer und wirft seinen Rucksack aufs Bett, um den Rest seiner Sachen zu packen. Am Abend will er einen Teil seiner Malausstattung holen und morgen alles irgendwie zum Zug schleppen. Blue oder Sally-Ann könnten ihn wahrscheinlich am Bahnhof absetzen. Den Moke kann er nicht mit nach London nehmen, er gehört ja Gerald. Er muss ihn zur Farm zurückbringen, vielleicht würde Blue ihn fahren wollen. Er kaut an seinem Daumennagel herum und denkt an sein Atelier. Die Miete ist sehr günstig. Noch will er es nicht aufgeben.

Er holt das alte Fahrrad aus dem Schuppen voller Spinnweben, prüft die Reifen und schiebt es auf die Straße.

Seit er Summers Vater am Strand gesehen hat, ahnt er etwas in Bezug auf Shingle Street. Soweit er sich erinnert, gibt es in der »Straße« nur ein paar Cottages, er wird einfach an jede Tür klopfen und nach ihr fragen.

Der rostige Rahmen des Fahrrads ächzt unter ihm, als er in die Pedale tritt. Als er aus dem Dorf hinausfährt, läuft es ihm kalt den Rücken herunter. Auf den schmalen Wegen horcht er aufmerksam auf Motorengeräusche und das Dröhnen von Reifen auf dem Asphalt. Jedes Mal, wenn ein Auto vorbeifährt, schlägt sein Herz wie wild. Beim Zischen der Bremsen eines Lieferwagens, der hinter ihm fährt, bricht ihm der kalte Schweiß aus, und er fängt an zu zittern. Er packt die Griffe des Lenkers fester und fährt mit gesenktem Kopf weiter, während das Fahrzeug an ihm vorbeibraust.

Am Martello-Turm ist ein Zaun, an den er das Fahrrad lehnen kann. Das Meer glitzert im Licht, und am Strand sind ein paar Leute, die auf Picknickdecken hinter ihren Windschutzsegeln sitzen. Ein kleiner weiß-brauner Terrier springt mit fliegenden Ohren zu seinem Besitzer zurück und lässt einen Ball zu dessen Füßen fallen. Mit schräg gelegtem Kopf kläfft der Hund und wartet darauf, dass das Spiel weitergeht. Als kleiner Junge hatte er sich so einen Terrier sehnlichst gewünscht. Seine Mutter arbeitete fünf Tage die Woche als Sekretärin und musste irgendwie den Beruf, den Haushalt und die Fürsorge für ihn unter einen Hut bringen. Natürlich konnten sie keinen Hund haben.

Er geht über den Kiesstrand und entschließt sich, bei dem letzten Cottage anzufangen und sich bis zum Turm vorzuarbeiten. Die Linie aus weißen Muscheln ist noch unversehrt und scheint länger geworden zu sein, ein leuchtendes Zeichen in der Landschaft. Während er darübersteigt, schaut er auf und zählt acht Cottages. Je weiter er sich vom Parkplatz entfernt, desto weniger Leute begegnen ihm. Bald sind er und die Möwen allein, allerdings ist da draußen im Wasser noch jemand. Er hält inne, und als er genau hinschaut und Details erkennt, bleibt ihm fast das Herz stehen. Schnell geht er noch näher ans Wasser heran und schirmt seine Augen vor dem grellen Licht ab. Sie hat sich dem Ufer zugewandt, und als ihre Füße auf dem Grund Halt finden, taucht sie aus den Wellen auf. Ist sie das wirklich? Sie watet heraus, und er sieht sie langsam auftauchen, Oberschenkel, Unterschenkel, ihre Arme ausgebreitet, um das Gleichgewicht zu halten. Sie trägt einen roten Badeanzug, und ihr kurzes Haar liegt wie eine glatte, nasse Kappe um ihr braun gebranntes Gesicht. Sie stolpert über die Kieselsteine und steuert auf ihr Handtuch zu, das auf dem Boden liegt. Als er ein paar Schritte geht und es aufhebt, wirbelt sie überrascht herum, und dann stehen sie sich direkt gegenüber. Ihre Augen weiten sich vor Schreck.

Es verschlägt ihm die Sprache. Sein Kopf ist zwar voller Worte, aber keines davon ist richtig, keines kann ausdrücken, was er ihr sagen will. Er hält ihr das Handtuch hin.

Sie reißt es ihm aus der Hand und wickelt es schnell um ihren nassen Körper. »Kit«, sagt sie mit einem Zittern in der Stimme. »Was … was machst du hier?«

»Ich habe dich gesucht.«

»Woher hast du gewusst …«

»Ich habe hier deinen Vater gesehen … und mir gedacht, dass du hier wohnst.«

»Dad?« Sie sieht verwirrt aus. »Ach so. Du hattest ihn mit mir zusammen in Framlingham gesehen?«

»Ja.« Die Hitze steigt ihm ins Gesicht. Seine Ohren sind glühend rot. »Framlingham. Das war …«

»Schrecklich?«, schlägt sie vor. »Peinlich. Seltsam?«

Er schenkt ihr ein vorsichtiges Lächeln. »Ja, das alles und noch mehr.« Er starrt ihr ins Gesicht, versucht, ihren Ausdruck zu deuten. »Es war schwierig … du warst mit …«

»Adam.« Sie wischt sich mit einem Zipfel des Handtuchs übers Gesicht. »Das machte es schwierig zu reden.«

Sie blicken einander an. Die Luft scheint sich um sie zu verdichten und sie vom Rest der Welt abzuschirmen. Noch einmal versucht er, vorsichtig zu lächeln. »Na ja, sieht ja so aus, als wären wir jetzt allein … also …«

Sie holt zitternd Luft. »Ich weiß nicht, ob das einen Sinn hat. Wir haben uns doch beide neu orientiert, oder nicht?«

Er schüttelt den Kopf. »Summer …« Er hält ihr eine Hand hin wie einem scheuen Tier. »Ich suche nach dir, seit ich dich verloren habe.«

Ihre Unterlippe zittert, sie beißt darauf.

»Und ich weiß, dass du auch versucht hast, mich zu finden. Mein Vater hat es mir erzählt.« Er würde sie so gern an sich ziehen, sie an seinem Körper spüren, seine Lippen in ihr nasses Haar drücken, ihren Mund küssen.

Sie dreht sich weg und trocknet sich ab. Als sie sich ihm wieder zuwendet, ist ihr Blick verschlossen, die leuchtenden Augen sind grau und matt. »Das war aber, bevor ich wieder mit Adam zusammengekommen bin.«

»Wieder?«

»Wir hatten eine fünfjährige Beziehung. Es war schon lange vorbei – aber er bedeutete mir noch immer … viel.«

»Fünf Jahre?« Innerlich bricht er förmlich zusammen. Es ist also doch etwas Ernstes, denkt er.

Sie schaut zu Boden, er kann ihr Gesicht nicht sehen. »Wie lange bist du schon in Suffolk?«, fragt er, um das Schweigen zu brechen.

»Wir sind im März hergezogen. Nachdem meine Schwester gestorben war, haben wir …«

Der Schock durchzuckt ihn. »Deine Schwester ist gestorben?«

»Ja. Die Operation. Das habe ich dir doch erzählt.«

»Nein.« Er versteht gar nichts mehr, schüttelt nur den Kopf. »Du hast mir nichts davon erzählt …«

»Der Zettel in der Hütte. Ich hab ihn neben unserem Bett liegen lassen. Um alles zu erklären.« Sie starrt ihn an, und als sie plötzlich versteht, was geschehen ist, werden ihre Augen groß, sie öffnet den Mund.

»Ich bin nicht zur Hütte zurückgekommen, wochenlang nicht.« Er sinkt auf die Steine hinunter, und eine Sekunde später sitzt sie neben ihm. »Ich bin an dem Tag nicht mehr zurückgekommen. Jemand muss den Zettel mitgenommen oder weggeworfen haben. Es war jedenfalls keiner da.«

»Warum bist du nicht zurückgekommen?«, fragt sie leise.

»Ich war auf der Straße nach Kollam in einen Unfall verwickelt.«

Sie schlägt die Hände vor den Mund. »Wurdest ... wurdest du verletzt?«

»Immerhin so schwer, dass ich eine ganze Weile im Krankenhaus bleiben musste. Ich konnte dich nicht mal anrufen. Und als es dann endlich ging, sagte man mir, du wärst am gleichen Tag abgereist, als der Unfall war.«

»Mein Vater hat mich im Hotel angerufen«, sagt sie. »Meine Schwester brauchte mich. Ich habe ihr meine Niere gespendet, deshalb musste ich sofort weg – ich habe auf dich gewartet und gewartet und dann noch eine Nachricht für dich an der Rezeption hinterlegt, in der stand, dass du mich am Flughafen treffen sollst.«

»Das war der einzige Zettel, den ich bekommen habe – allerdings erst Wochen später.«

Ihre Augen füllen sich mit Tränen. »Kit ... und diese ganze Zeit ... hast du gedacht, dass ich ohne Grund abgereist bin?«

»Ich wusste, dass etwas passiert sein musste. Nur nicht, was.« Er presst seine Fäuste so fest auf die Augen, dass er Sterne sieht. »Mein Gott. Du bist zurückgeflogen, um deine Niere zu spenden?«

Sie schweigt. Dann sieht sie ihn an. »Ich wusste nicht, was ich davon halten sollte, als du verschwunden bist.« Sie lässt den Kopf hängen. »Ich konnte nicht verstehen, warum du dich nicht meldest ...«

»Das habe ich befürchtet«, murmelt er.

Eine Träne rinnt ihr die Wange hinunter. Sie fängt sie mit der Zunge auf. »Aber du bist nach Suffolk gekommen?«

»So wie du davon geschwärmt hast, klang es wie ein perfekter Ort.« Er schaut ihr in die Augen. »Zuerst bin ich nach Cambridge gefahren … Ich habe die Zeitschriften- und Zeitungsverlage angerufen, für die du, so hattest du's mir gesagt, geschrieben hast. Und ich bin in die Pubs gegangen, um zu sehen, ob du dort irgendwo singst.«

»Kit«, sie schaut weg, beißt sich auf die Lippe und zieht die Schultern hoch. »Gott, es tut mir alles so leid.«

Sie sieht bedrückt aus, und er fühlt sich schuldig. Aber bevor er das Thema wechseln kann, fährt sie fort: »Ich kann es nicht richtig erklären«, sagt sie mit heiserer Stimme. »Ich glaube, ich wollte nicht zugeben müssen, dass ich nichts aus meinem Leben gemacht habe, also habe ich dir von meinen Träumen und Wünschen erzählt … und ließ es klingen, als wäre das die Realität.« Sie umschlingt mit den Armen ihre Knie. »Aber die Wahrheit ist, seit Mum gestorben ist, habe ich mein Leben damit verbracht, mich um meine Schwester zu kümmern. Effie war von Geburt an krank. Sie hatte nur eine Niere – und auch die funktionierte nicht richtig. Dad ist nicht der praktische Typ und war mit dem Kopf immer bei seiner Arbeit. Also … wurde es meine Aufgabe, an die Stelle von Mum zu treten. Und für viel mehr reichte es dann nicht mehr.«

»Effie«, wiederholt er ihren Namen und überlegt, wie alt sie wohl war. Er hat so viele Fragen und weiß gar nicht, welche er als Nächstes stellen soll. Panik macht sich in ihm breit. »Ich wusste ja nicht mal, dass du eine Schwester hattest.« Seine Stimme zittert, und er muss tief durchatmen. »Ich hätte das doch verstanden. Hätte dich dafür … bewundert. Deine Uneigennützigkeit …«

Sie hebt den Blick, ihre Augen glänzen feucht. »Aus heutiger Sicht ist das schwer zu verstehen, aber damals kam es mir vor, als wäre ich in einer anderen Welt, wenn ich mit dir zusammen war. Ich wollte nicht über schwierige Dinge reden müssen. Wollte es nicht verderben, oder dass du Mitleid mit mir hast.«

»Wie schrecklich … dass sie gestorben ist.«

Ihre Stirn legt sich in Falten, ihr Mund verzieht sich, sie schließt die Augen, senkt den Kopf und zieht sich in sich selbst zurück.

Er streckt die Hand nach ihr aus, will ihren Arm berühren, aber sie weicht zurück. »Nein«, sagt sie und rutscht von ihm weg. »Es ist zu spät.«

Er sieht das Bild des dunkelhaarigen Mannes vor sich, der im Pub die Arme um ihre Taille gelegt hatte.

»Ich habe deine Freundin getroffen«, sagt sie. »Im Pub, wo du arbeitest.«

»Was?« Es ist, als würden Steine aus der Höhe auf ihn herabstürzen und ihn vernichten. »Du hast mit Sally-Ann gesprochen?«

Sie nickt. »Sie hat mir in deutlichen Worten zu verstehen gegeben, dass ihr ein Paar seid und dass ich mich fernhalten solle.«

»Dass es dazu kommt, wollte ich nicht …«

»Aber sie hat doch jedes Recht dazu.« Sie sieht traurig aus, niedergeschlagen. »Und es stimmt ja auch, dass ich mit Adam zusammen bin. Wir … wir haben gemeinsame Pläne … er liebt mich.«

Er nimmt all seinen Mut zusammen. »Liebst du ihn denn auch?«

Sie schnieft und wischt sich die Nase am Handtuch ab. »Ja.« Sie blickt geradeaus. »Ja. Ich liebe ihn.«

Er starrt aufs Meer, auf den Horizont. Sie ist hier, sitzt direkt neben ihm, und er wirft einen Blick zur Seite, bemerkt die Glätte ihres kalten, nassen Arms, die runzelige Haut ihrer Finger. Wassertropfen laufen an ihrem Hals hinunter. Sein Ellbogen ist nur wenige Zentimeter von ihrem entfernt, und doch scheint sie weiter weg als jemals zuvor. Ein mattes Gefühl der Hoffnungslosigkeit erfasst ihn. »Woher hast du gewusst, dass ich im Pub wohne?«

»Ich war bei der Vernissage in The Maltings und habe dort deinen Hasen gesehen.«

»Wirklich?«

»Er ist wunderschön – aber warum warst du nicht da?«

»Meine Mutter hatte einen Schlaganfall. Ich musste zurück nach London.«

»Das muss furchtbar gewesen sein«, sagt sie leise.

Er erträgt es nicht mehr, neben ihr zu sitzen, es tut zu weh. Sie empfindet wie er, hatte sich auch nach ihm gesehnt. Vielleicht wären sie heute ein Paar, hätte es nicht seinen Unfall und die Krankheit ihrer Schwester gegeben. Sie waren durch die Umstände und schlechtes Timing voneinander getrennt worden.

Die Trauer darüber schüttelt ihn so heftig, dass sie ihm den Atem raubt. Vor ihr will er nicht weinen. Er steht auf, und auch sie erhebt sich, das Handtuch umklammernd.

Sie schauen einander an. »Es tut mir leid, dass ich zu spät gekommen bin«, sagt er.

Sie schluckt und nickt. »Mir auch.«

Er wird sie hinter sich lassen müssen. »Leb wohl, Summer«, er macht einen Schritt weg. »Ich … ich … hoffe, dass du glücklich wirst.«

»Wo gehst du hin?« Ihre Worte überschlagen sich.

Hörte er Verzweiflung in ihrer Stimme? Er starrt sie an. Aber sie hat wieder diesen abweisenden Blick. »Ich muss heute Abend arbeiten, und morgen nehme ich den Mittagszug nach London.« Seine Hände zittern, und er steckt sie in die Hosentaschen. »Mum ist immer noch im Krankenhaus.«

Es scheint, als wolle sie etwas sagen, aber dann überlegt sie es sich anders.

Er kann sie nicht ansehen und senkt den Blick. »Ich … ich komme nicht wieder, Summer.«

Er spürt, wie sie zusammenzuckt. Aber dann nickt sie doch. Er dreht sich um und stapft davon, kämpft sich über die rutschigen Kieselbänke das Ufer hinauf und zwingt sich, nicht zurückzublicken.

Er fährt langsam, seine Beine sind schwer. Autos kommen auf dem Weg zum Strand und zu den Campingplätzen an ihm vorbei, sie sind voller glücklicher Menschen, die die Sonne genießen. Fünf Jahre. Er fragt sich, warum sie wieder zusammengekommen sind. Vielleicht brauchte sie jemanden nach dem Grauen, das der Tod ihrer Schwester bedeutete. Adam war zur rechten Zeit da, während Kit herumirrte und überall an den falschen Orten suchte.

Es gab so viele Dinge, die zwischen ihnen ungesagt blieben. So viele Fragen, die er ihr nicht stellen konnte. Sie war angespannt und distanziert, ihr Gespräch kurz und gekünstelt, und er verachtet sich dafür, dass er so schlecht damit umgegangen ist. Vielleicht hätte er etwas sagen können, das sie beruhigt und ihr klargemacht hätte, wie wichtig ihre Beziehung war, sodass sie es sich vielleicht noch einmal überlegt hätte. Aber er hat ja kein Recht darauf, Vermutungen darüber anzustellen, was wohl das Beste für sie wäre. Sie haben nur Tage miteinander verbracht – nicht Jahre, und sie hat schon so viel durchgemacht. Er kann sich nicht vorstellen, wie es ist, eine Schwester zu verlieren. Das auszuhalten, nachdem man eine Organentnahme über sich hat ergehen lassen. Kein Wunder, dass sie ihm verändert vorkommt.

Die Sache mit Sally-Ann muss er sofort beenden. Zwar würden er und Summer sich vielleicht nie wiedersehen – aber er kann nicht mit einer anderen zusammen sein, solange er noch Gefühle für sie hat. Sally-Ann hat es verdient, jemanden zu haben, der sie rückhaltlos liebt.

Sein Kopf ist voller Gedanken, und er konzentriert sich nicht auf die Straße, achtet nicht auf Fahrzeuge, die sich von hinten nähern, wie er es sonst tut. In der einen Minute ist er noch das einzige Lebewesen auf der schmalen Straße, und im nächsten Moment galoppiert ein Pferd direkt auf ihn zu, er sieht das Weiß seiner Augen, die geblähten Nüstern und hört zugleich in der Ferne das Dröhnen eines sich von hinten nähernden Fahrzeugs. Es bleibt ihm keine Zeit zum Nachdenken. Kit springt vom Fahrrad und stürzt sich auf die herunterhängenden Zügel des Pferdes. Das Tier weicht ihm aus, ist nur ein verwischtes Bild aus aschgrauem Hals und Flanke. Aber seine Finger haben sich um das Leder geschlossen, er packt fester zu und stemmt sich mit gebeugten Knien dagegen. Als die Zügel straff gespannt sind, gibt es einen mächtigen Ruck. Fast reißt es ihn um, ein paar Schritte wird er mitgezogen, hält aber stand und kann das Pferd schließlich anhalten.

»Texas«, keucht er. »Brr, meine Gute.«

Er packt sie am Zaumzeug und treibt sie schnell auf den Grasstreifen, als ein Lastwagen um die Kurve biegt und vorbeirast – direkt über das liegen gelassene Fahrrad. Kit hört das Knirschen des Metalls. Aber Texas ist in Sicherheit, und er selbst auch.

Ein Glücksgefühl breitet sich in ihm aus, so intensiv, dass es sich fast wie Flügel anfühlt. »Ich bin da«, sagt er zu dem zitternden Tier und legt ihm seine Hand auf den heißen Nacken. »Ganz ruhig. Ich bin bei dir.«

54

SUMMER

Als sie ihn davongehen sieht, stößt sie unwillkürlich einen leisen Klagelaut aus. Ihr Körper sackt in sich zusammen, als hätten sich ihre Knochen aufgelöst, und sie sinkt zu Boden. Solange er da war, konnte sie sich zusammenreißen, aber jetzt kommen ihr die Tränen und waschen ihr das Meerwasser vom Gesicht. Dann versucht sie, sich daran zu erinnern, was er gesagt hat, sie konnte sich kaum darauf konzentrieren, wollte nur in seine Arme fallen, ihn riechen, ihn spüren und küssen.

Nachdenklich geht sie das Gespräch noch einmal durch, um das Wesentliche herauszulesen.

Er hat sie nicht im Stich gelassen, sie nicht vergessen. Die ganze Zeit hat er nach ihr gesucht. Sie war es, die den Glauben verlor. Schwach und übereilt hat sie gehandelt, ließ sich in eine alte Geschichte zurückfallen und von Adam auffangen, statt auf eigenen Füßen zu stehen. Und jetzt hatte Kit eine andere, und sie hat ihn verloren.

Sie steht auf, packt das feuchte Handtuch und geht langsam auf das Cottage zu. Als Kit sie fragte, behauptete sie, Adam zu lieben – aber das war nicht die Wahrheit. Sie glaubte, Kit loslassen zu müssen. Nur so würde er ohne Schuldgefühle mit seiner Freundin zusammen sein können. Erst als sie das Kit gegenüber ausgesprochen hatte, wurde ihr klar, wie wenig die Worte ihren wahren Gefühlen entsprachen. Vielmehr fühlte sie sich durch Adams Drängen und durch sein Bedürfnis, ihre alte Beziehung zu erneuern, in eine Falle gelockt. Sie muss mit ihm Schluss machen, aber der Zeitpunkt könnte nicht ungünstiger sein. Morgen ist die Hochzeit ihres Vaters. Diesen Tag darf sie ihm nicht verderben. Und Dad ist so glücklich darüber, dass sie mit Adam zusammen ist. Er würde sich aufregen und wäre enttäuscht. Sie zittert, ihre Zähne klappern. Adam kommt morgen früh. Er plant, ihretwegen eine andere Stelle anzunehmen und umzuziehen. Mist. Sie hält an und kneift die Augen zu.

Kit hatte einen Unfall. Oh Gott. Sie darf gar nicht daran denken. Wie schrecklich das alles war, er hätte dabei getötet werden können.

Wenn sie das doch nur gewusst hätte! Hätte sie nicht das Hotel so überstürzt verlassen müssen, dann hätte sie sich Sorgen gemacht und nachgefragt, oder jemand vom Hotelpersonal hätte ihr Bescheid gegeben, sie hätte von dem Unfall erfahren und ihn im Krankenhaus besucht. Schluss damit! Was sie hier macht, bringt nichts. Hätte, hätte, hätte – das hilft jetzt auch nicht mehr.

Er war in Cambridge, um sie zu suchen.

Ihr Gesicht wird ganz heiß vor Scham. All diese dummen Lügen. In dem Augenblick, als sie nicht ehrlich war, hat sie einen Fluch auf alles herabgerufen.

Als sie sich dem Cottage nähert, springt ihr Freitag mit wedelndem Schwanz entgegen, um sie zu begrüßen. Sie beugt sich zu ihm hinunter, legt die Arme um ihn und drückt ihr nasses Gesicht an sein strubbeliges raues Fell. Sie schnieft und küsst seine weichen Ohren.

»Summer!«

Sie hebt den Kopf. Loretta winkt ihr. »Die Blumen sind angekommen. Sie sind wunderschön. Komm und schau sie dir an.«

Sie richtet sich auf, strafft die Schultern und reibt sich die Augen trocken. Dann geht sie hinein, und Freitag trottet hinterher.

Die Blumen sind prächtig, Bündel von Stockrosen, Rosen und Rittersporn, die eine Freundin Lorettas geliefert hat. »Hier«, sagt Loretta und reicht Summer einen Teil davon. »Wir bringen sie zu mir nach Haus und stellen sie irgendwo, wo es kühl ist, ins Wasser.«

Summer versteckt ihr verheultes Gesicht in dem Berg duftender Blütenblätter. Sie nutzt die Aufgabe, um sich zu erholen, steht in Lorettas Küche, kürzt die Stiele, füllt Vasen mit Wasser und wischt sich Nase und Augen mit einem Küchentuch ab. Die Leute mit dem Pavillon kommen, und Loretta führt sie auf die Terrasse, wo zwei Männer ein weißes Segeltuchdach über den Dielen aufstellen, mit Stangen herumklappern und Katzen in alle Richtungen auseinanderlaufen. Ihr Vater und Loretta sind im Cottage und richten Decken, die am nächsten Tag am Strand ausgelegt werden sollen. Der Plan ist, dass in Lorettas Wohnzimmer Tische mit Speisen und Getränken stehen werden, damit die Gäste sich bedienen und es sich dann mit ihren Gläsern und Tellern im Schatten des Segeldachs oder in der Sonne auf den Decken gemütlich machen können. Letztere sollen nahe beim Cottage und weit weg von den Pflanzen ausgebreitet werden.

Dad geht vergnügt seine Platten durch und wählt die passende Musik aus, heiteren Jazz, der in den Nachmittag hinausweht und beim Entspannen hilft. Sie weiß, dass er eine Rede vorbereitet hat – sie hat gesehen, wie er sie aus der Tasche zog und beim Lesen und Üben die Lippen bewegte. Es ist wundervoll, ihn so aufgeregt und voller Hoffnung zu erleben. Auch sie hat eine Rede geschrieben und hat vor, sie gleich im Anschluss an ihr Lied zu halten.

Zu ihren Füßen stehen Kübel mit Austern und Miesmuscheln aus der Gegend, die noch sauber geschrubbt werden müssen. Sie öffnet den Kühlschrank und findet ihn voll mit Champagnerflaschen.

»Laut Vorhersage soll das Wetter fantastisch werden«, ruft Dad aus dem Wohnzimmer. »Ich glaube, wir spielen zum Anfang etwas von Ella.« Er summt die Melodie von *They Can't Take That Away from Me*.

Freitag bleibt immer an Summers Seite, schaut ängstlich zu ihr hoch und lässt den Schwanz schlapp herunterhängen. Sie zerzaust sein Fell und sagt: »Alles gut.«

Sie rechnet aus, wie viele Stunden es noch bis zur Hochzeit sind. Sie muss sich zusammenreißen, darf nicht zulassen, dass irgendetwas Dad und Lorettas großen Tag verdirbt.

Dad hat eine Platte in Lorettas Wohnzimmer aufgelegt. Dave Brubeck. Summer lehnt sich an den Türrahmen und beobachtet, wie er sich mit einem kleinen, angestrengten Seufzer von den Knien erhebt. »Ach, ich find das so schön«, sagt Loretta, fasst seine Hand und führt ihn in einem etwas unsicheren Tanz um die Möbel herum. Bekanntermaßen hat Dad zwei linke Füße, aber er gibt sein Bestes. Er wirbelt sie herum und lässt sie sich unter seinem Arm drehen, dass ihre roten Haare fliegen.

»Und ich bin dir nicht mal auf die Zehen getreten«, sagt er, als sie atemlos und lachend stehen bleiben. Seit sie nach Suffolk gekommen sind, sieht er jünger und gesünder aus. Durch das regelmäßige Schwimmen ist er gestärkt, und seine Haut ist sonnengebräunt. Das alles, aber ganz besonders die Liebe hat ihn verändert.

»Ich geh mal schnell nach Hause«, sagt Summer und versucht, fröhlich zu klingen. »Ich muss das Bett für Laura richten, sie wird bald ankommen.«

Sie schlendert langsam den Strandweg entlang. Freitag trottet vor ihr her und hält die Nase in die Luft in der Hoffnung, die Spur eines Kaninchens zu erschnuppern. Der blaue Himmel und das glitzernde Meer stehen im Widerspruch zu dem, was in ihrem Inneren vor sich geht, denn die dunkle Last in ihr nimmt ihr fast die Luft zum Atmen, eine Woge, in der sie innerlich zu ertrinken droht.

»Summer!«

Sie dreht sich um. Ihr Vater eilt hinter ihr her. »Ist alles in Ordnung?«, fragt er.

Ihre Lippen deuten ein Lächeln an. »Natürlich.«

Er berührt ihren Arm. »Ich kenne dich doch«, sagt er leise.

Sie schaut zum Horizont. »Nein, wirklich. Mir geht es gut.«

»Machst du dir Sorgen wegen dem Cottage?«, fragt er. »Wenn ich zu Loretta ziehe, kannst du natürlich bleiben. Wir werden dann nur einen Katzensprung voneinander entfernt sein.«

Sie schüttelt den Kopf. »Darüber mach ich mir keine Gedanken. Ich habe schon vermutet, dass du bei Loretta wohnen wirst.«

»Was ist es …« Er zögert. »Du weißt doch, dass du mir alles sagen kannst. Ich bin unsicher – freust du dich nicht für mich und Loretta?«

»Dad, natürlich bin ich froh. Ich freue mich unglaublich für euch beide. Das ist es nicht …«

Er schaut sie an.

Sie seufzt. »Ich … ich weiß nicht, ob ich mit Adam das Richtige tue«, gibt sie schließlich zu. »Er ändert sein ganzes Leben für mich, er sucht sogar eine Stelle in Suffolk und spricht darüber, dass wir zusammenziehen sollten.« Sie schüttelt den Kopf. »Ich habe so halb zugesagt. Aber … jetzt bin ich nicht mehr sicher.«

»Es ist ganz normal, Zweifel zu haben«, sagt er. »Aber du hast noch genug Zeit, um dir darüber klar zu werden, was du fühlst.« Er berührt ihren Arm. »Du bist doch glücklich mit ihm, oder?«

Abwartend blickt ihr Vater sie an, und eine leichte Sorgenfalte entsteht zwischen seinen Brauen. Sie wünscht, sie könnte ihm eine einfache Antwort darauf geben. Die Antwort, die er sich wünscht. »Ich weiß nicht … Die Sache ist … alles hat sich verändert, weil … ich jemanden kennengelernt habe, als ich in Indien war … Kit.« Sie erlaubt sich, ihn anzusehen. »Er ist hier, in Suffolk. Er hat nach mir gesucht.«

»Er ist hergekommen?«

»Ja.«

»Magst du diesen … Kit?«

»Wir haben uns sofort ineinander verliebt. Ich habe in Varkala ein paar Tage mit ihm verbracht, bevor ich zurückmusste.«

»Aber ihr habt den Kontakt nicht gehalten?«

»Wir haben uns verloren. Er hat überall nach mir gesucht, Dad. Er hat mich nicht aufgegeben, wie ich dachte.« Sie beißt sich auf die Lippe. »Er ist nach Suffolk gekommen, weil wir in Indien einen

Plan gemacht hatten, dass er hierherziehen würde. Wie ironisch ist das denn – wir waren all die Zeit nur ein paar Meilen voneinander entfernt.«

»Also … du meinst … er will eure Beziehung wieder aufnehmen?«

»Er hat inzwischen eine neue Freundin, aber er wollte wohl mit mir reden und herausfinden, was passiert ist, warum wir getrennt wurden.« Sie schüttelt den Kopf. »Seine Freundin hier ist leidenschaftlich in ihn verliebt.« Sie holt zitternd Luft, ihr Mund ist ganz trocken. »Nur … ich weiß, das klingt so verrückt. Aber ich hatte bei ihm vom ersten Augenblick an das Gefühl …, dass wir zusammengehören. Auch wenn ich jetzt nicht mehr mit ihm zusammen sein kann, habe ich doch erkannt, dass das mit mir und Adam nicht das Richtige ist.«

»Summer … Liebes«, er macht einen mitfühlenden Laut und schüttelt den Kopf, »ich verstehe, wie schwierig das ist.« Sie gehen weiter. »Wenn ich in einem Dilemma stecke«, sagt er langsam, »dann finde ich, dass es hilft, alles aufzuschreiben. Eine Liste, sozusagen, mit Pro und Kontra. Oder manchmal lasse ich einfach alle Gedanken auf das Papier fließen.« Er nimmt ihre Hand. »Eine Art Bewusstseinsstrom.« Er drückt ihre Hand. »Ich möchte, dass du weißt: Was immer du tust, ich stehe hinter dir.«

»Aber … ich dachte, du wolltest, dass ich mit Adam zusammen bin?«

»Ich will das, was dich glücklich macht.« Er bleibt stehen und küsst sie auf die Stirn. »Ich bin bei Loretta drüben, wenn du mich brauchst.«

Sie schaut ihm nach, wie er über den Strand zu dem blauen Cottage zurückwandert.

Am Küchentisch holt sie Effies altes Heft heraus und schlägt es an der Stelle auf, wo sie ihre Ideen für Artikel notiert hat. Als sie eine leere Seite gefunden hat, beginnt sie aufzuschreiben, was sie für Adam empfindet.

Adam ist mein Freund. Wir haben so vieles gemeinsam erlebt. Ich weiß, dass wir ein gutes Team wären. Er kann albern sein – aber er meint es ernst mit mir. Er ist gut in seinem Job. Und er ist leidenschaftlich an Geschichte interessiert. Ich mag es, wie er küsst. Es gibt keine Überraschungen mit ihm.

Sie denkt an Kit, starrt aufs Papier und stellt sich sein unsicheres Lächeln und seine Tigeraugen vor, und dann schreibt sie schnell los, ohne noch einmal darüber nachzudenken:

Ich liebe ihn ich liebe ihn ich liebe ihn ich liebe ihn …

55

KIT

Blue kommt im Laufschritt um die Ecke des Weges. Sein rotes Gesicht entspannt sich, als er Kit mit dem Pferd sieht. »Herrgott noch mal«, keucht er erleichtert und kommt zu ihnen herüber. »Ich habe mit dem Schlimmsten gerechnet.«

Texas wiehert leise, als Blue bei ihr ankommt. Ächzend beugt er sich vor, stützt sich mit den Händen auf die Knie und schnappt nach Luft. Als er wieder zu Atem gekommen ist, wischt er sich mit dem Hemdzipfel den Schweiß vom Gesicht, nimmt die Zügel und schlingt sie sich um den Arm. »Du alberner Gaul«, flüstert er dem Pferd zu. »Du hast mich zu Tode erschreckt.« Sanft fährt er mit der Hand über ihre Nüstern.

»Danke«, sagt er zu Kit. »Du hast was gut bei mir. Ich weiß nicht, was ich getan hätte, wenn ihr etwas zugestoßen wäre.«

»Ich war einfach zur rechten Zeit am rechten Ort.« Kit reibt sich den Nacken. »Was ist denn passiert?«

»Ich bin ohne Sattel den Weg runtergeritten. Sie muss von einer

Bremse gestochen worden sein und hat plötzlich wie'n Rodeopferd gebuckelt und mich abgeworfen, hat ausgeschlagen und ist ab durch die Mitte.«

»Ist bei dir auch alles okay?«

»Ja.« Blue schaut auf seine Jeans, die verschrammt und an einem Knie zerrissen ist. »Ich werd's überleben. Der verdammte Lastwagen ist vorbeigerast und hat gehupt. Der Idiot.« Er zuckt die Achseln. »Aber er hat euch beide nicht erwischt. Das Fahrrad ist allerdings hinüber.« Er deutet mit einem Nicken auf den zerdrückten Rahmen und das völlig verbogene Vorderrad.

Kit gibt einen leisen Pfiff von sich, als er den Schaden sieht, aber es berührt ihn nicht. Er denkt, es ist ja nur ein platt gefahrenes Stück Metall. »Besser das Rad als ich oder Texas.«

»Genauso seh ich das auch.«

Kit streckt verwundert seine Hände vor sich aus. »Schau mal, kaum ein Zittern.« Er schüttelt den Kopf. »Nach so einem Beinaheunfall müsste ich eigentlich mit den Nerven fertig sein. Seit dem Unglück in Indien habe ich beim Radfahren nämlich schreckliche Angst.«

Blue klopft ihm auf den Rücken. »Vielleicht war die Situation eine Art Heilung, nach dem Motto, was dich nicht umbringt, macht dich stärker – so eine Art – wie heißt das … Aversionstherapie?«

In der Hitze gehen sie nur langsam, und Texas trottet neben ihnen und schwingt ihren großen Kopf hin und her. Ein Schwarm Fliegen sammelt sich an ihrem schweißnassen Hals, und Blue verscheucht sie mit seinem Hut.

Zurück auf Geralds Hof, stapfen sie an den Scheunen vorbei und nehmen den Pfad zum Wohnwagen hinunter. »Geh schon mal vor«, sagt Blue, »ich gebe ihr noch Wasser, reib sie ab und binde sie im Schatten an.«

Kit betritt den kühlen Wohnwagen und lässt sich auf die Bank fallen, beugt sich vor und legt die Stirn auf die Arme. Er hatte sich vorgestellt, dass es genügen würde, Summer zu finden, und dass sie diesmal Hand in Hand dem Sonnenuntergang entgegengehen würden. Ein Ende wie in Hollywood. Was war er doch für ein Vollidiot!

Blue kommt herein und schenkt ihnen beiden Drinks ein. Es ist etwas früh am Tag für Tequila, aber unter den gegebenen Umständen sagt Kit nicht Nein.

»*Cheers.*« Er stürzt den Drink hinunter und verzieht das Gesicht zu einer Grimasse. Seine Angst vor dem Radfahren hat er besiegt und die Frau verloren, die er liebt – und das alles an einem einzigen Nachmittag.

»Warum warst du überhaupt mit dem Fahrrad unterwegs?«, fragt Blue. »Wo ist denn dein Moke?«

»Sally-Ann hat ihn sich ausgeliehen.« Kit leckt sich die brennenden Lippen. »Ich hatte keine Zeit, auf sie zu warten – ich musste zur Shingle Street.«

Blue runzelt die Stirn. »Warum die Eile?«

»Es ist wegen der Frau, von der ich dir erzählt habe.«

Blue schaut Kit fragend an.

»Sie wohnt dort.« Kit starrt auf sein Glas. »Aber sie ist inzwischen mit einem anderen zusammen.«

Blue seufzt. »Liebst du sie noch?«

Er nickt niedergeschlagen.

»Und Sally-Ann?«

»Ach, verdammt.« Kit stöhnt und schlägt die Hände vors Gesicht. »Ich fühle mich wie ein Arsch. Ich will ihr nicht wehtun, aber … ich muss ihr jetzt reinen Wein einschenken und mich von ihr trennen.«

»Und was wirst du wegen Summer unternehmen?«

»Ich muss sie mir aus dem Kopf schlagen. Bleibt mir ja nichts anderes übrig.«

»Vielleicht solltest du dir da nicht so sicher sein«, meint Blue. »Was empfindet sie denn für dich?« Er legt die Hände flach auf den Tisch. »Betrachte es mal so: Wenn sie nicht verheiratet ist, ist doch noch alles offen.«

Kit denkt darüber nach. »Ich weiß nicht so genau, was sie empfindet.«

»Nicht?« Blues Blick ist durchdringend, forschend.

»Ich glaube schon … dass sie mich auch liebt. Ausgesprochen hat sie es nie.« Kit kaut auf seiner Lippe herum. »Aber keiner von uns beiden hat es ausgesprochen.«

Dann erinnert er sich daran, dass sie gesagt hat, sie liebe Adam. Kurz schließt er die Augen und presst die Hände auf die Augen.

»Die Liebe ist ein verrücktes Spiel.« Blue lehnt sich über den Tisch und wird ernst. »Aber du musst versuchen, das Spiel zu gewinnen – wenn diese Frau die Richtige für dich ist – wenn sie eine Frau ist, die dir Freundin und Geliebte sein kann –, dann darfst du jetzt nicht aufgeben.«

»Es führt aber zu nichts. Ich gehe doch ohnehin von Suffolk weg, weil ich nach London zurückmuss. Meine Mutter hatte einen Schlaganfall.« Kit schlägt wieder die Hände vors Gesicht. »Ich weiß nicht, wann ich wieder herkomme. Vielleicht nie.«

»Hast du vor, in der Stadt zu bleiben?«

Kit schaut Blue an und will gerade zustimmen, da kommt ihm ein Gedanke. Er wird sich um seine Mutter kümmern müssen, aber was spricht dagegen, das hier zu tun? Als er Summer im Pub in Framlingham inmitten ihrer Familie sah, umgeben von Menschen, die sie lieben, fühlte er sich einen Augenblick lang wie ein Einzelgänger. Aber dann wurde ihm klar, dass das gar nicht stimmte. Das hier war sein Zuhause, und hier hat er sich ein Leben aufgebaut, hat Freunde, ein Atelier. Er will hier nicht weg.

»Wenn Mum ihr Haus verkauft … dann könnte sie doch hier etwas kaufen«, denkt er laut nach. »Es täte ihr gut. Seeluft, eine neue Umgebung.«

Blue nickt ihm ermutigend zu.

»Vielleicht würde sie in so etwas wie ein Pflegeheim müssen, ein Reha-Zentrum, zumindest für die erste Zeit …« Er denkt nach und redet gleichzeitig. »Aber so was lässt sich auch hier finden, oder nicht? Und wenn es ihr so gut geht, dass sie nach Hause kann … dann wäre ich hier, um für sie zu sorgen.«

Blue gießt noch zwei Tequilas nach und stößt mit Kit an.

»Ich werde mit ihr reden müssen – zur passenden Zeit natürlich. Es wird noch lange dauern, bis ich abschätzen kann, wie gut ihr Gesundheitszustand ist, wenn sie aus dem Krankenhaus entlassen wird … Ich will sie nicht zu irgendwelchen Entscheidungen drängen.« Er klopft mit dem Finger auf den Tisch. »Ich werde warten, bis es ihr besser geht, bevor ich mit ihr darüber rede, aber … ich wüsste nicht, was sie in London halten würde.«

Sie trinken, dann stellt Kit sein Glas ab. »Für mich nichts mehr. Ich muss heute Abend arbeiten.«

Er denkt an seine Mutter und ihr Leben in dem trostlosen Haus voller trauriger Gespenster. Je länger er darüber nachdenkt, desto sicherer ist er, dass sie umziehen sollte. Wenn es sein muss, wird er nach London zurückkehren, denn er wird sie nicht im Stich lassen, aber eigentlich gehört er nach Suffolk – und vielleicht könnte sie auch hierhergehören.

56

KIT

Jenny ist in der Küche und putzt Fische, schlitzt mit einem Messer einen silbrigen Bauch auf und hebt den Blick. »Da bist du ja. Es tut mir leid, das mit deiner Mutter zu hören.«

»Danke.« Er küsst ihre raue rote Wange. »Und mir tut es leid, euch im Stich zu lassen.«

»Sei nicht albern«, antwortet sie und nimmt den Fisch weiter aus. »Wir haben ja Jack, und es gibt viele andere, die sich über einen Job freuen würden. Aber du wirst uns fehlen.« Auf ihren plumpen Fingern glitzern winzige Schuppen wie Pailletten. »Am meisten wird Sally-Ann dich vermissen«, fügt sie hinzu.

Er erschrickt. Bevor das Pub aufmacht und die Gelegenheit verstreicht, muss er ihr sagen, dass es zwischen ihnen aus ist. Jeweils zwei Stufen auf einmal nehmend, läuft er die Treppe hoch, zieht in seinem Zimmer schnell das verschwitzte T-Shirt aus und kramt in seiner Schublade nach einem frischen. Hinter ihm geht die Tür auf, mit nacktem Oberkörper dreht er sich um, Sally-Ann kommt herein und schließt die Tür hinter sich. »Mum hat es mir erzählt.« Ihre Lippen zittern. »Du gehst weg? Endgültig?«

»Ja.« Er zieht das Hemd über den Kopf.

»Meiner Mutter geht es sehr schlecht. Sie wird jemanden brauchen, der sich um sie kümmert – ich habe viel zu regeln in London«, sagt er und knöpft das Hemd zu.

»Aber … was wird mit uns …?«

»Bitte, verzeih mir.« Er schaut sie zerknirscht an. »Ich habe die Zeit mit dir genossen, aber ich bin noch nicht bereit für eine neue Beziehung. Als ich Summer wiedersah, wurde mir das klar. Es tut mir echt leid.«

»Ich könnte nach London kommen … ich könnte …«

»Sally-Ann …« Er hebt die Hand und lässt sie wieder fallen.

»Ohne mich hättest du keinen Job, keinen Raum zum Malen«, ihr Tonfall wird rauer, »übrigens auch keine Kunden, wenn wir schon dabei sind.«

»Das weiß ich doch«, sagt er leise. »Und ich bin dir dankbar. Sehr sogar. Du bist ein wunderbarer Mensch … aber ich hätte das nie zulassen sollen … Es ist meine Schuld.«

»Das ist nicht fair.« Sie schnieft, und eine Träne rinnt über ihre Wange herab. »Ich hatte von vorneherein keine Chance.« Schwer lässt sie sich auf das Bett fallen, sitzt dort mit hängendem Kopf und zupft an einem unsichtbaren Fädchen an ihrer Jeans. »Das Mädchen auf dem Bild. Seit du sie in Framlingham gesehen hast, bist du so komisch. Ich glaube, irgendwie habe ich geahnt, dass ich dich verlieren würde … wollte es mir nur nicht eingestehen.«

Ihm dreht sich der Magen um. »Ich habe es versaut.« Er reibt sich heftig übers Gesicht. »Ich war ein egoistischer Idiot, und ich kann dich nur um Verzeihung bitten. Aber ich möchte, dass wir Freunde bleiben … eines Tages … wenn du so weit bist.« Er macht einen Schritt auf sie zu. »Es sei denn … dass du mich nie wiedersehen willst?«

Sie schaut zu ihm auf, schnieft wieder und sucht in ihrem Ärmel nach einem Taschentuch. »Sei kein Idiot.«

Er muss lächeln. »Pass auf, ich gebe dir meine Nummer in London. Du kannst mich jederzeit anrufen.«

»Gut.« Ihre Stimme zittert. »Wenn du Glück hast, mache ich das sogar.« Sie räuspert sich, schluckt. »Wann … wann fährst du?«

»Morgen Mittag.«

»Ich bin froh, dass du gehst. Das wird es leichter machen.«

Er schaut auf seine Schuhe. »Es tut mir leid. Ehrlich.«

»Du bist nicht der einzige Mann auf der Welt, Kit Appleby.« Sie wirft ihr Haar über die Schulter. »Ach ja, und dieser Ben hat noch mal angerufen«, sagt sie und stopft das zerknüllte Taschentuch in die Tasche. »Deine Skulptur wurde verkauft. Er muss mit dir reden.«

Es dauert einen Moment, bis bei ihm der Groschen gefallen ist. Die Worte sind einfach, die Bedeutung aber gewaltig. Er starrt sie mit offenem Mund an, und sie schüttelt zunächst nur den Kopf, muss dann aber doch grinsen. »Ja. Offenbar bist du ein Genie und hast deine Schublade gefunden.«

Er räuspert sich. »Danke. Dass du es mir gesagt hast.«

»Dafür sind doch Freunde da, oder?« Ihr Tonfall ist nur leicht ironisch. Sie zeigt auf die Tür. »Komm, lass uns an die Arbeit gehen – sonst macht uns Dad einen Kopf kürzer.«

Seine Gedanken überschlagen sich – sein Hase verkauft! Damit folgt er ihr die Treppe hinunter. Er wäre jetzt so gern in Blues Werkstatt, um an einer neuen Idee zu arbeiten, aber das wird warten müssen, bis seine Mutter so weit wiederhergestellt ist, dass er sich die Zeit frei einteilen kann. Sobald er in London ist, wird er Benjamin anrufen. Als er durch den Flur geht, hört er die ersten Gäste ankommen.

57
SUMMER

Das Erste, was sie beim Aufwachen sieht, ist ihr Kleid, das an der Kleiderschranktür hängt. Loretta wird in ihrer farbenfrohen Gewandung spektakulär aussehen, deshalb hat Summer etwas Gewagtes, aber Schlichtes gewählt, ein rotes, knielanges Etuikleid aus Seide.

Die Katze liegt schlafend auf ihren Beinen, sodass sie nicht aufstehen kann. Sie macht eine Bewegung, und Annabelle purzelt runter. Unbeeindruckt streckt sich das Kätzchen und öffnet seine kleine rosa Schnauze mit der eingerollten Zunge. Laura ist schon wach und sitzt aufrecht in dem improvisierten Bett. »Morgen«, begrüßt sie Summer lächelnd und reibt sich die Augen. »Ich glaube, wir haben verschlafen – das muss wohl von den Drinks kommen, die du mir gestern Abend aufgedrängt hast.«

Summer grinst und stellt die Füße auf den Boden. Sie zieht die Vorhänge zurück und schaut in einen wunderschönen Tag hinaus. Heller, ungetrübter Sonnenschein lässt die Kieselsteine leuchten. Das Meer und der Himmel sind eine einzige blaue Fläche, und sie atmet tief durch. Sie kann glücklich und dankbar für alles Gute in ihrem Leben sein.

»Toast?« Sie dreht sich zu Laura um, die schon dabei ist, aufzustehen. »Tee? Kaffee?«

»Ja, bitte. Auf jeden Fall Kaffee. Ich muss wach werden.« Sie nickt in Richtung Tür. »Ich verschwinde nur mal schnell.«

»Wir sehen uns in der Küche.«

Gestern hatte ihre Taktik darin bestanden, eine Flasche Wein zu öffnen, kaum dass Laura angekommen war, und sie dann sofort über Charlie, ihre neue Freundin, auszufragen, die nicht beim Fest dabei sein kann, weil sie sich beruflich in New York aufhält. Laura ihrerseits hatte Summer dazu bringen wollen, darüber zu sprechen, was in Framlingham passiert ist. Außerdem weiß sie noch nichts davon, dass Kit hier in Shingle Street war. Obwohl Summer Laura sonst immer alles erzählt, ist sie in diesem Fall nicht bereit, darüber zu reden – es fühlt sich zu privat an, kaum vermittelbar.

Unten schaltet sie den Wasserkocher an und schiebt zwei Scheiben Brot in den Toaster. Effies Heft liegt noch auf dem Tisch, und sie steckt es in ihre Handtasche.

Die Tür geht auf, und Adam kommt herein, ausgeruht und mit windzerzaustem Haar. »Adam?« Sie blinzelt verwirrt. »Aber … du wolltest doch erst später kommen? Nach dem Fußballtraining?«

Nur zögernd kommt er auf sie zu, bis er ihr schließlich ein Küsschen auf die Wange gibt. »Ich bin schon eine ganze Weile hier.« Er setzt sich an den Tisch. »Habe jemanden gefunden, der mich vertritt. Ich konnte es kaum erwarten, dass der Tag endlich beginnt – konnte es nicht aushalten, dich wiederzusehen.« Er zwinkert ihr zu. »Ich dachte, es wäre eine schöne Überraschung.«

»Das ist es … aber wo warst du denn?«

»Dein Vater hat mir aufgemacht. Ich habe gemerkt, dass du noch nicht wach bist, und bin zu Loretta rübergegangen, um zu sehen, ob ich bei den letzten Vorbereitungen helfen kann. Dein Vater ist dort, und das Catering ist auch schon gekommen.«

Sie verdreht die Augen. »Jetzt kriege ich ein schlechtes Gewissen.«

»Warum das denn?« Er schaut ihr in die Augen.

»Na ja …«, sie lächelt und muss sich anstrengen, um seinem Blick nicht auszuweichen. »Bin doch gerade erst aufgestanden.« Sie wendet ihm den Rücken zu und fängt an, Butter auf den Toast zu schmieren. »Willst du etwas essen? Ich mache Frühstück.«

Laura kommt die Treppe herunter und umarmt Adam.

Die drei sitzen am Tisch und essen Toast, trinken Tee und unterhalten sich darüber, welche Gäste kommen werden und ob ausreichend Platz sein wird, um auf Lorettas Terrasse zu tanzen. Summer muss sich zwingen, die Bissen hinunterzuschlucken. Im Herzen spürt sie einen dumpfen Stich und unterdrückt den Drang, die Hand auf die Brust zu legen. Adam wirkt stiller als sonst.

»Ich hätte nie gedacht, dass ich den Tag erlebe, an dem dir die Witze ausgehen«, sagt Laura und nimmt sich Marmelade.

»Bin heute wohl nicht zum Witzemachen aufgelegt.« Er zündet sich eine Zigarette an und nimmt einen tiefen Zug. »Ich hab die Stelle nicht bekommen«, sagt er, während er den Rauch ausstößt. »Die in Ipswich.«

Summer fällt ein Stein vom Herzen. »Oh, das … finde ich aber schade.« Sie verzieht das Gesicht, versucht, ihre Reaktion zu verbergen, und berührt seine Hand. »Aber es ist ihr Schaden, nicht deiner, wenn sie dir die Stelle nicht geben.«

»Ja, allerdings«, stimmt Laura zu. »Für dich wird es andere Jobs geben.«

Adam schnippt seine Asche auf einen Unterteller. Summer wünschte, er würde im Haus nicht rauchen, will aber nichts sagen. Er sieht müde aus, deprimiert. Sie hebt entschuldigend die Schultern. »Ich muss mit Freitag eine kurze Runde gehen.« Sie stellt ihren Teller in die Spüle und schnappt sich ihren Hut von einer Stuhllehne. »Willst du mitkommen?«, sagt sie zu Adam.

»Geht ihr beiden nur«, meint Laura. »Ich schau schnell bei Loretta vorbei, mal sehen, ob ich helfen kann. Wann kommen denn die Gäste?«

»Zum Mittag«, antwortet Summer und pfeift dem Hund.

Freitag steht aus seinem Korb auf, sein knochiges Hinterteil hochgestreckt, beugt er die riesigen Pfoten. Er gähnt und zeigt bei einem wölfischen Grinsen die Zähne. Adam und sie folgen ihm, als er den Weg am Strand entlangtrottet. »Wir sollten durch die Felder gehen«, schlägt sie vor, »und im Schatten bleiben. Es ist schon heiß.«

Sie gehen durch hohes Gras, während Freitag den neuen Gerüchen nachjagt oder bei alten Kaninchenspuren verweilt. Sie wünschte, sie könnte so im Augenblick leben wie er. Zwischen ihr und Adam ist die Stimmung gedrückt, aber sie ist nicht sicher, ob er das auch so empfindet. Sie muss ihm jetzt sagen, dass es vorbei ist, und sollte es gleich tun, denkt sie. Oder wäre das noch schlimmer für ihn? Vielleicht sollte sie doch bis nach der Hochzeit warten? Aber dann wäre es den ganzen Tag unangenehm und unmöglich, sich normal zu benehmen.

Sie duckt sich, als eine Wespe um ihren Kopf schwirrt, richtet sich wieder auf und legt die Finger aufeinander, um sich zu beruhigen. Sie weiß nicht, was sie tun soll. Es ihm sagen oder noch warten?

»Ist alles okay?«, fragt Adam.

»Ja.« Sie tut so, als schaue sie nach Freitag, der in einigen Büschen herumschnuppert. »Warum?«

Er bleibt stehen und tritt auf ein paar Schlüsselblumen, deren grüner Saft wie Blut unter seinem Schuh hervorrinnt. »Weil ich in deinem Heft gelesen habe.«

Ihr wird vor Schreck heiß und kalt.

»Ich habe darin herumgeblättert, als ich unten auf dich gewartet habe, weil ich sonst nichts zu tun hatte«, sagt er matt. »Ich wusste nicht, dass der Inhalt vertraulich ist. Und dann am Ende. Der Teil über mich … und ihn.«

»Oh Gott«, sie bleibt stehen, bestürzt, die Hände vor den Mund geschlagen.

»Anscheinend geben wir beide ja ein gutes Team ab.« Der Spott lässt seine Worte schärfer klingen. »Aber du liebst *ihn*. Das hast du immer und immer wieder geschrieben, Summer.«

In ihrem Herzen wird es ganz still. Sie würde ihn gern berühren, ihn beruhigen, aber er verdient es, dass sie ehrlich zu ihm ist. »Das war ein Versuch, herauszufinden, was ich für euch empfinde.« Sie begegnet seinem Blick. »Ich … war verwirrt. Kit war gestern hier.«

»Wann?« Seine Stimme versagt. »Wann hast du ihn gesehen?«

»Gestern.«

»Ich dachte – ich dachte, du wolltest mit mir zusammen sein.«

Es ist ihm anzuhören, wie gekränkt er ist, und ihr Magen zieht sich zusammen. »Das wollte ich doch auch, ich … ich habe geglaubt, wir könnten es zusammen schaffen.«

»Und jetzt nicht mehr?« Auf seinen Wangen sind rote Flecken.

Ihr Herz schlägt heftig. »Kannst du mir verzeihen?«, fragt sie ganz leise.

Sein Blick hat sich verdüstert. »Was soll das heißen?«

»Ich habe mich geirrt … du bedeutest mir noch immer viel, aber … ich finde, es war ein Fehler, wieder zusammenzukommen.«

»Hast du seinetwegen deine Meinung geändert?« Sein Gesichtsausdruck ist hart geworden. »Weil er wieder da ist?«

»Nein, nicht nur wegen ihm. Ich hatte schon vorher Zweifel … an unserer Beziehung. Früher haben wir so gut zusammengepasst … aber ich bin mir nicht sicher, dass es noch immer so ist.«

»Es … ist also aus?« Ein Muskel an seinem Kiefer zuckt.

»Ja.« Sie holt tief Luft. »Verzeih mir, bitte.«

Seine Züge entgleisen, seine Stirn und sein Mund verzerren sich. »Du lässt mich bei der Hochzeit deines Vaters sitzen?«

»Ich habe das nicht so gewollt …«

Er richtet sich auf, streckt das Kinn vor. »Du wolltest doch nur deshalb nicht heute mit mir Schluss machen, weil das die Feier deines Vaters ruiniert hätte.« Seine Worte klingen verbittert, und er starrt sie an. »Also, du kannst mich mal. Ich verschwinde.«

»Adam«, sie schluckt. »Nein … so war es doch nicht … Es tut mir so leid … Ich will nicht, dass du jetzt gehst.«

Er wirft ihr einen kalten Blick zu. »Dein Dad wird sich einen anderen Trauzeugen suchen müssen.«

»Adam …«

Niedergeschlagen schaut sie ihm nach, wie er mit hängenden Schultern über das Feld stapft. Er bleibt stehen, senkt den Kopf, hebt die Hände zum Mund, und sie weiß, er zündet sich eine Zigarette an. Ohne noch einmal zurückzuschauen, stapft er weiter. Es ist aus. Alles war so schnell gegangen. Sie wollte ihn doch nicht verletzen, hatte aber keine Wahl. Sie steht im hohen Gras, fühlt sich vollkommen erschöpft, der Verlust und das Bedauern liegen ihr schwer im Magen. Aber dann ändert sich etwas, ihr wird leichter ums Herz. Eine Last fällt von ihr ab, bringt sie ins Gleichgewicht – so fühlt sich die Wahrheit an, denkt sie. Es ist eine körperliche

Empfindung, eine Kraft in ihrem Inneren. Ihr war gar nicht klar gewesen, wie sehr sie sich selbst belog.

Sie wartet ab, bis Adam verschwunden ist, und pfeift dann Freitag. Durch die brütende Hitze trottet sie zurück zum Cottage. Sie muss Dad und Loretta Bescheid sagen, ohne dass sie sich aufregen und ihnen der Tag verdorben wird. Und sie muss einen neuen Trauzeugen finden.

»Ich mach das«, bietet Laura an, sobald sie davon erfährt. »Ich habe meinen weißen Leinenhosenanzug mit, den kann ich tragen.«

»Ich weiß nicht, wie ich es Dad erklären soll.« Summer kaut auf einem Fingernagel herum. »Das mit Adam. Ich will ihm doch nicht den Tag versauen.«

»Sag ihm einfach die Wahrheit«, rät Laura. »Das ist immer das Beste.«

Als sie es ihrem Vater gesteht, bleibt er ganz ruhig, er nimmt nur ihre Hand und fragt sie, ob es ihr gut geht. Sie nickt. »Ich komme mir so dumm vor, dass ich da mitgemacht habe, aber in meinem tiefsten Inneren wusste ich, dass ich niemals zu ihm hätte zurückgehen sollen. Er war so wütend … so aufgebracht.«

»Er wird drüber wegkommen.« Dad legt ihr einen Finger unters Kinn und hebt es leicht nach oben. »Es wird euch beiden später viel Kummer ersparen.« Er lächelt sie an. »Und die Idee, dass Laura mein Trauzeuge wird, gefällt mir gut.«

Aus dem Cottage dringt die Melodie von *The Time of My Life*. Dad und sie haben beschlossen, es Effie zu Ehren zu spielen. Die Musik macht ihre Schwester zu einem Teil der Zeremonie. Es ist, als wäre sie ihnen in dem Moment ganz nah, als Summer Loretta an der Menge der lächelnden Freunde vorbei zu Dad und Laura führt, die unter einer Girlande aus leuchtenden Blumen warten. Als sie vor ihnen ankommen, bleiben Loretta und Summer stehen, und sie küsst Loretta auf die Wange, bevor die ältere Frau vortritt und sich neben ihren Dad stellt.

Sie betrachtet das Gesicht ihres Vaters, wie seine Züge weicher werden, als er sich Loretta zuwendet, wie er mit ruhiger Gewissheit ihre Hand ergreift. Diese Sicherheit hatte sie bei Adam nie.

Die Musik verklingt, und es folgt eine kurze Trauungszeremonie, die der Gemeindepfarrer vornimmt, während weit oben die Möwen kreisen. Als Dad den Ring an Lorettas Finger steckt, landet ein weißer Klecks auf Lorettas Turban. Sie schaut nach oben. »Ihr Vögel habt ein perfektes Timing!« Sie zuckt mit den Schultern und schaut Dad mit einem Grinsen an. »Das bringt Glück.« Und sie ruft in den Himmel hinauf: »Aber einmal genügt, danke!«

Ein Lachen geht durch die Menge der Gäste. Dad zieht ein großes Taschentuch hervor und wischt den Fleck weg, dann küssen sie sich, und alle klatschen.

»Ein Paar, das am Tag der Hochzeit mit Möwenkacke fertigwird, ist ein Paar, das zusammenbleiben wird«, flüstert Laura ihr zu.

In diesem Moment dreht sich Loretta mit strahlendem Gesicht um und drückt den Strauß Rosen, Anemonen und Tulpen Summer in die Hand. »Für dich«, sagt sie. »Mein Leben hat sich in dem Augenblick zum Besseren gewendet, als du mein Fahrrad kaputt gefahren hast.«

Summer drückt die Blumen an sich.

»Wir freuen uns darauf, dich singen zu hören«, fügt Dad hinzu und küsst sie auf die Wange.

Kit muss schon auf dem Weg zum Zug sein, um seinen Anschluss zur Liverpool Street zu erwischen. Summer stellt sich vor, wie er aus dem Wagen steigt, seinen Rucksack schultert, durch das Gedränge der Reisenden davongeht und aus ihrem Leben verschwindet. Sie reibt sich die Augen und schaut sich um. Die Gäste stehen in Grüppchen herum, plaudern und halten ihre Drinks und das Essen in den Händen. Die Gewissheit, dass er fort ist, macht sich als betäubender Druck in ihrer Magengrube bemerkbar. Sie zwingt sich zu einem steifen Lächeln.

Es ist Zeit zu singen. Nervös ist sie nicht – es ist ein Geschenk an ihren Vater und Loretta. Sie wird ihre Liebe feiern, auch wenn sie ihre eigene verloren hat.

Laura kündigt sie an, und alle hören auf zu reden und versammeln sich erwartungsvoll. Sie hält die Blumen mit beiden Händen ganz fest und lässt ihre Stimme erklingen. Die Worte eines alten Liedes vermischen sich mit den Rufen der Seevögel und dem Rauschen und Flüstern der Wellen.

58

KIT

Blue hat angeboten, Kit im Moke zum Bahnhof zu bringen. Er kommt zwanzig Minuten zu früh auf dem Parkplatz am Anchor an, aber Kit ist schon fertig. Die Familie Fisk versammelt sich zum Abschied an der Tür. Paul schüttelt Kit die Hand, Jenny nimmt ihn in den Arm, und Sally-Ann hält sich zuerst zurück, aber im letzten Augenblick streckt sie sich doch zu ihm hoch und küsst ihn auf die Wange. »Du solltest uns aber schon mal besuchen«, sagt sie. »Sonst setzt es was!«

Kit nickt. »Natürlich, mach ich.« Er gleitet auf den Beifahrersitz und stellt seinen Rucksack auf den Rücksitz. »Wiedersehen«, ruft er und winkt ihnen. »Macht's gut.«

»Achtung, Woodbridge Station, wir kommen«, sagt Blue und legt den Gang ein.

»Also, eigentlich gibt es eine Planänderung«, gesteht Kit, als sie auf die Straße einbiegen. »Können wir bei Shingle Street vorbeifahren?«

Blue wirft ihm einen schnellen Blick zu. »Das wird knapp.«

»Ich weiß … aber ich kann nicht gehen, ohne sie noch einmal gesehen zu haben.«

Er ist dankbar, dass Blue keine Fragen stellt, sondern nur das Gaspedal durchtritt und losfährt.

Er weiß nicht, was er zu erreichen hofft, nur, dass er nicht endgültig gehen kann, ohne ihr zu sagen, was er fühlt. Er wird sie nicht bitten, Adam zu verlassen – das kann er nicht erwarten –, aber er muss die Worte aussprechen, die wie eine Wunde in seinem Innern pochen. Er liebt sie.

Blue parkt in der Nähe der Telefonzelle neben einem alten cremefarbenen Bentley, an dessen Türgriffe Satinbänder gebunden und an dessen Stoßstange eine Schnur mit Blechdosen befestigt sind.

»Scheint eine Hochzeit zu sein«, sagt er.

»Ich beeile mich«, sagt Kit und achtet kaum darauf. Er denkt nur an sie. Daran, sie zu finden. Er muss schnell machen.

»Viel Glück«, ruft Blue ihm nach.

Kit läuft über die Kieselsteine – ohne zu wissen, welches ihr Cottage ist. Wird er Zeit haben, an alle Türen zu klopfen? Wird sie wieder im Meer sein? Vielleicht ist sie auch gar nicht hier. Das Blut dröhnt in seinen Ohren.

Vor einem der entfernteren Cottages wird ein Fest gefeiert. Ein Pavillondach flattert im Wind. Menschen haben sich dort versammelt und hören jemandem zu. Der Bentley fällt ihm ein, und das Herz sinkt ihm in der Brust. Es ist eine Hochzeit. Beim Näherkommen sieht er sie durch die Lücken in der Menge. Sie steht unter einem Bogen aus Blumen, ihr Kleid leuchtend rot wie eine Flamme, und sie hat einen bunten Strauß in den Händen, hält offenbar gerade eine Rede. Vorsichtig nähert er sich, schlüpft an einigen Gästen vorbei, bleibt aber im hinteren Bereich und versucht, etwas zu verstehen – keine Chance.

Es wird applaudiert, und alle stoßen an, es wird gelacht. »Sie sind so ein schönes Paar«, sagt jemand neben ihm.

»Ja«, schließt sich jemand anderes an.

»Nach so vielen Jahren – es hat sich ausgezahlt, auf den Richtigen zu warten«, meldet sich eine weitere Person.

Gemurmelte Zustimmung, dann wieder allgemeine Unterhaltung. Aber er kann gar nichts mehr aufnehmen, denn er begreift, was los ist. Der Schock lässt ihn erstarren. Das hat sie damit gemeint, als sie sagte, sie hätte Pläne. Der Schmerz trifft ihn wie ein Schlag, und seine Beine beginnen nachzugeben. Er ist ein ungebetener Gast auf ihrer Hochzeit. Das grelle Licht blendet ihn. Jeden Moment wird Adam erscheinen und seinen Platz an ihrer Seite einnehmen, als ihr Ehemann. Er will sie nicht mit ihm zusammen sehen. Das hält er nicht aus.

Deshalb war sie so abweisend am Strand, deshalb hat sie ihn nicht einmal richtig angeschaut. Er kann nicht mehr atmen und muss nach Luft schnappen, seine Hände zittern unkontrolliert, und er steckt sie in die Taschen seiner Jeans. Gäste in festlicher Kleidung schlendern umher, nippen an ihren Gläsern und plaudern miteinander. Der Klang von Jazz dringt aus dem blauen Cottage herüber. Ein Hund mit rauem Fell und einer gelben Schleife um den Hals kommt schwanzwedelnd auf ihn zu. Überall, wo er hinblickt, sieht er glückliche Menschen. Er fühlt sich bloßgestellt, selbst inmitten der schützenden Menschenmenge. Er ist ein Eindringling und muss verschwinden, bevor sie ihn entdeckt. Schnell stolpert er in die entgegengesetzte Richtung und tritt dabei fast auf die lange, verschnörkelte Linie aus weißen Muscheln. Als er den Fuß hebt, um einen Schritt darüber zu machen, scheint ihm diese Linie plötzlich das darzustellen, was ihn und Summer trennt, die Grenzlinie zwischen dem Leben, das er sich wünscht, und dem Leben ohne sie.

Am Rand des Kiesstrandes dreht er sich noch einmal um und sucht sie mit dem Blick, saugt sie förmlich in sich auf, ihr schimmerndes Haar und ihr offenes Gesicht. So wie sie dasteht, mit geradem Rücken in ihrem feuerroten Kleid, mit den Gästen plaudernd, die ihr gratulieren. Sie sieht so wunderschön aus. Dann verliert sie sich in einem Meer aus Menschen.

59
SUMMER

Nachdem sie ihre Rede beendet hat, wird applaudiert und angestoßen. Sie hält den Strauß noch fester in den Händen. Es hat sie all ihre Kraft gekostet, zu singen und anschließend ihre Rede zu halten, aber für Dad und Loretta musste sie es tun. Das glückliche Paar stürmt nach vorn, um sie zu umarmen, und einige der Gäste scharen sich um sie. »Schöne Worte«, sagen sie. »Gut gemacht. Tolle Rede.« Ihr Gesicht schmerzt vom vielen Lächeln, von der Anstrengung, die Tränen zurückzuhalten.

Jemand hat die Musik aufgedreht, und die Leute tanzen im Pavillon oder sitzen entspannt auf Decken unter Sonnenschirmen am Strand, essen Schokoladenkuchen und trinken Champagner. Freitag trottet umher und lässt sich von den Leuten streicheln.

Laura taucht plötzlich mit einem seltsamen Gesichtsausdruck aus der Menge auf. Sie kommt näher. »Gerade eben ist etwas Merkwürdiges passiert.« Sie senkt die Stimme. »Ich glaube … ich glaub, ich habe gerade Kit gesehen.«

»Kit?« Ihr Herz setzt einen Schlag aus, dann klopft es wie wild in ihrer Brust.

»Ja. Ich bin sicher, dass er es war.« Laura blickt sich um. »Jetzt sehe ich ihn allerdings nicht mehr.«

»Aber … er sollte doch im Zug sein. Nach London.«

»Na ja, vielleicht hab ich mich auch geirrt«, sagt Laura und zieht die Augenbrauen zusammen. »Aber ich glaube, also ich bin sogar ziemlich sicher, dass er es war … ich habe ihn wiedererkannt von neulich abends im Pub.« Sie berührt Summers Arm. »Er ist mir aufgefallen, weil er nicht wie ein Hochzeitsgast gekleidet war. Und er hat dich angestarrt.«

Summer ist entgeistert. »Wann war das?«

»Als du deine Rede gehalten hast.«

Er ist zurückgekommen, denkt sie mit einem Anflug von Freude. »Ich muss ihn finden.« Sie drückt Laura den Strauß in die Hand.

»Ich helfe dir«, sagt Laura. »Ich geh hier lang.«

Summer läuft schnell in die entgegengesetzte Richtung, im Bogen um die Gäste herum und reckt den Hals. Er ist nirgends zu sehen. Auch Laura ist wieder da, mit knallrotem, angestrengtem Gesicht. »Drinnen oder im Pavillon ist er nicht.«

»Vielleicht ist er weiter am Strand entlang …« Summer läuft auf ihr Cottage zu. Während sie über die Steine stolpert, sucht sie mit dem Blick die Uferlinie ab. Hier ist er auch nicht. Warum war er gekommen – nur, um dann wieder zu verschwinden, ohne mit ihr gesprochen zu haben? Das Seidenkleid klebt auf der warmen Haut, als sie weiterhetzt und sich über die wegrutschenden Kieselsteine hinaufquält. Oder hat Laura sich getäuscht? Vielleicht war er es gar nicht.

Und dann sieht sie ihn. Eine hochgewachsene Gestalt, die sich vor dem Himmel abhebt und gerade vom Strandweg abbiegen will. Hinter ihm erhebt sich der Martello-Turm.

»Kit!«

Sie weiß, dass er sie hört, denn er bleibt abrupt stehen und dreht sich um, aber sie kann den Ausdruck auf seinem Gesicht nicht erkennen, weil es im Schatten ist. Wartend steht er da, während sie näher kommt, ihre Füße rutschen unbeholfen in ihren Sandalen. Seine Körperhaltung verrät Vorsicht, die Schultern abgewinkelt, der Rumpf steif, und ihr fällt ein, dass er doch mit Sally-Ann zusammen ist. Aber er ist wegen ihr hier, dafür muss es einen Grund geben.

»Wohin gehst du?«, keucht sie.

»Ich muss zum Zug .«

Sie ist jetzt schon so nah, dass sie sich berühren könnten, und sie schaut in sein verschlossenes Gesicht. »Aber … du bist doch hergekommen, um mich zu sehen?«

»Das war ein Fehler«, sein Blick verfinstert sich, »verzeih mir bitte.«

»Wolltest du dich von mir verabschieden?«

»Ja, so was in der Art.«

Sie hebt halb die Hände. »Ich bin nicht mehr mit Adam zusammen«, platzt es aus ihr heraus.

»Aber …« Er schaut sie an, als hätte sie in einer fremden Sprache gesprochen. »Aber … ich … du hast ihn doch gerade geheiratet?«

»Was? Nein.« Schlagartig wird ihr alles klar. »Du hast gedacht. Oh Gott. Nein! Das ist die Hochzeit meines Vaters … mit Loretta.«

Die Umrisse seines Körpers scheinen sich aufzulösen, der Oberkörper knickt nach vorn, die Knie werden weich. »Dein Vater?«, wiederholt er und schüttelt den Kopf.

»Ja«, sagt sie. »Adam war gar nicht dabei. Wir haben uns heute früh getrennt – ich konnte nicht mit ihm zusammen sein, nicht … nicht mit dem, was ich für dich empfinde.« Ihre Worte kommen stockend und überschlagen sich.

»Was empfindest du für mich?«

»Ich glaube, das weißt du.«

»Sprich es aus«, fordert er mit leiser, sehnsuchtsvoller Stimme.

»Ich liebe dich, Kit.« Ihr Inneres lässt endlich die Wahrheit heraus. »Ich liebe dich.«

Er zieht sie an sich. Ihre Nase presst sich an sein T-Shirt, riecht seinen vertrauten würzigen, frischen Geruch. Seine Arme umschließen sie, und sie spürt sein Gewicht, die feste Kontur seines Körpers an ihren gedrückt. Seine Hand berührt ihren Hinterkopf, und sie hebt das Kinn, er fährt ihr mit den Fingern sanft durchs Haar. Dann finden sie sich und küssen sich begierig.

»Ich habe dich so unendlich vermisst«, sagt er, als sie sich voneinander lösen.

»Aber … was ist mit Sally-Ann?« Sie zwingt sich, diese Frage zu stellen.

Er verzieht das Gesicht. »Wir sind nicht mehr zusammen, es passte nicht.«

Ein Auto hupt.

»Das ist Blue«, er wirft einen Blick über die Schulter. »Er wartet im Auto auf mich. Mein Zug …« Er wird unruhig. »Ich würde ihn ja ohne mich abfahren lassen, aber ich habe einen Termin mit Mums Arzt im Krankenhaus.«

Sie umklammert seine Hand. »Wann sehen wir uns wieder?«

»Ich muss in London bleiben«, sagt er. »Vielleicht für immer.« Er beißt sich auf die Lippe. »Schreib mir deine Nummer auf, schnell.«

Ihre Hände streichen über den Stoff ihres Kleides. Sie hat nichts dabei. Nicht mal einen Bleistift. »Jetzt ist auch schon alles egal«, sagt sie. »Ich komme mit dir zum Bahnhof.«

Blue grinst, als er Kit Hand in Hand mit Summer um die Ecke kommen sieht, wirft aber einen vielsagenden Blick auf seine Uhr. Er fährt los, die Hände fest am Steuer. Kit und Summer sitzen auf den Rücksitz gezwängt, der Wind peitscht ihnen das Haar ins Gesicht. Der Moke kommt mit quietschenden Reifen auf dem Bahnhofsparkplatz zum Stehen, Kit springt heraus und packt seinen Rucksack. Summer und er laufen zum Bahnsteig, wo der Zug schon eingefahren ist, die Leute drängen vorbei, um einzusteigen. Türen schlagen zu. Er stellt einen Fuß auf die Stufe des Wagens. »Auf Wiedersehen«, sagt er beklommen.

Er beugt sich hinunter und küsst sie ein letztes Mal, ein kurzer, leidenschaftlicher Kuss, dann lässt er sie los und tritt zurück in den Gang. Ohne darüber nachzudenken, folgt sie ihm. Sie stehen beisammen, die Fahrgäste drücken sich an ihnen vorbei, um einen Platz zu finden.

»Er fährt jeden Moment los«, warnt er.

»Ich komme mit«, antwortet sie, aus vollem Herzen.

»Nach London?« Er scheint beunruhigt. »Ich muss aber direkt zum Krankenhaus, es ist nichts zu essen im Haus, und …«

Sie legt ihm ihren Finger auf die Lippen. »Ich kann etwas zu essen einkaufen, während du deine Mum besuchst und mit dem Arzt sprichst. Es sei denn …«, sie zögert, »du willst nicht …«

»Doch!« Er fasst sie an den Schultern. »Ich will, dass du mitkommst – mehr als alles auf dieser Welt. Ich kann den Gedanken nicht ertragen, wieder von dir getrennt zu sein.«

»Also«, sagt sie, während der Zug mit einem Ruck anfährt und sie gegeneinander fallen lässt, »dann komme ich wohl mit.«

Blue steht auf dem Bahnsteig und sucht mit den Augen die Fenster des Zuges ab, da sieht er, wie sie sich herauslehnt und ihm zuwinkt. »Kannst du zur Shingle Street fahren?«, ruft sie ihm zu. »Sag meinem Vater bitte, dass alles in Ordnung ist. Donald Blythe, das ist der Bräutigam. Richte ihm aus, dass ich mich melde, sobald ich in London angekommen bin.«

Blue streckt den Daumen hoch, und sein wettergegerbtes Gesicht strahlt sie an.

Sie denkt an eine andere Zugfahrt, die unendlich weit weg und zugleich erst gestern gewesen zu sein scheint. Heute kennt sie Kit kaum besser als damals, und doch war ihr in ihrem ganzen Leben noch nie etwas so klar – sie will bei ihm sein, was auch immer das mit sich bringen, welche Schwierigkeiten es auch geben mag.

Er legt ihr den Arm um die Schultern, als sie im Gang stehen, die Räder unter ihnen rattern und sie von den Bewegungen des Zuges durchgerüttelt werden. Dabei schauen sie aus dem Fenster zu den Bootsmasten vor dem blauen Hintergrund des Himmels. Und sie denkt, dass sie ihm von Effie erzählen wird, und von allem anderen auch. Und dann werden sie gemeinsam durchgehen, was sie in den verlorenen Monaten von damals bis jetzt getan haben, aber das hat keine Eile. Sie haben ja Zeit.

Eine Stimme aus dem Lautsprecher entschuldigt sich für die Verspätung bei der Ankunft des Zuges. »Zum Glück für uns«, sagt sie. »Ich bin nicht daran gewöhnt, so knapp dran zu sein. Aber ich weiß noch, wie du mir erzählt hast, dass du immer zu Terminen zu spät kommst. Oder zu Bussen und Zügen.«

Er lächelt. »Ja, stimmt. Aber heute war eine Ausnahme. Nach Indien habe ich mich nie wieder verspätet. Ich bin ein neuer Mensch geworden.«

»Aber hoffentlich nicht zu neu«, sagt sie. »Ich mag den alten nämlich sehr.«

»Ich habe etwas für dich.« Er kramt in seiner Tasche und zieht seine Geldbörse heraus. »Hier«, sagt er, öffnet ihre Hand und lässt einen Ohrring hineinfallen.

Sie ist sprachlos. »Wo hast du den her?«

»Er war in den Fugen der Dielen in unserer Hütte. Ich bin noch mal zurückgegangen, um nach Hinweisen zu suchen.«

Sie starrt das kleine silberne Tierfigürchen an. Sie hatte nicht geglaubt, dass sie es jemals wiedersehen würde. Das ist jetzt sieben Monate her.

An einem steinigen Strand feiern Menschen eine Hochzeit, sie wäre auch noch dort, wenn Laura Kit nicht gesehen hätte. Bei dem Gedanken daran, wie knapp sie sich beinahe wieder verpasst hätten, durchläuft sie ein Schauder. Und sie fragt sich, wie anders die Dinge wären, wenn sie und Dad überhaupt nicht nach Suffolk gezogen wären. Oder wenn Kit und sie im Januar nicht getrennt worden wären. Sie schaut ihn an. Das einzig Wichtige ist das Jetzt. Sie ist endlich angekommen.

EPILOG

Weihnachten 1993

Am frühen Morgen war Summer durch den frostigen Eichenwald gelaufen. Freitag tapste neben ihr her, während der neue Welpe aufgeregt bellte und zu den Zweigen von Stechpalme und Misteln hochsprang, die Summer über ihrer Schulter trug. Inzwischen ist es sechs Uhr abends, sie wischt sich die mehligen Hände an ihrer Schürze ab, sieht sich im Zimmer um und freut sich, wie festlich der Kaminsims und die dunklen Balken aussehen mit den Bündeln grüner Zweige und den Bändern, mit denen sie alles geschmückt hat. Sie atmet den Duft des heißen Weihnachtsgebäcks ein, das sie gerade aus dem Ofen geholt hat, der würzige Glühwein wird auf dem Herd warm, und sie wirft noch ein Holzscheit ins Feuer.

Hope, ein Hund aus dem Tierschutz mit den Augen eines Collies, den Beinen eines Terriers und dem seidigen Fell eines Retrievers, dreht sich dreimal um sich selbst und macht es sich mit einem zufriedenen Seufzer am Feuer gemütlich. Annabelle, die sich inzwischen zu einem Rambo der Katzenwelt gemausert hat, betrachtet es als ihre Aufgabe, Hope Respekt vor Katzen beizubringen, und der Welpe hat keine Zweifel mehr, wer hier der Boss ist.

Oben in ihrem Zimmer hat Summer in der Ecke einen kleinen Schreibtisch mit ihrer neuen elektrischen Schreibmaschine darauf. Bei der Arbeit sitzt sie unter dem Dach, Freitag zu ihren Füßen, und gerade gestern hat sie einen Artikel über die weiße Linie aus Muscheln abgeschlossen. Es ist der persönlichste Text, den sie je geschrieben hat, und insgeheim hält sie ihn auch für ihren besten. Zuvor hat sie Dad und Loretta um Erlaubnis gefragt, denn es ist die Geschichte ihrer Liebe. Sie begann mit den Schalen der Wellhornschnecken bei dem etwas verunglückten Kennenlernen am Anfang ihrer Beziehung – und sie endete mit der Muschellinie, die sie zusammenführte und die nun Tag für Tag wächst und ihre Verbundenheit symbolisiert. Sie ist zu einem Wahrzeichen des Ortes geworden, vielfach von anderen fotografiert und beschrieben. Nachdem Summers eigene Sammlung von Bildern davon vollständig war, wollte sie nun über den unwahrscheinlichen Bund zwischen einer zynischen Liebesromanautorin und einem trauernden ehemaligen Mathematikprofessor schreiben. Dabei sollte die Symbolik der Linie zeigen, wie Hoffnung und Beharrlichkeit aus dieser zerbrechlichen Spur sprechen, die sich über das Meeresufer zieht.

Nur Kit hat den Artikel bisher lesen dürfen, sie war derweil unten in der Küche und kaute nervös an ihren Fingernägeln. Bis er dann langsam und mit ernstem Blick herunterkam, hatte sie sich schon eingeredet, er fände den Text sicher schrecklich. Aber er nahm ihre Hände, hielt sie fest, und sie sah, dass seine Augen leuchteten. »Er ist unglaublich schön«, sagte er leise. »Ich bin so stolz auf dich.«

Die Erinnerung fliegt davon, als sie von draußen vom Weg Knirschen auf dem Kies hört. Die Tür geht auf, und Kit kommt herein und stützt dabei mit einem Arm seine Mutter. Beide haben rosige Wangen vom eisigen Wind. Summer beeilt sich, Margaret aus ihrem Mantel zu helfen und es ihr im Sessel am Feuer bequem zu machen, ihren Stock stellt sie neben ihr ab.

Kit beantwortet Summers unausgesprochene Frage mit einem Kuss. Lautlos formt er die Worte: »Ein guter Tag«, und meint damit seine Mutter. Der Schlaganfall war schwer, Margarets rechter Arm ist immer noch gelähmt, und ihre Fähigkeit zu gehen ist eingeschränkt. Sie hat Probleme mit dem Gedächtnis, und ihr Sprachvermögen ist noch nicht vollständig wiederhergestellt. Sie kann nur einige Wörter zusammenhängend sagen, aber manche Tage sind besser als andere.

Summer stellt ein Glas Glühwein auf einen Tisch links neben sie, und Margaret lächelt sie mit ihrem schiefen Gesicht an und schaut sich um. »Hübsch. Hier.«

Annabelle springt auf ihren Schoß und lässt sich schnurrend nieder, während Margaret mit der linken Hand die Ohren der Katze streichelt.

Es klingelt an der Tür, und Summer bittet ihren Vater und Loretta herein. Hinter ihnen tauchen Colin und sein Freund aus der Dunkelheit mit einem Strauß weißer Rosen auf. Als Kit dabei ist, alle mit Getränken zu versorgen, und die Mince Pies herumreicht, öffnet sich die Tür erneut, und Laura und Charlie kommen gemeinsam mit Blue an, der seine Gitarre auf dem Rücken trägt. Als Nächste treffen Benjamin mit seiner Schwester Kate ein, die eine Freundin von Summer geworden ist.

Der kleine Raum hat sich rasch gefüllt. In der Küche öffnet Summer das Fenster und lässt einen Schwung kalter Luft herein. Sie hält inne, betrachtet den dunklen, von Sternen übersäten Himmel und stellt dann die Rosen in eine Vase. Als sie sich bückt, um noch etwas aus dem Ofen zu holen, kommt Laura herein mit Hope in den Armen. »Sie war allen im Weg.«

»Hier ist sie besser aufgehoben«, findet auch Summer, kann nicht widerstehen und füttert sie mit einem halben Mince Pie.

»Wo ist Freitag?«

Sie selbst isst die andere Hälfte und leckt sich den Zucker von den Lippen. »Der schnarcht auf meinem Bett. Das sind ihm zu viele Leute.«

»Kits Mutter wirkt ganz munter, trotz allem«, sagt Laura. »Gefällt es ihr dort, wo sie lebt?«

»Ja«, nickt Summer. »Du weißt ja, dass Kit vorgeschlagen hat, sie solle das Geld vom Verkauf des Londoner Hauses nehmen, um sich hier eine Wohnung zu kaufen, damit er sich um sie kümmern kann, aber das wollte sie nicht. Sie sagte, das könnte sie ihm nicht antun. Jedenfalls hat sie dank des Geldes ein schönes Zimmer im Heim, einen Physiotherapeuten und eine Logopädin, die jeden Tag kommen, und dann ist da auch noch der Chor.« Summer grinst. »Sie singt begeistert mit im Chor.«

»Ein Chor?« Laura ist verwirrt. »Du meinst …? Aber … wie?«

»Das ist ein anderer Bereich des Gehirns«, sagt Summer und legt die Würstchen in Blätterteig auf einen Teller. »Erstaunlich, oder? Es hat sich sogar herausgestellt, dass sie eine schöne Gesangsstimme hat.«

»Das freut mich für sie.« Laura nimmt den Teller. »Soll ich die herumreichen?«

Summer nickt. »Ja, bitte.«

Im anderen Zimmer unterhält sich Kit mit Blue und Benjamin. Als Summer dazukommt, legt er einen Arm um ihre Taille und seine breite Hand auf ihre Hüfte. »Ben hat mir gerade von einem neuen Auftrag erzählt«, sagt er. »Ich soll eine Skulptur für Snape Maltings anfertigen, die dann dauerhaft dort steht – etwas Großes, ein Pferd oder einen Stier vielleicht. Ich werde die Ideen im neuen Jahr mit dem Komitee besprechen.«

»Das ist ja fantastisch.« Sie umarmt ihn fest. »Gut gemacht.«

Schwungvoll geht die Tür auf, Sally-Ann kommt herein und bringt einen Stoß kalter Nachtluft mit. Sie hat zwei Flaschen Sekt dabei und zittert theatralisch. »Würde mich nicht wundern, wenn es heute Nacht schneit. Ich kann nicht lange bleiben«, fügt sie hinzu und überreicht Summer die Flaschen. »Ich habe Mum versprochen, bald wieder zurück zu sein. Das Pub ist rappelvoll.«

»Darf ich dir ein Glas einschenken?« Summer hält eine der Flaschen hoch, aber Sally-Ann schüttelt den Kopf und verzieht das Gesicht. »Hab mich mal mit dem Zeug volllaufen lassen. Aber rieche ich da Glühwein?«

Es hat ein paar Monate gedauert, aber dann haben sich Summer und Sally-Ann angefreundet, sie fanden über die Hunde und das Schwimmen im kalten Wasser zusammen. Als Summer in die Küche geht und Glühwein in ein Glas schöpft, taucht Sally-Ann hinter ihr auf. »Hatte Peter heute Abend keine Zeit?«, fragt Summer. Peter ist Sally-Anns neuer Freund – ein gutmütiger Hüne mit rotem Haar. Er kommt aus Bury St. Edmunds, aber seine Segeljacht liegt in Orford, und er übernachtet dort jedes Wochenende.

Sally-Ann schüttelt den Kopf. »Aber am ersten Weihnachtsfeiertag ist er bei uns.« Sie nimmt einen Schluck Wein. »Und du? Feierst du morgen mit deiner Familie, Kit und seiner Mum Weihnachten?«

»Ja, Loretta hat uns eingeladen.« Summer nickt. »Ich bin dankbar, weil die letzten paar Monate nur so vorbeigerauscht sind, immer unterwegs zwischen hier und dem Krankenhaus und dem Hausverkauf. Dazu noch alles, was dafür zu regeln war. Es war ein ziemlicher Aufwand, bis wir Margaret endlich gut untergebracht hatten. Aber jetzt … ich glaube, wir haben das Schlimmste hinter uns und können anfangen, uns einzuleben.«

»Das freut mich«, sagt Sally-Ann leise.

Im vorderen Zimmer nimmt Loretta Summer zur Seite. »Ein wunderschönes Fest«, sagt sie. »Ich freue mich auf morgen. Ich habe eine Überraschung für deinen Dad, denn mein neues Buch ist ihm gewidmet – er bekommt ein Exemplar als Teil seines Geschenks.«

Summer drückt der älteren Frau die Hand.

Ein helles Geräusch lässt alle aufhorchen. Kit klopft mit einem Löffel an sein Glas, und die Gespräche verstummen. Er stellt sich in die Mitte des Raums und lächelt Summer an. »Auf unsere Gastgeberin«, sagt er, sein Glas erhebend, »die zufällig auch die Frau ist, die ich liebe. Und für alle, die es noch nicht wissen, ich werde zu ihr ziehen.« Er grinst sie an. »Und ich kann es kaum erwarten.«

»Warum sie nicht gleich heiraten?«, will Loretta wissen.

»Was nicht ist, kann noch werden«, ruft ihr Kit über die Schulter zu und küsst Summer auf den Mund.

Die schnappt nach Luft und wirft ihm einen ironischen Blick zu. »Vielleicht im nächsten Kapitel.« Sie zieht sein Gesicht zu ihrem und erwidert seinen Kuss.

»Liebe Güte, könnt ihr euch nicht ein Zimmer nehmen?«, beschwert sich Sally-Ann.

Alle lachen, und Summer lässt Kit widerstrebend los und streicht sich ihr schulterlanges Haar hinter die Ohren. »Ich finde, wir sollten alle gemeinsam etwas singen«, schlägt sie vor. »Ein traditionelles Weihnachtslied. Einverstanden, Margaret?«

Kits Mutter nickt begeistert. Blue holt seine Gitarre und schlägt die Akkorde von *Hört die Engelschöre singen* an. Räuspern und Scharren der Füße, und dann stehen alle um Margarets Sessel versammelt. Der Text des mitreißenden Liedes erfüllt den Raum, Benjamin trifft nicht ganz die richtigen Töne, und Charlie trällert in einem überraschenden Sopran. Annabelle springt angewidert zu Boden, stolziert aus dem Zimmer und faucht die bellend herbeispringende Hope an.

»Und jetzt wollen wir dich singen hören, Summer«, sagt Laura, dabei hebt sie den zappelnden Welpen hoch und nimmt ihn in die Arme.

»Ja, bitte«, fügt Dad hinzu.

Sie nickt, versucht, sich an den Text von *Stille Nacht* zu erinnern, stellt sich das leuchtende Gesicht ihrer Schwester vor und denkt daran, wie ernst Effie Heiligabend und das Ritual nahm, wenn sie ihre Schallplatte mit Weihnachtsliedern des King's College Chors abspielte, während sie den Baum schmückten und ihre Strümpfe an den Kaminsims hängten.

Stille Nacht, heilige Nacht
Alles schläft, einsam wacht

Sie berührt Kits Uhr an ihrem Handgelenk. Als sie sie ihm zurückgeben wollte, sagte er, sie gehöre jetzt ihr. Sie fühlt sich wie ein Teil von ihr an, genau wie die silbernen Hasen an ihren Ohren.

Nachdem sie zu Ende gesungen hat, herrscht Stille im Raum. Die Zeit ist stehen geblieben, nur das Knacken der Flammen auf dem Rost ist zu hören und das zittrige Atemholen von jemandem, der beim Ausatmen seufzt. Summers Augen suchen Kit, und er erwidert ihren Blick. Als sie ihn anschaut, staunt sie über die Fähigkeit des Herzens, zu brechen und wieder zu heilen wie ein gebrochener Knochen und dabei größer und stärker zu werden.

Gut so, denkt sie, als sie den Raum durchquert und sich in seine Arme schmiegt. Ihr Herz muss auch riesig sein, bei alledem, das hineinpassen muss.

DANK

Für ihre unermüdliche Unterstützung und wertvollen Vorschläge bin ich meiner Verlegerin Hannah Wann und meiner Lektorin Emma Beswetherick zu großem Dank verpflichtet. Ohne sie gäbe es dieses Buch nicht. Auch allen bei Little, Brown and Piatkus, besonders Andy Hine, Helena Doree, Kate Hibbert, Sarah Birdsey und Beth Wright gilt mein Dank. Ebenso danke ich Penny Isaac für ihr rechtsmedizinisches Lektorat.

Ich darf mich glücklich schätzen, dass ich mit Autor:innen befreundet bin, die bei der Entstehung des Buches die verschiedenen Fassungen gelesen haben, und bin sehr dankbar für die Ratschläge und Kommentare von Sara Sarre, Alex Marengo, Mary Chamberlain, Viv Graveson, Laura McClelland und Cecilia Ekback.

Wie immer geht mein Dank auch an meine wunderbare Agentin Eve White für ihre jahrelange Freundschaft und gute Beratung. Auch an Ludo Cinelli.

Ein großes Dankeschön an Geoff Hanson, der mich in die geheimnisvolle Funktionsweise von Motoren und Autos eingeweiht hat. Und an meinen Bruder, Alex Sarginson, der sein Wissen über Kameras und Fotografie mit mir teilte. Alle eventuellen Fehler sind ausschließlich meine eigenen.

Wie immer danke ich meiner Familie: Hannah, Olivia, Sam, Gabriel, Ana, Alex und Alex. Die Linie aus weißen Muscheln und Schneckenhäusern, die Loretta und Donald bei Shingle Street legen, ist von einer tatsächlichen Muschellinie inspiriert. Lida Cardozo Kindersley und Els Bottema, Freundinnen seit Kindertagen, haben sie 2005 kreiert. Beim Nachdenken über ihre überstandenen Krebstherapien begannen die beiden Frauen, Muschelschalen auf dem Kiesstrand auszulegen. So nahm die Linie ihren Anfang und wurde zu einer lokalen Sehenswürdigkeit und zum Gegenstand von Fotos, einem Film und einem Buch. Für viele ist sie ein Symbol für Mut, Überleben und Freundschaft.

Jeder, der die Küste von Suffolk kennt, wird Ortsnamen wie Orford, Leiston, Woodbridge, Framlingham und Shingle Street wiedererkennen und mit bestimmten Wahrzeichen wie dem Martello-Turm und der Burg in Orford vertraut sein. Da es sich hier jedoch um ein fiktionales Werk handelt, habe ich mir Teile der Landschaft und der Umgebung ausgedacht, es gibt also keine genaue geografische Entsprechung. Manche Orte habe ich auch erfunden und die Lage anderer so verändert, dass sie meinen Zwecken im Roman dienen konnten. Aber ich hoffe, dass ich der Schönheit dieses Teils der Welt gerecht geworden bin – einer Landschaft, die in meinem Herzen lebt.